中国宋代文学の圏域

草稿と言論統制

浅見洋二著

研文出版

中国宋代文学の圏域

――草稿と言論統制

目次

中国宋代文学の圏域

——草稿と言論統制

百川日夜逝
物我相随去
惟有宿昔心
依然守故処

――蘇軾「初秋寄子由」

序言　テクストの「公」と「私」——文集について

文学作品はそれ自体で存在することはできない。それを生み出し、受けとめ、伝えてゆく人間集団があってはじめて成り立つもの、社会的な圏域・ネットワークのなかにあって存在するものである。言い換えれば、文学作品のテクストは、それを取り巻くさまざまな社会的コンテクストに支えられるかたちで存立している。

文学テクストを取り巻くコンテクストは複雑かつ多様であり容易に見通すことはできないが、本書ではひとつの手がかりとして「公」と「私」という視点を導入してみたい。つまり、文学テクストを取り巻く社会的な圏域・ネットワークを、公的なそれと私的なそれとに分けて考えてみたい。それぞれを一言で言いあらわすならば、前者は皇帝を頂点とし、その権威・権力によって統制される官僚士大夫の集団が形作る圏域、後者は思想・心情および日常生活を共有する親密な友人・同志が形作る圏域である。

中国前近代の文学テクストの制作・交換・伝承のプロセスにおいて、公的圏域と私的圏域はどのように関係し、どのような影響を及ぼし合っていたのか。取りあげるべき問題は数多いが、本書では特に「草稿」（第一部）と「言論統制」（第二部）のふたつを取りあげてみたい。「公」と「私」に配するならば、草稿は「私」、言論統制は「公」に関する問題と言っていいだろう。なぜ、このふたつを取りあげるのか。その理由については後述することとして、ここでは草稿と言論統制に関する考察の導入もしくは前提として「文集（詩文集）」に関するいくつかの問題を取りあげ、私見を述べておきたい。

文集とは、詩や文章など個々の文学作品を集めたもの、文学作品の集合体（コレクション）である。文集は大きくは別集と総集に分かれるが、ここでは別集、すなわち個人の文学作品を収集した文集に対象を限定しよう。多くの場合、個々の文学テクストは文集に収められて世に送り出され、更には保存・伝承されてゆく。そして、やはり多くの場合、読者は文集に収められたテクスト（集本）としての作品を読む。つまり、作品の生成と受容・伝承、作者と読者、それらを結ぶ結節点としての重要な位置を占めているのが文集であると言っていい。

文集については、「公」と「私」という観点から次のように説明することができよう。文集とは、私的な存在である個々の文学テクストに公的な居場所を与える器《うつわ》である、と。文学テクストは、文集に収められることで社会的なポジションを与えられ、後世へと受け継がれてゆく。言い換えれば、文集とは文学テクストを社会的あるいは歴史的な存在として保証する場であり、そこにおいて文学テクストは、「私」の狭く閉じた空間の内部に位置する私的なテクスト（草稿）から、「私」の外部に広がる社会・歴史へと送り出され、公的なテクスト（集本）へと姿を変えるのである。そのおおまかなイメージを示すならば、左図のようになる。

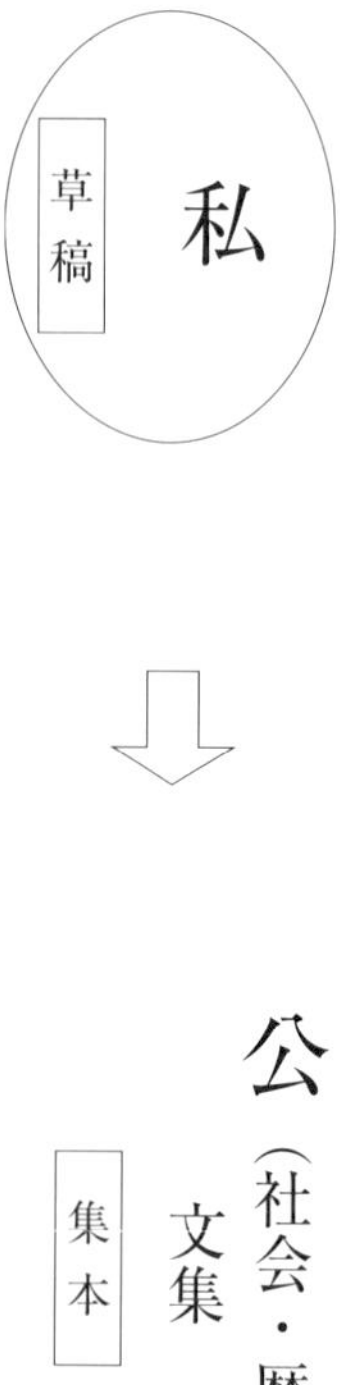

以下、文集（別集）とその編纂の歴史について、概略を確認しておこう。[1] 原初の段階では、文学作品は口頭で作られ、やりとりされていただろう。やがて文字が作られるとそれによって有形のテクストとして記録されるようになる。それらのテクストが一定の分量を伴って集められたもの、すなわち作品のコレクションという形態を取ったとき、文集と呼ばれるものが成立する。文集、特に個人の作者の作品を集める別集の成立は、作者という概念の成立と表裏一体の関係にあったと言えよう。古く、文学作品は無名氏（不特定の作者）の手で作られていたが、やがて作品の帰属先としての特定の作者が意識されるようになる。別集とは、文学テクストをある特定の、固有名を備えた作者の生み出したものとして集めておきたいという志向が形を取ってあらわれたものである。

文集なるものはいつ頃に成立したか。諸説あるが、漢から魏・晋へと至る過程で明確な姿をあらわしたと言っていいだろう。では、文集が成立する前の段階にあって、文学テクストはどのようなかたちで存在していただろうか。ここで読んでみたいのは、『史記』巻一一七・司馬相如伝に見える次のような記事である。

相如既病免、家居茂陵。天子曰「司馬相如病甚、可往後（「従」の訛か）悉取其書、若不然、後失之矣」。使所忠往、而相如已死、家無書。問其妻、対曰「長卿固未嘗有書也。時時著書、人又取去、即空居。長卿未死時、為一巻書、曰『有使者来求書、奏之』。無他書」。其遺札書言封禅事、奏所忠。忠奏其書、天子異之。

司馬相如（字長卿）は病気で職を辞すると、茂陵に住んだ。天子は「相如の病気は重いそうだ。彼のもとに行って、著作したものをすべて取って来させるがよい。さもなければ、後で失われてしまうだろう」と言った。そこで所忠を使いにやったところ、相如はすでに死んでおり、家に書きものは何もなかった。妻に訊ねると「夫の長卿はもともと書いたものを保存しておりませんでした。折々に著作すると、誰かしらが持っていってしまい、それで何ものこっていないのです。ただ、夫は死ぬ前に一巻の著作を書きあげて『天子のお使いが来て書いたものを求められたら、これを献上しなさい』と言いのこしました。ほかには何もありません」と言った。その遺《のこ》された原稿には封禅のことが記してあり、所忠に献上された。所忠がそれを天子に献上したところ、天子はその非凡さを称えた。

妻の証言によると、司馬相如（前一七九―一一七）は生前、自作の原稿を丁寧に扱っていなかった。他人が持ち去るにまかせ、失われるのも気にしなかった。そのため、一世を風靡した大家であったにもかかわらず、死後に作品の原稿はほとんどのこされていなかったという。この記事で注目すべきは、次の二点である。第一に、作者が自作のテクストの保管・整理に無頓着であったこと。第二に、その帰結として、テクストが散佚を免れなかったこと。そこに見て取れるのは、自作のテクストを文集に編んで世に問い、後世にのこそうとする明確な意思を欠いた作者の姿であり、またそれ故に脆弱かつ不安定な状態に置かれた文学テクストの姿である。文集（別集）なるものが形作られる前の段階を反映する資料と言えよう。ただし、司馬相如は自作の保存にまったくこだわらなかったわけではなく、「封禅文」（後に『文選』巻四八に収める）に関しては周到な配慮を示しており、結果としてそのテクストは武帝のもとに伝わった（これは「封禅文」が司馬相如にとって極めて重要な意味を持っていたことを示す、特別な事例と言うべきだろう）。

司馬相如をはじめとする前漢の文人に関する各種の伝記には、文集すなわち別集の編纂についての明確な記述は見られない。ところが、後漢の文人に関する伝記にはその種の記述が少なからず見られるようになる。例えば『後漢書』巻四二・東平憲王蒼伝には、劉蒼の著作について

明年正月薨、詔告中傅、封上蒼自建武以来章奏及所作書・記・賦・頌・七言・別字・歌詩、並集覧焉。

劉蒼は翌年（建初八年）正月にみまかった。皇帝は中傅に命じて彼の建武年間以降の章奏や書・記・賦・頌・七言・別字・歌詩などを奏上させ、それを集めてご覧になった。

また、『後漢書』巻八四・列女伝には、曹世叔の妻（班昭、別名曹大家《そうたいこ》。班彪の女《むすめ》、班固の妹）の著作について

昭年七十餘卒、皇太后素服挙哀、使者監護喪事。所著賦・頌・銘・誄・問・注・哀辞・書・論・上疏・遺令、凡十六篇、子婦丁氏為撰集之、又作大家讚焉。

班昭は七十歳あまりで没した。皇太后は喪服を召して哀悼の意を表し、使者を遣わして葬儀を執り行わせた。彼女の著わした賦・頌・銘・誄・問・注・哀辞・書・論・上疏・遺令など、合わせて十六篇は、息子の夫人丁氏がそれを集に編み、「曹大家の賛」を作った。

と述べられている。「集覧（集めて覧《み》る）」「撰集（撰《あ》み集める）」とあり、さまざまな文体からなる個人の著作がコレクションとして編纂されるようになっていたことがわかる。別集という名称・概念こそ明確ではなかったものの、その実体はすでに成立したと考えられる[2]。

右の記載は、いずれも作者本人ではなく、作者と縁のある人物（劉蒼の場合は章帝、班昭の場合は息子の夫人丁氏）が文集を編んでいたことを示す例であって、作者自身が自作を文集に編んで世に問おうとしていたかどうかはわからない。ところが、次の魏の時代になると、作者自身が自作を整理・保存していたことを示す記載が見られるようになる。魯迅の言う「文学的自覚時代[3]」ならではの現象と言えよう。例えば、魏・曹植（一九一―二三二）『前録』の序文（『藝文類聚』巻五五雑文部・集序）には次のように述べられる。

余少而好賦、其所尚也。雅好慷慨、所著繁多、雖触類而作、然蕪穢者衆、故刪定別撰為『前録』七十八篇。

わたしは若い頃、賦を好んで作った。賦を重視していたからである。常に高ぶる思いを述べるのを好み、作品数は多くに達した。しかし、さまざまな事象に触発されてつくった作には、粗雑なものも多かった。そこで、そういった作品を除外して『前録』七十八篇を編んだ。

これによると、曹植は手元に保存しておいた自作の原稿を整理して「前録」と称する一種の文集を編んでいたのである。当時、すでに文人が自らの作品を文集に編むこと、すなわち文集の自編が行われるようになっていたことを示す資料として極めて貴重である。その意味で更に注目すべきは、ここに自作の「刪定」が語られていることである。曹植は自らの作品のうち、のこすべきものだけを選び出し、それ以外は排除していたのである。いかに優れた作者であっても、作品に出来不出来が生ずるのは避けられまい。不出来な作品のなかには、後世にのこしたくないものも含まれていよう。思うに、自覚的な作者であれば、のこすに値する作品と値しない作品との区別に敏感とならざるを得ない。作者自身による「刪定」が語られた本序は、そのような自覚的な作者の誕生を告げているように思われる。

魏以降、文人たちの自作の保存、文集の自編への取り組みは、ますます自覚的なものとなってゆく。六朝後期から、そのことを示す画期的な事例をふたつほど挙げてみよう。まず、『南斉書』巻四一・張融伝には、張融（四四四—四九七）による文集の自編について次のように述べられる。

融自名集為「玉海」。司徒褚淵問「玉海」名、融答「玉以比徳、海崇上善」。文集数十巻行於世。

張融は自らの文集に「玉海」と名づけた。司徒の褚淵が「玉海」の意味を問うと、張融は「玉というのは徳の喩え、海というのは上善を尊ぶためです」と答えた。文集数十巻が世に伝わる。

先に挙げた曹植の場合は、自ら編んだ文集を「前録」と呼んでいた。これは「従前の原稿を収録したもの」という意味であり、文集の名称としては便宜的なものに過ぎない。ほかに『三国志』巻五三・呉書・薛綜伝には「凡所著詩・賦・難・論数万言、名曰私載（凡そ著わす所の詩・賦・難・論数万言、名づけて私載と曰《い》う）」とあって、自編の文集に「私載」と名づけたことが記されるが、この「私載」もおそらく「個人的な原稿を収録したもの」という意味であり、やはり同様のことが言える。

ところが、これらの文集名とは異なり張融の場合は「玉は以て徳に比《たぐ》え、海は上善を崇ぶ」という理由から「玉海」という名称を附したという。これは自らの文集にある種の象徴的な意味合いを込めるために選ばれた名称であり、文集というものが自らの精魂を傾けた著作物の集成であることを世に宣する役割を帯びている。『隋書』巻三五・経籍志・集部別集類には張融の文集として「斉司徒左長史張融集二十七巻」（亡）のほかに、「玉海集十巻」（亡）、「大沢集十巻」（亡）、「金波集六十巻」（亡）が著録される。「玉海」のほかに「大沢」「金波」などの集も編んでいたことがわかる。「大沢」「金波」も便宜的な命名ではなく、象徴的な意味合いを込めての命名であろう。このような命名の仕方には、自らの作品に対する愛着（愛情）を見て取れる。名づけるとは、自分と対象との関係性を特別なもの、かけがえのないものとして確認することである。作品との関係性を作者自身が愛情をもってとらえ返した結果が、これらの文集名にはあらわれているのだ。卑近な喩えで言えば、ペットの猫を「猫」ではなく「タマ」と呼んでかわいがるようなものだろう。

次に取りあげてみたいのは『梁書』巻三三・王筠伝に見える次のような記事である。

又与諸児書論家世集云「史伝称安平崔氏及汝南応氏、並累世有文才、所以范蔚宗云『世擅雕龍』、然不過父子両三世耳。非有七葉之中、名徳重光、爵位相継、人人有集、如吾門世者也」。……筠自撰其文章、以一官為一集。自「洗馬」「中書」「中庶子」「吏部」「左佐」「臨海」「太府」各十巻、「尚書」三十巻、凡一百巻行於世。

王筠は子供らに書簡を与え、一族の文集について論じて言った。「史書は安平の崔氏と汝南の応氏には代々文筆の才有る人が出たと称えている。だから、范曄（字蔚宗）は『世《よ》に雕龍を擅《ほしいまま》にす』と言ったのだ。しかし、それでも二代か三代のことに過ぎない。七代にもわたって、名も徳も輝きを重ね、爵位も引き続いて頂戴し、全員に文集がある我が一族のような例は先にはない」と。……王筠は自ら自作の文章を集めるにあたって、つとめた官のひとつごとに、その任期中に書いた作品をひとつの集にまとめた。「洗馬」「中書」「中庶子」「吏部」「左佐」「臨海」「太府」それぞれ十巻と、「尚書」三十巻、合わせて百巻が世に伝わる。

前段に述べられるように、王筠（四八一—五四九）の一族は文章に優れた人物を輩出していた。それだけに、文集の編纂に意識的に取り組んでいたのだろう。そして、後段に述べるように、王筠は自らの作品を文集に編んでいた。しかも、自編に当たってはある独特の方法を採っていた。すなわち「一官一集」。「一官一集」とは、ひとつの官職をつとめるごとにひとつの文集（小集）を編むこと。今日でも、人生の節目ごとに、その期間に書きためた作品を文集に編むことは広く行われているが、「一官一集」はその原型とも言える編纂方法であり、唐・宋の自編文集にも継承される。王筠については、『隋書』経籍志には「王筠集十一巻」のほか、「中書集十一巻」、「臨海集十一巻」、「左佐集十一巻」、「尚書集九巻」といった文集が著録されている。

以上に見たような文集編纂の動きは唐代にも受け継がれてゆく。文人が自作の文集編纂に自覚的に取り組んでいたことを示す例として、李白（七〇一―七六二）のケースを取りあげてみよう。李白の文集編纂については、李白と同時代のふたりの人物が記録をのこしてくれている。例えば、李陽冰「草堂集序」（『李太白文集』巻首）に

臨当挂冠、公又疾殛。草稿万巻、手集未修、枕上授簡、俾余為序。

先生は引退の時を迎えると、病が篤くなった。自ら集めた万巻の草稿は、完全には整理されていなかった。病床にある先生はそれをわたしに授けて、序文を書くように命じた。

魏顥「李翰林集序」（同上）に

顥平生自負、人或為狂、白相見泯合、有贈之作、謂余「爾後必著大名於天下、無忘老夫与明月奴」。因盡出其文、命顥為集。

わたくし魏顥は日頃自負するところがあったが、人からは狂っているとも見なされた。李白先生とは会うとただちに意気投合し、作品を贈られるなどした。先生はわたしに「おまえは将来きっと天下に名を知られるだろう。この老いぼれと明月奴（息子の名）のことは忘れないでくれ」と言った。そして、その詩文を差し出して、わたしに文集にまとめるよう命じた。

とある。いずれも、李白の文集に附された序文。李白文集の編纂を行った立場からの言葉である。これを見ると、李白は自作の草稿を手元に保存していたこと、それを後世へと確実にのこし伝えようとしていたことがわかる。「飄逸」などと評された李白であってみれば、自作がどうなろうと頓着していなかったかに予想されるが、意外

にも相当のこだわりを見せていたようだ。李陽冰も魏顥も、我こそが李白から作品を託された人物であるとアピールしている。アピールのため、多少の誇張も含まれていよう。その点は差し引いて読まねばならないが、李白が自作の保存にこだわっていたことは、両者が共通して述べていることからも、ある程度、実態を反映したものと考えられる。

その後、唐代には白居易（七七二―八四六）があらわれる。白居易は、文集（詩集）の編纂方法を自覚的に追究するとともに、それが持つ文学論的な意義を繰り返し論じた。白居易以前、別集ではなく総集であるが、例えば『文選』などは編纂の方法をめぐってかなり綿密な検討を経たものであったと推測される。(4) しかし、その編纂方法について論じた言葉はのこされていない。その意味で、白居易は文集編纂史において極めて画期的な位置を占めている。白居易は、自らの詩をまずは古体と近体に分け（分体）、次に主題別に分けた（分類・分門）。特に、分類に際しては「諷諭」「閑適」「感傷」といった独自の分類法を用いている。文学作品の機能・目的の根源にまで考察を深めたうえで採用された編纂方法と言っていい。ただ、同一分類内の作品は更に制作年代順、すなわち編年によって配列しているようだが、その点について白居易自身は何も語っていない。編年の持つ意味については、あまり重視していなかったのかもしれない。

六朝から唐にかけて深まっていった文集編纂に対する自覚は、宋代に至ってよりいっそう明確なものとなる。宋代の文人たちは、自ら積極的に文集の編纂に取り組んだ。彼らの多くは、当初から文集にまとめることを意識して作品を書き、その原稿を注意深く保管・整理していた。また、文集の命名や編纂の方法にも工夫を凝らしていた。命名について言えば、邵雍の『伊川撃壌集』、晁補之の『鶏肋集』、周紫芝の『太倉稊米集』、陸游の『剣南詩稿』、楼鑰の『攻媿集』など、それぞれの作者に固有の特別なメッセージをこめた名称が与えられる例は枚挙にいとまない。編纂方法について言えば、「一官一集」をはじめとして各種小集の編纂が広く行われたほか、白居易においては必ずしも重視されていなかった編年がより精緻に追究されるようになるのは、宋代ならではの現象として注目される。[5] このほかにも注目すべき点は少なくない。それらについては、以下、第一部・第二部の論述のなかで取りあげてゆくことになるだろう。

注

（1）文集（別集）編纂史に関しては、胡旭『先唐別集叙録』（中国社会科学出版社、二〇一一年）、万曼『唐集叙録』（中華書局、一九八二年、初版一九八〇年）、祝尚書『宋人別集叙録』（中華書局、一九九九年）などを参照。

（2）清・章学誠『文史通義』文集によれば、後漢から魏にかけては「文集之実已具、而文集之名猶未立也」——文集の実質は備わりつつあったが、文集という概念は明確ではなかった。そのうえで章学誠は、摯虞『文章流別集』を挙げて「文集之名、実仿於晋代」——晋に至って文集の概念が成立すると述べている。

（3）魯迅「魏晋風度及文章与薬及酒之関係」（『魯迅全集』第三巻〔人民文学出版社、二〇〇五年〕収、初出は一九二七年）。

（4）『文選』は、収録作品をまずは文体別に分かち（分体）、次に同一文体のなかではそれを主題別に分かち（分類・分門）、更に同一分類のなかでは作者の年代順に並べる（編年）という整然たる方法に則って編まれている。この編纂方法は、それまでの総集の伝統を集大成したものであり、以後のさまざまな文集にとってひとつの規範となったと考えられる。白居易の文集にも、その編纂方法は間接的に影響を与えていたであろう。

（5）拙著『中国の詩学認識』第四部第一章「文学の歴史学——宋代における詩人年譜、編年詩文集、そして『詩史』説」（創文社、二〇〇八年）を参照。

第一部　草稿

——文学テクストの生成

文人が作品をつくる。その際、いきなり完成態にある作品ができあがるわけではないだろう。多くの場合、完成態に到達する前の中途段階が存在する。中途段階にある作品のテクストは、紙などに書き記されて作者や作者周辺の人物の手元に保存される。それが、やがて定本（決定稿・最終稿）[1]となり、さらには定本のコレクションとしての文集（詩文集）へとまとめられて世に問われ、広く伝えられてゆく。

通常、我々が中国の文人の作品を読む際には、文集にまとめられた作品を読む。これはかつての中国の文人たちも同様であったはずである。では、文集にまとめられるに至っていない作品についてはどうだったのか。その場合も、やはり紙などに書かれて伝わるテクストによって読んでいたことだろう。定本として確定し文集にまとめられる前の中途段階にあるテクスト、特に作者自身の手で書き記されたテクストを、ここでは「草稿」と呼ぼう。狭義には紙に書かれたテクスト、すなわち「真蹟」「墨蹟」「手稿」「草稿」などと呼ばれる親筆原稿を指すが、それだけに限定しない方がいい。「石刻」や「石本」「碑本」、すなわち作者の親筆原稿を石に刻したものやそれの拓本をも含めて広く草稿と呼んでみたい。文学テクストを取り巻く圏域を「公」と「私」に分かつとすれば、私的圏域に属するテクストと言っていいだろう。

近代以前の文人の草稿それ自体は極めて限られたものしか今日には伝わらないが、もちろん草稿が存在しなかったわけではない。事実、文人の草稿について記録した文献資料は少なからずのこされている。中国にあって、草稿について記した言葉が数多く見られるようになるのは宋代である。その意味では、宋という時代を指して「草稿の時代」と呼んでもいいだろう。宋代は、書物の形態が写本（抄本）から刊本（版本・刻本・印本）へと移行しつつあった時代である。常識的には、写本から刊本への移行は、草稿の存在意義を減ずる方向にあって働くかに予想される。草稿は、刊本よりも写本との間に親近性を持つテクストであるからである。実際、宋以後も含めて全体的に見れば、事態はそのような方向で動いたと見ていいだろう。しかし、宋代に限って言えば事態は逆であり、刊本の普及はむしろ人々に草稿というテクストに眼を向けさせる作用を果たしたと考えられる。

以下、第一部は宋代における「草稿」について論じるが、宋代の文人が書きのこした草稿を直接の対象として論ずることはしない（そもそも草稿の原物はわずかしかのこっていない）。宋代の文人が草稿をどのように扱い、草稿に対してどのような検討を加えていたか、宋代におけるいわば草稿研究について論じてみたい。この問題については、かつて拙論「『焚棄』と『改定』――宋代における別集の編纂あるいは定本の制定をめぐって」[2]（以下「前稿」）において若干の考察を試みたことがある。そこでは、唐宋期の文人が自らの文集の編纂に自覚的に取り組むようになることのあらわれとして「焚棄」（後世にのこすにふさわしい作品を選び、それ以外の作品を廃棄すること）と「改定」（自作に推敲を加えること）のふたつの行為に着目した。

それぞれについて述べた例として、ここでは唐代から李白（七〇一―七六二）と杜甫（七一二―七七〇）の言葉を挙げておこう。李白「大鵬賦」（『李太白文集』巻二五）の序には「此賦已伝于世、往往人間見之、悔其少作、未窮宏達之旨、中年棄之（此の賦 已に世に伝わり、往往 人間に之を見るも、其の少作の、未だ宏達の旨を窮めざるを悔い、中年に之を棄つ）」とあって、若き日の作を不満に感じ、壮年のときにそれを「焚棄」したことが述べられる。また、杜甫「解悶十二首」其七（仇兆鰲注『杜詩詳注』巻一七）には「新詩改罷自長吟（新詩 改め罷《おわ》りて自ら長く吟ず）」とあって、自作の「改定」を行っていたことが述べられる。

唐宋期の「焚棄」と「改定」に関する考察を踏まえ、前稿の第四節「『草稿』と『定本』」には「草稿」についておおむね次のようなことを指摘した。（一）宋代には「草稿」＝「真蹟」（作者の親筆原稿）もしくはそれに準ずるテクストへの関心が高まる（これには刊本の流布が深く関わっている。刊本が流布したがゆえに草稿の価値が発見されたのである）。（二）「草稿」への関心は、作者がどのように自らの作品を「改定」したか、という問題への関心となってあらわれる。（三）「改定」への関心は、作者がどのようにして「定本」すなわち最終稿・完成稿を制定していったか、という問題への関心となってあらわれる。（四）「定本」の制定過程への関心のもと「草稿」が検討されることにより、「草稿」としての作品に備わる独特の性格が認識されるに至った。

以上（一）～（四）を総合して更に言い換えれば、次のようになるだろう。宋代において、作品には「草稿」段階（換言すれば「定本」以前の段階）とも呼ぶべき段階があることが発見され、その段階をも視野に入れる形で作品の「生成」のプロセスが研究・考察されるに至った、と。このような作品のとらえ方は、宋代以前には明確なかたちでは存在しなかったと考えられる。

いま述べたような作品のとらえ方は、宋代文人のさまざまな発言に見て取れる。前稿では主に詩話や題跋を取りあげたが、以下、第一・二章では、宋人による詩文集（別集）の注釈、特に蘇軾と黄庭堅の詩に関する注釈を、第三章では欧陽脩『集古録跋尾』と周必大による欧陽脩文集の編纂を取りあげて考察してみたい。

注

（1）定本＝最終稿は、作者自身が決定したものと、作者の死など種々の原因によって結果的にそうならざるを得なかったものとに分けるべきであるが、古い時代のものは区別がむずかしい。本書では両者を区別せずに一括して定本と呼ぶ。

（2）拙著『中国の詩学認識』第四部第四章（創文社、二〇〇八年）。

第一章　校勘から生成論へ

――蘇軾・黄庭堅詩注における真蹟・石刻の活用をめぐって

一　校勘の新たな視点

中国の別集は、宋代に至ってほぼ完成形態に達したと言っていい。宋代の別集において注目すべき現象は数多いが、そのひとつとして挙げるべきは、注釈が附された別集（注本）の出現であろう。

書物に注釈を附すことは、経・史・子・集部の書を通じて古くから行われてきたが、集部の場合、他に比べて質量ともに充実しているとは言い難く、宋代以前にあっては基本的には『楚辞』『文選』などの一部の総集に附されるにとどまった(1)。ところが、宋代、特に南宋になると状況は大きく変わる。別集にも注釈を附すことが行われるようになる。注釈が附されたのは、陶淵明、李白、杜甫、韓愈、柳宗元など宋代以前の文人の詩文集のほか、同じ宋代の文人、王安石、蘇軾、黄庭堅、陳師道、陳与義などの詩文集である。いずれも当時、重要な位置を占めた文人ばかりであって、広く別集一般に注釈が附されるようになったわけではもちろんない。

別集の注釈とはどのようなものだったのか、どのような要素によって構成されていたのだろうか。その点について、杜甫詩集の注本『杜工部草堂詩箋』を取りあげて確認しておきたい。これは南宋の魯訔が編年形式で編んだ杜甫の詩集を基に蔡夢弼が注釈を加えたものである。この書について、蔡夢弼の自序（『杜工部草堂詩箋』巻首）は次のように述べている。

夢弼因博求唐宋諸本杜詩十門、聚而閲之、三復参校、仍用嘉興魯氏編次先生用捨之行蔵、作詩歳月之先後以為定本、毎於逐句本文之下、先正其字之異同、次審其音之反切、方作詩之義以釈之、復引経子史伝記以証其用事之所従出。

わたくし夢弼は唐宋の杜甫詩集の諸本を十本ほど集めてきて、相互に見比べながら校訂を重ねた。そして、嘉興の魯訔が杜甫の事跡をたどりつつ制作年代順に作品を整理した本に基づいて、詩句ごとにまずは文字の異同を正し、次いで反切によって語音を示し、『詩経』の作詩の精神を踏まえて解釈をほどこし、更に経・子・史・伝の書物を参照して用事の出処を示した。

蔡夢弼による杜甫詩の注釈は大きく四つの要素からなるものであったことが説かれている。すなわち、(一)文字の異同を正すこと、(二)語音を示すこと、(三)詩の解釈を示すこと、(四)典故の出処を示すこと、である。蔡夢弼による杜甫詩注に限らず、詩の注釈は一般的にこれらの要素から成り立っていたと考えられる。このほか、蔡夢弼の注本が基づいた魯訔編の杜甫詩集について、魯訔自身の序「編次杜工部詩序」（『杜工部草堂詩箋』巻首）が「余因旧集略加編次、古詩近体一其後先、摘諸家之善、有考於当時事実及地理歳月、与古語之的然者、聊注其下。（わたしは旧来の杜甫詩集をもとに新たに編集し直した。古体・近体の詩を合わせて制作年代順に配し、さらに諸家の説の優れたもののうち、杜甫在世時の出来事や地理・歳月についての考証、そして古人の語で際立つものを採り、詩の後に注釈として附した)」と述べるのを見れば、(五)歴史・地理に関する考証を加えてもいいだろう。

詩の注釈を構成するこれら五つの要素のうち、本章が注目したいのは(一)文字の異同を正すこと、すなわち蔡夢弼の自序に見える別の語を用いて言えば「参校」である。同じ意味の語として「校勘」「校讐」「校正」「校定」など数多くあるが、以下一括して「校勘」と呼ぶ。詩文の注釈と言えば(三)(四)(五)などがただちに思い浮かべられるであろうが、校勘もまた重要な位置を占めていたのである。

詩文集(別集)の注釈が盛んに行われるようになった宋代は、詩文の校勘が飛躍的な発展を見せた時代でもある(2)。こうした現象の背後には、従来の抄本に加えて版本が流布するなど詩文集の流通量が増加したこと、またそれに伴って同じ作者の詩文集がさまざまに異なる複数の本《エディション》によって読まれるという状況が出現していたことなどが想定される。校勘が必要となるのは、異なるテクストが複数存在するからであることは言うまでもないだろう。宋代になされた詩文集の校勘の代表的な成果として、例えば南宋の方崧卿『韓集挙正』が挙げられる(これを基に更に考訂を加えたものに朱熹『韓文考異』がある)。ここで方崧卿が参照した韓愈作品の各種本《エディション》は九十種にも達するという(3)。

では、いったい校勘とは何か、何を目的としてなされる営みであったのか。胡適「元典章校補釈例序(4)」は次のように述べる。

校勘之学起于文件伝写的不易避免錯誤。文件越古、伝写的次数越多、錯誤的機会也越多。校勘学的任務是要改正這些伝写的錯誤、恢復一個文件的本来面目、或使他和原本相差最微。

校勘学は、テクストが伝写の過程で誤りを生ぜざるを得ないものであるがゆえに起こった学問である。テクストが旧ければ旧いほど、伝写される回数が多ければ多いほど、誤りが生ずる可能性も高くなる。校勘学の務めは伝写の過程で生ずる誤りを正し、テクストの本来の姿を回復すること、あるいは原本との距りを最小限にすることにある。

校勘とその目的については、この文章に簡潔に説き尽くされている。すなわち、テクストが伝承される過程で生じた誤りを正し、テクストの本来の姿、「原本」を回復することである。回復された「原本」が、通常は「定本」と呼ばれるものでもあるだろう。ここでは更に、次のように問うてみなければならない。詩文の校勘にたずさわる者にとって原本＝定本とは何だったのか、彼らは原本の原本たる所以をどこに求めていたのか、と。もちろん彼らは彼らなりの文献学的な根拠に基づいて原本を定めていたのだろうが、ここで問題にしたいのは彼らが行った文献学的な検討のプロセスではない。この問いに対しては、ひとまず次のように答えることができるのではないだろうか。作者自身が定本として定めた（と見なされる）本、もしくはそれに最も近い（と見なされる）本が、すなわち彼らにとっての原本＝定本であった、と。原本の原本たる所以、原本という権威の源泉は最終的には「作者」という存在に求められていた、と言い換えてもいい。

いま述べたことに関連して、校勘について直接述べたものではないが、欧陽脩（一〇〇七―一〇七二）『六一詩話』に見える次の記事を読んでみよう。

陳公時偶得杜集旧本、文多脱誤、至「送蔡都尉」詩云「身軽一鳥」、其下脱一字。陳公因与数客各用一字補之。或云「疾」、或云「落」、或云「起」、或云「下」、莫能定。其後得一善本、乃是「身軽一鳥過」。陳公歎服、以為雖一字、諸君亦不能到也。

陳公（陳従易）は、たまたま杜甫詩集の旧い本を手に入れたが、脱落や誤りが多かった。「送蔡都尉」詩の「身軽一鳥

□」という詩句の下の一字も脱落していた。陳公は数人の友人とともに、どの文字を補ったらいいか話し合った。「疾」「落」「起」「下」など、いろいろな案が出されたが決まらなかった。後に善本を手に入れたので、件の箇所を見てみると「身軽一鳥過」となっていた。陳公は感歎して言った。たった一字のことなのに諸君もこれに及ばないのか、と。

「諸君亦た到る能わず」とは、杜甫の作詩の水準に到達していないという意味であろう。つまり陳従易は「身軽一鳥過」という詩句を、杜甫自身が実際にそのように書いた、あるいは定めたものと見なしていると考えられる（右の文章にはそのことがはっきりと記されているわけではないが）。「身軽一鳥過」という詩句を含む杜甫の詩集が「善本」と見なされたのは、作者である杜甫が定本として定めたテクストを伝える本だと見なされていたからであろう。

先に引いた胡適の言葉が述べるように、伝写の過程で生じたテクストの誤りを正し、原本を回復することが校勘の目的であった。そして、その回復されるべき原本とは「作者自身が定本として定めた本」としてとらえられていたと考えられる。校勘がこのような営みであるとすれば、そこには一種の「ブラックボックス」とも言うべきものが生じていると言わざるを得ない。校勘が対象とするのは伝写の過程、つまり定本が成立してから後の段階にあるテクストである。そこでは定本が成立する以前の段階にあるテクストについては考慮の外に置かれてしまっているのである。何をもって「作者自身が定本として定めた本」と見なすかという問題が考慮の外に置かれてしまっていると言ってもいいだろう。しかし宋代には、このような状況に変化が見られるようになる。その変化をもたらしたのが、冒頭にも述べた「草稿」＝「真蹟」、すなわち作者の親筆原稿もしくはそれに準ずるテクストへの関心の高まりである。旧来の校勘のまなざしのもとでは検討の対象とはならず、いわばブラックボックスのなかに放置されたままであった「定本」成立以前の段階にあるテクストを検討の対象となし得るような視点が「草稿」＝「真蹟」によってもたらされたのである。旧来の校勘とは異なる新たな校勘の視点が成立したと言っていいかもしれない。

宋代には白居易、韓愈、欧陽脩、蘇軾、黄庭堅といった文人たちの親筆原稿を他の諸本と比較・検討することは少なからず行われていた[5]。例えば、蘇軾の詞について、南宋の趙彦衛『雲麓漫鈔』巻四は「版行東坡長短句、『賀新郎』詞云『乳燕飛華屋』。嘗見其真蹟、乃『棲華屋』。『水調歌』詞、版行者末云『但願人長久』。真蹟云『但得人長久』。以此知前輩文章為後人妄改亦多矣[6]（版行の東坡長短句、「賀新郎」詞に「乳燕　華屋に飛ぶ」と云う。嘗て其の真蹟を見るに、乃ち「華屋に棲む」なり。「水調歌」詞、版行は末に「但だ願う　人の長久なるを」と云う。真蹟に「但だ得ん　人の長久なるを」と云う。此を以て前輩の文章　後人の妄改するところと為ること亦た多きを知る）」と述べて「真蹟」と「版行」本とを比較し、後者のテクストが後人の「妄改」を被っていることを指摘する。また、曾季貍『艇斎詩話』は同じく蘇軾の詞について「其真本云『乳燕棲華屋』。今本作『飛』字、非是（其の真本に「乳燕華屋に栖む」と云う。今本「飛」字に作るは、是に非ず）」、また「『半依古柳売黄瓜』、今印本作『牛衣古柳売黄瓜』、非是。予嘗見東坡墨蹟作『半依』、乃知『牛』字誤也[7]（「半ば古柳に依りて黄瓜を売る」、今　印本「牛衣　古柳　黄瓜を売る」に作るは、是に非ず。予　嘗て東坡の墨蹟に「半ば依る」に作るを見、乃ち「牛」字の誤りなるを知る）」と述べて「真本」「墨蹟」と「今本」とを比較し、後者の誤りを指摘する。いずれも胡適の言う「伝写的錯誤」を指摘したものとなっている。

一般的に言って、作者の親筆原稿にはオリジナルとしての権威が認められている。また、他人の手によって伝写される過程で生ずる誤りも免れている。そのため「定本」により近いテクストと見なされることが多い。右に挙げた趙彦衛と曾季貍の言葉にも、そのような見解が認められる。だが、実際には必ずしもそうとは限らない。例えば、南宋の周必大（一一二六―一二〇四）「跋汪逵所蔵東坡字」（『文忠集』巻五〇）は次のように述べる。

　右蘇文忠公手写詩詞一巻、「梅花」二絶、元豊三年正月貶黄州道中所作。「昨夜東風吹石裂」、集本改為「一夜」。二月至黄。明年定恵顒師為松竹下開嘯軒。公詩云「喧喧更詆誚」、「更」字下注「平聲」、而集本改作「相詆誚」。「嘻笑」之下、自添一聯云「嵆生既粗率、孫子亦未妙」、今集本改作「阮生已粗率、孫子亦未妙」。……其用「阮」対「孫」無疑。某毎較前賢遺文、不敢専用手書及石刻、蓋恐後来自改定也。

　右は蘇軾（諡文忠）先生自筆の詩詞一巻、うち「梅花」絶句二首は、元豊三年正月、黄州に貶謫される道中の作である。「昨夜　東風　石を吹きて裂く」とあるが、集本では「一夜云々」に改められている。二月、先生は黄州に到着する。翌年、定恵院の顒師が松竹の下に嘯軒を開いた。それをうたった先生の詩に「喧喧として更《こもご》も詆誚す」とあり、「更」字の下に「平声」という注記がある。ところが、集本では「相い詆誚す」と改めている。「……嘻笑」句の下に、自ら「嵆生（嵆康）既に粗率、孫子（孫登）亦た未だ妙ならず」という一聯を加えているが、いまの集本では「阮生（阮籍）已に粗率、孫子　亦た未だ妙ならず」に改められている。……「阮」が「孫」と対になるのは間違いない。わたしは先人の遺稿を校訂する際には、いつも手稿や石本に頼り過ぎないようにしている。作者がそれを後に書き改めている恐れがあるからである。

蘇軾「梅花二首」（馮応榴輯訂『蘇文忠公詩合注』巻二〇）(8) および「定恵院顒師為余竹下開嘯軒」（同上・巻二〇）の「手写」すなわち手稿のテクストを「集本」のそれと比較して論じたものであるが、前者が必ずしも依拠するには足らないことが示唆されている。なぜ作者の手稿が依拠するに足らないかと言えば、作者自身が後にそれを「集本」へとまとめあげてゆく過程で書き改めているかもしれないからである――周必大はこのように考えている。同様の議論は、南宋の陸游（一一二五―一二一〇）「跋陵陽先生詩草」（『渭南文集』巻二七）の次の一節にも見える。「詩草」とあるように、韓駒の詩の草稿を実見しての言葉である。

右陵陽先生韓子蒼詩草一巻、得之其孫籍。先生詩擅天下、然反覆塗乙、又歴疏語所従来、其厳如此、可以為後輩法矣。予聞先生詩成、既以予人、久或累月、遠或千里、復追取更定、無毫髪恨乃止、則此草亦未必皆定本也。

右は陵陽先生韓駒（字子蒼）の詩稿一巻、先生の孫の籍より譲り受けたものである。先生は詩によって天下に名を轟《とどろ》かせた。詩作に際しては何度も繰り返し字句を書き改め、また語の由って来《きた》るところを明らかにした（用典の出処などに関する注記を附したことを言うか）。それほど厳しく自らを律していたのだ。後世の手本となり得るものである。聞くところでは、先生は詩を作ると、草稿を他人に渡してしまった後でも、数ヶ月も経ってから、また千里の遠きも厭わず、それを取り返してきては書き改めた。完全に納得するまで修正することをやめなかったという。したがって、この草稿も必ずしもすべてが「定本」とは言えないかもしれない。

韓駒が執拗なまでに自作の「改定」を行っていたことを記すなか、右の記事は次のような注目すべき事態に言い及んでいる。すなわち、韓駒が草稿の「改定」を重ねたため、どれが「定本」なのか容易に決められなくなってしまっている、という事態に。先に「改定」とは「定本」の制定過程に結びついた行為であると述べたが、「改定」をめぐって陸游が述べる右の言葉は、まさしくこの「定本」をめぐる問題に触れるものとなっている。

ちなみに、周必大「跋韓子蒼詩草」（『文忠集』巻一九）は、右に挙げた陸游の跋を踏まえつつ、同じ韓駒の詩稿のうち「贈張景方」（『陵陽集』巻三）詩稿について次のように述べる。

「尚半存」、「僅勉燔」六字、印本互易之、比稿為勝。務観謂未必皆定本、諒哉。[9]

「尚お半ば存す」、「僅《わず》かに燔《や》くを勉《まぬ》（免）かる」の六字については、版本のテクストではそれぞれが置かれる位置を入れ替えている。草稿のテクストより、その方が勝っている。陸游（字務觀）がこれについて必ずしも定稿とは言えないと述べたのは、全くその通りである。

周必大は言う。件の草稿を韓駒集の「印本」と比べてみると、「印本」の方がテクストとして勝っており、陸游が「定本」とは見なせないと述べたのも当然だ、と。

以上の議論に見て取れるのは、草稿というものは常に作者自身の手によって「改定」される可能性あるいは危険性を秘めているという認識である。草稿が持つこの種の性格を指して、「草稿の不安定性」と呼んでもいい（その不安定な状態を脱し、安定性を獲得したテクストが「定本」と呼ばれるものであろう）。宋代に成立した新たな校勘の視点は、こうして「草稿」段階にある作品が本質的に孕んでいる独特の性格をも露わにしていったのである。[10]

では、以上に述べたような新たな校勘の視点は、詩文集の注釈にどのようなかたちで反映されているのか。詩文集の注釈においても同様の視点は認められるのだろうか。宋代における詩文集の注釈のうち、宋代以前の文人、例えば陶淵明、李白、杜甫、韓愈、柳宗元などの注釈においては、作者の親筆原稿が参照されることはほとんどないと言っていい。ただし、韓愈集においては「石本」すなわち石刻拓本を参照する例が見られる。例えば、南宋の魏仲挙編『五百家注昌黎文集』には碑誌に関して石本を参照する形での校記が記されている。[11] 石本は作者の親筆原稿ではないが、それにより近いテクストと見なし得るものであるし、また実際にそのように見なされていた。

だが、このようなケースを除いて、宋代以前の文人の詩文集注釈において基本的に親筆原稿を参照することは行われなかったと考えられる。当時、すでに彼らの親筆原稿は極めて限られたものしかのこっていなかったからであろう。ところが、同じ宋人の詩文集に附された注釈、例えば蘇軾、黄庭堅の注釈となると事情は大きく異なる。同じ王朝の文人で時代が近接していることに加えて、文壇における知名度の高さゆえに、その墨蹟が珍重され数多く保存されたことも関わっていよう。特に蘇軾、黄庭堅の場合、その書家としての高い評価も与《あずか》って藝術品として収蔵の対象となるケースも少なくなかった。以下、蘇軾、黄庭堅の詩の注釈を取りあげて、そこでの「草稿」＝「真蹟」もしくはそれに準ずる石刻（石本）のテクストの取り扱い、またそこにあらわれた文献学的視点の特性、更には文学論的視点の特性について考えてみたい。

二　蘇軾詩注――『施注蘇詩』

蘇軾（一〇三六―一一〇一）の詩の注釈は宋代のかなり早い段階から行われていた。現存する代表的なものに（旧題）王十朋編『百家注分類東坡先生詩（集注分類東坡先生詩）』がある。だが、管見の限りこの注本においては真蹟や石刻に言及する注釈はほとんど見られない。(12) 宋代に編まれた蘇軾詩集の注本として、王十朋編の注本と並んで重要なものに、南宋の施元之、顧禧、そして施宿による『注東坡先生詩（施注蘇詩）』がある。この注本を最終的に整理して刊行した施宿の跋は嘉定六年（一二一三）に書かれている。『施注蘇詩』には、その注釈、特に題下の注において、蘇軾の「真蹟」「墨蹟」、もしくはそれに準ずるものとしての「石本」「碑本」などを参照する例が少なからず見られる。(13)

まず、『施注蘇詩』の題下注において「墨蹟」を参照するかたちで文字の異同が記される例を挙げてみよう。これら題下注は施宿の手になるものと考えられている。以下、引用は鄭騫・厳一萍編校『増補足本施顧注蘇詩』[14]（以下『施注』）により、題下に巻数を附す。また、あわせて『蘇文忠公詩合注』（以下『合注』）の巻数を附す。

「出潁口初見淮山、是日至寿州」（『施注』巻三、『合注』巻六）

東坡嘗縦筆書此詩。……墨蹟在呉興秦氏。集本作「平淮」、墨蹟作「長淮」、今従墨蹟。

東坡先生はかつて筆を走らせて本詩を書した。……墨蹟は呉興の秦氏（未詳）のもとにある。文集では「平淮」に作るが、墨蹟では「長淮」に作る。いま墨蹟に従う。

「遊浄居寺、并引」（『施注』巻一八、『合注』巻二〇）

墨蹟今在湖州向氏。首有「浄居」二字。

墨蹟はいま湖州の向氏（未詳）のもとにある。引の冒頭には「浄居」の二字がある。

「海棠」（『施注』巻二〇、『合注』巻二二）

先生嘗作大字如掌、書此詩、似是晩年筆札。与集本不同者、「嫋嫋」作「渺渺」、「霏霏」作「空濛」、「更」作「故」。墨蹟旧蔵秦少師伯陽、後帰林右司子長。今従墨蹟。[15]

先生は掌ほどの大きな字でこの詩を書いている。おそらくは晩年の手になるものである。集本と異なるのは「嫋嫋」を「渺渺」に、「霏霏」を「空濛」に、「更に」を「故に《ことさら》」に作っているところである。墨蹟はもと少師の秦熺（字伯陽）のもとに蔵され、後に右司郎中の林桷（字子長）の所蔵に帰した。いま、墨蹟に従う。

「再次韻答完夫穆父」（『施注』巻二四、『合注』巻二六）

此詩墨蹟蔵呉興秦氏。首云「又次韻穆父舎人和完夫初入省且述世契」。集本云「掖垣老吏」、墨蹟乃「老史」也。

本詩の墨蹟は呉興の秦氏（未詳）のもとに蔵される。冒頭は「又た穆父舎人の完夫初めて省に入るに和し且つ世契を述ぶるに次韻す」となっている。集本で「掖垣の老吏」とあるところ、墨蹟では「老史」となっている。

「次韻曹輔寄壑源試焙新芽」（『施注』巻二九、『合注』巻三二）

集本云「仙山霊雨湿行雲」、「戯作小詩君一笑」。呉興向氏有畢良史旧蔵墨迹、「霊雨」作「霊草」、「一笑」作「勿笑」、今従墨跡。後又題「曾坑壑源」四大字[16]。

集本には「仙山　霊雨　行雲湿《うるお》す」、「戯れに小詩を作る　君一笑せよ」とある。呉興の向氏（未詳）のもとには畢良史旧蔵の墨蹟があり、「霊雨」を「霊草」に、「一笑」を「笑う勿かれ」に作っている。いま墨蹟に従う。詩の後には「曾坑壑源」と四つの文字が大きく書かれている。

「合浦愈上人以詩名嶺外、将訪道南嶽、留詩壁上云『閑伴雲自在飛』、東坡居士過其精舎、戯和其韻」（『施注』巻三八、『合注』巻四三）

此詩墨蹟在玉山汪氏。集本云「不知老奘幾時帰」、墨蹟作「幾年帰」、後題「元符三年八月十日[17]」。

本詩の墨蹟は玉山の汪氏のもとにある。集本に「知らず老奘　幾時《いつ》か帰る」とあるのは、墨蹟では「幾《いず》れの年にか帰る」に作っており、詩の後には「元符三年八月十日」と書きつけられている。

これらの例からは、施宿が蘇軾の真蹟（墨蹟）を参照し、それを「集本」すなわち詩集として流布しているテクストと比較していたこと、文字の異同がある場合はそれを逐一記していたことがわかる。[18] そしてここで特に注目すべきは、『施注蘇詩』は文字の異同がある場合、真蹟のテクストに従っているということである。右に挙げたケースでは、すべて集本ではなく真蹟のテクストが本文として採用されている。[19]『施注蘇詩』が参照した真蹟は、必ずしもすべてが蘇軾の親筆原稿の原物《オリジナル》であったわけではないだろう。なかには真蹟を石に刻したものの拓本、いわゆる「石本」を参照するケースも多かったと考えられる。次に挙げるのは、題下注において真蹟が石に刻されたことを特記する例である。

「月夜与客飲杏花下」（『施注』巻一六、『合注』巻一八）

真蹟草書在武寧宰呉節夫家、今刻於黄州。[20]

草書の真蹟は武寧県知事の呉節夫の家にあり、いま黄州で石に刻されている。

「定恵院寓居月夜偶出」（『施注』巻一八、『合注』巻二〇）

此詩墨跡在臨川黄掞家、嘗刻于婺女倅聴（庁）。「但当謝客対妻子」、墨迹作「閉門謝客対妻子」[21]。

本詩の墨蹟は臨川の黄掞の家にあり、婺女（婺州）の副長官公舎にて刻された。「但《た》だ当《まさ》に客を謝して妻子に対すべし」は、墨蹟では「門を閉ざし客を謝して妻子に対す」に作っている。

「雨中看牡丹三首」（『施注』巻一八、『合注』巻二〇）

此詩墨跡在玉山汪氏、嘗摹刻之。後題「黃州天慶観牡丹三首」。墨蹟云「午景発濃艶」、集本作「濃麗」、今従墨蹟。

本詩の墨蹟は玉山の汪氏のもとにあり、石に刻された。詩の後に「黄州天慶観牡丹三首」と書かれている。墨蹟の「午景　濃艶を発す」は、集本では「濃麗」に作っている。いま墨蹟に従う。

「正月廿日往岐亭、郡人潘古郭三人送余於女王城東禅荘院」（『施注』巻一八、『合注』巻二一）

此詩墨迹、刻石成都府治、題云「正月二十一日出城至虎跑作、虎跑在黄州北二十餘里」。

本詩の墨蹟は成都府庁にて石に刻されている。題には「正月二十一日　城を出でて虎跑（泉名）に至りて作る、虎跑は黄州の北二十餘里に在り」とある。

「大寒歩至東坡、贈巣三」（『施注』巻二〇、『合注』巻二二）

此詩墨跡刻石成都府治。「一瓢酒」作「一尊酒」、乃元祐間所書也。

本詩の墨蹟は成都府庁にて石に刻されている。「一瓢の酒」は「一尊の酒」に作っており、元祐年間に書かれたものである。

「別子由三首、兼別遅」（『施注』巻二〇、『合注』巻二三）

宿守都梁、得東平康師孟元祐二年三月刻二蘇公所与九帖於洛陽、坡書「別子由」第二詩、而題其後云「元豊七年、余自黄遷汝、往別子由於筠、作数詩留別、此其一也。……元祐元年三月十日、軾書」。「水南卜築吾豈敢」、集本作「卜宅」。「想見茆簷照水開」、集本作「遥想茅軒」。今皆従刻石。師猛医士、能刻両公簡札、託名不朽、有足嘉者、遂得以正集本三字之誤云。[22]

わたくし施宿は都梁の知事をつとめた際、東平の康師孟が元祐二年三月に二蘇公（蘇軾・蘇轍）から与えられた九帖の書を洛陽にて刻したものを得た。東坡先生は「別子由」の第二首を書いており、詩の後には「元豊七年、余 黄（黄州）自《よ》り汝（汝州）に遷るに、往《ゆ》きて子由（蘇轍）に筠（筠州）に別れ、数詩を作りて留別す、此は其の一なり。……元祐元年三月十日、軾書す」と書かれていた。「水南　卜築　吾豈に敢えてせんや」は、集本では「卜宅」に作る。「想見す　茆簷　水に照《うつ》りて開く」は、集本では「遥かに想う　茅軒……」に作っている。いますべて石刻に従う。師猛は医師であり、二公の書かれたものをよく石に刻し、その名を不朽のものとした。なかにはきわめて優れたものがあり、集本の誤りも三字正すことができた。

「眉子石硯歌、贈胡誾」（『施注』巻二一、『合注』巻二四）

墨蹟刻石成都、題為「古眉山石硯歌」。

墨蹟は成都にて石に刻されており、題は「古眉山石硯歌」となっている。

「泗州南山監倉蕭淵東軒二首」（『施注』巻二二、『合注』巻二四）

淵字潜夫、後以朝散郎知郴州以没。詩帖猶存蕭氏、周益公嘗為題跋云。二詩墨蹟、刻石成都、「珍禽声好猶思越」作「懐越」、未知即蕭氏所蔵、或是別本也。[23]

蕭淵は、字は潜夫、後に朝散郎を以て郴州の知事となり没した。本詩を書いた法帖はいまなお蕭氏のもとにあり、周必大（益国公）が題跋を書いたという。二首の墨蹟は、成都にて石に刻されており、「珍禽　声好くして猶お越を思う」は「越を懐う」に作っている。蕭氏の蔵する本であるかどうかは不明。あるいは、別の本かもしれない。

「泗州除夜雪中黄師是送酥酒二首」（『施注』巻二二、『合注』巻二四）

自此詩以下至「書劉君射堂」凡七詩、墨蹟刻于成都府治。続帖中、其後跋云「過泗州作此数詩、偶此佳紙精墨写之、以遺旌徳君。元豊八年正月十日、東坡居士書」。旌徳、蓋王夫人也。墨蹟刻本与集本間有不同。「春流活活走黄沙」集本作「咽咽」、「遷客如僧豈有家」、集本作「逐客」、「孤灯何事独成花」、集本作「生花」。「章銭二君見和復次韻答之」、「林烏櫪馬闘讙譁」、集本作「喧譁」、「更有新詩点蜀酥」、集本作「況有」。今皆従刻石本。[24]

本詩より「書劉君射堂」に至る七首の墨蹟は、成都府庁にて石に刻されている。続帖では、その後に附された跋文に「泗州に過《よぎ》りて此の数詩を作り、偶《たま》ま此の佳紙精墨をもって之を写し、以て旌徳君に遺《おく》る。元豊八年正月十日、東坡居士書す」とある。旌徳とは、王夫人のこと。墨蹟の石刻本と集本とで異なっているところがある。「春流　活活として黄沙を走る」は集本では「咽咽」に、「遷客　僧の如く豈に家有らんや」は集本では「逐客」に、「孤灯　何事ぞ独り花を成す」は集本では「花を生ず」に作っている。「章銭二君見和復次韻答之」の「林烏　櫪馬　讙譁を闘わす」は集本では「喧譁」に、「更に新詩の蜀酥を点ずる有り」は集本では「況《さら》に有り」に作っている。いますべて石刻本に従う。

「次韻胡完父」（『施注』巻二四、『合注』巻二六）

此詩墨迹刻石成都府治、題云「次韻完夫舎人見戯一首」。「朝来拄笏看西山」、墨迹作「望西山」。

本詩の墨蹟は成都府庁にて石に刻されており、題は「完夫舎人の戯れらるるに次韻す一首」となっている。「朝来笏を拄《つ》きて西山を看る」は墨蹟では「西山を望む」に作っている。

「送賈訥倅眉二首」（『施注』巻二五、『合注』巻二七）

此詩第二首墨蹟刻於成都府治、乃「蓬蒿親手為君開」、集本作「小軒臨水」。又云「試看一一龍蛇活」、石刻作「舞」。今皆従石刻。

本詩の第二首の墨蹟は成都府庁にて石に刻されている。「蓬蒿　親手《てずか》ら君の為に開く」は、集本では「小軒　水に臨みて……」に作っている。また「試みに看ん　一一　龍蛇活するを」とあるが、石刻では「舞う」に作っている。いますべて石刻に従う。

「小飲西湖、懐欧陽叔弼季黙、呈趙景貺陳履常」（『施注』巻三一、『合注』巻三四）

集本作「竹間亭小飲」。臨川黄掞以公真迹刻于婺倅聴（庁）事。作「小飲西湖、懐欧陽叔弼兄弟、贈趙徳麟陳履常」。蓋是後来所書、景貺已改字徳麟也。集本「歓飲西湖晩」作「酔飲西湖晩」、「此会不可再」作「此会恐難久」、皆以真迹為是。[25]

集本では「竹間亭にて小飲す」に作っている。臨川の黄掞は先生の真蹟を婺州の長官舎にて石に刻した。それには「西湖に小飲し、欧陽叔弼兄弟を懐い、趙徳麟陳履常に贈る」に作っている。おそらく後で書したものだろう。景貺はすでに字を徳麟と改めているからである。集本では「歓飲す　西湖の晩」を「酔飲す　西湖の晩」に、「此の会再びすべからず」を「此の会　恐らくは久しきこと難し」に作っている。いずれも真蹟が正しい。

「追和陶淵明詩、帰園田居、幷引」（『施注』巻四一、『合注』巻三九）

東坡曾孫叔子、名峴、刻所蔵真跡於泉南舶司、間与集本不同。所作類多晩歳、当是集本有誤、今従石本。(26)

東坡先生の曾孫叔子、名は峴は、自らが蔵する真蹟を泉南舶司にて石に刻した。集本とは異なる文字が含まれる。多くは晩年の作と思われる。集本が誤っているのであろう。いま石本に従う。

右に挙げた例は、いずれも題下注であるが、このほか本文の各句に附された注にも同様の例が見える。例えば、「月夜与客飲杏花下」（前掲）の「杏花飛簾報（杏花　飛簾報ず）」句下注には「集本作『散』、石刻作『報』（集本『散』に作る、石刻『報』に作る）」、「惟愁月落酒杯空（惟だ愁う　月落ち酒杯空しきを）」の「愁」字下注には「集本作『憂』、石刻作『愁』（集本『憂』に作る、石刻『愁』に作る）」とある。また、右に挙げた作品以外にも「追和陶淵明詩、貧士」其二（『施注』巻四一、『合注』巻三九）の「古来避世士（古来　世を避くる士）」句下注には「泉南石刻作『士』、集本作『人』（泉南の石刻『士』に作る、集本『人』に作る）」とある。(27)

以上の作品のうち、「月夜与客飲杏花下」、「別子由三首兼別遅」、「泗州除夜雪中黄師是送酥酒二首」、「送賈訥倅眉二首」、「追和陶淵明詩帰園田居幷引」、「貧士」各篇の注には「石刻」「石本」「刻石（本）」を参照したことが明記されている。その以外の例も、オリジナルの真蹟ではなく、石刻拓本もしくはそれに基づく法帖の類を参照したものである可能性が高いと思われる。いずれも、真蹟もしくは石刻のテクストを参照しつつ、集本との文字の異同に言及する注記となっている(28)。これらの例においても、やはり施宿は真蹟もしくは石刻のテクストに従う傾向を示している。右に挙げた十四題（十四例）のうち、「正月廿日往岐亭郡人潘古郭三人送余於女王城東禅荘院」、「大寒歩至東坡贈巣三」、「眉子石硯歌贈胡誾」、「泗州南山監倉蕭淵東軒二首」、「次韻胡完父」を除く九題が真蹟もしくは石刻のテクストを本文として採用している(29)。なお、右に挙げた例の多くに刻石が行われた土地として「成都」の名が記されているが、これについては後述する汪応辰編「成都帖」との関連が想定できるだろう。

右に挙げた施宿の注は、他人が刻した石本、もしくは他人の蔵する石本を参照する例であるが、施宿自身もまた蘇軾の真蹟を石に刻することを積極的に行っていた。次に挙げるのは『施注蘇詩』の題下注にそのことが語られている例である。

「登望谼亭」（『施注』巻一三、『合注』巻一五）

此詩墨蹟乃欽宗東宮旧蔵、今在曾文清家、宿嘗刻石餘姚県治。東坡題云「僕在彭城、大水後登望谼亭、偶留此詩、已而忘之。其後徐人有誦之者、徐思之、乃知其為僕詩也」。集中無之、以入「河復」詩後(30)。

本詩の墨蹟は欽宗の東宮時代の旧蔵であり、いま曾幾（謚文清）の家に蔵される。わたくし施宿はかつて餘姚県庁にて石に刻した。蘇軾は本詩に題して「僕　彭城に在りしとき、大水の後　望谼亭に登り、偶《たま》ま此の詩を留むるも、已にして之を忘る。其の後　徐人　之を誦する者有り、徐《おもむ》ろに之を思えば、乃ち其の僕の詩為《た》るを知る」と述べた。本詩は、文集には無いが、「河復」詩の後に収める。

「次韻孔毅父久旱已而甚雨三首」（『施注』巻二〇、『合注』巻二一）

先生為楊道士書一帖云「僕謫居黄岡、綿竹武都山道士楊世昌子京自廬山来過余。……元豊六年五月八日、東坡居士書」。又一帖云「十月十五日夜、与楊道士泛舟赤壁。……聊復記云」。「次穀父韻」第三首載「西州楊道士」凡数聯、因此帖知為世昌。……二帖書在蜀牋、筆画甚精、宿嘗以入石云。

先生が楊道士のために書いた字帖には「僕　黄岡に謫居するに、綿竹の武都山の道士楊世昌子京　廬山自《よ》り来たりて余に過《よぎ》る。……元豊六年五月八日、東坡居士書す」とある。また別の帖に「十月十五日夜、楊道士と舟を赤壁に泛《うか》ぶ。……聊か復《ま》た記すと云う」とある。本詩「次穀父韻」の第三首に「西州楊道士……」の数聯が見えるが、この帖によって世昌のために書いたものであることがわかる。……ふたつの帖は蜀の箋紙に書かれており、筆画は極めて精緻なものであった。わたくし宿はこれを石に刻した。

「次韻銭穆父」（『施注』巻二四、『合注』巻二六）

欽宗在東宮時、所蔵東坡帖甚富、多有宸翰僉題。即位後、出二十軸賜呉少宰元中。元中為曾文清妹婿、以十軸帰之。今蔵於元孫戸部郎楽道槃。宿為餘姚、嘗刻石県斎。墨蹟云「病客来従飯顆山」、集本作「遷客」、「一言置我老劉間」、集本作「一劉」[31]。

欽宗が東宮にあったとき、所蔵する東坡先生の法帖は極めて多く、そのほとんどに御筆の題が附されていた。即位後、そのうちの二十軸を少宰の呉敏（字元中）に下賜した。呉敏は曾幾（諡文清）の妹婿となり、十軸は曾幾のもとに帰した。いま元孫の戸部郎曾槃（字楽道）のもとに蔵される。わたくし宿は餘姚の知事をつとめた際に、県の書斎にて石に刻した。墨蹟に「病客　来たるに飯顆山従《よ》りす」とあるのを集本では「遷客」に、「一言　我を老劉の間に置く」を集本では「二劉」に作っている。

右に挙げた三例のうち二例に施宿が刻石を行った土地の名として餘姚の名が見えるが、施宿は知餘姚県をつとめたことがある。施宿が赴任先の餘姚で刻石を行っていたことが窺われる[32]。

先に蘇軾の真蹟の刻石が行われた土地として「成都」の名が多く挙げられていることを見たが、「玉堂栽花、周正孺有詩次韻」（『施注』巻二五、『合注』巻二八）に附す次の題下注もやはり成都での刻石に触れたものである。

欽宗在東宮蔵公帖、以賜呉少宰、有与王晋卿都尉一帖云「花栽乞両酴醿、両林禽、両杏、仍乞令栽花人来、種之玉堂前後、亦異時一段嘉事也」。此詩之作、正為是也。宿刻此帖餘姚県斎、汪端明刻此詩成都府治。

欽宗は東宮にいた際に蔵していた先生の法帖を、少宰の呉敏に下賜した。そのうち駙馬都尉の王詵（字晋卿）に与えた一帖には「花栽　両酴醿、両林禽、両杏を乞い、仍《よ》りて花を栽うる人をして来たりて之を玉堂の前後に種えしむるを乞う、亦た異時には一段の嘉事たらん」とある。本詩は、まさしくこのときの作である。わたくし宿はこの帖を餘姚の県斎にて刻した。汪端明は本詩を成都府庁舎にて刻した。

蘇軾の「与王晋卿都尉」帖（未詳）を餘姚で刻したことを語るとともに、汪端明が「玉堂栽花周正孺有詩次韻」詩の真蹟を成都で刻したことに触れている。汪端明とは、孝宗の時に端明殿学士となった汪応辰を指す。法帖の収蔵家としても知られていた[33]。特に注目されるのは、汪応辰が蘇軾の真蹟を集めて『成都西楼帖』三十巻を編刻していたことである[34]。施宿は「贈王郎一首」[35]（『施注』巻一七、『合注』巻一九）の題下注に

此詩墨蹟刻石「成都帖」、而集中失載。

本詩の墨蹟を刻した石本は「成都帖」に収めるが、文集には載せない。

また「寄蔡子華」（『施注』巻二八、『合注』巻三二）の題下注に

蔡子華名褒、眉之青神人。「成都帖」有詩叙云「王十六秀才将帰蜀、云子華宣徳蔡丈見託求詩。夢中為作四句、覚而成之、以寄子華、仍請以示楊君素、王慶源二老人。元祐五年二月七日」(36)。

蔡子華、名は褒は、眉州の青神の人である。「成都帖」に本詩が収められ、その序に「王十六秀才　将《まさ》に蜀に帰らんとするに、子華宣徳蔡丈より詩を求むるを託せらると云う。夢中　為《ため》に四句を作り、覚めて之を成し、以て子華に寄せ、仍《よ》りて以て楊君素、王慶源二老人に示さんことを請う。元祐五年二月七日」とある。

と述べているが、ここに挙げられる「成都帖」は汪応辰編の『成都西楼帖』を指して言ったものである可能性が高い。

南宋の陸游は「跋東坡書髄」（『渭南文集』巻二九）に自ら述べるように、汪応辰編『成都西楼帖』を愛蔵し、そのなかから優れたものを選び『東坡書髄』十巻を編んでいた。陸游「跋東坡帖」（『渭南文集』巻二九）が、この『成都西楼帖』に触れながら施宿の蔵する蘇軾の帖について次のように述べているのは、右に述べてきた施宿の営為との関連から見て大いに注目される。

成都西楼下有汪聖錫所刻東坡帖三十巻。其間与呂給事陶一帖、大略与此帖同。……予謂武子当求善工堅石刻之、与西楼之帖並伝天下、不当独私嚢褚、使見者有恨也。

成都の西楼下に汪応辰（字聖錫）が刻した東坡手蹟の法帖三十巻がある。そのうち、給事中の呂陶に与えたものは

施宿のこの帖とほぼ同じものである。……施宿（字武子）よ、腕の良い刻工と良い石を探し出し、これを刻して「成都西楼帖」と並び伝えるべきである。独り占めして人々を残念がらせてはいけない。

先に挙げた『施注蘇詩』の例に見られるように、施宿は蘇軾の真蹟を少なからず石に刻していた。ここで陸游の挙げる法帖がそれらと重なっていたか否かは不明であるが、施宿が蘇軾の真蹟を愛蔵し、時にはそれを石に刻するなどしていたことを窺わせてくれる言葉として重要である。(37) こうした施宿の姿勢が『施注蘇詩』における真蹟・石刻の活用にも反映されていたと言うべきだろう。

以上、『施注蘇詩』の注釈において、蘇軾の真蹟や石刻が積極的に参照・活用されていたことを見てきた。しかし、その種の注釈が附された作品が蘇軾詩全体に占める割合は決して高くはない。時代が近接しているとはいえ、やはり真蹟・石刻が伝わるのは希有なケースであったのだろう。北宋末に行われた、蘇軾ら「元祐党人」に対する政治的な禁圧の影響も無視できないと思われる。同じことは、次節に取りあげる黄庭堅の場合にも当てはまるだろう。

三　黄庭堅詩注――『山谷内集詩注』『山谷外集詩注』（附）王安石・陳師道詩注

『施注蘇詩』と同様、「草稿」＝「真蹟」もしくはそれに準ずる石刻のテクストを参照するかたちでなされた詩集注釈として、黄庭堅（一〇四五―一一〇五）の詩の注本、任淵による『山谷内集詩注』二十巻を挙げることができる。黄庭堅の詩文は、その死後ほどなく外甥の洪炎によって『豫章集（豫章黄先生文集）』三十巻、いわゆる

『内集』にまとめられる。建炎二年（一一二八）刊。『内集』は詩と文の両方を収めるが、そのうち詩についての注本として編まれたのが任淵『山谷内集詩注』である。洪炎編『内集』の詩が古体・律体に分かつ分体形式によって編まれているのに対して、任淵注本は編年形式による。これに任淵自らが附した序は政和元年（一一一一）に書かれているので、初稿はその頃に成立していただろう。刊行は紹興二十五年（一一五五）頃と推定される。[38] 以下、任淵『山谷内集詩注』において黄庭堅の真蹟もしくは石刻を参照するかたちで附された注釈について見ていきたい。引用は任淵『山谷詩集注（山谷内集詩注）』（光緒間義寧陳氏景刊覆宋本）[39]により、題下にその巻数を附す。

まず、真蹟が参照される代表的な例を四つほど挙げてみたい。第一の例として「次韻王稚川客舎二首」（巻一）についてみよう。その題下注には

彭山黄氏有山谷手書此詩云「王紘稚川、元豊初調官京師、寓家鼎州、親年九十餘矣。嘗閲貴人家歌舞、酔帰、書其旅邸壁間云『雁外無書為客久、蛩辺有夢到家多。画堂玉佩縈雲響、不及桃源欸乃歌』。余訪稚川於邸中而和之」。

彭山の黄氏が蔵する山谷先生が手ずから書した本詩は「王紘稚川、元豊の初め官を京師に調《うつ》し、家を鼎州に寓す、親の年九十餘りなり。嘗て貴人の家の歌舞を閲し、酔いて帰るに、其の旅邸の壁間に書して『雁外　書無く客と為ること久しく、蛩辺　夢有りて家に到ること多し。画堂　玉佩　雲を縈《めぐ》りて響くも、桃源　欸乃の歌に及ばず』と云う。余　稚川を邸中に訪いて之に和す」とある。

とあって、「彭山黄氏」（未詳）が蔵する黄庭堅の「手書」本すなわち親筆原稿が引かれている。親筆原稿では詩

の題と本文は右のように書かれていたのだろう。この詩の場合、詩集の目録部分にも注が附されるが、そこにも「彭山黄氏有山谷手写此詩、題云『王《ママ》紘稚川、元豊初調官京師云云』。当是山谷北京解官後至京師所作（彭山黄氏に山谷の此の詩を手写せる有りて、題に「王紘稚川、元豊の初め官を京師に調《うつ》し云云」と云う。当《まさ》に是れ山谷　北京解官の後に京師に至りて作る所なるべし）」とあって、同じ「手写」本を踏まえての説明がなされる。任淵は更に本文内の注で、第一首の第一句「五更帰夢常苦短（五更の帰夢　常に短きに苦しむ）」について

「五更」字従黄氏本、而別本或作「五湖」。
「五更」の語は黄氏本に従う。別本には「五湖」に作るものもある。

と、また同じく第三・四句「慈母毎占烏鵲喜、家人応賦扊扅歌（慈母　毎《つね》に烏鵲の喜ぶを占う、家人　応《まさ》に扊扅の歌を賦すべし）」について

黄氏本作「慈母不嗔烏鵲語、閨人応賦扊扅歌」。
黄氏本は「慈母　烏鵲の語るを嗔《とが》めず、閨人　応に扊扅の歌を賦すべし」に作る。

と、それぞれ注記する。彭山黄氏所蔵本や「別本」との間に見られる文字の異同を記している。前者の場合は黄氏本に従い、後者の例では従っていないという違いはあるが、同じ手稿本を参照しての文字の異同が記されている。

第二の例として「王稚川既得官都下、有所盼未帰、予戯作林夫人欸乃歌二章与之。竹枝歌本出三巴、其流在湖湘耳。欸乃湖南歌也」（巻一）について見てみよう。ここでも任淵は黄氏所蔵の「手写」本を参照している。こ

の黄氏は右の「彭山黄氏」と同一人物を指していよう。題下注には

黄氏有山谷手写旧本、題云「余復代稚川之妻林夫人寄稚川。時稚川在都下、有所顧盼、留連未帰也」。

黄氏の蔵する山谷の自筆旧本では「余　復《ま》た稚川の妻林夫人に代わりて稚川に寄す。時に稚川　都下に在り、顧盼する所有り、留連して未だ帰らざるなり」と題されている。

とあって、黄庭堅の手稿本に記された詩題の異文を挙げている。そのうえで更に、任淵は本文内の注で各篇の本文の異文を挙げる。現行の任淵注本では第一首は「花上盈盈人不帰、棗下纂纂実已垂。臘雪在時聴馬嘶、長安城中花片飛（花上　盈盈として人帰らず、棗下　纂纂として実已に垂る。臘雪　在《のこ》る時　馬の嘶《いなな》くを聴く、長安　城中　花片飛ぶ）」、第二首は「従師学道魚千里、蓋世成功黍一炊。日日倚門人不見、看尽林烏反哺児（師に従いて道を学ぶ　魚の千里、蓋世の成功　黍の一炊。日日　門に倚るも人見えず、看尽くす　林烏の児に反哺するを）」となっているが、第一首については

黄氏本前章曰「花上盈盈人不帰、棗下纂纂実已垂。尋師訪道魚千里、蓋世功名黍一炊」。

黄氏本では前章は「花上　盈盈として人帰らず、棗下　纂纂として実已に垂る。師を尋ねて道を訪う　魚の千里、蓋世の功名　黍の一炊」に作る。

第二首については

黄氏本後章曰「臥冰泣竹慰母飢、天呉紫鳳補児衣。臘雪在時聴嘶馬、長安城中花片飛」。

黄氏本では後章は「氷に臥し竹に泣きて母の飢うるを慰む、天呉　紫鳳　児の衣を補う。臘雪　在る時　嘶ける馬を聴く、長安　城中　花片飛ぶ」に作る。

と述べる。「手写」本と任淵注本の本文の間に大きな違い、二首の間で前二句と後二句とをそっくりそのまま入れ替えるような根本的な違いがあることを指摘している。この他にまた、第一首については、黄氏本とは別の「手書」本を参照して

什邡張氏有山谷手書此詩、与今本正同、唯一二字稍異、「実已垂」作「実已稀」。又有跋云「宋時有鬼女至人家、歌『花上盈盈』曲、声悲怨、不可聴。潘岳『閑居賦』中歌曰『棗下纂纂』云云」。所援引小有牴牾、蓋随所記憶、略挙大概耳[40]。

什邡の張氏のもとには山谷が手ずから書した本詩がある。今本と同じであるが、一二の文字がやや異なっており、例えば「実已に垂る」は「実已に稀なり」に作る。また跋文があり「宋の時　鬼女の人家に至る有りて、『花上盈盈』の曲を歌う、声は悲しみ怨み、聴くべからず。潘岳『閑居賦』中の歌に曰く『棗下纂纂』云云と」。引用する言葉に少しく齟齬がある。記憶によって大概を挙げたものだろう。

と述べ、「什邡張氏」の蔵する手稿本が「今本」すなわち任淵の用いた集本のテクストと一二の文字の違いを除いてほぼ同じものであったこと、集本にはない跋文を附すものであったことを指摘している。そして更に、第一首の第三句「臘雪在時聴馬嘶」については、この張氏本を引いて「張氏本作『聴嘶馬』」と注記している。なお、「什邡張氏」については未詳。あるいは任淵注本の基盤のひとつとなった詩集「張方回家本」の編者張淵（字方

回、黄庭堅の妹婿の孫）もしくはその一族を指すか。

第三の例として「次韻楊明叔四首」（巻一二）について見てみよう。この詩の場合、題下注には親筆原稿に関する注記はないが、第四首第二句「三孱不満隅（三孱　隅に満たず）」について

『晏子春秋』曰「五子不満隅、一子満朝」。案黄氏本有山谷自注、亦引此語、但以「五」為「三」爾。[41]

『晏子春秋』に「五子　隅に満たざるに、一子　朝に満つ」とある。黄氏本を見るに山谷の自注が附されており、やはりこの語を引いている。ただし「五」は「三」に作っている。

と述べる注が附される。先の詩と同じく黄氏所蔵の手稿本を参照したものであろう。本詩には、このほかにも「黄氏本」を参照した注記が二箇所に見える（そのうち一例については第四節を参照）。

最後に「次韻文少激推官祈雨有感」（巻一三）について見てみよう。この詩の場合、目録の注、題下の注、本文内の注の三箇所で黄庭堅の親筆原稿に触れている。目録注には

此詩真本云「伏承少激恵示夏日祈雨有感之詩」。末句云「愛民天子似仁宗」、時徽考初即位。

本詩の真蹟には「伏して少激の夏日祈雨有感の詩を恵示せらるるを承る」とある。末句に「民を愛する天子　仁宗に似る」とある。折しも徽宗皇帝が即位されたばかりであった。

題下注には

少激名抗、臨邛人、時在戎州。諸本或作「少微」、誤。予嘗見其家蔵此詩真本、有序云「窃聞太守斎潔奉

詞、当獲嘉応」。

少激　名は抗、臨邛の人、時に戎州にあった。諸本には「少微」に作るものもあるが、誤りである。わたしはかつて文氏家蔵の本詩の真蹟を見たことがある。それには序が附されていて「窃《ひそ》かに太守の斎潔して詞を奉るを聞く、当《まさ》に嘉応を得べし」とあった。

と述べて、この詩の原唱の作者である文抗（字少激）の家に蔵する黄庭堅の「真本」を参照しつつ、詩の題や本文の異文を挙げ、また序文を補うなどしている（本文内の注について第四節に取りあげる）。ちなみに、右の注に挙げられる異文には「伏承……」「窃聞……」といった尊敬・謙譲表現が用いられている。当初、本詩が文抗に贈られた際には、このような題・序が附されていたのだろう。詩集として整理される前の段階のテクストの姿を窺うことのできる興味深い事例である。

以上に挙げた四例のほかに、「次韻楊明叔見餞十首」其五（巻一四）の「沙頭駐鳴艣（沙頭　鳴艣を駐《とど》む）」句下注に「明叔家真本作『沙頭』、其家云『山谷元約明叔同住荊南之沙頭、故云爾』。今本作『江頭』、非是（明叔家の真本「沙頭」に作る。其の家は云う「山谷　元より明叔と同に荊南の沙頭に住むを約す、故に爾云う」と。今本「江頭」に作るは、是に非ず）」、「題子瞻画竹石」（巻一五）の題下注に「趙子湜家本云『題全天粋東坡竹』（趙子湜の家本『全天粋の東坡竹に題す』と云う）」と述べるのは、黄庭堅の真蹟を参照して詩の題や本文に見られる文字の異同を記した例と言えよう。[42] また、「奉和文潜贈無咎、篇末多以見及、以『既見君子、云胡不喜』為韻」（巻四）の題下注に「山谷嘗写『答邢居実詩』及此詩与徐師川、曰……（山谷嘗て『答邢居実詩』及び此の詩を写して徐師川に与えて、曰く……）」、「戯詠蠟梅二首」（巻五）の題下注に「山谷書此詩後云……（山谷　此の詩の後に書して云う……）」、あるいは「次韻楊明叔四首」其一（巻一二）の後注に「今彭山黄氏有此真蹟（今　彭山黄氏に此の真蹟有り）」、「戯詠高節亭辺山礬花二首幷序」（巻一九）の序下注に「此詩及序、皆以山谷手跡校過（此の詩及び序、皆な山谷の手跡を以て校し過《おわ》る）」と述べるのは、文字の異同については記していないが真蹟を参照したことを示す例である。そして更に、「寄黄幾復」（巻二）の「我居北海君南海、寄雁伝書謝不能」句下注、「戯詠猩猩毛筆」（巻三）の題下注、「賈天錫恵宝薫乞詩、予以『兵衛森画戟、燕寝凝清香』十字作詩報之」其三（巻五）の後注、「次韻幾復和答所寄」（巻八）の目録注、「出礼部試院、王才元恵梅花三種皆妙絶、戯答三首」其一（巻九）の後注、「戯答兪清老道人寒夜三首」（巻一〇）の題下注、「次蘇子瞻和李太白潯陽紫極宮感秋詩韻、追懐太白子瞻」（巻一七）の後注には、それぞれ黄庭堅の跋が引かれている。これらのテクストはいずれも真蹟の類であったと推測される(43)。

以上に見てきたのは真蹟の類を参照するかたちで附された注釈であるが、石刻を参照する例も散見される(44)。代表的な例をふたつほど挙げてみよう。例えば「題也足軒幷序」（巻一三）の序下注には

　此詩以石本校過、改正「種」「愛」「若」「曇」四字。
　本詩は石本をもって校正し、「種」「愛」「若」「曇」の四字を改めた。

とあって、洪炎編『内集』巻六に収める右の詩のテクストに見られる四つの文字の誤りを「石本」によって正したことが述べられる。本文内の注にも、「道人手種両三竹（道人　手ずから両三竹を種う）」句注に「『手種』誤作『手挿』」と、「世人愛処属同流（世人　愛する処　同流に属す）」句注に「『愛処』誤作『同処』」と、「客来若問有何好、道人優曇遠山緑（客来たりて若《も》し何の好きか有ると問わば、道人　優曇のごとくして遠山緑なり）」句注に「『若問』誤作『問我』、『優曇』誤作『優波』」とあって、『内集』のテクストの字句の誤りが具体的に指摘されている(45)。

また「戯題巫山県用杜子美韻」（巻一四）の「巴俗深留客、呉儂但憶帰（巴俗 深く客を留め、呉儂 但《た》だ帰るを憶う）」句注には

按巫山石刻、「巴俗深留客」作「殊親我」、「呉儂但憶帰」、「但」作「暫」字。

巫山の石刻を見るに、「巴俗深留客」は「殊《こと》に我に親しむ」、「呉儂但憶帰」の「但」は「暫」字に作っている。

とあって、巫山で刻されたこの詩の「石刻」に見られる文字の異同が記されている。

任淵は『山谷内集詩注』の自序に自ら述べているように黄庭堅と交流があった。その注釈は黄庭堅の死後ほどなく完成している。こうしたことも関わってか、任淵は参照するに足る黄庭堅の真蹟や石刻の類を数多く把握していたのだろう。現存する文献で見る限り、任淵『山谷内集詩注』は、宋代における詩文集注釈のなかで最も早く作者の真蹟・石刻を本格的に活用するかたちでなされた注釈であり、この点において重要な意義を持つ著作となっている。

以上に見たような任淵の注釈態度は、任淵と同時代あるいは任淵以後の南宋における黄庭堅詩集の整理・注釈にも共有されていたように思われる。例えば、史容注『山谷外集詩注』、史季温注『山谷別集詩注』、そして黄罃『山谷年譜』（山谷先生年譜）など。これらの著作について詳しくは、第二章に述べる。ここでは、史容『山谷外集詩注』十七巻を取りあげてごく簡単に見ておこう。洪炎編の『内集』は黄庭堅の詩文すべてを集成したものではない。『内集』未収の作については、李彤によっていわゆる『外集』十四巻にまとめられる。『外集』の巻一～七には詩（特に初期の作）を収める。史容『山谷外集詩注』は、この『外集』巻一～七に収める詩に注釈を附したものである（『外集』の巻一一～一四にも詩を収めるが、これらについては史容注本では除かれている）。嘉定元年（一

二〇八）の銭文子の序があるので、その頃までに初稿は成立していた。当初の史容注本は、李彤編『外集』と同じ編纂方法、すなわち古体・律体に分ける分体形式によって編まれていたが、後に任淵注本と同じく編纂形式に改編される。分体本は全十四巻であるが、編年本は全十七巻となっている。ここで取りあげるのは改編後の十七巻本である。

この史容『山谷外集詩注』にも真蹟・石刻を参照するかたちで文字の異同を記す注が見え、その数は任淵注本を大きく上回っている。以下、題下注から代表的な例をふたつほど挙げてみよう（本章では真蹟を参照する二例を挙げるにとどめるが、このほかに石刻を参照する例も含めて数多くの例が見られる。詳しくは第二章を参照）。引用は任淵注本に同じく光緒刊本『山谷詩集注（山谷外集詩注）』により、題下にその巻数を附す。

「思親、汝州作」（巻一）

按黄氏『年譜』載、玉山汪氏有山谷此詩真蹟、題云「戊申九月到汝州、時鎮相富鄭公」。今詩言「歳晩」、必是拘留至此時也。而首句与集中不同、云「風力霜威侵短衣」(46)。

黄氏の『年譜』の記載によれば、玉山の汪氏が蔵する真蹟では、題に「戊申九月　汝州に到る、時に鎮相は富鄭公（富弼）なり」とある。いま詩に「歳晩」とあるので、この時まで久しく留まっていたに違いない。首句は詩集のテクストと異なり、「風力　霜威　短衣を侵す」となっている。

「次韻郭明叔長歌」（巻一四）

案山谷真蹟云「謹次韻上答知県奉議恵賜長歌、邑子黄庭堅再拝上」。其間不同者、「何如高陽酈生酔落魄」

作「都不如」、「蚓食而蝎跧」、「蝎跧」作「蝸跧」、「自可老斲輪」作「自奇老斲輪」、「公直起」作「公且起」、「黄花零落」作「零乱」。此帖見蔵泉江劉鷹家。

山谷の真蹟によれば「謹みて次韻し知県奉議の長歌を恵賜せらるるに上答す、邑子黄庭堅　再拝して上《たてまつ》る」となっている。集本と異なるのは、「何ぞ如《し》かん　高陽の酈生　酔いて落魄するに」は「都《すべ》て如かず……」に、「蚓食して蝎跧《ちぢ》まる」の「蝎跧まる」は「蝸跧まる」に、「自ら可とす　老いて輪を斲《けず》るを」は「自ら奇とす　老いて輪を斲るを」に、「公直ちに起《た》つ」は「公且《まさ》に起たんとす」に、「黄花零落す」は「零乱す」に作っている。この真蹟はいま泉江の劉鷹（未詳）の家に蔵される。

黄庭堅の「真蹟」によって題および本文の異文を示している。特に「次韻郭明叔長歌」詩の題は、真蹟では「謹」「上答」「再拝上」という尊敬・謙譲表現を駆使した題となっている。前掲「次韻文少激推官祈雨而有感」詩の任淵注に引く真蹟と同じく、詩集として整理される前の段階のテクストの姿を窺うことのできる興味深い事例である。

以上、黄庭堅の詩の注本、任淵『山谷内集詩注』と史容『山谷外集詩注』について見てきた。いずれも作者自身の手になる真蹟や石刻を可能な限り参照・活用すべく努めており、その点では『施注蘇詩』と基本的には共通する。だが、『施注蘇詩』との間に若干の違いも認められるように思われる。それを一言で述べるならば次のようになるだろう。前節に挙げた『施注蘇詩』の施宿の注は、真蹟・石刻を蘇軾自身が定めた定本もしくはそれに近いテクストとして尊重する傾向にあった。真蹟・石刻に作者自身のオリジナル原稿としての権威を認めていたと言ってもいい。それに対して、任淵、史容らによる黄庭堅詩の注釈においては、真蹟・石刻は必ずしも定本とは見なされない傾向にある。本節に挙げた例について言えば、『山谷内集詩注』の「次韻王稚川客舎二首」（巻一）の注は、第一首の第一句「五更帰夢常苦短」については黄氏所蔵の手稿に従いつつも、第三・四句「慈母毎占烏鵲喜、家人応賦扊扅歌」については手稿には従っていない。あくまでもひとつの異文として処理している。同じく「王稚川既得官都下、有所盼未帰、予戯作林夫人欸乃歌二章与之」（巻一）の注に挙げる黄氏所蔵の手稿、「戯題巫山県用杜子美韻」（巻一四）の注に挙げる石刻についても、やはり異文として挙げるにとどめ、本文のテクストとしては採用していない。また、『山谷外集詩注』の例として挙げた二例についても同様のことが言える。任淵や史容にとって、真蹟や石刻は必ずしも全面的に尊重すべき権威あるテクストとは見なされていなかったのである。このことは次節に述べる「改定」の問題とも密接に関わっていると考えられる。

さて、ここで現存する他の宋人注宋人集、特に王安石と陳師道の詩の注釈について簡単に触れておきたい[47]。まず、王安石の詩集注本について述べよう。王安石（一〇二一―八六）の詩の注本には南宋の李壁による『王荊文公詩注』五十巻がある。嘉定二年（一二〇九）成書。この李壁の注釈においても、次に挙げるように真蹟・石刻を参照して文字の異同を記す例をいくつか見出すことができる。以下、李壁の注には庚寅（紹定三年〔一二三〇〕）に増補された注釈、いわゆる「庚寅増注」も含める。引用は李壁注『王荊文公詩李壁注』（朝鮮活字本[48]）により、題下にその巻数を附す。

「純甫出僧恵崇画要予作詩」（巻一）「流鶯探枝婉欲語（流鶯　枝を探して婉として語らんと欲す）」句注（庚寅増注）

「流鶯」、石本作「鶯流」、尤妙。

「流鶯」は、石本は「鶯流」に作る。絶妙である。

「独帰」（巻四）「陂農心知水未足（陂農　心に知る　水未だ足らざるを）」句注

「陂農」、諸本皆作「疲農」、余於臨川見公真迹、乃知是「陂」字。

「陂農」は、諸本皆な「疲農」に作る。わたしは臨川にて先生の真蹟を見たが、「陂」字であることがわかった。

「送陳和叔」（巻二七）「昼寓墩甎常至夜（昼に墩甎に寓して常に夜に至る）」句注

此詩有石本、在臨川饒蒙家、真迹「墩」作「椁」(49)。

本詩には石本があり、臨川の饒蒙の家に蔵される。真蹟は「墩」を「椁」に作る。

「陳君式大夫恭軒」（巻三二）「肯構会須門閥大（肯構　会《かなら》ず須《もと》む　門閥の大なるを）」句注

真迹「閥」字作「更」字。

真蹟は「閥」字を「更」字に作っている。

「王章」（巻四四）「志士軒昂非自謀（志士　軒昂として自ら謀るに非ず）」句注

「軒昂」、真跡作「激昂」。

「軒昂」は、真蹟は「激昂」に作る。

「春雨」（巻四四）「城雲如雪柳傲傲（城雲　雪の如く柳傲傲たり）」句注

真迹「雪」作「夢」。

真蹟は「雪」を「夢」に作る。

このほかに、文字の異同についての記載はないが、「秋熱」（巻五）の題下注に「余在臨川得此詩石本（余　臨川に在りて此の詩の石本を得）」、「送陳謣」（巻一三）の後注に「此詩余在撫州見石本、嘉祐元年作（此の詩　余　撫州に在りて石本を見る、嘉祐元年の作）」、「試茗泉」（巻一八）の題下注に「此泉在撫州之金渓翠雲院、石本尚存（此の泉撫州の金渓翠雲院に在り、石本　尚お存す）」、「陳君式大夫恭軒」（巻三二）の本文内の注に「公此詩撫州有石本（公の此の詩　撫州に石本有り）」とあって石刻を参照したことを示す例が見られる。

陳師道（一〇五三―一一〇二）の場合、黄庭堅と同じく任淵による詩集注本として『後山詩注』十二巻がある（以下、引用は『四部叢刊』本により、題下にその巻数を附す[50]）。『山谷内集詩注』と並行して編まれた注本であり、同時期の成書と考えられる。しかし、黄庭堅詩注の場合とは異なって、陳師道の詩注において任淵は真蹟・石刻を直接に参照することはしていない。ただし「絶句」（巻一一）の「春風欲動意猶微（春風　動かんと欲して意猶お微かなり）」句下注に

魏衍云「丙稿塗三字」。末注王子飛云「趙誠伯本作『欲動』」。一云「春風著意力猶微[51]」。

魏衍は「丙稿　三字を塗す（塗りつぶして抹消している）」と言う。末尾の注に王子飛は「趙誠伯本『欲動』に作る」と言っている。一本に「春風　意を著するも力猶お微かなり」と言う。

また「送謝朝請赴蘇幕」（巻一二）の「山合遮西顧（山合して西顧を遮る）」句下注に

一作「沙軟留徐歩」。魏本云「丙稿塗上四字、不注」[52]。

一本に「沙軟かくして徐歩を留む」に作る。魏本に「丙稿　上の四字を塗するも、注せず」とある。

とあって、陳師道の手稿本を参照しての記載が見える。陳師道の死後、その原稿は門人の魏衍に委ねられる。それが甲乙丙の三部に分かれていたこと、魏衍「彭城陳先生集記」(政和五年〔一一一五〕記、『後山詩注』巻首)に述べられる。魏衍は、この甲乙丙稿を基に詩六巻、文十四巻からなる二十巻の文集を編んだ。任淵注本はそれに基づいて編まれている。右に挙げた任淵注は、魏衍の注記を引用するかたちで附されたものであり、任淵が陳師道の手稿本を参照していたことを示すものではない。だが、魏衍による陳師道の手稿本の整理状況の一端を窺い知ることのできる資料として注目に値しよう[53]。

四　校勘から生成論へ

宋代には、第一節に見たように、旧来の校勘とは若干異なる新たな校勘の視点とも言うべきものが成立していた。ここに言う新たな視点とは、繰り返せば「定本」(作者自身が「定本」と定めた本)以前の段階にあるテクスト、すなわち作者自身の「草稿」＝「真蹟」をも視野に入れつつ文字の異同を比較・検討するような視点である。旧来の校勘がもっぱら「定本以後」を対象とするのに対して、新たな校勘は「定本以前」をも対象とすると考えてもいいだろう。

この新たな校勘の視点は、どのような点が新しいのだろうか。もちろん、それまで検討の対象とされなかったテクストを検討の対象としている点が新しいのであるが、単にそれだけで済ませてしまうわけにはいかないだろう。前稿「『焚棄』と『改定』——宋代における別集の編纂あるいは定本の制定をめぐって」に結びつけて考えるならば、その最も重要な新しさは次のような点に求められる。すなわち、作者自身による自作の「改定」、換言すれば定本（最終稿・完成稿）制定のプロセスが検討すべき問題としてとらえられている点に。ここにおいて校勘学的視点の焦点は「異同」から「改定」へと移行しつつあった、と言ってもいいかもしれない。なお、こうした改定に対する関心は、彼らが実作者として、自らの創作の参考にしようとしていたことに発するものであろう。例えば、南宋の費袞『梁谿漫志』巻六が蘇軾の文章の石刻に認められる「改竄」について「蜀中石刻東坡文字稿、其改竄処甚多、玩味之、可発学者文思[54]（蜀中　石に刻せる東坡の文字稿、其の改竄する処甚だ多し、之を玩味すれば、学者の文思を発すべし）」と述べ、周必大「題汪逵季路所蔵墨蹟三軸」（『文忠集』巻一八）が同じく蘇軾の文章の真蹟に認められる「改定」について「学者因前輩著作、而観其所改定、思過半矣[55]（学者　前輩の著作に因りて、其の改定する所を観れば、思い半ばを過ぐ）」と述べているように。

では、宋代の詩の注釈の場合はどうだったのか。これまでに挙げた各種の詩集注本のうち、王安石の詩に関する李壁の注釈においては、真蹟や石刻の類を参照する例は見られたが、しかし改定のプロセスに対する関心は必ずしも明確ではない。わずかに「泊船瓜洲」（『王荊文公詩李壁注』巻四三）の注において洪邁『容斎随筆』続筆巻八の改定をめぐる記事を引用する程度にとどまる[56]。ところが、蘇軾・黄庭堅詩の注釈、とりわけ黄庭堅詩の注釈においては、その種の視点がより明確になる。以下、蘇軾・黄庭堅詩の注釈から、「草稿」＝「真蹟」を参照しつつ、その改定のプロセスに着目する記載をいくつか抜き出してみよう。まず、『施注蘇詩』の題下注には次のような例が見られる。

「次韻周開祖長官見寄」（『施注』巻一七、『合注』巻一九）

墨蹟蔵呉興向氏。前題云「次韻奉和楽清開祖長官見寄」、後題云「元豊二年六月十三日呉興郡斎作」。「旋見児童迎細侯」、墨蹟作「已見」、当是続改此一字。

本詩の墨蹟は呉興の向氏に蔵される。前には「次韻して楽清の開祖長官の寄せらるるに奉和す」と、後ろには「元豊二年六月十三日、呉興の郡斎にて作る」と題されている。「旋《たちま》ち見る　児童　細侯を迎うるを」は、墨蹟では「已に見る……」に作っているが、（本詩を書きあげた後に）続けてこの一字を書き改めたに違いない。

「送楊孟容」（『施注』巻二五、『合注』巻二八）

墨跡刻石成都府治、題云「送楊礼先知広安軍」。墨蹟「子帰治小国」作「君帰治小国」、「後生多高才」作「後生多才賢」、「故人餘老龐」作「至今餘老龐」、「殷勤与問訊」作「君帰与問訊」、其不同如此。然墨跡字有重複、集本或後来改定、故存之不復易云。

本詩の墨蹟は成都府庁に刻されている。そこでは「楊礼先（字孟容）の広安軍に知たるを送る」と題されている。墨蹟では「子帰りて小国を治む」は「君帰りて小国を治む」に、「後生　高才多し」は「後生　才賢多し」に、「故人老龐を餘《のこ》す」は「至今　老龐を餘す」に、「殷勤として与《ため》に問訊す」は「君帰りて与に問訊す」に作っている。集本と異なるのは、以上のごとくである。しかるに、墨蹟と重なるところもある。集本は後から書き改めたものかもしれない。したがって、ここに異なる点を書き記しておくが、字句を改めることはしない。

いずれも「墨蹟」と「集本」との間に見られる文字の異同の検討を踏まえて、後者が前者を「改定」して成ったものであることを指摘している。ここで特に注目されるのは、真蹟ではなく集本の方がより「正しい」テクストと見なされていることである。実際、『施注蘇詩』の本文は集本のテクストを採用している。先に第二節に挙げた例では、施宿は集本ではなく真蹟のテクストに従う傾向を示していたが、ここではそれが逆転しているのである。かかる姿勢の違いがもたらされたのはなぜか。それは、ここで施宿が作者自身による改定という現象をとらえていたからにほかならないだろう。第一節に述べたように、「草稿」＝「真蹟」は常に作者の手によって書き改められる危険性を秘めた不安定な存在でもある。ここで施宿がとらえているのは、「草稿」段階にある作品が持つかかる不安定性であると言ってもいいだろう。

『施注蘇詩』の場合、右に挙げた注のように「改定」もしくはそれに類する語を用いて改定に言及する記述は少なく、蘇軾詩の改定のプロセスに対する関心はさほど高いとは言えない(57)。第二節に挙げた例に見られるように、施宿が真蹟・石刻を参照する際には、それをより定本に近いテクストとして認めようとする傾向が見られた。施宿の主たる関心は、より正しいテクストの確定にこそあって、改定のプロセスにはなかったと言うべきだろう。それに対して、任淵や史容ら黄庭堅詩の注釈には、真蹟・石刻をあくまでも定本に至る途上にある異文のひとつとして扱おうとする傾向が強く見られたこと、第三節に見た通りである。任淵ら黄庭堅の注釈においては、こうした関心のあり方が改定のプロセスに対する関心という形を取ってかなり顕著にあらわれてくる。第三節に挙げた例からもその種の関心は見て取れるが、以下更に別の例を挙げて確認してみたい。

まず、任淵『山谷内集詩注』には次のような例が見える（題下に巻数を附す）。

「題伯時画松下淵明」（巻九）「幽尚亦可観（幽尚　亦た観るべし）」句下注

蜀中旧本作「幽況亦可観」、今本当是後来所改。

蜀刊の旧本では「幽況　亦た観るべし」となっている。現行の本は後から改めたものに違いない。

「出礼部試院王才元恵梅花三種皆妙絶戯答三首」其三（巻九）「百葉緗梅触撥人（百葉　緗梅　人を触撥す）」句下注

「触撥」字、一本作「料理」。『王立之詩話』曰「『触撥』字、初作『故悩』、其後改焉(58)」。

「触撥」は、一本では「料理」に作る。『王立之詩話』は「『触撥』の字、初め『故《ことさら》に悩ます』に作るも、其の後改む」と言っている。

「謝王舎人剪状元紅」（巻九）「欲作短章憑阿素、緩歌誇与落花風（短章を作りて阿素に憑り、緩かに歌いて落花の風の与《ため》に誇らしめんと欲す）」句下注

『王立之詩話』曰「山谷与余詩云『欲作短歌憑阿素、丁寧誇与落花風』。其後改『歌』字作『章』字、改『丁寧』字作『緩歌』字(59)」。

『王立之詩話』は「山谷　余に与うる詩に『短歌を作りて阿素に憑り、丁寧に落花の風の与に誇らしめんと欲す』と云う。其の後『歌』字を改めて『章』字に作り、『丁寧』字を改めて『緩歌』字に作る」と言っている。

「次韻楊明叔四首」其四（巻一二）「窃観今日事（窃かに観る　今日の事）」句下注

黄氏本作「今者事」。此云「今日」、当是晩年所改。

黄氏所蔵の本は「今者の事」に作る。ここには「今日」とあるが、晩年に改めたものに違いない。

「次韻文少激推官祈雨有感」（巻一三）「従此滂沱遍枯槁、愛民天子似仁宗（此れ従《よ》り滂沱として枯槁に遍くせば、民を愛する天子　仁宗に似ん）」句下注

文氏真本上句作「従此滂沱三十六」。後改此句。

文氏所蔵の真蹟には上句を「此れ従《よ》り滂沱たること三十六」に作る。後にこの句を改めたのである。

第二、第三の例が『王直方（立之）詩話』の記述を転用する以外は、任淵自ら各種手稿を実見しての発言と考えられる。いずれにおいても「改」の語を用いて黄庭堅が初稿段階のテクストに改定を加えていったことが指摘されている。[60]

また、史容『山谷外集詩注』の題下注には次のような例が見える（題下に巻数を附す）。

「同韻和元明兄知命弟九日相憶」（巻九）

山谷有此詩草本真蹟云「万重雲裏孤飛雁、只聴帰声不見身。却把黄花同悵望、寄伝詩句更清新」。末句「奉観帰製白綸巾」傍注「改」。今本「南北」作「南渡」、「兄弟」作「摹写」、「老作」改「晩作」。次篇「田鄰」作「鄰田」。

山谷には本詩の草稿の真蹟がのこされており「万重の雲裏　孤飛の雁、只だ帰声を聴きて身を見ず。却って黄花を把《と》りて同《とも》に悵望す、寄せて詩句を伝うれば更に清新たらん」と書かれている。末句の「奉観せん　帰りて白綸巾を製するを」の傍らには「改む」と注記されている。現行の本では「南北」は「南渡」に、「兄弟」は「摹写」に作り、「老作」は「晩作」に改めている。第二首の「田鄰」は「鄰田」に作っている。

「送徐隠父宰餘干二首」（巻一一）

山谷真蹟稿本、「地方百里古諸侯、嚬笑陰晴民具瞻」。「寒霜」改「冰霜」、又改「冷霜」。「皆廉」改「争廉」。第五句「樽前桃李親朋友」、註云「改此」。次篇「瑞世」改「下瑞」、「同生」改「同兄」。

山谷の稿本の真蹟では「地方　百里　古の諸侯、嚬笑　陰晴　民具《つぶさ》に瞻《み》る」となっている。「寒霜」は「冰霜」に、ついで「冷霜」に改められている。「皆な廉なり」は「廉を争う」に改められている。第五句は「樽前の桃李　朋友に親しむ」とあり、「此を改む」と注記されている。第二首の「瑞世」は「瑞を下す」に、「同生」は「同兄」に改められている。

「答王道済寺丞観許道寧山水図」（巻一五）

按『外集』十二巻又載一篇云「往逢酔許在長安、蛮渓大硯磨松煙。……」。比此篇多一韻、其間大同小異、恐此是改定本、因附見。[61]

『外集』巻一二には別の一篇があり「往きて逢う　酔許　長安に在るに、蛮渓の大硯　松煙を磨す。……」とうたわれる。本篇に比べて一韻多いが、両者は大同小異である。おそらくは改定したものであるので、ここに附す。

「和曹子方雑言」（巻一六）

『前集』有「次韻答曹子方雑言」、此篇亦次韻也、而不言「次韻」。詩意略同、不応再出。又不称「再和」、疑是先作此篇、後復竄易、故両存耳。[62]

『前集』に「次韻答曹子方雑言」がある。本篇もまた次韻の詩であるが、「次韻」とは言っていない。詩の中身はほぼ同じであるから、重ねて収めるべきではないかもしれない。「再び和す」とも言っていないので、おそらく先に本篇を作り、後に書き改めたために、二篇がのこったのであろう。

いずれにおいても、「真蹟」のテクストを参照しつつ、それがどのように改められて「今本」の形となったか、作者自身による自作の改定のプロセス、換言すれば「定本」制定のプロセスが検討すべき問題としてとらえられている。「答王道済寺丞観許道寧山水図」、「和曹子方雑言」詩の二例は、いずれも別本（異本）の存在を指摘した注となっている。ここで別本が発生した理由として史容がとらえているのは、黄庭堅自身による「改定」「竄易」にほかならない。なお、右に挙げた例には黄𥲅『山谷年譜』の記載と重なるものもあるが、「和曹子方雑言」詩については『山谷年譜』は注記そのものを欠く。「同韻和元明兄知命弟九日相憶」（『年譜』巻一三）の場合は引用される真蹟のテクストが異なる。また「送徐隠父宰餘干」（『年譜』巻一四）の場合は引用される真蹟のテクストが異なるだけでなく改定に関する記載も欠くなど、異なる点も少なくない（『山谷年譜』について詳しくは第二章を参照）。

同様の姿勢があらわれた例として、最後にもうひとつ注目して挙げておきたいのは、任淵『山谷内集詩注』に見える次の言葉である。第三節に黄庭堅「王稚川既得官都下、有所盼未帰、予戯作林夫人欸乃歌二章与之……」（巻一）に附す任淵の注が黄庭堅の親筆原稿を参照する例を挙げた。この詩の第二首に附す本文内の注は次のように述べている。

黄氏本後章曰「臥冰泣竹慰母飢、天呉紫鳳補児衣。臈雪在時聴嘶馬、長安城中花片飛」。四句蓋旧所作、後方改定。今附見於此、庶知前輩有日新之功也。

黄氏所蔵の手写本によると第二首は「氷に臥し竹に泣きて母の飢うるを慰む、天呉　紫鳳　児の衣を補う。臘雪在《のこ》る時　馬の断くを聴く、長安　城中　花片飛ぶ」となっている。この四句は当初の形をのこす旧稿であって、黄庭堅は後にこれを改めたのである。いまここに附載する。これによって、先人の日々新たに自分を高めようとした努力の軌跡を知ることができよう。

何故、黄庭堅による自作の「改定」に着目するのか。その目的について、任淵は「前輩に日新の功有るを知るに庶《ちか》からん」と言っている。黄庭堅は自作の「草稿」を書き改めることによって、それを日々新たに、より高次のものへと進化させていった。そのプロセスを明らかにするためにほかならない――任淵の言葉を敷衍して言えば、このようになるだろう。先に任淵らによる黄庭堅詩の注釈において「草稿」＝「真蹟」もしくはそれに準ずるテクストは必ずしも「定本」とは見なされていなかったと述べた。おそらくそれは、「草稿」とは絶えず改定される可能性あるいは危険性を秘めた不安定な存在である、と考えられていたからであろう。任淵をはじめ黄庭堅詩の注釈に見える改定をめぐる記載からは、その種の認識が見て取れる。それは同時に「草稿」段階にある作品に備わる独特の性格に眼を向けようとする文学論的視点の誕生を告げるものでもあったと考えられる。

いま右に述べたことに関連して、北宋末南宋初の朱弁（一〇八五―一一四四）『曲洧旧聞』巻四が述べる次の言葉を読んでみたい。

古語云「大匠不示人以璞」、蓋恐人見其斧鑿痕迹也。黄魯直于相国寺得宋子京唐史稿一冊、帰而熟観之、自是文章日進。此無他也、見其竄易句字、与初造意不同、而識其用意所起故也。

古人の語に「偉大なる匠《たくみ》は玉の原石を人には見せない」という。他人に研磨作業の痕跡《プロセス》を見られるのを恐れたものだろう。黄庭堅（字魯直）はかつて相国寺で宋祁（字子京）の『唐書』の稿本一冊を手に入れると、家に帰ってそれを熟読した。それからというもの、文章は日ごとに進歩したという。これはほかでもなく、宋祁が文章の字句に手を加えて当初の表現を作り変えていった様子を見て、その用意の根本を学んだからであろう。

まずここで注目したいのは冒頭に引かれる「古語」である。すぐれた匠《たくみ》は、他人に「玉」は見せるが「璞（玉の原石）」は見せない。つまり、玉の研磨作業のプロセスは他人の眼から隠すものである。おそらくこれが古くからの中国文人の基本姿勢であっただろう。ところが宋代には、本来隠しておくべき玉の研磨作業のプロセスが露わになってしまったのである。引用の後段では、黄庭堅が宋祁による文章の「竄易」すなわち改定のプロセスを観察することを通して文章制作の極意を会得したことが述べられる(63)。ここに見て取れるのは作者の「稿」に刻み込まれた改定のプロセスに対する関心であるが、こうした関心が文人間に広く一般化したのが宋代であった。右の朱弁の記事には、もはや「璞」＝「稿」を他人の眼から隠すことができなくなっていた宋代の文学環境のあり方が端的に語られている。こうした環境のあり方が、詩文集の注釈にも深く影響を及ぼしていたのだと考えられる。

*

宋代の注釈者、特に蘇軾・黄庭堅詩の注釈者たちは、作者の「草稿」＝「真蹟」を単に「校勘」に資する諸本のひとつとして取りあげ、文字の「異同」を比較・検討していただけではなかった。彼らは、その検討を通して、作者がどのように自作の「改定」を重ねたか、どのように「定本」（最終稿・完成稿）を定めていったか、「定本」制定のプロセスを明らかにしようとしていたのである。このような文学研究の方法は、今日では「生成論（génétique）」などと呼ばれる。[64] 蘇軾・黄庭堅詩の注釈者たちの営為には、旧来の「校勘」の枠組みを超え出て、いわゆる「生成論」に類した文学研究へと向かう方向性の萌芽が認められるように思われる。

　生成論研究が拠って立つ基本的なテクスト＝作品観を敢えて一言で表現するならば「すべての作品＝テクストは草稿である」となるだろう。言い換えれば、いわゆる「定本」なるものは仮初《かりそ》めの存在に過ぎないという見方である。黄庭堅による自作の「改定」に着目した任淵らが、これと同様の見方を抱いていたとしてもおかしくはない。もし、黄庭堅が生きつづけて創作活動をやめることがなかったならば、その「改定」も止まることはなかったであろう。「改定」によって、もっと佳い作品へと進化（「日新之功」）させていったに違いない。したがって、現在「定本」と見なされている黄庭堅詩のテクストは、あくまでも仮初《かりそ》めに「定本」となっているに過ぎない。つまり、真の意味での「定本」なるものは存在しない。作品はすべて「改定」の途上にある「草稿」に過ぎないのかもしれない、と。もちろん、このように考えることには慎重であるべきだが、前稿「『焚棄』と『改定』――宋代における別集の編纂あるいは定本の制定をめぐって」に取りあげた他の宋代文人の発言なども合わせて考えるならば、宋代にこの種の文学論的視点が発生していたとしてもおかしくはないと考えられる。

注

（1）ただし、いくつかの例外は認められる。例えば、唐の李嶠『雑詠（百二十詠）』に附された唐の張庭芳の注など。

また、劉逵らによる左思「三都賦」の注（『文選』李善注本に引かれる）や張庭芳による庾信「哀江南賦」の注（『新唐書』巻六〇・藝文志に著録される）のように単篇の作品に注が附される例や、謝霊運「山居賦」（『宋書』巻六七・謝霊運伝）や鄭嵎「津陽門詩」（『全唐詩』巻五六七）のように作者の自注が附される例も少なくない。とはいえ、その質量両面から見て、これらを宋代の別集注釈と同列に置くことはできないだろう。

（2）宋代における校勘の全体的な状況については李明傑『宋代版本学研究』（斉魯書社、二〇〇六年）、張富祥『宋代文献学研究』（上海古籍出版社、二〇〇六年）、李更『宋代館閣校勘研究』（鳳凰出版社、二〇〇六年）などを参照。また、特に杜甫詩の校勘については莫礪鋒「宋人校勘杜詩的成就及影響」（同氏『古典詩学的文化観照』〔中華書局、二〇〇五年〕収）を参照。

（3）劉真倫『韓愈集宋元伝本研究』（中国社会科学出版社、二〇〇四年）を参照。

（4）陳垣『校勘学釋例』（中華書局、二〇〇四年、原著成書は一九三一年）巻首附。

（5）拙著『中国の詩学認識』第四部第四章「『焚棄』と『改定』――宋代における別集の編纂あるいは定本の制定をめぐって」（創文社、二〇〇八年）や本書第三章をあわせて参照。

（6）引用の詞は、それぞれ「賀新郎」（鄒同慶・王宗堂著『蘇軾詞編年校注』頁七六六。張志烈・馬徳富・周裕鍇主編『蘇軾全集校注』詞集巻一、頁五六七）、「水調歌頭」（『蘇軾詞編年校注』頁一七三。『蘇軾全集校注』頁一六一）。

（7）引用の詞は「浣渓沙」（『蘇軾詞編年校注』頁二三五。『蘇軾全集校注』頁二一一）。

（8）以下、『蘇文忠公詩合注』については、同書に点校をほどこした黄任軻・朱懐春校点『蘇軾詩集合注』、および同書に基づいて新たな注釈を加えた張志烈等主編『蘇軾全集校注』をあわせて参照した。

（9）「尚半存」、「僅勉燔」はともに当該の「贈張景方」詩の七言句の下三字を成す。なお「勉」は「免」の訛。

（10）金・元好問「東坡楽府集選引」（『遺山先生文集』巻三六）が、孫鎮（字安常）撰の蘇軾詞注『注東坡楽府』（佚）について論ずるなか「前人詩文、有一句或一二字異同者、蓋伝写之久、不無訛謬、或是落筆之後、随有改定」と述べ、伝写の過程で生ずる誤りと並んで作者自身による「改定」の危険性を指摘しているのも、周必大と同様の見方を示したものである。なお、改定には他人の手によって行われるケースもあるが、それについては本章では立ち入らない。

(11)　韓愈の石本の持つ校勘学的意義に最初に着目したのは北宋の欧陽脩である。詳しくは第三章を参照。

(12)　例外的なものとして、「正月二十日往岐亭郡人潘古郭三人送余於女王城東禅荘院」(『集注分類東坡先生詩』〔二十五巻本〕巻二五)の注に引く趙次公の注に、蘇軾「梅花二首」(同巻一四)について「集中但題云『梅花両首』、而先生嘗自写則題云『正月二十日過関山作』」と述べる例などがある。

(13)　王友勝『蘇詩研究史稿(修訂版)』(中華書局、二〇一〇年。原本は岳麓書社、二〇〇〇年)は『施注蘇詩』の特徴のひとつとして真蹟の活用を挙げる。このほか『施注蘇詩』をはじめとする蘇軾詩注については、劉尚栄『蘇軾著作版本論叢』(巴蜀書社、一九八八年)、曾棗荘『三蘇研究』(巴蜀書社、一九九九年)、祝尚書『宋人別集叙録』(中華書局、一九九九年)、筧文生・野村鮎子『四庫提要北宋五十家研究』(汲古書院、二〇〇〇年)などを参照。

(14)　本書は、翁万戈氏家蔵の景定三年(一二六二)補刊本を影印するとともに、同書の欠巻部分を中央図書館蔵の嘉定六年(一二一三)原刊本の残本および小川環樹・倉田淳之助『蘇詩佚注』(同朋社、一九六五年)などによって復元・補刻したもの。

(15)　秦熺は秦檜の養子。林栴は秦熺の女婿。

(16)　「呉興向氏」は「湖州向氏」と同じ人物を指すと思われる。畢良史は書画の収蔵家として知られた。「曾坑甃源」は福建にある茶の名産地。

(17)　「玉山汪氏」とは、汪応辰もしくはその子汪逵を指す。汪応辰が蘇軾の真蹟を収集・整理していたことについては後述。汪逵もまた、第一節に挙げた周必大「跋汪逵所蔵東坡字」などに窺われるように蘇軾などの真蹟の収蔵家として知られていた。

(18)　このほか「送表忠観銭道士帰杭、幷引」(『施注』巻一七、『合注』巻一九)の引に附す注が「集中不載此引。道士呉大回、銭之弟子也。嘗親見墨蹟、今録之」、「次韻陳履常張公龍潭」(『施注』巻三一、『合注』巻三四)の題下注が「先生嘗大書此詩、後題云『元祐六年十一月廿日蘇軾書』。墨跡在呉興向氏」と述べるように、集本から漏れた引や跋を真蹟によって補う例も見られる。

(19)　ここに言う集本が具体的にいかなる本を指すかは不明であるが、『施注蘇詩』の注に引用される集本のテクストはおおむね宋刊本の『東坡集』や王十朋注本などと一致している。ちなみに『施注蘇詩』が採用した真蹟のテクストは『蘇文忠公詩合注』をはじめ後世に編まれた詩集注本においては必ずしも尊重されているわけではなく、そこではむしろ『施注蘇詩』が採用しなかった集本のテクストが採られる傾向にある。

(20)「武寧宰呉節夫」は、呉彦夔、字節夫を指すか（『紹興十八年同年小録』参照）。『江西通志』巻一七・学校・武寧県儒学の項に知県呉彦夔の名が見える。

(21)「臨川黄掞」については未詳。字は子餘、黄庭堅の同族の後裔とされる人物を指すか。韓元吉「金華洞題名」（『南澗甲乙稿』巻一六）に「黄掞子餘」の名が見え、洪适「漪嵐堂記」（『盤洲文集』巻三二）に「南昌黄子餘、蓋涪翁諸孫」とある。

(22)「都梁」は施宿の任地、都梁山のある盱眙を指す。施宿は知餘姚県を経て、知盱眙軍となった。

(23)周必大の題跋については未詳。あるいは「跋東坡詩帖」（『文忠集』巻一七）を指すか。

(24)「七首」とは、この二首のほかに「章銭二君見和復次韻答之二首」（『施注』巻二二、『合注』巻二四）、「正月一日雪中過淮謁客回作二首」（『施注』巻二二、『合注』巻二五）、「書劉君射堂」（同上）の五首を加えた作。「続帖」については未詳。「書劉君射堂」詩の「蘭玉当年刺史家」句下注にも「続帖刻石、先生自注云『劉曾随其父典眉州』」とある。あるいは後述する「成都帖」の続編か。「旌徳」は県名、蘇軾夫人の王閏之の故郷。

(25)この詩が作られた元祐六年、趙令時は字を「景貺」から「徳麟」に改める（蘇軾「趙徳麟字説」〔孔凡礼点校『蘇軾文集』巻一〇〕を参照）。施宿は、この詩は趙令時が字を「徳麟」に改める前の作であり、したがって「徳麟」という字を記す真蹟は作詩の後しばらく経ってから書かれたものと判断している。また、この判断のもとに施宿は、詩題に見える趙令時の字については真蹟のテクストには従わずに「景貺」としている。

(26)蘇軾の曾孫蘇峴は提挙福建市舶司をつとめた。

(27)「泉南石刻」とは、蘇軾の曾孫蘇峴が提挙福建市舶司をつとめた際に刻したものか。前掲「追和陶淵明詩、帰園田居、并引」の注記（注26）を参照。

(28)このほかに「謝陳季常恵一揞巾」（『施注』巻一九、『合注』巻二一）の題下注に「黄州有公所書此詩石刻」、「同秦仲二子雨中游宝山」（『施注』巻二八、『合注』巻三一）の題下注に「黄師是龍図諸孫直孺、以其先世此詩刻石帰宿、後題云『元祐四年八月二十六日、偶同仲天貺秦少章来游宝山』。石刻雖已湮泐、而字極姿媚可愛也」、「次京師韻送表弟程懿叔赴夔州運判」（『施注』巻二九、『合注』巻三二）の題下注に「先生元祐五年六月三日手書此詩、幷自跋云『時徳孺在嶺外、適有使至杭』、当録本示之。……詩跋刻石成都府治」、「寄餾合刷餅与子由」（『施注』巻三四、『合注』巻三七）の題下注に「此詩真跡臨川黄掞嘗刻于婺倅聴事。公自題其尾云『元祐八年十一月二十五日、酔睡中作』」とあるのは、文字の異同には言及しないが石刻を参照していたことを示す例である。

(29)　石刻のテクストを採用していない作品のうち「大寒歩至東坡贈巣三」詩は『増補足本施顧注蘇詩』の補刻部分に収める作であり、『施注蘇詩』の原本では石刻のテクストを採用していた可能性も排除できない。なお、同じく『増補足本施顧注蘇詩』の補刻部分に収める「別子由三首兼別遅」詩の本文は一部の文字に関して石刻のテクストを採用しないが、この詩の場合も、施宿の注に「今皆従刻石」とある以上、原本では石刻のテクストを全面的に採用していたと考えるべきだろう。

(30)　曾幾は蘇軾の真蹟を少なからず蔵していた。後掲の「次韻銭穆父」（『施注』巻二四、『合注』巻二六）の題下注の記載、あるいは同詩について周必大『二老堂詩話』が陸游の語を引くかたちで「曾吉甫侍郎蔵子瞻和銭穆父詩真本」と述べる記載などを参照。

(31)　呉敏は曾幾の妹婿、欽宗の靖康年間に宰相（少宰）をつとめた。曾槃は曾幾の長孫。ちなみに、この詩の場合も施宿は真蹟のテクストを本文として採用している。

(32)　このほか「送劉寺丞赴餘姚」（『施注』巻一六、『合注』巻一八）の題下注に「公既賦此詩又即席作『南柯子』詞為餞、首句云『山雨瀟瀟過』者是也。後題『元豊二年五月十三日、呉興銭氏園作』。今集中乃指他詞為『送行甫』、而此詞第云『湖州作』、誤也。真蹟宿皆刻石餘姚県治」と述べる例がある。この場合は「送劉寺丞赴餘姚」詩ではなく、「南歌（柯）子」詞（『蘇軾詞編年校注』頁二六八、『蘇軾全集校注』詞集巻一・頁二四〇）の真蹟を刻したものであろう。

(33)　周必大「跋汪聖錫家蔵東坡与林希論浙西賑済三帖」（『文忠集』巻一七）などを参照。

(34) 以下、汪応辰編『成都西楼帖』をはじめとする蘇軾の法帖の流伝状況については、村上哲見「蘇東坡書簡の伝来と東坡集諸本の系譜について」(同氏『中国文人論』〔汲古書院、一九九四年〕収、初出は『中国文学報』第二七冊、一九七七年)を参照。

(35) 本詩の題は『合注』では「与王郎夜飲井水」と題する。

(36) 王十朋編『集注分類東坡先生詩』(二十五巻本)巻一六の「寄蔡子華」詩に附す趙夔(字堯卿)の注にも「先生曰、王十六秀才将帰蜀……乃元祐五年二月七日也」とあって、「成都帖」の序と同じ文章が挙げられる。

(37) 楼鑰「跋東坡行香子詞」(『攻媿集』巻七三)にも、蘇軾「行香子」詞(『蘇軾詞編年校注』頁五五二、『蘇軾全集校注』詞集巻二・頁五〇〇)の「墨本」について「東坡親書『行香子』詞……此詞惟曾宝文端伯所編本有之、亦云与泗守游南山作。……偶従豊氏得墨本、既登之石、又以寄施使君武子、請刻之、以為都梁一段嘉話」と述べる言葉がある。陸游と同じく、施宿に対して蘇軾の真蹟もしくはその碑帖拓本を石に刻するよう勧めたものである。このほかに、施宿が蘇軾帖をはじめとする法帖の収蔵家であったことは、楼鑰「題施武子所蔵酔白堂記」(『攻媿集』巻一一)、同「跋施武子所蔵諸帖」(同巻七一)などによって窺える。

(38) 黄庭堅の詩文集および年譜については大野修作「黄庭堅集のテキスト」(『鹿児島大学文科報告』第一九号第一分冊、一九八三年)、祝尚書『宋人別集叙録』(前掲)、筧文生・野村鮎子『四庫提要北宋五十家研究』(前掲)、王嵐『宋人文集編刻流伝叢考』(江蘇古籍出版社、二〇〇三年)、および黄宝華注39所掲書の「前言」などを参照。

(39) 以下、任淵等注『山谷詩集注』については、同書光緒刊本を底本とする劉尚栄校点『黄庭堅詩集注』および黄宝華点校『山谷詩集注』をあわせて参照した。

(40) 引用の跋文に記される「鬼女」の話は『初学記』巻一五に引く『異苑』に見える。潘岳「閑居賦」は「笙賦」(『文選』巻一八)の誤り。

(41) 引用の『晏子春秋』の語は同書巻七・外篇上に見える。ただし、文字に異同あり。

(42)「明叔家真本」とは、当該詩の原唱の作者楊晧(字明叔)の家に蔵される真蹟。「趙子湜家本」とは宗室の趙子湜の家に蔵される本。後掲の「出礼部試院、王才元恵梅花三種皆妙絶、戯答三首」詩の任淵注には趙子湜の家に蔵する黄庭堅の真蹟の「録本」のことが述べられるが（注43参照）、ここでも真蹟もしくはその録本を指していよう。

（43）例えば「寄黄幾復」および「次韻幾復和答所寄」詩の注に引く跋は、黄䍐『山谷年譜』にも引かれている。『山谷年譜』ではそれぞれについて「先生草書此詩跋云……」（『年譜』巻一八）、「先生有此詩真蹟跋云……」（同巻二二）と述べており、この点から見ても任淵注に引く跋はいずれも真蹟の類であったと判断される。なお「出礼部試院、王才元恵梅三首皆妙絶、戯答三首」の注に引く跋については、その後に続く注記に「宗室趙子湜家有此録本、惜其翰墨不可復見、因附于此」とあるように、真蹟そのものではなく真蹟の「録本」であったようだが、やはりこれも一種の親筆原稿に準ずるテクストと見なせるだろう。

（44）『山谷内集詩注』の場合、『施注蘇詩』あるいは後述の『山谷外集詩注』と比べると石刻を参照する例は少ない。これには同書が比較的早い時期に編纂されたことが関わっていよう。当時はなお「元祐党人」に対する政治的な禁圧の影響が色濃く、黄庭堅の詩を石に刻することは広く行われるに至っていなかったと考えられる。

（45）現行の『内集』（『豫章黄先生文集』）巻六に収めるこの詩の本文は、任淵注に記される四つの「誤字」を含んだテクストとなっている。なお『内集』では詩題を「筇竹」に作り、また序文を欠く。

（46）「玉山汪氏」とは、汪応辰もしくはその子汪逵。汪応辰が蘇軾の真蹟を収集・整理していたことについては第二節に述べた。汪逵もまた、第一節に挙げた周必大「跋汪逵所蔵東坡字」などに窺われるように蘇軾などの真蹟の収蔵家として知られた。

（47）現存する主な宋人編宋人集の注本としては、このほかに南宋の胡穉による陳与義詩の注本『増広箋注簡斎詩集』があるが、ここには作者の真蹟・石刻を参照するかたちで附された注は見当たらない。

（48）『王荊文公詩李壁注』については、同書影印本に載せる王水照氏の「前言」、および鞏本棟「論『王荊文公詩李壁注』」（『文学遺産』二〇〇九年第一期）などを参照。なお、同書については高克勤点校『王荊文公詩箋注』を参照した。

（49）「饒蒙」は、陳繹（字叔和）の孫娘婿、溧陽主簿をつとめた人物。蘇頌「太中大夫陳公墓誌銘」（『蘇魏公文集』巻六〇）参照。

（50）あわせて冒広生補箋・冒懐辛整理『後山詩注補箋』を参照した。

(51)「魏衍」は陳師道の門人。陳師道の文集の編纂者。「三字」は「欲動意」の三字か。「王子飛」は王雲（字子飛）。王雲は魏衍と交流を持ち、魏衍編の文集のために題記（政和六年〔一一一六〕記、魏衍「彭城陳先生集記」の後に続けて記される）を書いている。「趙誠伯本」については未詳。

(52)「不注」とは、塗りつぶされた四字についての注が附されていないことを言うか。

(53) ちなみに、魏衍「彭城陳先生集記」には、世間の人士が陳師道の作品を収蔵していることについて「今賢士大夫競収蔵之、則其伝也奚待於衍耶。後豈不有得手写故本以証其誤者」と述べ、将来「手写」本が新たに出現し、テクストの誤りが是正される可能性を指摘している。「草稿」への関心が高まった宋代ならではの言葉といえよう。

(54) ここに取りあげられる蘇軾の文章は「乞校正陸贄奏議上進箚子」（孔凡礼点校『蘇軾文集』巻三六）および「生擒西番荘奏告永裕陵文」（『蘇軾文集』巻四四）。

(55) ここに取りあげられる蘇軾の文章は「祭范蜀公文」（『蘇軾文集』巻六三）。

(56) 洪邁が論じているのは「泊船瓜洲」（『臨川先生文集』巻二九）の「春風又緑江南岸」句の「緑」字の改定に関する問題である。洪邁の記事は第三章第二節を参照。

(57) 本章では宋代以後の蘇軾詩注については触れられなかったが、宋代以後の注釈にも蘇軾詩の「改定」のプロセスに注目する記載は少なからず見える。一例のみ挙げれば、清の翁方綱『蘇詩補注』巻四は、「定恵院寓居月夜偶出」および「次韻前篇」詩（ともに『施注』巻一八、『合注』巻二〇）について「方綱嘗見此詩初脱稿紙本、真迹在富春董蔗林侍郎誥家。前篇『不辞青春』二句原在『一枝亜』之下、『清詩独吟』二句原在『年年謝』之下、以墨筆鉤転、改今本也。『江雲抱嶺』塗二字、改『有態』。『不惜青春』塗『惜』改『詞』。後篇『十五年前真一夢』句全塗去、改云『憶昔還郷泝巴峡』。……其改定精密如此」と述べている。この詩の真蹟については『施注蘇詩』にも記載があったが（第二節の引例を参照）、施宿が見たテクストは翁方綱が見た「初脱稿紙本」とは別のものであったようだ。ちなみに、翁方綱が見た「定恵院寓居月夜偶出」詩の真蹟は今日にまで伝えられている。劉正成主編『中国書法全集』第三三巻・蘇軾巻一（栄宝斎、一九九一年）などを参照。

(58)『王直方詩話』には「山谷与余詩云『百葉湘桃苦悩人』。又云『欲作短歌憑阿素、丁寧誇与落花風』。其後改『苦悩』

作『触撥』、改『歌』作『章』、改『丁寧』作『緩歌』。余以為詩不厭多改」とある。「立之」は王直方の字。

(59) 引用の『王直方詩話』については注58を参照。

(60) これ以外にも『山谷内集詩注』には、「次韻雨絲雲鶴二首」其一（巻一二）の「煙雲杳靄合中稀、霧雨空濛密更微」句下注に「旧作『隔雲朝日看餘輝、六合空濛密更微』」、「次韻廖明略同呉明府白雲亭宴集」（巻一八）の「庖霜刀落鱠、執玉酒明缸」句下注に「上句旧作『鱠魴刀落雪』」、「書磨崖碑後」（巻二〇）の「安知忠臣痛至骨、世上但賞瓊琚詞」句下注に「旧作『豈知忠臣心憤切、後世但賞瓊琚詞』」、同「同来野僧六七輩」句「野僧」語注に「旧作『残僧』」とあって「旧作……」というかたちでの文字の異同に関する注記が附される。これらにもテクストの「改定」に着目する視点があらわれているかもしれない。ただし、これらは作者自身の手による改定を指して言ったものではない可能性ものこる点には注意する必要がある。

(61) 『外集』とは李彤編『外集』を指す。本詩は『外集』巻三に収められるが、同書巻一二にもほぼ同じ内容の作品が収められる。ここで史容は、前者のテクストが後者の「改定本」であることを指摘している（なお、先述のように史容注本からは『外集』巻一一～一四所収の詩は除かれている）。黄㽦『山谷年譜』巻二一にも同様の指摘がなされる。

(62) 『前集』とは洪炎編『内集』を指す。この「和曹子方雑言」詩の場合、『山谷内集詩注』の巻一〇にも同じ韻字を用いた詩がある。史容が「詩意略同」と言うように詩のテーマは基本的に同じであるが、その表現は大きく異なっている。

(63) 宋祁の『唐書』稿本については、趙彦衛『雲麓漫鈔』巻四も「宋景文公修『唐書』、稿用表紙朱界、貼界以墨筆書旧文、傍以朱筆改之」と述べて、宋祁（謚景文）による改定の痕跡が認められることを指摘する。

(64) いわゆる生成論研究については、松澤和宏『生成論の探求』（名古屋大学出版会、二〇〇三年）などを参照。

第二章　黄庭堅詩注の形成と黄䇮『山谷年譜』——真蹟・石刻の活用を中心に

宋代には、文人たちが別集の整理・編纂に自覚的に取り組むようになるが、それに伴って別集に注釈を附すことも行われるようになる。杜甫や韓愈など宋代以前の文人に加えて、蘇軾や黄庭堅など同じ宋代の文人の別集にも注釈が附された。宋代における別集の注釈、特に蘇軾・黄庭堅の詩の注釈に見られる特徴のひとつに、「真蹟（墨蹟）」や「石刻（石本）」など作者の親筆原稿もしくはそれに準ずるテクストが活用されるようになったことが挙げられる。宋代の注釈者たちは、それらのテクストを踏まえて詩の題や本文の異同を検討し、また作品の定本（最終稿）がどのようなプロセスを経て制定されたかを検討していった。

宋代の別集注釈に見られるこのような傾向、およびそこにあらわれた文献学的・文学論的特質については、第一章において、主に蘇軾および黄庭堅の詩の注釈を取りあげて考察を試みたが、黄庭堅のケースについては簡略な論述にとどまった。本章ではあらためて、任淵注『山谷内集詩注』、史容注『山谷外集詩注』、史季温注『山谷別集詩注』、そして黄䇮編『山谷年譜』を取りあげて考察してみたい。南宋における黄庭堅詩の注釈・解釈史において、これらの著作はいずれも重要な役割を果したが、ここでは特に黄䇮『山谷年譜』に着目する。黄䇮『山谷年譜』と任淵らによる黄庭堅詩注とを関連づけながら、それぞれの著作において黄庭堅詩の真蹟や石刻

ら の問題について考察を試みたい。

（石刻拓本）はどのように活用されているか、またそこにはどのような文献学的態度があらわれているのか、これらの問題について考察を試みたい。

一　黄庭堅詩の整理・注釈史と黄䇮『山谷年譜』

まず、黄庭堅の各種文集についてあらためて確認しておこう。黄庭堅（号山谷、一〇四五―一一〇五）の詩文は、その死後ほどなく洪炎によって『山谷内集（豫章黄先生文集）』三十巻にまとめられる。建炎二年（一一二八）刊行。その後、『内集』に漏れた作品については李彤によって『山谷外集』十四巻にまとめられる。建炎・紹興年間（一一二七―六二）の成書と推定される。更に『内集』、『外集』に漏れた作品については黄䇮によって『山谷別集』二十巻にまとめられる。淳熙九年（一一八二）の自跋がある。右の三集は詩と文の両方を収める詩文合集であり、詩の部分について言えば古体・近体に分ける分体形式によっている。[1] これら詩文集の編纂と並行して詩の注本も編まれる。先ず、任淵によって『内集』所収詩を対象とする『山谷内集詩注』二十巻が編まれる。政和元年（一一一一）の自序があるが、刊行は紹興二十五年（一一五五）前後。次いで、史容によって『外集』所収詩を対象とする『山谷外集詩注』十七巻が編まれる。嘉定元年（一二〇八）の銭文子の序がある。その後、淳祐十年（一二五〇）に修訂本が刊行される。そして更に、史容の孫の史季温によって『別集』所収詩を対象とする『山谷別集詩注』二巻が編まれる。成書時期は不明。これら三種の注本はいずれも、古体・近体を区別せずに制作年代順に作品を配列する編年形式によっている。[2] 以上六種を敢えて成立順に並べるならば、洪炎編『内集』→李彤編『外集』→任淵注『内集詩注』→黄䇮編『別集』→史容注『外集詩注』→史季温注『別集詩注』という順序になる。[3]

黄䍐編『山谷年譜（山谷先生年譜）』三十巻は、慶元五年（一一九九）成書。撰者の黄䍐（一一五〇―一二一二）は、字子耕、号復斎、黄庭堅の従弟黄叔敖の孫に当たる人物であり、『山谷別集』の編者でもある。『年譜』『別集』のほか『黄文纂異』一巻を編んでいる。黄䍐編の『年譜』は『内集』『内集詩注』のほか、『外集』そして自らが編んだ『別集』の成果を踏まえて編まれた書物であり、またその成果は後に編まれる『外集詩注』『別集詩注』へと受け継がれていった。黄庭堅詩文の整理・注釈史においてひとつの結節点をなす重要な著作と言える。(4)

黄䍐『年譜』の重要性はどのような点に認められるだろうか。ひとつには、『年譜』自序に黄䍐自ら「悉収豫章文集、外集、別集、尺牘、遺文、家蔵旧稿、故家所収墨蹟与夫四方碑刻、它集議論之所及者（悉く豫章文集、外集、別集、尺牘、遺文、家蔵旧稿、故家の収むる所の墨蹟と夫《か》の四方の碑刻、它集の議論の及ぶ所の者とを収む）」と述べるように、黄庭堅に関するさまざまな文献資料を広く参照・採録した点に認められるだろう。この自序に列挙される各種文献資料のうち、本章で特に注目してみたいのが真蹟（「墨蹟」）や石刻（「碑刻」）の類である。

『年譜』において黄庭堅の真蹟・石刻はどのように活用されていたか。その一例を挙げるならば、紹聖元年十月の條（『年譜』巻二六）には「今以先生前後書尺真蹟石刻及彭沢池陽題名等、一一参考以月日。是歳先生自分寧赴宣城、舟行由海昏過城下赴官、道間得祠（今　先生の前後の書尺・真蹟・石刻及び彭沢・池陽の題名等を以て、一一参考するに月日を以てす。是の歳　先生　分寧自《よ》り宣城に赴くに、舟行して海昏由り城下を過ぎて官に赴き、道間に祠を得）」とある。この年、知宣州を命じられた黄庭堅は故郷分寧（今の江西省修水県）を発《た》ち宣州（安徽省宣城）に向かうが、海昏県（江西省永修県）を経て洪州（江西省南昌）に到着した際に、管勾亳州明道宮を授けられて開封府居住を命じられる（黄庭堅自身も編修に加わった『神宗実録』に関する査問を受けるため）。その間の経緯については「書尺」「真蹟」「石刻」そして彭沢（江西省彭沢県）、池州（安徽省貴池県）を経る際に書き記された「題名」などの資料に基づき時を逐って逐一考証したと黄㽦は述べている。

このように真蹟・石刻の類を活用する姿勢は、黄㽦による『別集』の編纂からも見て取れる。『別集』自跋には「凡真蹟蔵於士大夫家及見諸石刻者、咸疏于左（凡そ真蹟の士大夫家に蔵さるるもの及び諸《これ》を石刻に見る者は、咸《み》な左に疏す）」とあって、黄庭堅の「真蹟」や「石刻」に関する注記を作品の後に附したことが述べられる。[5] 実際、『別集』所収の作品の後には「右真蹟蔵於某氏」、「右石刻蔵於某氏」、「右家蔵真蹟」、「右家伝」といった注記が附されたものが少なくない。

黄庭堅の真蹟・石刻を活用するうえでは、黄㽦が黄庭堅の同族の後裔であったことが有利に働いていただろう。「家蔵（伝）」の真蹟・石刻に接することも他の者に比べて自ずと容易であったと推測される。『別集』に附される注記にも「家蔵」のテクストに依拠したことを述べたものは数多い。『年譜』について言えば、崇寧二年十二月の條（巻二九）に「今以先生『跋苦寒吟』攷之、其跋云……。此真蹟見蔵晋陵尤氏（今　先生の『跋苦寒吟』を以て之を攷《かんが》うるに、其の跋に云う……。此の真蹟　晋陵の尤氏に蔵さる）」とあるように他家（ここでは尤袤）の蔵するテクストを参照する例も少なくないが、元符三年五月の條（巻二七）に「又家蔵先生与道微使君手書真蹟云……（又た家蔵の先生の道微使君に与うる手書の真蹟に云う……）」、同年五月己卯の條（巻二七）に「家蔵先生書老杜詩真蹟跋云……（家蔵の先生の老杜の詩を書する真蹟の跋に云う……）」、そして崇寧四年九月三十日の條（巻三〇）に「㽦家蔵先祖親筆日記……（㽦家蔵の先祖親筆の日記に……）」とあるように、やはり「家蔵」のテクストを参照する例が多くを占めている。

黄㽦『年譜』は年譜の一種であり、黄庭堅の事跡や作品を時系列に従って整理して示すことを目的とする著作である。したがって先に挙げた紹聖元年十月の條に見られるように、真蹟・石刻の類はまず第一にかかる目的に資するテクストとして活用されていた。だが、後述するように黄罃『年譜』は単なる年譜の枠を超えた著作であり、真蹟・石刻の活用においても多様な面を見せている。特に注目されるのは、それらが黄庭堅の作品、特に詩の整理・注釈に資するテクストとして活用されていた点である。そして、まさにこの点において同書は、任淵『内集詩注』、史容『外集詩注』、史季温『別集詩注』など黄庭堅詩の各種注本と同列に位置づけることが可能な著作となり得たのである。黄罃『年譜』や任淵、史容、史季温らの注本において黄庭堅詩の真蹟・石刻はどのように活用されていたのか、以下、それぞれの著作相互の関連に着目しながら検討してみたい[6]。

二　任淵『山谷内集詩注』と黄罃『山谷年譜』

洪炎編『内集』所収詩に注釈を加えた任淵注『山谷内集詩注』は現存する最も古い黄庭堅詩の注本であり、以後編纂された各種注本の模範ともなった。この任淵『内集詩注』の成果は黄罃『山谷年譜』にも取り入れられている。例えば、『年譜』巻七の「古風二首上蘇子瞻」詩の條には「蜀本詩集任氏旧注云……」として『内集詩注』巻一目録注の記載が引用され、そのうえで更に「右二詩蜀本詩集任氏所注方始于此、其考証已為得之者悉従其旧（右二詩　蜀本詩集の任氏の注する所　方《まさ》に此より始まる、其の考証の已に之を得たりと為す者は悉く其の旧に従う）」とあって、黄庭堅の事跡や作品の繫年については基本的に任淵注本の「考証」に従ったことが述べられる[7]。『年譜』巻一にも「蜀本詩集任氏所注、捜校之功不為小補（蜀本詩集の任氏の注する所は、捜校の功　小補と為さず）」とあるように、黄罃は任淵注本、特にその「捜校之功」の有益さを高く評価していたのである。

『年譜』は黄庭堅詩の編年を主たる目的として編まれた著作であるが、任淵注本もまた黄庭堅詩の編年という点において独自性を発揮した著作である。したがって両者の継承関係はまずその編年考証にあらわれている。『年譜』の編年は基本的に任淵注本に基づくと考えられるが、しかし一方で任淵注本の編年に修正を加えた箇所も少なからず見える。そのなかでも特に注目されるのは、黄庭堅の真蹟・石刻に基づいて任淵注本の編年を改めた例である。例えば「効王仲至少監詠姚花用其韻四首」詩の條（『年譜』巻二五）は

按此詩蜀本置之三年。按先生有手書真蹟、此前後二首跋云「元祐四年春末、偶入竇高州園、園中閴然、花之晩開者皆妙絶。……仲至作四詠、因同韻作。……」。今移附于此。

本詩は蜀本では（元祐）三年に繫ける。先生手ずから書かれた真蹟を見るに、前後二首の跋に「元祐四年の春末、偶《たま》ま竇高州の園に入るに、園中閴然として、花の晩《おそ》く開く者は皆な妙絶なり。……仲至　四詠を作る、因りて韻を同じくして作る。……」とある。いま、ここに移す。

と述べ、『内集詩注』巻九が元祐三年の作とするのを黄庭堅の「手書真蹟」（親筆原稿）の跋に基づいて元祐四年に改めている。また「跋子瞻和陶詩」詩の條（巻二八）は

先生有真蹟石刻題云「建中靖国元年四月、在荊州承天寺観此詩巻、歎息彌日、作小詩題其後」。……蜀本載之崇寧元年、今移附於此。

先生の真蹟を石に刻したものには「建中靖国元年四月、荊州の承天寺に在りて此の詩巻を観、歎息して日を彌《わた》り、小詩を作りて其の後に題す」と題されている。……蜀本では崇寧元年に繫けるが、いまここに移す。

と述べ、『内集詩注』巻一七が崇寧元年の作とするのを「真蹟石刻」（真蹟の石刻拓本）の題に基づいて建中靖国元

年に改めている。いずれも任淵が参照していない真蹟・石刻のテクストを参照しての注記である。

以上、黄庭堅詩に関する編年考証という点から『年譜』と任淵注本との関連について見たが、『年譜』は単なる年譜の枠内にとどまる著作ではなく、黄庭堅詩の整理・注釈、換言すれば黄庭堅詩のテクストに関する文献学的検討の書としての性格も備えていたと考えられる（宋代の詩文集注釈にあっては、いわゆる「校勘」をはじめとして詩文のテクストに関する文献学的検討が重要な位置を占めていたことは、第一章にも述べた通りである）。黄庭堅詩に関する文献学的検討という点から見て黄䈫『年譜』はどのような性格を有していたのか、以下、任淵注本との関連を踏まえながら見ていきたい。

任淵注本は黄庭堅詩のテクストに関する検討の面でも真蹟や石刻を積極的に活用しており、その成果は『年譜』にも継承された。そのことを示す代表的な事例についてはすでに第一章に挙げた。ここでは『年譜』から次の二例を挙げよう。まず「寄黄幾復」詩の條（巻一八）は

按『成都続帖』先生草書此詩跋云「時幾復在広州四会、予在徳州徳平鎮、皆海瀕也(8)」。
『成都続帖』を見るに、先生が草書で書かれた本詩の跋には「時に幾復　広州の四会に在り、予は徳州の徳平鎮に在り、皆な海瀕なり」とある。

と述べて黄庭堅の「草書」帖（親筆稿本もしくはそれに類するテクストと見なせる）の跋を引くが、ここに引かれるのと同じテクストが『内集詩注』巻二に収める当該詩の句下注にも引かれている。また「次韻幾復和答所寄」詩の條（巻二二）は

先生有此詩真蹟跋云「丁卯歳、幾復至吏部改官、追和予丁丑在徳平所寄詩也」。

先生の本詩の真蹟の跋には「丁卯の歳、幾復　吏部に至りて官を改め、予が丁丑に徳平に在りて寄する所の詩に追和するなり」とある。

と述べて「真蹟」の跋を引くが、これは『内集詩注』巻八の当該詩の目録注に引かれるのと同じテクストである。右に挙げた二例の場合、任淵注はそれぞれ「山谷嘗有跋云」、「山谷旧跋此詩云」と述べるだけであり「草書」や「真蹟」といった語は見られないが、『年譜』の記載を踏まえるならば真蹟の類を指して言ったものであることがわかる。

次の『年譜』の記載についても任淵注本を継承したものと言えるが、しかし任淵注との間に若干の違いも見られる。例えば「王才元恵梅三種皆妙絶戯答三首」詩の條（巻二三）は

先生有此詩跋云「州南王才元舎人家有百葉黄梅絶妙。礼部鎖院、不復得見。開院之明日、才元遣送数枝、蓋是歳大雨雪寒甚、故梅亦晩開耳」。又一跋云「元祐初、鎖院礼部、阻春雪、還家已三月。王才元舎人送黄紅多葉梅数種、為作三詩、付王家素素歌之」。今玉山汪氏有先生三詩真蹟、如「城南名士遣春来」作「佳士」、「百葉緗梅触撥人」作「苦悩人」。按『王立之詩話』、「触撥」字初作「苦悩」、其後改焉。[9]

先生の本詩の跋には「州南の王才元舎人の家に百葉の黄梅の絶妙なる有り。礼部　院を鎖せば、復《ま》た見るを得ず。院を開くの明日、才元　数枝を送らしむ、蓋し是の歳　大いに雪雨《ゆきふ》らせて寒きこと甚し、故に梅も亦た晩《おそ》く開くのみ」とある。また別の跋には「元祐の初、院を礼部に鎖し、春雪に阻まれ、家に還れば已に三月なり。王才元舎人　黄紅多葉の梅数種を送る、為《ため》に三詩を作りて、王家の素素に付して之を歌わしむ」とある。いま玉山の汪氏のもとに先生

の三詩の真蹟があり、「城南の名士　春をして来たらしむ」は「佳士」に作り、「百葉　緗梅　人を触撥す」は「人を苦悩す」に作る。『王立之詩話』を見るに、「触撥」は当初は「苦悩」に作っており、後から改めたのだ。

と述べて黄庭堅の跋（おそらくは親筆）などを引用する。これらの跋は『内集詩注』巻九の当該詩の第一首後注にも引用されるものであるが、しかし「今玉山汪氏有先生三詩真蹟……」の部分は任淵注にはない記載である。

また「頤軒詩六首」詩の條（巻二五）は

按家蔵此詩真蹟序云「元祐四年正月癸酉」。又有与君素手書云「頤軒詩、久草成、以真不工、久未写去。今漫遣、不知可意否」。後題「二十一日」。

家蔵の本詩の真蹟では序に「元祐四年正月癸酉」とある。また、君素に与えた親筆には「頤軒の詩、久しく草し成すも（草稿を書いてから久しいが）、真に工ならざるを以て、久しく未だ写し去らず。今漫《そぞ》ろに遣る、意に可なるや否やを知らず」とある。後には「二十一日」と書かれている。

と述べて家蔵の真蹟や書簡を引用する。この詩について任淵は『内集詩注』巻一一の目録注に「張方回家本有此詩序云『元祐四年正月癸酉黄某序』（張方回家本に此の詩の序に『元祐四年正月癸酉　黄某序す』と云う有り）」と述べて序の一部を「張方回家本」からの再引用というかたちで載せるだけであり、また黄庭堅が頤軒の主人である高君素（未詳）に与えた書簡についても触れていない[10]。

右に挙げた二例は、『年譜』が単に任淵注本を受け継ぐだけではなく新たに発掘したテクスト、特に家蔵の真蹟の類に関する情報を加えていたことを示すものである。このように任淵が参照していない資料を活用したところに『年譜』の最大の功績を認めることができる。この点については黄罃自身も自負するところであったらしく、『年譜』巻一の「渓上吟」、「清江引」詩の條に「右二詩見『豫章外集』、其後如『叔父幼子晬日』詩、則又『別集』所載。今蜀本止用『文集』、亦恐家蔵遺稿及士大夫之所蔵者、蜀中或未尽見（右二詩『豫章外集』に見ゆ、其の後『叔父幼子晬日』詩の如きは、則ち又た『別集』の載する所なり。今蜀本　止《た》だ『文集』を用う、亦た家蔵の遺稿及び士大夫の蔵する所は、蜀中　或いは未だ尽くは見ざるかと恐る）」と述べている。[11]「蜀本」とは任淵注本を指す。「渓上吟」、「清江引」の二篇が「文集」すなわち『内集』ではなく『外集（豫章外集）』に収める作（ともに『外集』巻一、『外集詩注』巻二）であるがゆえに『内集』所収詩を対象とする任淵注本の対象外となってしまっていることを指摘したものであるが、引用の後段で黄罃は次のように述べている。任淵は、黄氏家蔵の、あるいは他の士大夫たちが蔵する「遺稿」を十分に見ることができなかったのだろう、と。これは任淵よりも多くそれらの資料を把握し得ているとの自負を語った言葉と言えよう。

実際、『年譜』には次に挙げるように、『内集』所収の詩に関して任淵注が参照していないテクストを参照・引用する例を数多く見出すことができる。題下に『年譜』と当該詩を収める任淵注本の巻数をあわせて附す。

「題山谷石牛洞」（『年譜』巻一一、『内集詩注』巻一）

先生有真蹟石刻題云「題山谷寺石橋下」。

先生には真蹟の石刻本があり「山谷寺の石橋の下に題す」と題されている。

「子瞻継和復答二首」（巻一九、巻三）

先生有此詩墨蹟題云「有聞帳中香、疑為熬蠟者、輒復戯用前韻。願勿以示外人、恐不解事者或以為其言有味也[12]」。

先生には本詩の墨蹟があり「帳中の香を聞きて、疑いて蠟を熬《い》ると為す者有り、輒ち復《ま》た戯れに前韻を用う。願わくは以て外人に示す勿かれ、事を解せざる者或いは以て其の言に味有ると為すを恐るるなり」と題されている。

「送鄭彦能宣徳知福昌県」(巻二〇、巻三)

先生有此詩真蹟跋云「吾友鄭彦能今可為県令師也。以余寒郷士、不能重之於朝、故作詩贈行、以識吾愧。元祐元年丙寅、黄庭堅題[13]」。

先生には本詩の真蹟があり、その跋に「吾が友鄭彦能　今　県令の師と為すべし。余　寒郷の士にして、之を朝に重しとする能わざるを以て、故に詩を作りて行に贈り、以て吾が愧を識《しる》す。元祐元年丙寅、黄庭堅題す」とある。

「僧景宣相訪、寄法王航禅師」(巻二一、巻六)

先生有此真蹟石刻題云「因僧景宗還大法寺、寄航長老」。

先生には本詩の真蹟の石刻本があり「僧景宣　大法寺に還るに因りて、航長老に寄す」と題されている。

「子瞻去歳春夏侍立邇英、子由秋冬間相継入侍、作詩各述所懐、予亦次韻四首」(巻二一、巻七)

先生有此四詩真蹟題云「子瞻去歳春夏侍立邇英、子由秋冬間相継入侍、次韻四首、各述所懐、予亦次韻」。

先生にはこの四首の真蹟があり「子瞻　去歳の春夏　邇英に侍立す、子由　秋冬の間　相い継ぎて入りて侍す、四首に次韻し、各《おのおの》の懐《おも》う所を述ぶ、予も亦た次韻す」と題されている。

「題画孔雀」（巻二一、巻七）

先生有此詩真蹟石刻題云「題実師画孔雀」。

先生には本詩の真蹟の石刻本があり「実師の孔雀を画くに題す」と題されている。

「題伯時画頓塵馬」（巻二三、巻九）

先生有此詩真蹟題作「輾馬」。今観詩句乃云「忽思馬欲頓風塵」、則是「輾馬」無疑。蜀中見有石刻。

先生には本詩の真蹟があり、その題は「輾馬」に作る。いま詩句を観るに「忽ち思う　馬の風塵に頓《とど》まらんと欲するを」とあるので、「輾馬」であるのは疑いない。蜀にて石刻を見たことがある。

「出城送客過故人東平侯趙景珍墓」（巻二五、巻一一）

按蜀本石刻真蹟題云「春游偶到故人東平侯墓下」(14)。

蜀本の石刻の真蹟を見るに「春游して偶《たま》ま故人東平侯の墓下に到る」と題されている。

「趙子充示竹夫人詩。蓋涼寝竹器憩臂休膝、似非夫人之職。予為名曰青奴、幷以小詩取之二首」（巻二五、巻一一）

先生有此詩真蹟、後一首題云「従趙端承議乞竹奴、俗所謂竹夫人者」。

先生には本詩の真蹟があり、後の一首は「趙端承議従《よ》り竹奴を乞う、俗に所謂る竹夫人なる者なり」と題されている。

「書磨崖碑後」（巻三〇、巻二〇）

按先生有真蹟石刻題云「崇寧三年己卯、風雨中来泊浯渓、進士陶豫、李格、僧伯新、道遵同至中興頌崖下。……三日、裴回碑次、請予賦詩。老矣、豈復能文、強作数語。惜秦少游下世、不得此妙墨劖之崖石耳」。

先生の真蹟の石刻本を見るに「崇寧三年己卯、風雨の中　来たりて浯渓に泊し、進士陶豫、李格、僧伯新、道遵同《とも》に中興頌の崖下に至る。……三日、碑次に裴回して、予に詩を賦するを請う。老いたり、豈に復《ま》た文を能くせんや、強いて数語を作る。惜しむらくは秦少游　世を下《さ》り、此の妙墨は之を崖石に劖《きざ》むを得ざるのみ」と題されている。

前掲の「効王仲至少監詠姚花用其韻四首」、「跋子瞻和陶詩」の序跋に関する記載を、ここに挙げた例に加えてもいいだろう。いずれにおいても黄庭堅の真蹟・石刻などのテクストが引用されているが、任淵注本にはこれらに関する記載はない。

右に挙げた『年譜』の記載は、詩の題や序跋に相当するテクストを補うもの、あるいはその異文を示すものとなっている。題や序跋は、詩の本文に附随するいわば従属的なテクストである。これら従属的テクストは、詩の本文に比して、集本にまとめられる際に改定あるいは排除される可能性が高い。右の記載は、そうして改定あるいは排除される前の段階にある題や序跋の多様な姿を伝えてくれている。集本として制定あるいは刊行されたテクストがパブリックな性格を帯びているのに対し、ここに採録された題や序跋はプライベートな性格を帯びたテクストと言えるかもしれない。例えば、右に挙げた例のうち「子瞻継和復答二首」に関する記載には、黄庭堅が書きつけた「他人から誤解されかねない作品なので公表しないでほしい」という趣旨の言葉が引かれている。これは、新旧両党の確執という当時の微妙な政治状況のもとにあって発せられた、まさしくプライベートな発言である（この点については第二部第二章第三節を参照）。この種の発言が集本から排除されるのは、ある意味では当然のことと言えよう。そういった集本から漏れたテクストを可能な限り拾い集めるという点において、黄㽦『年譜』は任淵注本を更に深化・発展させた注目すべき著作となっている。

同様のことは次の二例についても言える。『年譜』巻二六には「楊明叔恵詩、格律詞意皆薫沐去其旧習、予為之喜而不寐。〔石刻有「然」字〕文章者道之器也、言者行之枝葉也。故次韻作四詩報之、耕礼義之田而深其耒〔石刻作「本」字〕。明叔言行有法〔石刻作「物」〕、当官又敏於事而卹民、故予期之以〔石刻作「故相期以」〕遠者大者（楊明叔　詩を恵まる、格律詞意　皆な薫沐して其の旧習を去る、予　之が為に喜びて寐ねず。〔石刻に「然」字有り〕文章は道の器なり、言は行の枝葉なり。故に次韻して四詩を作りて之に報じ、礼義の田を耕し其の耒を深くせんとす〔石刻「本」字に作る〕。明叔　言行に法有り〔石刻「物」に作る〕、官に当りて又た事に敏にして民を卹《うれ》う、故に予は之に期するに〔石刻「故相期以」に作る〕遠なる者大なる者を以てす）」と題する詩が挙げられる。この詩は『内集詩注』巻一二では「次韻楊明叔四首」と題し、『年譜』が題として掲げる右のテクストを序として掲げる（ただし『内集』巻六では『年譜』と同じ詩題になっている）。まず、このような点で両者は異なっているが、単にそれだけではない。右の題もしくは序について、『年譜』は右に挙げた題の中に亀甲カッコ附きで挿入したように、任淵注が参照していない石刻に見られる文字の異同を小字双行で注記している。そのうえで『年譜』は更に「按蜀本石刻真蹟止写前両篇、題作『故次韻作二頌以為報』。而第三篇卻別題云『荐辱明叔佳句、又作一頌奉報。老人作頌不復似詩、如蜂采花但取其味可也』（蜀本の石刻真蹟を按ずるに止《た》だ前の両篇を写す、題は『故に次韻して二頌を作り以て報と為さん』

に作る。第三篇　卻《かえ》って別に題して『荐《かさ》ねて明叔の佳句を　辱《かたじけな》くし、又た一頌を作りて報い奉る。老人　頌を作ること復《ま》た詩に似ず、蜂の花を采るが如く但だ其の味を取れば可なり』と云う〕」と述べて「蜀本石刻真蹟」に見える詩題の異文を記すが、これについても任淵注には関連する記載がない。なお、右に挙げられる異文テクストには、敬語表現が用いられるなど、冗長な要素が含まれている。それが、詩集に収録される過程で削ぎ落とされていったのであり、類似のケースは他にも少なからず見られる。

また、同じく『年譜』巻二六は右の「楊明叔恵詩……」詩に続けて「庭堅老嬾衰堕〔石刻作「老衰嬾堕」〕、多年不作詩、已忘其体律。因明叔有意於斯文、試挙一綱而張万目。蓋以俗為雅、以故為新、百戦百勝、如孫呉〔石刻作「孫武呉起」〕之兵、棘端可以破〔石刻作「当」〕鏃、如甘蠅飛衛之射、此詩人之奇也。明叔当自得之。公眉人、郷先生之妙語震耀〔石刻作「驚」〕一世。我昔従公〔石刻作「蓋従此公」〕得之、故今以此事相付（庭堅　老嬾衰堕にして〔石刻「老衰嬾堕」に作る〕、多年　詩を作らず、已に其の体律を忘る。明叔　斯文に意有るに因りて、試みに一綱を挙げて万目を張らんとす。蓋し俗を以て雅と為し、故を以て新となせば、百戦百勝、孫呉〔石刻「孫武呉起」に作る〕の兵の如く、棘端　以て鏃を破る〔石刻「当」に作る〕べきこと、甘蠅飛衛の射の如し、此れ詩人の奇なり。明叔　当《まさ》に自ら之を得べし。公（楊皓〔字明叔〕）は眉の人、郷先生（蘇軾）の妙語　一世を震耀す〔石刻「驚」に作る〕。我昔　公（蘇軾）従《よ》り〔石刻「蓋従此公」に作る〕之を得、故に今　此の事を以て相い付す）」と題する詩を挙げるが、この詩は『内集詩注』巻一二では「再次幷引」と題し、『年譜』が掲げる右の題を序として掲げる（ただし『内集』巻六では『年譜』と同じ詩題）。この題もしくは序について、『年譜』は先ほどと同様に任淵注が参照していない石刻の異文に関する注記を挿入している。そして更に「按蜀本石刻真蹟添前篇第四首、却題云『再和二頌幷序』」と述べて、「蜀本石刻真蹟」のテクストでは先の「楊明叔恵詩……」詩の第四首がこの詩の第二首となっていること、また詩題も異なっている（二首であるため「二頌」となっている）ことなどを指摘している。
以上に挙げた『年譜』の記載において引用される真蹟・石刻のテクストは、いずれも詩の題や序跋の類であり、詩の本文に関わるものではない。ところが次に挙げる記載においては、詩の本文に関わる真蹟・石刻のテクストが引用されている。いずれも任淵注には参照されていないテクストである。

「贛上食蓮有感」（『年譜』巻一二、『内集詩注』巻一）

按先生有此詩真蹟稿本、謹附録于後。「蓮実大如指、分甘念母慈。……実中有幺荷、拳如小児爪。……投筋去未能、窃禄以懐慚。……食蓮雖云多、知味良独少。……安得免冠紱、帰製芙蓉裳」。今集中亦有数字不同[15]。

先生には本詩の真蹟があるので、謹んで詩の後に附す。「蓮実　大いなること指の如く、甘きを分かてば母の慈しみを念う。……実中　幺荷有り、拳すること小児の爪の如し。……筋を投じて去ること未だ能わず、禄を窃みて以て慚を懐く。……蓮を食すること多しと云うと雖も、味を知ること良《まこと》に独り少なし。……安くんぞ得ん　冠紱を免れ、帰りて芙蓉の裳を製するを」。いまの集はいくつかの文字が異なっている。

「次韻子由績渓病起被召、寄王定国」（巻一八、巻二）

先生有此詩真蹟稿本云「種萱盈九畹、蘇子憂国病。……仍懐阻行舟、風水蛟鱷横。……上書抵平津、蠹稿尚記省。……天聡四門闢、国是九鼎定。……西走已和戎、南還無哀郢。不図西逐臣、朝轡天街並。……行当把書伝、載酒求是正。端如嘗橄欖、苦過味方永[16]」。

先生には本詩の真蹟があり「萱を種えて九畹に盈つるも、蘇子　国病を憂う。……仍《な》お懐う　行舟を阻み、風水蛟鱷横たわるを。……書を上《たてまつ》りて平津を抵《そし》り、蠹稿　尚お記省す。……天聡くして四門闢き、国是　九鼎定まる。……西走して已に戎を和し、南還して郢を哀しむ無し。図《はか》らざりき西逐の臣、朝轡　天街に並ぶとは。……行《ゆくゆ》く当《まさ》に書伝を把《と》り、酒を載せて是正を求むべし。端《まさ》に橄欖を嘗むるが如く、苦過ぎて味方《まさ》に永し」と書かれている。

「再次韻四首」（巻二一、巻七）

先生有真蹟題云「子由作四絶句、書起居郎時入侍邇英講所見、輒以所聞次韻」。按第二篇首句「風櫺倒影日光寒」、先生真蹟石刻作「風櫺倒竹影光寒」、政合『春明退朝録』所云降儒殿在邇英閣後叢竹中故事(17)。

先生には真蹟があり題には「子由　四絶句を作り、起居郎の時　入りて邇英の講に侍して見る所を書す、輒ち聞く所を以て次韻す」とある。第二首の首句「風櫺の倒影　日光寒し」は、先生の真蹟の石本には「風櫺の倒竹　影光寒し」に作っている。まさに『春明退朝録』に見える降儒殿は邇英閣の後ろの叢竹の中にあるとの記事に合致している。

「睡鴨」（巻二一、巻七）

先生有此詩真蹟石刻、首句「山鶏照影」作「山鶏臨水(18)」。

先生には本詩の真蹟の石本があり、首句の「山鶏　影を照《うつ》す」は「山鶏　水に臨む」に作っている。

「往歳過広陵値早春、嘗作詩云『春風十里珠簾巻、彷彿三生杜牧之。紅薬梢頭初繭栗、揚州風物鬢成絲』。今春有自淮南来者道揚州事、戯以前韻寄王定国二首」（巻二二、巻七）

先生有此詩真蹟云「後数年、京師塵土中、客有自揚州来、交轡久之、道王定国事、因用前之字韻作二小詩寄定国」。按石刻第二詩「日辺」作「目辺」。此詩後又書云「王晋卿数送詩来索和、老嬾不喜作。此曹狡猾、又頻送花来促詩。戯答『花気薫人欲破禅、心情其実過中泉。春来詩思何所似、八節灘頭上水船』」。今集中偶不載、因附於後(19)。

先生には本詩の真蹟があり「後数年、京師の塵土の中、客に揚州自《よ》り来たる有りて、轡を交えること之を久しくし、王定国の事を道《い》う、因りて前の字韻を用いて二小詩を作り定国に寄す」とある。石本では第二首の「日辺」は「目辺」に作っている。本詩の後にはまた「王晋卿　数《しばし》ば詩を送り来たりて和するを索《もと》むるも、老嬾にして作るを喜ばず。此の曹　狡猾にして、又た頻りに花を送り来たりて詩を促す。戯れに『花気　人を薫じて禅を破らんと欲し、心情　其の実　中泉（「中年」の訛か）を過ぐ。春来　詩思　何の似る所ぞ、八節　灘頭　水を上る船』と答う」と書きつけている。集には収められないので、後に附す。

「次韻子瞻寄眉山王宣義」（巻二三、巻九）

先生有此詩真蹟稿本云「参軍但有四立壁、初無臨江千木奴。……鸕鷀作裘初服任、猩血染帯鄰翁無。昨来杜鵑勧帰去、更得把酒聴提壺。……社甕可漉渓可漁、更問黄鶏肥与臞。……(20)」。

先生には本詩の真蹟があり「参軍　但《た》だ四立の壁有るのみ、初めより江に臨む千木の奴無し。……鸕鷀　裘を作《な》して初服在り（「任」は「在」の訛か）、猩血　帯を染むるも鄰翁無し。昨来　杜鵑　帰り去らんことを勧め、更に酒を把りて提壺を聴くを得。……社甕　漉すべく　渓は漁すべし、更に問う　黄鶏　肥ゆるや臞《や》するや。……」とある。

「跋子瞻和陶詩」（巻二八、巻一七）

先生有真蹟石刻、題云「建中靖国元年四月、在荊州承天寺観此詩巻、歎息彌日、作小詩題其後」、又「子瞻謫嶺南、彭沢千載人」作「淵明千載人」、「気味乃相似」作「風味乃相似」[21]。

先生には真蹟の石本があり「建中靖国元年四月、荊州承天寺に在りて此の詩巻を観、歎息して日を彌《わた》り、小詩を作りて其の後に題す」と題されている。また「子瞻　嶺南に謫せられ、彭沢　千載の人」は「淵明　千載の人」に、「気味　乃ち相い似る」は「風味　乃ち相い似る」に作っている。

前掲の「王才元恵梅三種皆妙絶戯答三首」詩の「玉山汪氏」所蔵の真蹟に関する記載をここに挙げた例に加えてもいいだろう。いずれにおいても、現行の任淵注本（および『内集』）に収める詩の本文と異なる字句を含んだテクストが引用されている（「再次韻四首」、「往歳過広陵……」詩の場合は本文の異文のほかに題の異文や跋文の類も引用されている[22]）。

以上に挙げた黄罃『年譜』の黄庭堅詩の真蹟・石刻に関する記載から浮かびあがってくるのは、黄庭堅詩のテクストが持つ多様性を可能な限り保存し後世に伝えようとする姿勢である。こういった姿勢は、宋代における詩文集の整理・注釈を通して多かれ少なかれ認められるものであるが、黄罃の『年譜』はそれを徹底して実践した点において他に類を見出し難い著作となっている。

三　史容『山谷外集詩注』と黄罃『山谷年譜』

史容注『山谷外集詩注』は李彤編『外集』巻一～七所収詩に注釈を附したものである（『外集』巻一一～一四所収詩については除外されている）。当初は十四巻であったが、史容は後にそれを十七巻に改編する。十四巻本は『外集』を受け継いで古体・近体に分ける分体形式によるが、十七巻本は純粋な編年形式によっている。ここで取りあげるのは十七巻本である。(23) 史容『外集詩注』は黄㽦『山谷年譜』の後に編まれており、その成果を多く取り入れている。前節では主に任淵注本について検討した。以下、本節で検討してみたいのは『年譜』→史容注本の継承関係についてである（なお、以下に引用する史容注は特に断らない限り、すべて題下注である）。

史容注本もまた任淵注本と同様、黄庭堅詩の編年に力を注いだ著作であり、『年譜』の成果はまずその編年考証の面において継承された。例えば「渓上吟」（巻一）について「按黄㽦年譜載趙伯山『中外旧事』云……」、「衝雪宿新寨忽忽不楽」（巻二）について「又按黄氏年譜云……」とあるなど、『年譜』を引用するかたちで編年考証を行った例は数多い。もちろん『年譜』との間で編年を異にする点も少なくないが（合わせて十七題ほどの詩について繋年を改めている）、しかし基本的には『年譜』の枠組みのうえに成り立っていると考えていいだろう。そのなかには『年譜』に挙げる黄庭堅の真蹟・石刻を活用した例も見られる。例えば「次韻答叔原会寂照房呈稚川」（巻七）については「按山谷石刻『次韻王稚川客舎』題云『王紘稚川元豊初調官京師』（山谷の石刻を按ずるに『王稚川の客舎に次韻す』は題に『王紘稚川　元豊の初め官を京師に調《うつ》す』と云う）」、「古意贈鄭彦能八音歌」（巻一五）については「山谷有此詩真蹟跋云『吾友鄭彦能今可為県令師也。……元祐元年壬寅黄庭堅題』（山谷に此の詩の真蹟有りて跋に『吾が友鄭彦能　今　県令の師たるべし。……元祐元年壬寅　黄庭堅題す』と云う）」とあるが、それぞれ『年譜』巻一一および巻二〇に引く真蹟や石刻を編年考証の資料として活用したものと考えられる。(24)

編年考証の面もさることながら、ここで特に注目してみたいのは黄庭堅詩のテクストに対する文献学的アプローチ、特に真蹟・石刻の活用という点から見た『年譜』→史容注本の継承関係である。第一章にも一部の例を挙げて触れたように、史容注本には真蹟・石刻に関する『年譜』の記載を取り入れるかたちで黄庭堅詩のテクストの異同について検討を加えた注が数多く見られる。例えば「思親、汝州作」（『外集詩注』巻一）について

按黄氏『年譜』載、玉山汪氏有山谷此詩真蹟、題云「戊申九月到汝州、時鎮相富鄭公」。……而首句与集中不同、云「風力霜威侵短衣」(25)。

黄𠷣『山谷年譜』によれば、玉山の汪氏のもとに本詩の山谷の真蹟が蔵されており、そこには「戊申九月　汝州に到る、時の鎮相は富鄭公（富弼）なり」と題されている。……第一句は集本と異なり「風力　霜威　短衣を侵す」となっている。

また「太平州作二首」（巻一七）について

黄𠷣有家蔵山谷真蹟、前一首題云「戯作観舞絶句、奉呈功甫兄」。「片片梨花雨」作「細点梨花雨」。

黄𠷣には家蔵の山谷の真蹟があり、第一首の題は「戯れに観舞絶句を作る、功甫兄に呈し奉る」となっている。「片片たり　梨花の雨」は「細やかに点ず　梨花の雨」に作る。

とあって、真蹟に基づいて題および本文の異文が示されているが、それぞれ『年譜』巻二および巻二九の当該詩の条に挙げられるテクストを転載したものである。

右の二例には『年譜』を参照したことが明示されているが、史容注本にはそれと明示せずに『年譜』が挙げる真蹟・石刻のテクストを引用した例も数多い。以下、煩を厭わず列挙してみよう。題下に史容注本と『年譜』の

該当する巻数をあわせて附す。なお、史容が「山谷」と呼ぶところ（任淵、史季温の場合も「山谷」と呼ぶ）、黄䓪は「先生」と呼んでおり、黄庭堅への対し方に違いがある。ほかにも史容注と『年譜』の記載との間に若干の字句の違いが見られるが、文意に影響しないため一部を除いて特に注記しない。

「乞猫」（『外集詩注』巻七、『年譜』巻一〇）

山谷手書此詩、題云「従随主簿乞猫」。

山谷は自ら本詩を書写しており、「随主簿従《よ》り猫を乞う」と題している。

「題落星寺四首」（巻八、巻一二）

山谷真蹟、前二首題云「題落星寺」、第三首題云「題落星寺嵐漪軒」、第四首題云「往与道純酔臥嵐漪軒、夜半取燭題壁間」。又有蜀本石刻、前一首題云「落星寺僧請題詩」、而首句作「游空天衆有霣墜」。又「昼吟」作「昼倚」、「江撼床」作「波撼床」、「蜜房」作「蜂房」、「牖戸」作「戸牖」、「青雲梯幾級」作「虚空更幾級」、「痩藤」作「一藤」。而第四首石刻題作「酔書落星寺壁、時与劉道純同飲、二僧在焉」。

山谷の真蹟では、前の二首は「落星寺に題す」、第三首は「落星寺の嵐漪軒に題す」、第四首は「往《かつ》て道純と酔いて嵐漪軒に臥す、夜半　燭を取りて壁間に題す」と題されている。また、蜀本の石本では、第一首は「落星寺の僧　詩を題するを請う」と題されており、第一句は「游空の天衆　霣墜する有り」となっている。また「昼に吟ず」は「昼に倚る」に、「江　床を撼《うご》かす」は「波　床を撼かす」に、「蜜房」は「蜂房」に、「牖戸」は「戸牖」に、「青雲　梯は幾級」は「虚空　更に幾級」に、「痩藤」は「一藤」に作っている。第四首は石本では「酔いて落星寺の壁に書す、時に劉道純と同《とも》に飲む、二僧　在り」と題されている。

「玉京軒」（巻九、巻一二）

山谷有真蹟跋語云「将旦起坐、復得長句、忽忽就竹輿、不暇写。歳行一周、道純已凋落、為之隕涕。故書遺超上人、可刻石於吾二人酔処。……元祐六年大寒、黄庭堅書」。

山谷には真蹟があり、その跋文に「将《まさ》に旦ならんとして起坐すれば、復《ま》た長句を得、匆匆として竹輿に就けば、写すに暇あらず。歳行一周にして、道純　已に凋落すれば、之が為に涕隕《お》つ。故に書して超上人に遺《おく》る、石に吾二人の酔いし処に刻すべし。……元祐六年大寒、黄庭堅書す」とある。

「発贛上寄余洪範」（巻九、巻一三）

山谷真蹟第三聯却作「紅衣伝酒傾諸客、清夜中談誇九州」。又有題名云「王誠之、柳誠甫、周道甫、魏伯殊、余洪範、徐適道、徐致虚、馬固道、東禅恵老」、及詩一首云「恵老有才気、往来三十年。……」。

山谷の真蹟の第三聯には「紅衣　酒を伝えて諸客に傾け、清夜　中談（談論の最中、あるいは「清夜中に談ず」と言ったものか）九州を誇る」とある。また題名には「王誠之、柳誠甫、周道甫、魏伯殊、余洪範、徐適道、徐致虚、馬固道、東禅恵老」とあるほか、詩一首があり「恵老　才気有り、往来すること三十年。……」とある。

「次韻郭明叔長歌」（巻一四、巻一七）

案山谷真蹟云「謹次韻上答知県奉議恵賜長歌、邑子黄庭堅再拝上」。其間不同者、「何如高陽酈生酔落魄」

作「都不如」、「蚓食而蝎跧」、「蝎跧」作「蝸跧」、「自可老斲輪」作「自奇老斲輪」、「公直起」作「公且起」、「黄花零落」作「零乱」。此帖見蔵泉江劉鷹家。[26]

山谷の真蹟によれば「謹みて知県奉議の長歌を恵賜せらるるに次韻して上答す、邑子黄庭堅再拝して上《たてまつ》る」とある。詩中の字句が異なるところは「何ぞ如《し》かん　高陽の酈生　酔いて落魄するに」を「都《すべ》て如かず……」に、「蚓食して蝎跧《ちぢ》まる」は、「蝎跧まる」を「蝸跧まる」に、「自ら可とす　老いて輪を斲《けず》るを」を「自ら奇とす　老いて輪を斲るを」に、「公　直ちに起《た》つ」を「公　且《まさ》に起たんとす」に、「黄花　零落す」を「零乱す」に作っている。此の真蹟の帖は泉江の劉鷹の家に蔵される。

「平原宴坐二首」（巻一四、巻七）

按蜀中刻山谷真蹟、題作「平原郡斎」、而詩句小異、云「平生浪学不知株、江北江南去荷鋤。窓風文字翻葉葉、猶似勧人勤読書」、「成巣不処避歳鵲、得巣不安呼婦鳩。金銭満地無人費、一斛明珠薏苡秋」。[27]

蜀にある山谷の真蹟の石本によれば、題は「平原郡斎」に作っており、詩句も少し異なっていて「平生　浪学　株を知らず（学に根柢無きことを言うか）、江北江南　去きて鋤を荷《にな》う。窓風　文字　葉葉　翻《ひるがえ》し、猶お人に勧めて読書に勧めしむるに似る」、「巣を成すも処《お》らず　歳を避くる鵲、巣を得るも安んぜず　婦を呼ぶ鳩。金銭　地に満つるも人の費す無く、一斛の明珠　薏苡の秋」となっている。

「老杜浣花谿図引」（巻一六、巻二三）

按『金陵続帖』、山谷有草書此詩、其間多不同。如「碧鶏坊西結茅屋、百花潭水濯冠纓」作「浣花谿辺築茅屋、百花潭底濯冠纓」、「空蟠」作「独蟠」、「探道」作「譚道」、「且眼前」作「但眼前」、「楽易」作「楽逸」、「園翁」作「田翁」、「皆去」作「皆出」、「酒船」作「江楼」、「無主看」作「爛漫列」、「解鞍脱」作「干戈解」、「不用」作「不願」、「平安報」作「平安信」、「鋪墻」作「鋪壁」、「常使」作「長使」、「千古無」作「古今無」[28]。

『金陵続帖』を見るに、山谷には草書で書かれた本詩の真蹟があり、字句の多くが異なっている。例えば「碧鶏坊西　茅屋を結び、百花潭水　冠纓を濯う」を「浣花谿辺　茅屋を築き、百花潭底　冠纓を濯う」に、「空しく蟠す」を「独り蟠す」に、「道を探る」を「道を譚《かた》る」に、「且《しばら》くは眼前にあり」を「但だ眼前にあり」に、「易を楽しむ」を「逸を楽しむ」に、「園翁」を「田翁」に、「皆去る」を「皆出ず」に、「酒船」を「江楼」に、「主の看る無し」を「爛漫として列《つら》ぬ」に、「鞍を解きて脱す」を「干戈解かる」に、「用いず」を「願わず」に、「平安の報」を「平安の信」に、「墻を鋪く」を「壁を鋪く」に、「常にせしむ」を「長《つね》にせしむ」に、「千古無し」を「古今無し」に作っている。

「題大雲倉達観台二首」（巻一七、巻二六）

按山谷有手書石刻跋云「永利禅寺東偏、遵微径、攀古松、登高丘、四達而所瞻皆数百里間。其地主曰戴器之、因名曰達観台。……崇寧元年五月朔、黄庭堅書」。

山谷には真蹟の石刻があり、それによれば跋文に「永利禅寺の東偏、微径に遵《したが》い、古松を攀じ、高丘に登る、四達にして瞻《み》る所は皆な数百里の間。其の地主は戴器之（未詳）と曰う、因りて名づけて達観台と曰う。……崇寧元年五月朔、黄庭堅書す」とある。

いずれも詩の本文や題の異文を示したり、関連する跋や題名を補うなどしたものである。右に挙げた例のほかにも、史容注本は「謝送宣城筆」（巻一六）について「山谷草書此詩、又跋云……（山谷　此の詩を草書し、又た跋して云う……）」と述べて「草書」の跋を引くが、これは『年譜』巻二四の当該詩の條が「按『成都続帖』中有先生手写此詩、題云『謝陳正字送宣城諸葛筆』、跋云……（按ずるに『成都続帖』中に先生　手ずから此の詩を写す有り、題に云う『陳正字の宣城諸葛筆を送らるるを謝す』と、跋に云う……）」として引く『成都続帖』所収の跋と同じである(29)。

なお、右に挙げた例のうち史容注本で「次韻郭明叔長歌」と題する詩は、黄庭堅の親筆原稿では「謹みて知県奉議の長歌を恵賜せらるるに次韻して上答す、邑子黄庭堅再拝して上《たてまつ》る」と題する。実際にこの詩が郭知章（字明叔）に贈られた際には、このように尊敬・謙譲表現を駆使した題を伴っていたのだろう。集本としてまとめられる過程で、そういった作詩の現場に密接した表現が排除され、簡潔でニュートラルな表現へと整理されていったことを示す例として興味深い。

以上、『年譜』→史容注本の継承関係について見てきたが、史容注本は『年譜』を継承しつつもそこに独自の展開を見せた著作であった。『年譜』との間に少なからぬ違いが見られる。以下、そういった点から両者の関係について検討してみよう。

まず取りあげてみたいのは、『年譜』に参照される黄庭堅の真蹟・石刻を史容注本が参照していない例である。例えば、『年譜』には次のような例が見える。題下に『年譜』と当該詩を収める史容注本の巻数をあわせて附す。

「倉後酒正庁、昔唐林夫謫官所作。十一月己卯、余納秋租、隔墻芙蓉盛開」（『年譜』巻一四、『外集詩注』巻一一）

先生有真蹟題云「太和倉後酒正庁、昔唐林夫謫官所作。十一月己卯、余来受秋租、隔墻木芙蓉盛開」。

先生には真蹟があり、題に「太和倉後の酒正の庁、昔唐林夫　謫官せられて作る所なり。十一月己卯、余来たりて秋租を受く、墻を隔てて木芙蓉盛んに開く」とある。

「題子瞻書詩後六言」（巻二三、巻一六）

　先生有此詩真蹟題云「題東坡先生自書詩巻尾」。

　　先生には本詩の真蹟があり、題に「東坡先生　自ら書する詩の巻尾に題す」とある。

「次韻答少章聞雁聴鶏二首」（巻二五、巻一七）

　先生有此詩真蹟題云「同陳無己和答秦少章聞雁聴鶏二絶句」。

　　先生には本詩の真蹟があり、題に「陳無己と同《とも》に秦少章の聞雁・聴鶏二絶句に和答す」とある。

真蹟に基づいて詩題の異文が挙げられているが、これらはいずれも史容注本には見えない。[30] 単なる見落としか、それとも然るべき理由があっての処置であるかは不明だが、『年譜』との違いがあらわれた例の一部である。

右に見た違いはさほど重要なものとは言えないかもしれない。だが、次に挙げる例に見られる違いは注目すべき点を多く含んでいるように思われる。三つほど例を挙げてみよう。まず「同韻和元明兄知命弟九日相憶二首」詩について『年譜』巻一三は

　先生有此詩真蹟稿本、首篇云「革嚢南渡伝詩句、兄弟相思意象真。九日黄花傾寿酒、幾迴青眼望車塵。早為学問文章誤、老作東西南北人。安得田園可温飽、長抛簪紱裹頭巾」。後篇与集中、但「鄰田」作「田鄰」耳。

先生に本詩の真蹟原稿があり、首篇に「革嚢　南渡して詩句を伝え、兄弟　相い思いて意象真なり。九日黄花　寿酒を傾け、幾迴か青眼もて車塵を望む。早に学問文章の為に誤り、老いて東西南北の人と為る。安《いず》くんぞ得ん　田園の温飽すべく、長く簪紱を抛ち頭巾を裹むを」と言う。後篇と集との間で異なるのは「鄰田」を「田鄰」に作っているだけである。

と述べ、真蹟稿本に基づいて詩の本文を挙げている。この詩について『外集詩注』巻九の注もまた真蹟を挙げて

山谷有此詩草本真蹟云「万重雲裏孤飛雁、只聴帰声不見身。却把黄花同悵望、寄伝詩句更清新」。末句「奉観帰製白綸巾」、傍注「改」。今本「南北」作「南渡」、「兄弟」作「摹写」、「老作」改「晩作」。次篇「田鄰」作「鄰田」。

山谷には本詩の真蹟原稿があり「万重の雲裏　孤飛の雁、只だ帰声を聴きて身を見ず。却って黄花を把《と》りて同《とも》に悵望す、寄せて詩句を伝うれば更に清新たらん」とある。末句の「奉観せん　帰りて白綸巾を製するを」の傍らには「改む」と注記されている。現行の本では「南北」は「南渡」に、「兄弟」は「摹写」に作り、「老作」は「晩作」に改めている。第二首の「田鄰」は「鄰田」に作っている。

と述べる。『年譜』が挙げる真蹟は、現行の『外集詩注』巻九（および『外集』巻七）に収める本文とほぼ同じテクストである（ただし史容注本および『外集』では「兄弟」を「摹写」に、「車塵」を「帰塵」に、「老作」を「晩作」に作る）。一方、史容注が挙げる真蹟はそれらとは大きく異なった字句を含むテクストである。史容が見た真蹟は、黄罃が見たそれとはまったく別のものであったことがわかる。

また「送徐隠父宰餘干二首」詩について『年譜』巻一四は

先生有此詩真蹟稿本云「地方百里身南面、翻手冰霜覆手炎。贅婿得牛庭少訟、長公斎馬吏争廉。邑中丞掾陰桃李、案上文書略米塩。……」。「天上麒麟来下瑞、江南橘柚間生賢。……半世功名初墨綬、同兄文字敵青銭。割鶏不合庖丁手、家伝風流在著鞭」。

先生には本詩の真蹟草稿があり次のように述べる。「地方　百里　身は南面す、手を翻せば冰霜　手を覆せば炎。贅壻　牛を得て庭に訟少なく、長公　馬に斎《ものいみ》せしめて吏は廉を争う。邑中の丞掾　桃李に陰《おお》われ、案上の文書　米塩を略す。……」、「天上の麒麟　来たりて瑞を下し、江南の橘柚　間《ま》ま賢を生ず。……半世の功名　初めは墨綬、同兄の文字（「兄」は銭。銭に匹敵する文字の意か）青銭に敵す。鶏を割くは庖丁の手に合せず、家伝の風流　鞭を著《つ》くるに在り」。

と述べるが、この詩について『外集詩注』巻一一の注は

山谷真蹟稿本、「地方百里古諸侯、嚬笑陰晴民具瞻」。「寒霜」改「冰霜」、又改「冷霜」。「皆廉」改「争廉」。第五句「樽前桃李親朋友」、注云「改此」。次篇「瑞世」改「下瑞」、「同生」改「同兄」。

山谷の真蹟草稿には「地方　百里　古の諸侯、嚬笑　陰晴　民具《つぶさ》に瞻《み》る」とある。「寒霜」は「冰霜」に、次いで「冷霜」に改められている。「皆な廉なり」は「廉を争う」に改められている。第五句は「樽前の桃李　朋友に親しむ」とあり、「此を改む」と注記されている。第二首の「瑞世」は「瑞を下す」に、「同生」は「同兄」に改められている。

と述べる。『年譜』が挙げる真蹟は、現行の『外集詩注』巻一一（および『外集』巻六）に収める本文とほぼ同じテクストである（ただし史容注本では「冰霜」を「冷霜」に、「長公」を「長官」に、「敵」を「直」に、「在」を「更」に

作る。『外集』は「敵」字をそのまま用いるのを除いて史容注本に同じ）。先の詩の場合と同様、史容注が挙げる真蹟はそれらとは別のテクストとなっている。

そして「寄忠玉提刑」詩について『年譜』巻二六は

先生有真蹟稿本題云「贈送忠玉提刑朝奉」、「市骨蘄千里、量珠買娉婷。駑駘駸逸駕、西子泣深屏。吾人材高秀、胸次別渭涇。厳能喜劇部、持節按祥刑。萑蒲稍衰息、郡県或空囹。読書頭欲白、見士眼終青。今時斧斤地、虚次待発硎。早晩太微禁、占来有使星」。

先生には真蹟稿本があり、題に「忠玉提刑朝奉を贈送す」とあり、詩には「市骨　千里を蘄《もと》め、珠を量りて娉婷を買う。駑駘　逸駕に駸し、西子　深屏に泣く。吾人　材は高秀にして、胸次　渭涇を別つ。厳能（厳格で有能な者）劇部を喜び、節を持して祥刑を按ず。萑蒲　稍《ようや》く衰え息《や》み、郡県　或いは空囹。書を読みて頭は白ならんと欲し、士を見るに眼は終に青し。今時　斧斤の地、虚次　硎に発するを待つ。早晩　太微の禁、使星有るを占じ来たらん」。

と述べるが、この詩について『外集詩注』巻一七の注は

山谷有真蹟稿本、題云「贈送忠玉提刑朝奉」。「市骨蘄千里」作「市骨収駔駿」、「別渭涇」作「有渭涇」、「喜劇部」作「宜劇部」、「稍衰息」作「頗衰息」、「眼終青」作「眼自青」、「紫微禁」作「太微垣」。

先生には真蹟稿本があり、題に「忠玉提刑朝奉を贈送す」と言う。「市骨　千里を蘄《もと》む」は「市骨　駔駿を収む」に、「渭涇を別つ」は「渭涇有り」に、「劇部を喜ぶ」は「劇部に宜《よろ》し」に、「稍く衰え息む」は「頗る衰え息む」に、「眼　終に青し」は「眼　自ずから青し」に、「紫微の禁」は「太微の垣」に作っている。

と述べる。『年譜』が引く真蹟は、現行の『外集詩注』巻一七（および『外集』巻四）に収める本文とほぼ同じテクストである（ただし史容注本および『外集』では「驂」を「参」に、「欲」を「愈」に、「斧斤」を「斤斧」に、「太微」を「紫微」に作る）。この詩の場合もやはり、史容注が挙げる真蹟はそれらとは別のテクストとなっている（ただし「贈送忠玉提刑朝奉」と題する点では黄罃が挙げる真蹟と同じ）。

右に挙げた三例は『年譜』が参照しない黄庭堅詩の真蹟を史容が新たに発掘し参照していたことを示すものであり、その点で重要な意義を持つ。同様のことは次に挙げる例についても言える。題下に史容注本と『年譜』の該当する巻数を附す。

「薄薄酒二章」其一（『外集詩注』巻五、『年譜』巻八）「小者讉訶大戮辱（小は讉訶し大は戮辱す）」句下注

　山谷写本作「讉何」、俗本誤耳。

　山谷の写本には「讉何」に作る。俗本は誤っている。

「次韻無咎閻子常携琴入村」（巻六、巻一〇）「晁子為之梁父吟（晁子　之が為に梁父吟をなす）」句下注

　嘗見山谷写此詩、且跋云「陳寿叙武侯躬耕隴畝好為梁父吟……」。

　かつて山谷が書写した本詩を見たことがあるが、跋文には「陳寿　武侯躬《みずか》ら隴畝を耕し好みて梁父吟を為すと叙ぶ《の》……」

とあった。

「次韻周法曹遊青原寺」（巻一二、巻一五）後注

碑本「荄」字韻下有両句云「蓮子委箭鏃、葵花仄金杯」。

碑文のテクストでは「荄」字韻の後に両句があり「蓮子　箭鏃委《な》え、葵花　金杯仄《かたむ》く（がごとし）」という。

「松下淵明」（巻一六、巻二三）題下注
画本今蔵眉山陳氏、与板本小異、今録於此。「南渡誠草草、長沙済艱難。……客来欲開説、觴至不得言」(31)。

画本（画に題したテクスト）はいま眉山の陳氏のもとに蔵され、版本と若干の違いがある。いまここに記す。「南渡誠に草草、長沙（陶侃）艱難を済う。……客来たりて開説せんと欲し、觴至りて言うを得ず」。

いずれも『年譜』には記載がなく、史容が独自に発掘した真蹟・石刻のテクストが引用されている例である(32)。

以上、『外集』所収の黄庭堅詩に関して、黄罃『年譜』がその真蹟・石刻を活用していたこと、史容注本がその成果を積極的に取り入れるかたちで黄庭堅詩の校勘や異文の採録に力を注いでいたことなどについて見てきた(33)。真蹟・石刻の活用という点で史容注本は基本的に『年譜』の枠組みのもとに成り立つものであったが、一方で独自の展開を見せていることも確認できた(34)。『外集』所収の黄庭堅詩について『年譜』巻一は「先生平生得意之作及手写者多在『外集』（先生　平生得意の作及び手写せし者は多く『外集』に在り）」と述べている。これによれば、『外集』は黄庭堅の親筆稿本がのこる作品を多く収めていたようだ。本節に見たような黄罃や史容の黄庭堅詩に対する文献学的アプローチは、そのような文献の伝存状況に支えられてのものであったと言うべきだろう。

ところで、『年譜』の撰者黄罃は『黄文纂異』なる著作も編んでいた。すでに散佚しており、その実態についてはよくわからない。趙希弁『郡斎読書附志』別集類三に「豫章先生別集集二十巻黄文纂異一巻」とあり、これについて趙希弁は「右豫章先生別集、乃前集・外集之未載者、淳熙壬寅先生諸孫㽦所編也（右豫章先生別集は、乃ち前集・外集の未だ載せざる者にして、淳熙壬寅に先生の諸孫㽦の編む所なり）」と解説する。黄㽦編『別集』に附載された、黄庭堅の詩文（『内集』『外集』所収の作も含む）に関する校勘の成果などを記した書物であったと推測される。[35] 史容注本にはこの『黄文纂異』と思われる著作が少なからず引用されており、黄㽦による黄庭堅詩の整理・注釈の成果の継承という点で注目される。以下、史容注が同書を引用するかたちで詩の題や本文のテクストの異同に関する注記を加えた例を挙げてみよう。

「還家呈伯氏」（『外集詩注』巻一）「四時駆逼少須臾、両鬢飄零成老醜（四時　駆逼して少《わか》きこと須臾、両鬢　飄零して老醜を成す）」句下注

『纂異』蜀本作「四時略無一日閑、両鬢已落年少後」。

『纂異』によれば、蜀本には「四時　略《ほ》ぼ一日の閑無く、両鬢　已に年少の後に落つ」に作る。

同「斑衣奉親伯与儂、四方上下相依従（斑衣　親に奉ず　伯と儂《われ》と、四方　上下　相い依従せん）」句下注

『纂異』蜀本下句作「絶勝已致三千鐘」。

『纂異』によれば、蜀本の下句は「絶えて勝る　已に三千鐘を致すに」に作る。

「銜雪宿新寨忽忽不楽」（巻二）題下注

『纂異』眉州本及黄氏本「一夢江南抛馬鞍、夢中投宿夜闌干。山銜斗柄三星没、雪共月明千里寒。俗学近

知回首晩、病身全覚折腰難。……」(36)。

『纂異』によれば、眉州本及び黄氏本には「一夢　江南　馬鞍に拠る、夢中に投宿すれば夜闌干たり。山　斗柄を銜みて三星没し、雪　月明を共にして千里寒し。俗学　近ごろ知る　首を回らすこと晩きを、病身　全く覚ゆ　腰を折ること難きを。……」とある。

「和師厚接花」（巻三）「妙手従心得、接花如有神。根株穣下土、顔色洛陽春（妙手　心に従《よ》りて得、花を接《つ》ぐに神有るが如し。根株　穣下の土、顔色　洛陽の春）」句下注

『纂異』蜀本前四句作「妙得花三昧、誰明幻与真。家風穣下士、笑面洛陽春」。

『纂異』によれば、蜀本の前四句は「妙にして花三昧を得たれば、誰か幻と真とを明らかにせん。家風　穣下の士、笑面　洛陽の春」に作る。

「同蘇子平李徳叟登擢秀閣」（巻八）「松竹二橋宅、雪雲三祖山（松竹　二橋の宅、雪雲　三祖の山）」句下注

『纂異』一本作「暮雨二橋宅、孤雲三祖山」。

『纂異』によれば、一本に「暮雨　二橋の宅、孤雲　三祖の山」に作る。

「玉京軒」（巻九）題下注

按『纂異』蜀本云「蒼山其下白玉京、広成安期来訪道。……野僧雲臥対開軒、炉香霏霏日杲杲。稲田衲子非黄冠、一鉢安巣若飛鳥。莫見仙人乞玉泉、問取紫霄耶舎老(37)」。

下注

『纂異』によれば、蜀本には「蒼山　其の下　白玉の京、広成　安期　来たりて道を訪う。……野僧　雲臥し（玉京山に）対して軒を開き、炉香　霏霏として日杲杲たり。稲田の衲子　黄冠に非ず、一鉢　巣に安んずること飛鳥の若し。仙人　玉泉を乞うを見る莫し、問取す　紫霄　耶舎の老に」とある。

「三月乙巳来賦塩万歳郷、且蒐獮匿賦之家、晏飯此舎、遂留宿。是日大風、自採菊苗薦湯餅二首」（巻一〇）題下注

『纂異』別本「湯餅」下有「紅薬盛開」四字、「二首」作「三首」。第三首云「春風一曲花十八、拚得百酔玉東西。露葉煙枝見紅薬、猶似舞餘和汗啼(38)」。

『纂異』によれば、別本には「湯餅」の下に有「紅薬　盛んに開く」の四字があり、「二首」を「三首」に作る。第三首には「春風　一曲　花十八、百酔を拚《なげう》ち得たり　玉の東西（酒杯）。露葉　煙枝　紅薬を見れば、猶お似たり　舞餘　汗に和する啼《なみだ》に」とある。

「黄幾復自海上寄恵金液三十両、且曰此有徳之士宜享、将以排蕩陰邪守衛真火、幸不以凡物畜之、戯答」（巻一二）「只恐無名帝籍中（只だ恐る　帝籍の中に名無きを）」句下注

『纂異』本作「党籍」、蜀本作「常籍」、旧本作「掌籍」、皆誤。

『纂異』本は「党籍」に、蜀本は「常籍」に、旧本は「掌籍」に作るが、すべて誤りである。

「従時中乞蒲団」（巻一二）題下注

『纂異』蜀本作「謝時中送蒲団」、云「織蒲投我最宜寒、政欲陰風雪作団。方竹火炉趺坐隠、何如矍鑠拠征鞍」、与今本句多不同。詳詩意是謝送蒲団、今本題作「従時中乞蒲団」、疑有誤。

『纂異』によれば蜀本は「時中の蒲団を送るに謝す」に作り、詩には「蒲を織り我に投じて最も寒に宜し、政《まさ》に陰風雪団を作《な》さんと欲す。方竹　火炉　趺坐して隠るるは、矍鑠として征鞍に拠るに何如《いかん》」とある。現行の本と多くが異なる。詩意に鑑みるに蒲団を送られたのに感謝したものであるから、現行本の題に「時中従《よ》り蒲団を乞う」とあるのは、誤りであろう。

「元豊癸亥経行石潭寺、見旧和栖蟾詩、甚可笑、因削柎滅稿、別和一章」（巻一三）題下注

按『纂異』一本云「……夢回身臥竹窓日、院静鵐啼柿葉風。世路侵人頭欲白、山僧笑我頬猶紅。壁間佳句多丘壠、問訊髑髏聊攓蓬」。題云「癸卯歳過宿石潭寺、得前朝詩僧栖蟾長句和之、歳行二十一、重来読旧詩、復用其韻(39)」。

『纂異』によれば、一本には「……夢より回《かえ》れば身は臥す　竹窓の日、院静かにして鵐啼く　柿葉の風。世路　人を侵して頭白ならんと欲し、山僧　我を笑う　頬猶お紅なりと。壁間の佳句　多くは丘壠（佳句を題した詩人の多くは没し）、髑髏を問訊せんとして聊か蓬を攓《かか》ぐ」とある。題は「癸卯の歳　過りて石潭寺に宿し、前朝の詩僧栖蟾の長句を得て之に和す、歳行二十一、重ねて来たりて旧詩を読み、復《ま》た其の韻を用う」とある。

作品によっては、ほとんど別の詩と言っても差し支えないほど大幅に異なる異文を含んだテクストが引用されている。右に挙げた例に限らず、黄庭堅の詩には大幅に異なる異文が数多く存在しており、この点に黄庭堅詩の

最大の特色があると言っても過言ではないだろう。なお『纂異』の記載に見える「蜀本」、「眉州本」、「黄氏本」などがどのような本を指すかについては未詳。

史容注が引くこれら『纂異』の記載は、『年譜』においてはどのように扱われているだろうか。まず確認しておきたいのは『年譜』には『纂異』の書名はまったくあらわれないということである。加えて『年譜』では、右に挙げた詩のうち「還家呈伯氏」（『年譜』巻四）、「同蘇子平李徳叟登擢秀閣」（巻一一）、「玉京軒」（巻一二）、「黄幾復自海上寄恵金液三十両……」（巻一四）については、テクストの異同に関する記載そのものがない。また「従時中乞蒲団」（巻一五）については「蜀本作『謝時中送蒲団』」と述べるに止まり、本文の異文は挙げていない(40)。しかし、それ以外の詩については『纂異』という書名こそ用いられないものの史容注と同様の記載が見える。例えば「衝雪宿新寨忽忽不楽」（巻五）については「蜀集旧本全篇云」として、「和師厚接花」（巻七）については「蜀本前四句云」として、それぞれ史容注が引く『纂異』と同じ異文を引く(41)。「三月乙巳来賦塩万歳郷……」（巻一三）については「別本『湯餅』下有『紅薬盛開』四字、且有三首」と述べたうえで「第三首」の同じ異文を引く(42)。そして「元豊癸亥経行石潭寺……」（巻一七）については「旧詩云」として同じ異文を引く（ただし史容注が引く「題云……」の記載はない）。『纂異』と『年譜』とがどのように関連していたかについては更に検討する必要があるが、『纂異』の成果は『年譜』へと発展的に吸収されていったものと考えられる。

四　史季温『山谷別集詩注』と黄𦾔『山谷年譜』

本節では、史季温注『山谷別集詩注』と黄𦾔『山谷年譜』との関連について簡単に述べておきたい。史季温は史容の孫に当たる人物。史容注本に倣って、黄㽦編『山谷別集』所収詩を編年形式によって配列し注釈を加えた（ただし『別集』との間で収録作品にやや大幅な出入がある）(43)。

この史季温注本にも、やはり『年譜』の影響は色濃く見て取れる。黄庭堅詩の真蹟・石刻の活用という点から見ても、それは明らかである。その題下注から代表的な例を挙げよう。例えば「書東坡画郭功父壁上墨竹」（巻下）については

黄㽦『年譜』載家蔵山谷此詩真蹟、題云「次韻東坡先生屏間墨竹」、止此六句。惟「草木春」作「草偃風」、「一棊」作「一壺」、「瓊房」作「琳房」。并有功甫跋語云……(44)。

黄㽦『年譜』は家蔵の山谷の本詩の真蹟を載せており、題には「東坡先生の屏間の墨竹に次韻す」とあり、この六句を収めるにとどまる。ただ「草木春なり」は「草　風に偃《ふ》す」に、「一棊」は「一壺」に、「瓊房」は「琳房」に作っている。また功甫の跋があり……。

と述べて真蹟に基づいて字句の異同を記し、また郭祥正（字功甫〔父〕）の跋を補っているが、これは『年譜』巻二九の記載を取り入れたものである。

だが、その一方で史季温注本には『年譜』と異なる面も少なからず認められる。例えば「明叔恵示二頌」（巻下）については

前集載其五、叙州墨妙亭碑刻其二、即此是也。彭山黄氏旧蔵山谷墨蹟七首並録(45)。

前集には（同作七首のうち）五首を載せる。叙州の墨妙亭碑は二首を刻している。すなわち本詩である。彭山の黄

氏旧蔵の山谷の墨蹟には七首すべてを録している。

とあって、この詩が叙州（四川省宜賓）の「墨妙亭碑」（未詳）の石本に基づくことが述べられる。ところが、『年譜』巻二六はこの詩について「按蜀本石刻真蹟有此二篇而集中遺逸、故載于此（蜀本石刻真蹟を按ずるに此の二篇有りて集中に遺逸す、故に此に載す）」と述べるだけであり、「叙州墨妙亭碑」の名は見えない。あるいは、黄㽦の言う「蜀本石刻真蹟」は史季温の言う「叙州墨妙亭碑」の石本と同じものを指すのかもしれない。そうだとすれば『年譜』との違いはほとんどないということになる。

次に挙げる「題子瞻墨竹」（巻上）の場合、『年譜』との違いはよりいっそう明確である。この詩について史季温注は

> 山谷嘗有跋云「東坡画竹数本、筆墨皆挟風霜、真神仙中人。惜無賀監賞之、但有衆人皆欲殺之耳」[46]。
> 山谷はかつて跋文として「東坡の画竹数本、筆墨皆な風霜を挟み、真に神仙中の人なり。惜むらくは賀監　之を賞する無く、但《た》だ衆人皆な之を殺さんと欲する有るのみ」と書きつけた。

と述べて、「衆人皆欲殺之」といういささか過剰な表現を含む跋（おそらくは親筆）を挙げている。ところが、この詩に関する『年譜』巻二四の記載には右の跋は見られない。史季温が新たに発掘し採録したテクストと言うことができよう。

そもそも史季温は黄㽦編『別集』に未収の黄庭堅詩十五題（三十一首）を新たに『別集詩注』に加えている[47]。当然ながら『年譜』にはそれらに関する記載はない。この点において史季温注本は『年譜』の枠組みを超えた著

作となっているのだが、注目されるのはそれら『別集』に漏れた詩のいくつかについて真蹟・石刻のテクストが参照されていることである。例えば『別集』未収の「和蒲泰亭四首」（巻下）および「和東坡送仲天貺王元直六言韻」（巻下）の二題について、史季温注は「墨迹（跡）今蔵于秘撰楊公家(48)（墨迹（跡）今　秘撰楊公の家に蔵さる）」と述べている。史季温が新たな墨蹟資料を活用するかたちで黄庭堅詩の輯佚を行っていたことが窺われる。

史季温注本の右に挙げた例から見て取れるのも、やはり詩の本文や題・序跋などのさまざまな異文を含むテクストや集本から漏れたテクストを可能な限り拾い集めようとする姿勢である。そのことは例えば「平原郡斎二首」（巻上）とそれに関する注記からも見て取れる。この詩も黄䓣編『別集』には収めない。史季温が真蹟を基に新たに採録した作品である。この詩について史季温注は「『外集』有『平原宴坐』詩二首……与此不同（『外集』に『平原宴坐』詩二首有り……此と同じからず）」と述べて、『外集詩注』巻一四（および『外集』巻六）に収める「平原宴坐二首」（前掲）の本文を挙げる。ここに述べられるように、史季温注本に収める「平原郡斎」詩は、史容注本に収める「平原宴坐」詩の異文とも言うべきテクストを本文に持つ作品となっている。そのうえで、この史季温注は「又按蜀本詩刻有山谷真蹟、題云『平原郡斎』（又た蜀本の詩刻を按ずるに山谷の真蹟有り、題に『平原郡斎』と云う）」と述べて、黄庭堅の真蹟では「平原宴坐」ではなく「平原郡斎」と題されることを指摘している。そして更に興味深いことに、史季温注本は右の「平原郡斎」詩の後に「題邢敦夫扇」（巻上）を収める。この詩の注に「与『平原郡斎』詩大同小異（『平原郡斎』詩と大同小異なり）」とあるように「平原郡斎」と「題邢敦夫扇」とは異文を含みつつも根本的には同じ本文を持つ作品である。つまり、史容注本の「平原宴坐」、史季温注本の「平原郡斎」、そして史季温注本の「題邢敦夫扇」は三つの異なる題を持つ異文の関係にあるのである。なお「題邢敦夫扇」詩は、実際に邢居実（字敦夫）のため扇上に揮毫したものだろう。この「題邢敦夫扇」という題は、そういった作詩状況に即した題となっている(49)。

　このように黄庭堅詩の場合、根本を同じくする詩の本文が、異なる字句を持つテクストとして、あるいは異なる題を伴って伝承されるケースは少なくない。史季温注本はその種のテクストを幅広く採録すべく努めているのだが、かかる姿勢は黄𥲅、任淵、史容らの著作にも共通して認められるものであること、これまで見てきた通りである。

＊

　以上、主に黄庭堅詩の真蹟や石刻の活用という点から、黄𥲅『山谷年譜』と三種の黄庭堅詩注、およびそれら相互の関係について見てきた(50)。それによって、『年譜』と三種の黄庭堅詩注に共通して真蹟や石刻といった作者の親筆原稿もしくはそれに準ずるテクストの持つ多様性を重視し、それを積極的に参照・採録しようとする文献学的態度が認められること、またかかる動きのなかにあって『年譜』が任淵注本の取り組みを受け継ぐとともに、後に続く史容注本、史季温注本のために新たな基礎を提供するという重要な役割を果たしていたことなどが確かめられた。

　黄𥲅、任淵、史容、史季温らは、真蹟や石刻という生身の作者や作詩の現場に密接したテクストを参照し得るメリットを十分に活かすことにより、黄庭堅詩のテクストの多様な姿を掬いあげ、それを後世に伝えてくれた。これは単に黄庭堅詩の校勘に資するものとして重要であるだけではなく、宋代にあって詩のテクストがどのように制作・受容・伝承されていたか、その具体的な状況の一端を窺わせてくれるものとして極めて重要な価値を持っている。この問題をめぐっては、広く宋代における詩文集の整理・注釈の全体状況を視野に入れながら、今後更に検討を進める必要がある。

注

（1）以下、『内集』については『四部叢刊』本『豫章黄先生文集』に、『外集』『別集』については『文淵閣四庫全書』本『山谷全書（山谷集）』による。あわせて劉琳・李勇先・王蓉貴校点『黄庭堅全集』を参照した。

（2）以下、三種の黄庭堅詩注については『山谷詩集注』（光緒間義寧陳氏景刊覆宋本）により、題下にその巻数を附す。劉尚栄校点『黄庭堅詩集注』および黄宝華点校『山谷詩集注』をあわせて参照し、これらによって文字を改めた箇所がある。なお、本章では『内集』と『内集詩注』、『外集』と『外集詩注』、『別集』と『別集詩注』の関係については立ち入らないが、収録される詩のテクストについて言えば、それぞれの間に大幅な字句の違いは見られない。以下の論述の前提としてここに確認しておきたい。

（3）『外集』と『内集詩注』の先後については、『外集』の成立時期が不明であるため確定することは困難である。ここでは『内集詩注』巻二〇の「乞鍾乳於曾公衮」詩の目録注に、『外集』を指すと思われる『豫章後集』が引用されることなどから、『内集詩注』の最終的な成立は『外集』成立の後であると判断した。ただし『内集詩注』の初稿は『外集』よりも前に成立していたと考えられる。

（4）『山谷年譜』については『文淵閣四庫全書』本『山谷全書（山谷集）』により、引用に際してはその巻数を附す。ただし、呉洪沢・尹波主編『宋人年譜叢刊』第五冊所収の曹清華校点本によって文字を改めた箇所がある。なお、黄庭堅の各種詩文集および『年譜』については大野修作「黄庭堅集のテキスト」（『鹿児島大学文科報告』第一九号第一分冊、一九八三年）、祝尚書『宋人別集叙録』（中華書局、一九九九年）、筧文生・野村鮎子『四庫提要北宋五十家研究』（汲古書院、二〇〇〇年）、王嵐『宋人文集編刻流伝叢考』（江蘇古籍出版社、二〇〇三年）、黄宝華注2所掲書の「前言」などを参照。

（5）『文淵閣四庫全書』本『別集』には自跋を載せない。ここでは劉琳・李勇先・王蓉貴校点『黄庭堅全集』附録の「豫章別集跋」（嘉靖本『豫章別集』巻末）による。

（6）『年譜』において繋年の対象となっているのは、主として詩および賦・楚詞である。それ以外の各種文体は基本的には対象外に置かれており、一部の書簡などが考証のための資料として引用されるだけである。

（7）「蜀本詩集任氏旧注」とは蜀で刊行された任淵『内集詩注』を指す。任淵そして史容、史季温はいずれも蜀の人。当時、蜀の地は黄庭堅集の整理・刊行の中心地のひとつとなっており、各種黄庭堅集の「蜀本」が行われていた。

（8）『成都続帖』については未詳。蜀で刊行された法帖の類か。

（9）詩題の「王才元恵梅三種皆妙絶戯答三首」は任淵注本では「出礼部試院王才元恵梅花三種皆妙絶戯答三首」に作る。真蹟の所蔵者「玉山汪氏」は汪応辰もしくはその一族。「王才元」は王棫、『王直方詩話』の著者王直方（字立之）の父。『王直方詩話』は任淵注にも引かれるが、その記事が真蹟に基づくものであったことが『年譜』によってわかる。なお、任淵注には跋の引用に続けて「宗室趙子湜家有此録本、惜其翰墨不可復見、因附于此」とあって『年譜』が言及しないテクストに言及している。ここにも両者の違いは認められる。

（10）「張方回家本」とは、張淵（字方回、黄庭堅の妹婿の孫）の編んだ集本。任淵注本の基盤となった本（おそらく編年形式による）であり、任淵注本の各所に言及される。引用の「与君素手書」は各種黄庭堅集に未収。このように『年譜』は文集未収の書簡を数多く採録する点でも重要な著作である。

（11）「叔父幼子晬日」詩は『別集』巻一および『別集詩注』巻上に収める「夷仲叔父幼子晬日」（ただし『別集詩注』では「嗣深尚書弟晬日」と題する）。

（12）ここに引く墨蹟のうち「有聞帳中香、疑為熬蠟者、輒復戯用前韻」の一節は、『内集詩注』巻三および『内集』巻一二に収める別の二首の題となっている（ただし若干の文字の異同あり）。なお、この二首について『年譜』には関連する記載がない。

（13）史容『外集詩注』巻一五に収める「古意贈鄭彦能八音歌」詩の題下注にこの真蹟についての言及がある。本章第三節に述べるように、史容注本は『年譜』の成果を多く取り入れているが、これもそのひとつである。

（14）「蜀本石刻真蹟」については未詳。ここでの「蜀本」は任淵注本とは別の本を指すと思われる。蜀で刊行された黄庭堅の法帖の類を指す可能性もあるだろう。
（15）現行の任淵注本の本文は「爪」を「手」に、「投筯去未能、窃禄以懐慚」を「甘飡恐腊毒、素食則懐慚」に、「雖云多」を「誰不甘」に、「免冠紱」を「同袍子」に作る。『内集』との異同についても任淵注本の場合とほぼ同様であるが、若干の違いがある（詳細については割愛、以下同じ）。
（16）任淵注本の本文は「行舟」を「帰舟」に、「尚」を「初」に、「国是」を「国勢」に、「南還」を「南遷」に、「不図西逐臣」を「誰言両逐臣」に、「把」を「懐」に作る。
（17）任淵注本の本文は「風檣倒影日光寒」に作る。この詩は前掲「子瞻去歳春侍立邇英……」詩の続篇。宋敏求『春明退朝録』巻上には「邇英閣、講諷之所也。閣後有隆儒殿、在叢竹中」とある。
（18）任淵注本の本文は「山鶏照影」に作る。
（19）「過中泉」は、周紫芝『竹坡詩話』に引くテクストでは「過中年」に作る。
（20）任淵注本の本文は「任」を「在」に、「更得」を「更待」に作る。ほかに「鶺」を「鵁」に、「臞」を「癯」に作る。また詩題を「次韻子瞻以紅帯寄王宣義」に作る（ただし目録では『年譜』と同じ詩題）。
（21）任淵注本の本文はそれぞれ「彭沢千載人」、「風味乃相似」に作る。なお『年譜』の記載のうち「子瞻謫嶺南、彭沢千載人」とある箇所は「子瞻謫嶺南」の後に文字の脱落があるか。この五字が衍字である可能性、あるいはこの五字によって起句を示そうとした可能性も排除できない。
（22）このほか、真蹟の類では必ずしもないが『年譜』巻二三に「題伯時画観魚僧」詩について「按旧本題云『伯時作清江遊魚、有老僧映樹身観之、筆法甚妙、予為名曰「玄沙畏影図」、幷題数語云』」とあるのは、『内集詩注』巻九が参照しない「旧本」を引くものである。
（23）十四巻本の『外集詩注』は『四部叢刊続編』収。なお、史容注本の補遺として清の謝啓昆編『山谷詩外集補』四巻がある。史容注本から除外された『外集』巻一一～一四所収詩を収めたものである。これについては後世の著作であるため本章では取りあげない。

(24) ただし『年譜』ではいずれも史容注本とは別の詩、すなわち前者は「次韻王稚川客舎二首」(『内集』巻九、『内集詩注』巻一)、後者は「送鄭彦能宣徳知福昌県」(『内集』巻三、『内集詩注』巻三)といった『内集』および『内集詩注』所収の詩に関して引く真蹟・石刻となっている。史容注は、同時期に関連して作られた別の詩に関する『年譜』の記載を転用するかたちで編年考証に活用したのである。

(25) 真蹟の所蔵者「玉山汪氏」は汪応辰もしくはその一族。

(26) 『年譜』では「邑子黄庭堅」を「邑子宣徳郎黄庭堅」に作る。また「其間不同者」は「其間与印本有同異処」とあって印本との異同であることが示されている。真蹟の所蔵者「泉江劉鷹」については未詳。

(27) ここに引く真蹟は『別集詩注』巻上に「平原郡斎」と題して収める詩の本文である。本章第四節を参照。なお、この詩については両者の間で繫年が異なり、史容は元豊七年、黄㽦は元豊元年の作とする。

(28) 『金陵続帖』については未詳。金陵で編纂された法帖の類か。なお、史容注本ではこの詩の前に「松下淵明」詩を収める。この「松下淵明」は『内集詩注』巻九に「題伯時画松下淵明」と題して収める詩であり(『内集』巻三には「題松下淵明」と題して収める)、その第三・四句下注には「蜀中旧本元作『平生夢管葛、採菊見南山』」とある。この任淵注に「蜀中旧本」として引かれるテクストは『年譜』巻二三および史容注本の「松下淵明」詩に関する注記にも「蜀本石刻真蹟」のテクストとして引かれている(若干の文字の異同あり)。

(29) このほかにも史容注本が『年譜』の記載を取り入れるかたちで文字の異同に関する注記を加えた例は少なくない。例えば「次韻外舅喜王正仲三丈奉詔相南兵回至襄陽捨駅馬就舟見過三首」其一(巻二)の「別来悲歎事無窮」句下注に「『垂虹詩話』云、『別来悲歎事無窮』、張孝先光祖云、曾見親札作『歓』字、政如山谷改杜詩『少年合開万巻餘』、不可拘平側也」とあって、『垂虹詩話』の引用というかたちで黄庭堅の真蹟に見られる文字の異同、特にここでは平仄の規則にも触れる異同が指摘されるが、これは『年譜』巻七の記載を取り入れたものである(『垂虹詩話』は周煇『清波雑志』巻八によれば周煇の従叔周邸(字知和)の撰。『年譜』には他にも引用例がある)。更に、真蹟・石刻を踏まえたものでは必ずしもないが「次韻李士雄子飛独遊西園折牡丹憶弟子奇二首」(巻一六)については「旧本」を参照して、また「八音歌贈晁堯民」(巻六)については「別本」を参照して文字の異同が記されている。これらについては同様の記載がそれぞれ『年譜』巻二三および巻九に見える。

(30) このほか『年譜』巻八には「薄薄酒二章」詩について「先生有此詩真蹟石刻跋云」として石刻の跋を挙げるが、これは『外集詩注』巻五の当該詩の注には見えない。

(31) ここに引く「画本」のテクストは『内集詩注』巻九に収める「題伯時画松下淵明」詩の異文に当たるテクストである。注28を参照。「画本」とは黄庭堅の詩が題された李公麟（字伯時）の画を指していよう。その所蔵者「眉山陳氏」については未詳。

(32) ここに挙げた例のほかに『外集詩注』巻一四の「同劉景文遊郭氏西園因留宿」詩後注は『外集』未収の「和蒲泰亨四首」（『別集詩注』巻下）および「奉謝泰亨送酒」（同上）の本文を挙げて「此詩真本尚存、而『遺文』不載、因附見於此」と述べるが（『遺文』については未詳）、『年譜』巻二一の該当箇所にこれに類する記載はない。

(33) 史容注本が黄庭堅詩の校勘に力を注いでいたことは、例えば「和陳君儀読太真外伝五首」其一（巻七）の「不覚胡雛心暗動」句下注に「一作『付与山河買忠義』」と述べるのをはじめ、合わせて九題の詩に「一作……」、「一本云……」といった字句の異同に関する注記を附していることからも見て取れる。

(34) 史容注本は、例えば「己未過太湖僧寺得宗汝為書寄山蕷白酒長韻寄答」（巻一一）の第八四句下注に「李建中『題楊凝式大字壁後』云……山谷喜書此詩」、「再次韻答吉老二首」其一（巻一三）の第四句下注に「『伝灯録』傅大士頌云……山谷屢写此頌」と述べるように、黄庭堅が自作を書写した墨蹟だけでなく他人の著作を書写した墨蹟にも関心を示している。

(35) 『郡斎読書附志』の解題は『黄文纂異』について黄䇡撰とは明言していない。したがって、王嵐注4所掲書が「編者姓氏不詳」とするのに従うべきであるかもしれないが、ここでは周裕鍇「黄庭堅家世考」（『中華文史論叢』一九八六年第四輯・総第四〇輯、上海古籍出版社）などが黄䇡撰とするのに従う。『郡斎読書附志』の記載にも、そのような認定が含まれていると考えられる。

(36) 現行の史容注本の本文は『纂異』が引くテクストの第一・二句を「県北県南何日了、又来新寨解征鞍」に、第五・六句を「小吏有時須束帯、故人頗問不休官」に作る。

（37）史容注本の本文は『纂異』が引くテクストの「蒼山……」二句を「蒼山其下白玉京、五城十二楼、鬱儀結鄰常杲杲」に、「野僧……」以下六句を「野僧雲臥対開軒、一鉢安巣若飛鳥。北風巻沙過夜窓、枕底鯨波撼蓬島。箇中即是地行仙、但使心閑自難老」に作る。

（38）ここに引く第三首は『外集』巻一二に「絶句」と題して収める。末句の「啼」字、史容注本は「蹄」に作るが、『外集』によって改めた。『年譜』巻一三が引く本詩も「啼」に作っている。

（39）史容注本の本文は『纂異』が引くテクストの「夢回……」以下六句を「空餘祇夜数行墨、不見伽梨一臂風。俗眼只如当日白、我顔非復向来紅。浮生不作游絲上、即在塵沙逐転蓬」に作る。

（40）史容注本は「従時中乞蒲団」詩を一首の作と見なし『纂異』が引く「蜀本」のテクストを異文として挙げる。これに対して、『年譜』は二首の作と見なし『纂異』所引のテクストが『外集』巻一四に収める同題の詩の後篇であることを指摘している。この後篇は史容注本には未収（謝啓昆編『山谷詩外集補』巻四に収める）。

（41）「衝雪宿新寨忽忽不楽」詩について『年譜』巻五は『纂異』所引のテクストを挙げた後に「今『豫章集』前六句皆不同耳」と述べる。これによると黄罃が見た『豫章集』すなわち『外集』では前六句すべてが『纂異』所引のテクストと異なっていたようだが、しかし第三・四句について言えば現行の『外集』巻六および史容注本は『纂異』所引のテクストと同じである。

（42）ただし、末句の第七字は『外集』巻一二と同じく「啼」字に作っており、史容注本が「蹄」に作るのと異なる。なお、史容注本は本詩を「二首」の作とするが、その点は『年譜』も同じ。

（43）史季温注本の補遺として謝啓昆編『山谷詩別集補』一巻があるが本章では取りあげない。

（44）「止此六句」とは、六句という詩句の数がやや異例であるがゆえに、それをあらためて確認するための注記であろう。

（45）「前集」とは『内集』を指す。「其五」とは、第二節に挙げた『内集』巻六および『内集詩注』巻一二所収の「次韻楊明叔四首」と「再次韻」詩、合わせて五首を指して言う。「七首」とは、その五首とこの二首を合わせた七首。墨蹟の所蔵者「彭山黄氏」については未詳。

(46)「無賀監賞之」とは、李白の才能を見出した賀知章のような存在がいないことを言う。
(47)ただし、十五題のうち「濂渓詩」一首は『内集』巻一に収める（『内集詩注』は未収）。
(48)墨蹟の所蔵者「秘撰楊公」については未詳。あるいは楊万里を指すか。
(49)これまでに挙げた例にも見られるように黄庭堅の詩には異文が数多く存在したが、これには黄庭堅が書に優れていたことが関係していよう。知友からの求めに応じて自作の詩を揮毫する機会も多かったと推測される。文人が自作を揮毫する際、同じ作品であっても揮毫の度ごとに字句を変えるということが行われたらしい。黄庭堅詩の異文もこのようにして生じた可能性がある。その意味でも「題邢敦夫扇」詩のケースは興味深い。なお、黄庭堅が自分や他人の詩を書写していたことについては、莫礪鋒「黄庭堅〝換骨奪胎〟弁」（同氏『江西詩派研究』〔斉魯書社、一九八六年〕収）を参照。
(50)詩以外の作品については、賦や楚詞に関して真蹟・石刻のテクストを挙げる例が『年譜』に見える。例えば『年譜』巻二は「木之彬彬」（『内集』巻一）、「聴履霜操」（『外集』巻一）、「鄒操」（同上）などの楚詞について、巻一二は「休亭賦」（『内集』巻一）について「初本」すなわち初稿原稿のテクストを挙げている。また巻二四は「寄老庵賦」（『内集』巻一）について真蹟の跋を、巻二七は「苦筍賦」（同上）について石刻の跋を挙げている。

第三章　テクスト生成論の形成

——欧陽脩撰『集古録跋尾』から周必大編『欧陽文忠公集』へ

「草稿の時代」とも言うべき宋代に形成された新たなテクスト観とそれが持つ文学論的な意味について、第一・二章において考察を試みてきた。そこで主に取りあげたのは蘇軾（一〇三六—一一〇一）および黄庭堅（一〇四五—一一〇五）の詩集注本であるが、本章では北宋の欧陽脩（一〇〇七—一〇七二）に関連する諸資料を中心に取りあげながら宋代における草稿研究の諸相を見てみたい。

一　草稿と校勘

宋代は文学テクストの研究史において画期的な進展が見られた時代である。それは文集の整理・編纂にもあらわれており、杜甫・韓愈といった宋代以前の文人、更には王安石（一〇二一—一〇八六）・蘇軾・黄庭堅といった同じ宋代の文人の詩文テクストが全面的に整理され、編纂・刊行された。こうした動きのなか、文人たちが重要な課題として取り組んだのはテクストの文字の異同を正すこと、すなわち校勘である。

ここでは欧陽脩による韓愈の詩文テクストの校勘について見てみよう。宋代には文人たちが韓愈の詩文の校勘に本格的に取り組むようになり、南宋期には方崧卿『韓集挙正』、朱熹『韓文考異』といった成果が生み出されるにも至る。その先駆となったのがほかならぬ欧陽脩である。欧陽脩は宋代の文学・学術に新たな潮流を切り開いた先駆的文人と位置づけられるが、それは詩文テクストの校勘についても当てはまる。

欧陽脩が韓愈の詩文の校勘に積極的に取り組んだことについては、彼自身、「記旧本韓文後」（『欧陽文忠公集』巻七三・『居士外集』巻二三）[1]に「凡三十年間、聞人有善本者、必求而改正之（凡そ三十年間、人に善本有るを聞けば、必ず求めて之を改正す）」と述べている。また「唐田弘正家廟碑」（『欧陽文忠公集』巻一四一・『集古録跋尾』巻八）に「惟余家本屢更校正、時人共伝、号為善本（惟《た》だ余の家の本は屢《しばし》ば校正を更《ふ》れば、時人共に伝え、号して善本と為す）」と述べるように、欧陽脩が校勘を加えた韓愈集は最善のテクストとして文人間で高い評価を得ていたようだ。かかる校勘を行うに際して、欧陽脩がどのようなテクストを参照していたのか、その全体像について詳しくはわからない。しかし、墓誌銘などの碑誌作品に関しては石本（石刻拓本）を参照していたことが確認できる。このことは「草稿の時代」としての宋代について考えるうえで重要な意味を持っている。

欧陽脩は、古くから伝わる金石文（鐘鼎や石碑に刻された文章）の収集・整理に本格的に取り組んだ文人としても知られ、収集した金石文について解説した跋文をまとめた『集古録跋尾』十巻が今に伝わる（『欧陽文忠公集』巻一三四〜一四三に収める）[2]。その『集古録跋尾』には、石本のテクストを参照しつつ韓愈作品の字句の異同について検討を加えた跋文が少なからず収められる。一例として「唐田弘正家廟碑」（前掲）に見える次の一節を挙げよう。これは韓愈が書いた田弘正の家廟の碑銘「魏博節度観察使沂国公先廟碑銘」（馬其昶校注・馬茂元整理『韓昌黎文集校注』巻六）について述べたものである。

及後集録古文、得韓文之刻石者如「羅池神」「黄陵廟碑」之類、以校集本、舛繆猶多、若「田弘正碑」則又尤甚。蓋由諸本不同、往往妄加改易。以碑校集、印本初未必誤、多為校讐者妄改之。乃知文字之伝久而転失其真者多矣。則校讐之際、決於取捨、不可不慎也(3)。

その後、古の文章を収集するうち、韓愈の文章を石に刻したもの、「羅池廟碑」や「黄陵廟碑」などのテクストを手に入れたので、家蔵の集本をそれらと突き合わせて校勘したところ、多くの誤りが見つかった。「田弘正碑」に至っては特に甚だしかった。本によってテクストがさまざまに異なると、濫りに字句を改めてしまうことがしばしば起こるのだ。碑文のテクストと世に刊行されている集本のそれとを比べると、もとは必ずしも間違っていたわけではないにもかかわらず、後から校訂者が勝手に字句を改めてしまったケースが多く見られる。テクストが伝承されるに際しては、時が経過すればするほど本来の姿（「真」）を失うことが多いと思い知らされた。校勘に際して、取捨の判断には慎重でなければならない。

集本すなわち文集としてまとめられたテクストを石本のそれと比較してみたところ、集本に多くの誤りがあることに気づいたと述べている。このほか『集古録跋尾』には「唐韓愈南海神廟碑」（『欧陽文忠公集』巻一四一・『集古録跋尾』巻八）に「今世所行『昌黎集』類多訛舛。惟『南海碑』不舛者、以此刻石人家多有故也。其妄改易者頗多、亦頼刻石為正也（今世　行わるる所の『昌黎集』類《おおむ》ね訛舛多し。惟《た》だ『南海碑』のみ舛《あやま》たざるは、此の刻石　人家多く有するを以ての故なり。其の妄《みだ》りに改易する者　頗《や》や多ければ、亦た刻石に頼《よ》りて正すを為す）」とあるのをはじめ、「唐韓愈黄陵廟碑」（『欧陽文忠公集』巻一四一・『集古録跋尾』巻八）、「唐胡良公碑」（『欧陽文忠公集』巻一四一・『集古録跋尾』巻八）などにも、石本と集本のテクストを比較して同様の議論がなされている。

右の跋に述べられるように、テクストが伝承の過程で「妄改（易）」すなわち誤った改定を被ることは避けられない。伝承の過程が長くなればなるほど、言い換えれば作者の手元を遠ざかれば遠ざかるほど「真」の姿を失ってゆくのがテクストの宿命である。テクストがいったん成立し作者の手元を離れた後に生じた誤りを正し、テクストの「真」の姿、すなわち原本を回復することを目的として行われるのが校勘である。そして、回復すべき原本が、通常は定本と呼ばれるものであろう。欧陽脩は、原本＝定本を回復する校勘の営みにとって重要な寄与をなし得るテクストとして石本の価値を発見したのである。

石本は、草稿に準ずるテクストと見なすことができる。ひとくちに石刻と言っても、作者自身が書写した墨蹟を刻する場合もあれば、作者以外の人物が書写したものを刻する場合もある。『集古録跋尾』が取りあげる韓愈の石本には書写者が確定されるものも含まれるが、それらはすべて韓愈以外の人物である。書写者が確定されない石本の場合、韓愈自身の墨蹟を刻したものであるか否かは不明である（ちなみに「唐田弘正家廟碑」の場合も確定されない）。作者自身の墨蹟を刻した場合はもちろん草稿と同じものとして扱うことができるが、作者以外の人物の墨蹟を刻した場合であっても基本的には草稿に準ずるテクストとして扱うことが可能だろう。そのほとんどは作者の親筆原稿に基づくかたちで書写されたと考えられるからである。

草稿もしくは草稿に準ずるテクストとしての石本の価値は、それが生身の作者に密接したテクストであり、したがってまた後人の手による「妄改」もほぼ完全に免れているという点にあるだろう。言い換えれば、原本との距離が限りなく零に近いテクストであるという点に。欧陽脩以前、草稿の類が校勘に活用されたことを示す記録はほとんどなく、その校勘学的価値は明確に認識されるには至っていなかったと考えられる。石本という草稿に準ずるテクストの価値を明確に認識し、それを積極的に活用した点において、欧陽脩の校勘は従来の枠組みを一歩踏み越えるものであった。以後、宋代の校勘にあっては草稿の類が広く活用されるようになるが、『集古録跋尾』はその先駆をなす著作であり、中国のテクスト研究史にあって極めて画期的な位置を占めている。

石本は原本により近く、したがってまた作品の「真」の姿を伝えるものと期待されるテクストであるが、しかし常に「真」であるとは限らない、時には誤りを含む場合もあると欧陽脩は言う。例えば『集古録跋尾』の「唐韓愈盤谷詩序」（『欧陽文忠公集』巻一四一・『集古録跋尾』巻八）に「以余家集本校之、或小不同、疑刻石誤（余が家の集本を以て之を校するに、小《すこ》しく同じからざる或《あ》り、刻石の誤れるかと疑う）」と、また「唐韓愈羅池廟碑」（『欧陽文忠公集』巻一四一・『集古録跋尾』巻八）に「碑云『春与猿吟而秋鶴与飛』、則疑碑之誤也（碑に『春は猿と吟じ、秋は鶴と飛ぶ』と云うは、則ち碑の誤るかと疑う）」と述べるのは、石本も誤りは免れず、むしろ集本のテクストをこそ定本と見なすべきであることを指摘した言葉である。なぜ石本よりも集本の方がテクストとしてより正しいと見なせるのか。この点について欧陽脩は踏み込んだ説明をしていない。欧陽脩の場合、そういった事例については、あくまでも例外的な特殊ケースと見なすにとどまったように思われる。

いま述べた点に関連して、北宋末南宋初の董逌『広川書跋』巻九の議論を見てみよう。同書巻九には、欧陽脩と同じく韓愈「田弘正家廟碑」について述べた題跋が収められている。そこで董逌は、欧陽脩が誤りだと見なした集本のテクストに再検討を加え、結果として集本をむしろ正しいとする見解を示している（これには集本の方が文章表現としてより優れているという評価も踏まえられていよう）。そのうえで更に次のように述べる。

碑雖既定其辞、而後著之石、此不容誤謬。然古人於文章、磨練竄易、或終其身而不已、可以集伝尽為非耶。……今人得唐人遺稿、与石刻異処甚衆。又其集中有「一作某」「又作某」者、皆其後竄改之也。

碑文のテクストは作者自身が字句を定めたうえで、それを石に刻したものであるから、誤りが含まれる可能性は少ない。しかし、古の文人には文章を練り直し書き改めることを終生続けた者もいる。集本のテクストをすべて誤りと見なせるだろうか。……今人の得た唐人の遺稿には、石刻のテクストと字句が異なるものが極めて多い。また、集本に「一に某に作る」「又た某に作る」というかたちで異文が示されることもある。これらはすべて石に刻した後で作者が書き改めたものであろう。

集本を石本よりも正しいテクスト、すなわち定本により近いテクストとして支持する理由について董逌は言う。当初は、石本のテクストのように作者は書いたかもしれないが、後にそれを書き改めていた可能性があるからである、と。集本のテクストこそ作者が最終的に定本として確定したテクストであると見なして、それを尊重しているのである。

もちろん『広川書跋』は石本の価値を全面的に否定するのではない。同書には欧陽脩と同じく「真」を伝えるテクストとして石本の価値を認める議論も少なくない。右の引用の冒頭部分にも、基本的には石本は定本に近いとする見解が示されている。その意味では董逌の校勘学は欧陽脩のそれと連続するものであるが、石本のテクストよりも集本のそれが優れていると見なす右の議論には、欧陽脩の校勘にあっては見逃されていたある重要な問題が明確にとらえられている。すなわち、作者による自作のテクストの改定という問題が。次節に見るように宋代には、独り董逌のみならず数多くの文人がこの問題を論ずるようになる。宋代にあって作者による自作テクストの改定をめぐる問題はどのようにとらえられ、論じられていたのか。そこには、どのようなテクスト研究の視点が示されているのか。また、それは文学創作のあり方とどのように関わっていたのだろうか。

二　草稿とテクスト生成論

董逌と同様の議論は、第一章第一節に挙げた周必大（一一二六—一二〇四）が蘇軾の詩の草稿について記した題跋「跋汪逵所蔵東坡字」（『文忠集』巻五〇）にも見られた。こうした議論に示されているのは、草稿は常に作者自身の手によって改定される可能性あるいは危険性を秘めているという認識である。彼らは作者による自作テクストの改定に着目することによって、草稿段階にあるテクストが孕んでいる独特の性格をその視野にとらえるに至ったのである。これは欧陽脩の校勘にあっては未だ明確になっていなかった視点であり、その点で欧陽脩よりも更に一歩、従来の校勘の枠組みを踏み越えるものとなっている。

校勘とは、基本的に定本（最終稿）成立後のテクストに生じた誤りを除去し、定本の本来の姿を回復することを目的として行われる営みであり、そこでは定本成立前の段階にあるテクストは視野にとらえられない。それに対して、董逌や周必大は定本成立前の段階にあるテクストをも視野にとらえている。ここでは、定本を回復することだけが目的となるのではない。草稿段階にあるテクストが作者の手でいかに改定されていったか、定本がいかにして形作られていったか、その生成変化のプロセスが持つ文学論的意味が問われようとしている。彼らが拠って立つのは、もはや旧来の校勘の視点ではない。今日行われている生成論的なテクスト研究に連続しうるようなテクスト論的視点であると言ってもいいだろう(4)。

宋代、特に南宋期には、右のような視点が形成されてゆくのに伴って、草稿を実見しつつ、そこに刻み込まれた改定の痕跡を記録する言葉も数多くのこされるようになる。第一章および第二章では蘇軾や黄庭堅の詩の注釈に見える例を挙げたが、ここでは詩話や題跋の例を挙げておこう。例えば、南宋の洪邁（一一二三―一二〇二）『容斎随筆』続筆巻八は、王安石「泊舟瓜洲」（『臨川先生文集』巻二九）および黄庭堅「登南禅寺懐裴仲謀」（謝啓昆編『山谷詩外集補』巻三）の草稿について次のように述べている。

王荊公絶句云「……春風又緑江南岸、明月何時照我還」。呉中士人家蔵其草、初云「又到江南岸」、圏去「到」字、注曰「不好」、改為「過」、復圏去而改為「入」、旋改為「満」、凡如是十許字、始定為「緑」。黄魯直詩「……高蟬正用一枝鳴」、「用」字初曰「抱」、又改曰「占」曰「在」曰「帯」曰「要」、至「用」字始定。……今豫章所刻本乃作「残蟬猶占一枝鳴」。

王安石（荊公）の絶句に「……春風又た江南の岸を緑にす、明月　何時《いつ》か我が還《かえ》るを照らさん」とある。呉の士人の家に蔵されるその草稿では、初め「又た江南の岸に到る」とあった句の「到」字が消されている。そして「好からず」と注記して「過《よぎ》る」に改めたが、更にそれを消して「入る」に、またすぐさま「満つ」に改めている。こうして十回ほど書き改めてやっと「緑」字に定まったのである。黄庭堅（字魯直）の詩に「……高蟬　正に一枝を用《もっ》て鳴く」とある。「用」の字を、初めは「抱く」としていたが「占《し》む」「在り」「帯ぶ」「要《もと》む」などと書き改めてゆき、最後に「用」字に至って定まったのである。……いま豫章で刊行された集本では「残蟬　猶お一枝を占めて鳴く」となっている。

また、南宋の胡仔『苕渓漁隠叢話』前集巻八に引く『漫叟詩話』は、杜甫「曲江対酒」（仇兆鰲注『杜詩詳注』巻六）の草稿について次のように述べる。

「桃花細逐楊花落……」」。李商老云「常見徐師川説、一士大夫家有老杜墨迹、其初云『桃花欲共楊花語』、自以淡墨改三字」。乃知古人字不厭改也。不然何以有日鍛月錬之語。

「桃花　細やかに楊花を逐いて落つ……」という詩句について、李彭（字商老）は言った。「以前、徐俯（字師川）に聞いたところでは、ある士大夫が蔵する杜甫の墨蹟では当初『桃花　楊花と共に語らんと欲す』となっていたが、淡い墨で三字（「欲」「共」「語」）が改められていたという」と。古人は作品の字句を改めるのを厭わなかったのである。そうでなければ「日々字句の鍛錬にいそしむ」という言葉も生まれなかっただろう。

いずれの言葉にも、草稿が作者の手でどのように改定されて文集に収められる定本となったか、テクストの生成変化のプロセスが具体的に記されている。

こうした議論からは、宋代の文人たちがテクストの改定という行為に文学的な意義を認めていたことも見て取れる。特に『漫叟詩話』が述べる「日鍛月錬」という語には、その意義を高く評価する姿勢があらわれていよう。このことは、中国の創作論の歴史において看過できない重要な点であるので、ここであらためて確認しておきたい。

六朝期から唐代にかけては、作品を改めることなく一気に書きあげる創作スタイル、換言すれば初稿がそのまま定本となるような作品の書き方が高く評価されていた。魏の曹植の「七歩成詩」の故事(5)に代表されるように、そのような能力を持つことこそが優れた文人の証であった。もちろん、このような評価のあり方は以後も久しく受け継がれてゆくが、しかし唐代の後半、中唐期あたりを画期として、初稿に改定を重ねる創作スタイルにも文学的な価値が認められるようになってゆく。そのことをよく示しているのが「苦吟」の流行であり、そのなかから賈島と韓愈の「推敲」の故事[6]も生み出された。右にあげた『漫叟詩話』の言葉は、その種の創作スタイルが持つ文学的意義を、杜甫という偉大なる詩人の草稿に刻まれた改定の痕跡によって証し立てようとするものと言える。

同様の見方が示された例として、周必大が黄庭堅「送徐隠父宰餘干」（史容注『山谷外集詩注』巻一一）の草稿について記した題跋「題聶倅周臣所蔵黄魯直送徐隠父宰餘干詩稿」（『文忠集』巻四八）が述べる次の言葉を読んでおこう。

山谷此詩今載外集。不観初草、何以知後作之工。老杜云「陶冶性情存底物、新詩改罷自長吟。孰知二謝将能事、頗学陰何苦用心」、苟作云乎哉

黄庭堅（号山谷）のこの詩はいま『山谷外集』に収められている。初稿（「初草」）を見なければ、その後から加えられた改定の巧みさはわからない。杜甫も言っているではないか、「性情を陶冶するに底物《なにもの》か存する、新詩　改め罷《おわ》りて自ら長く吟ず。孰知す　二謝（謝霊運・謝朓）の能事を将《もっ》てするを、頗る学ぶ　陰何（陰鏗・何遜）の苦《はなは》だ心を用うるを」と。いい加減に作られるものでは決してないのだ。

草稿を見なければ、改定後の作品、すなわちいま眼にしている詩の表現のすばらしさを知ることはできなかっただろうと周必大は言う。そのうえで、杜甫「解悶十二首・其七」（『杜詩詳注』巻一七）を引いて、改定の持つ文学的意義を確認している。ここでも注目されるのは草稿というテクストの持つ効用が語られていることである。偉大なる詩人の作品改定のプロセスとそれが持つ意義を知ることができるのは草稿が存在するからこそである、と。まさしく草稿の時代である宋代ならではの言葉と言えよう。

以上のような議論が盛んになされたのは、宋代の文人たちが創作に際して実際に改定を重ねていたからでもあるだろう。例えば、蘇軾もそのひとりである。その書簡（尺牘）のうち、劉義仲に与えた「与劉壮輿六首」其五（孔凡礼点校『蘇軾文集』巻五三）に「詩文二巻並納上、後詩已別写在巻、後検得旧本、改定数字（拙作の詩文二巻をあわせて差しあげます。後の詩はすでに別の巻に書いていたのですが、後で昔の原稿を見て、いくつかの文字を書き改めました）」、孫勴に与えた「与孫志同三首」其三（『蘇軾文集』巻五六）に「詩改一聯補両字、重写納去、却示旧本（詩の一聯を書き改めふたつの文字を補いました。重ねて写して差しあげますとともに、元の原稿もお見せいたします）」などと自作の改定について述べている。

宋代にあって、自作の改定に執着を示したと伝えられる文人は数多いが、この方面においても欧陽脩は最初期の代表的な文人である。南宋の范公偁『過庭録』は、欧陽脩の「相州昼錦堂記」（『欧陽文忠公集』巻四〇・『居士集』巻四〇）について次のように述べている。

韓魏公在相、曾乞「昼錦堂記」于欧公、云「仕宦至将相、富貴帰故郷」。韓公得之愛賞、後数日欧復遣介別以本至云「前有未是、可換此本」。韓再三玩之、無異前者、但於「仕宦」「富貴」下各添一「而」字、文義尤暢。先子云「前輩為文不易如此」。

韓琦（魏国公）は宰相をつとめたとき、欧陽脩に「昼錦堂記」の原稿を乞うたことがある。なかに「仕宦して将相に至り、富貴にして故郷に帰る」という一節があった。韓琦はこれを得て喜び愛でた。ところが数日すると、欧陽脩は使いを寄越して別の原稿をもたらした。「先の原稿には十分でないところがあるので、これと差し替えてほしい」と言って。韓琦はそれを何度も読み返してみたが、違っている点はほとんどない。ただ「仕宦」と「富貴」の後に「而」

一字が加えられており、それによって文章の流れがよくなっていたという。我が亡き父は言った。「先人の文章とは、かくも容易ならざる業《わざ》であったのか」と。

自作の原稿を人に渡した後から、些細とはいえ表現に不満を感じて書き改め、その改定稿を旧稿と差し替えてもらったというものである。宋代の新たな文学潮流を切り開いた文人である欧陽脩が、こうして執拗なまでに自作に改定を加えていたことは、以後の文人たちの創作のあり方に少なからぬ影響を与えたであろう。

右のような創作スタイルゆえに、欧陽脩の草稿には改定の痕跡をのこすものが数多く伝わっており（その一部は今日にまで伝わる）、それについて記した言葉も数多い。例えば、南宋の袁褧『楓窓小牘』巻下は、欧陽脩「樊侯廟災記」（『欧陽文忠公集』巻六三・『居士外集』巻一三）について次のように述べる。

欧陽文忠公「樊侯廟災記」真稿、旧存余家、其中改竄数処、如「立軍功」三字、稿但曰「起家」。「平生」曰「生平」、……「生能萬人敵、死不能庇一躬」曰「生能讋喑啞叱咤之主、死不能保束草附土之形」、……凡定二十三字、書亦遒勁。

欧陽脩（諡文忠）の「樊侯廟災記」の親筆原稿は、かつて我が家に蔵されていた。それには改定を加えた箇所が少なくなく、例えば（現行本の）「軍功を立つ」の三字は、原稿では「家を起こす」とあるだけだった。また「平生」は「生平」、……「生きては能く万人に敵するも、死しては一躬を庇《かば》う能わず」は「生きては能く喑啞叱咤の主を讋《おそ》れしむるも、死しては束草附土の形を保つ能わず」、……となっていた。合わせて二十三字を書き改めており、その筆跡も雄勁であった。

また、このように繰り返し改定を重ねた結果、欧陽脩のテクストには数多くの「別本」すなわち異文・異本が生まれることとなった。周必大が欧陽脩の文集に附した「欧陽文忠公集後序」(『欧陽文忠公集』巻尾、『文忠集』巻五二)は、欧陽脩の「秋声賦」(『欧陽文忠公集』巻一五・『居士集』巻一五)について次のように述べる。

前輩嘗言、公作文掲之壁間、朝夕改定。今観手写「秋声賦」凡数本、劉原父手帖亦至再三、而用字往往不同、故別本尤多。後世伝録既広、又或以意軽改、殆至訛謬不可読。

先人によれば、欧陽脩先生は文章を作ると、その草稿を壁に貼って朝に夕に書き改めたという。いま親筆原稿の「秋声賦」を見るに、合わせて数本があり、友人の劉敞(字原父)のもとにのこる墨蹟の書帖にも再三に渉る改定の跡が見える。いずれも用いる文字がしばしば異なっており、したがって異本(「別本」)が極めて多い。その後も広く伝写され、また読み手の考えで軽々しく書き改められたため、読むに堪えないほど混乱してしまっている。

作者による改定の可能性あるいは危険性を秘めたテクストであるがゆえに、草稿にさまざまな異文・異本が発生することは避けられない。これもやはり草稿段階にあるテクストが本質的に孕んでいる特性、すなわち草稿の不安定性とも言うべきものを指摘した言葉として読むことができる。もちろん、同様のことは欧陽脩以外の文人のテクストについても指摘されている。例えば、王安石「次韻酬朱昌叔五首」其五(『臨川先生文集』巻一七)について、葉夢得『石林詩話』(一〇七七―一一四八)巻上は次のように述べている。

嘗与葉致遠諸人和頭字韻詩、往返数四、其末篇有云「名誉子真矜谷口、事功新息困壺頭」。以「谷口」対「壺頭」、其精切如此。後数日、復取本追改云「豈愛京師伝谷口、但知郷里勝壺頭」。只今集中両本並存。(7)

（王安石は）葉濤（字致遠）諸氏と「頭」字韻の詩に唱和し、数度にわたってやりとりした。その末篇（其五）に「名誉　子真（鄭樸）谷口を矜り、事功　新息（馬援）壺頭に困しむ」とある。「谷口」と「壺頭」を対偶にしており、その作詩のあり方はかくも緻密であった。しかし、その後数日にして、また草稿を取り返して「豈に京師　谷口を伝うるを愛せんや、但だ郷里　壺頭に勝るを知る」と改めた。いま、文集ではふたつの本《ヴァージョン》が並んで行われている。

王安石が自作の改定にこだわった結果、二種のヴァージョンが行われるに至ったことが指摘されている。ところで、右に挙げた欧陽脩の文集の序文を書いた周必大は欧陽脩の文集を編纂し刊行した人物でもある。いま述べたような欧陽脩の詩文テクストの特性は、彼の文集の整理・編纂作業にどのような影を投じることになったのだろうか。節を改めて検討してみたい。

三　欧陽脩集の整理・編纂とテクスト生成論

欧陽脩の文集はいくつかの段階を逐って編まれた。最初に編まれたのは欧陽脩自身が晩年に息子たちと共に編んだ『居士集』五十巻。次いで、欧陽脩の死後に『居士集』に漏れた作品を集めて編まれた『居士外集』二十五巻。最終的には、これらを中心に各種文献資料を総合するかたちで、周必大とその周辺の人物によって『欧陽文忠公集』百五十三巻が編まれる。紹熙二年（一一九一）から慶元二年（一一九六）にかけての編纂・刊刻。欧陽脩詩文の定本の集大成とも呼ぶべき文集である。同書の原刻本の姿を伝えるとされるものに、『四部叢刊』本『欧陽文忠公集』がある。なお『欧陽文忠公集』には『四部叢刊』本とは別系統の本、天理図書館所蔵のいわゆる天理本『欧陽文忠公集』も伝わる。周必大編の文集の増補・改訂版であり、広い意味では同じ圏域にあって編まれた本と見なしていいだろう。(8) 以下、この天理本についても『四部叢刊』本とあわせて適宜取りあげる。

周必大らによる欧陽脩文集の編纂作業において、その根幹をなしたのはテクストの校勘である。彼らは「公家定本」「綿州重刻大杭本」「綿州本」「眉州本」「衢本」「浙江本」「建本（閩本）」「吉州本」「怨本」などの各種集本をはじめとする大量の文献資料を比較・検討して定本を制定し、異文がある場合はそれを校語として詳細に注記した。各篇の本文内に挿入された小字双行の注、題下の注、篇後の注、巻後の注など、注記の形態はさまざまである。宋代に編まれた他の文集と比較しても、その詳細かつ綿密な校勘作業は極めて高い水準を示している。

かかる校勘の作業にあっては、各種の集本に加えて墨蹟や石本など草稿もしくはそれに準ずるテクストが積極的に活用された。筆者の集計によって、それらのテクストに依拠した校語が附される作品の篇数を挙げれば次の通りである。「墨蹟」に依拠する校語が附される作品は合わせて九篇（このほか「稿本」、「帖」によるものがそれぞれ一例あるが、それらもここに含められるかもしれない）。「石本」「碑本」に依拠する校語が附される作品は合わせて三十篇。また天理本には、合わせて十一篇の作品について、『四部叢刊』本に参照されない「碑本」に依拠する校語が巻後に追加して附されている。以上の数値は決して多いとは言えないが、南宋期の文集の整理・編纂作業において真蹟や石本など草稿が積極的に活用されていたことの一端を示すものとして重要である。次に代表的な注記の例を挙げてみよう。

『四部叢刊』本の校注に墨蹟の異文が記される例としては、「早朝感事」（『欧陽文忠公集』巻一三・『居士集』巻一三）の「笑殺汝陰常処士（笑殺す　汝陰の常処士）」句について、本文内の注に「墨蹟作『雲林高臥客』（墨蹟『雲林高臥の客』に作る）」とある。この句は、朝廷に仕える欧陽脩が汝陰（潁州）に暮らす友人常夷甫へと寄せる思いを述べたもの。右の注記によって「汝陰」「常処士」という固有名詞による表現が、草稿では「雲たなびく山林に世を避けて住む人」という一般的な言い方になっていたことがわかる。

石本の異文が記される例としては「峡州至喜亭記」（『欧陽文忠公集』巻三九・『居士集』巻三九）の例を挙げよう。巻後の注には、この記に見える「始平蜀」について「石本無『始』字（石本『始』字無し）」、「于万里」の「于」について「石本作『千』（石本『千』に作る）」、「捍」について「石本作『悍』（石本『悍』に作る）」、「更生」について「石本『此』字下有『朝奉郎』三字（石本『此』の字の下に『朝奉郎』の三字有り）」、「之停留也」について「石本作『弭櫂之地』（石本『弭櫂之地』に作る）」、「誌」について「石本作『識』（石本『識』に作る）」、「喜幸」について「石本『此』字下有『也』字（石本『此』の字の下に『也』字有り）」、「固為下州」について「石本無『固』字（石本『固』字無し）」、「悌愷」について「石本作『豈弟』（石本『豈弟』に作る）」と、多くの異文が列挙されている。

天理本の校注に石本の異文が記される例としては「滄浪亭」詩（『欧陽文忠公集』巻三・『居士集』巻三）の例を挙げよう。巻後の注には「荒湾野水気象古（荒湾　野水　気象古し）」句の「野水気象古」について「碑作『古水気象野』（碑『古水　気象野なり』に作る）」、「壮士憔悴天応憐（壮士　憔悴して天応に憐れむべし）」句の「壮士」について「碑作『烈士』（碑『烈士』に作る）」、「江湖波濤渺翻天（江湖　波濤　渺として天に翻る）」句の「江湖」について「碑作『湖江』（碑『湖江』に作る）」、「紅渠渼浪揺酔眠（紅渠　渼浪　酔眠を揺らす）」句の「紅渠渼浪」について「碑作『紅蕖緑浪』（碑『紅蕖緑浪』に作る）」、「丈夫身在豈長棄（丈夫　身在れば豈に長く棄てんや）」句の「長棄」について「碑作『常棄』（碑『常棄』に作る）」、「莫惜佳句人間伝（惜しむ莫かれ　佳句の人間に伝わるを）」句の「佳句」について「碑作『嘉句』（碑『嘉句』に作る）」と、石碑に見えるそれぞれの異文が列挙され、また「後有『慶暦丙戌十一月五日自滁寄到、明年春刻』一十七字（後に『慶暦丙戌十一月五日　滁自《よ》り寄せて到り、明年の春に刻す』の一十七字有り）」と、詩の後には十七字からなる附記も続けて刻されていたことが指摘されている。

注目すべきは、周必大らによる欧陽脩文集の校勘は単に字句の異同を示すにとどまらなかったという点である。そこでは、前節に見たような作者自身による自作テクストの改定という問題が明確にとらえられていた。以下、そういった視点があらわれた注記のいくつかを挙げてみよう。例えば「黄夢升墓誌銘」（『欧陽文忠公集』巻二八・『居士集』巻二八）については、巻後の注にこの墓誌銘の別本「南陽主簿黄君墓誌銘」の全文を掲げたうえで次のように述べる。

右黄夢升墓銘、公年三十八所作、真蹟今蔵興国軍呉氏。字画端麗、雖似浄本、然亦間有塗改。校今衆本、凡増損異同七十餘字。疑公後嘗修潤、或伝写差訛。今録示後人、併以元帖幷山谷跋附焉。

右の「黄夢升墓銘」は欧陽脩先生が三十八歳の時の作である。真蹟は、いま興国の呉氏のもとに蔵される。筆画は端麗であり浄書した原稿のように見えるが、一部改定の筆が入っている箇所がある。現行の各本と突き合わせてみると、合わせて七十字あまりの異同がある。先生が後から推敲したためだろう。あるいは、後人の伝写の誤りによるものかもしれない。いまここに記録して後世に伝える。また、あわせてもとの真蹟の書帖および黄庭堅（号山谷）の跋を附す。

また、天理本は「帰雁亭」詩（『欧陽文忠公集』巻五三・『居士外集』巻三）について、巻後の注に次のように述べる。

士大夫校前輩文集、毎得元碑、欣然以為正、不知一時下筆、後多自改。今観「帰雁亭」詩、皆以印本為勝、疑公晩年所自定者。

士大夫たちが先人の文集を校勘する際には、元の碑文を得ると喜んでそれを正しいテクストだと見なす。しかし、それは作者がそのときそう書いたというだけのことであって、多くの場合、後から改定が加えられていることを見落としてしまっている。いま「帰雁亭」詩を見るに、すべての点で印本のテクストの方が優れている。おそらく欧陽脩が晩年に書き改めたのであろう。

右のような注記に加えて『欧陽文忠公集』には、初稿と改定稿の両方が完全なかたちでのこるテクストについては両方を共に収めるケースもあり、関連して注目される。典型的なのは「瀧岡阡表」（『欧陽文忠公集』巻二五・『居士集』巻二五）のケースである。『居士外集』には同表の初稿である「先君墓表」（『欧陽文忠公集』巻六二・『居士外集』巻一二）が収められ、その題下の注は

此乃「瀧岡表」初稿、其後删潤頗多、題曰「瀧岡阡表」、在『居士集』第二十五巻。

これはすなわち「瀧岡阡表」の初稿である。後から多くの削除・加筆がなされ、「瀧岡阡表」と題して『居士集』の第二十五巻に収められた。

と述べ、初稿完成後、欧陽脩が更に削除・加筆していったことを指摘している。同様のケースとして「欧陽氏譜図序」（『欧陽文忠公集』巻七一・『居士外集』巻二一）が挙げられる。この序については、石本と集本のふたつのテクストが並べて収められている。そのうち、集本「欧陽氏譜図序」の篇後の注は

前賢遺文、往往集本異於石本、按公『集古録』跋「盤谷詩序」云「以集本校済源石刻、或小不同、疑刻石

誤」、窃謂非誤也、後或改定爾。故此譜不敢専以碑為正、而存集本於後。

先人ののこしたテクストは、しばしば集本と石本とで字句を異にしている。欧陽脩先生の『集古録』の「唐韓愈盤谷詩序」跋尾には「集本を以て済源の石刻を校するに、小《すこ》しく同じからざる或《あ》り、刻石の誤るかと疑う」とあるが、思うにそれは誤りではなく、（石本のテクストを書いた）後から改定を加えたものであろう。したがって、この譜図序の場合も石本こそが正しいテクストとは見なさずに、集本のテクストを石本の後に続けて収めることとする。

と述べ、敢えてふたつのテクストを収めた理由にも言及している。右に挙げた例のうち「帰雁亭」詩および集本「欧陽氏譜図序」に附された注には、石本のテクストが作者による改定を免れず、したがって必ずしも定本とは見なせないという見解が述べられているが、先に挙げた董逌『広川書跋』や周必大「跋汪逵所蔵東坡字」とまったく同じ趣旨の議論である。

このように周必大らが欧陽脩の自作テクストの改定に着目するのは、そこに文学的な意義を見出していたからにほかならないだろう。以下、そのことが窺える例を挙げてみよう。「準詔言事上書」（『欧陽文忠公集』巻四六・『居士集』巻四六）について、巻後の注は次のように述べる。

右言事書凡「一作」者、皆江鈿『文海』本、疑是初稿、不若集本之善、故難尽従、姑摘其大概如此、後人亦可推公改定之意矣。

右の言事書に関して「一に某に作る」として注記したのは、すべて江鈿編『宋文海』に収めるテクストによる。おそらく初稿であろう。集本の優れるのには及ばず、したがってすべてそれに従うわけにはいかないが、おおよそを記せば以上の通りである。これによって、後世の者は欧陽脩先生の改定が意図したものを推し量れるだろう。

また「論杜衍范仲淹等罷政事状」（『欧陽文忠公集』巻一〇七）について、篇後の注は次のように述べる。

右正文、乃今盱台（眙）守施宿所蔵当時真本也。「一作」、疑是後来公所改定、如以「水落」為「洛」之類、及其餘文意、皆不若「一作」為長。(9)

右の本文は、いま盱眙の太守である施宿が蔵する当時の親筆によるものである。「一に某に作る」として示した異文は、欧陽脩先生が後から改定を加えたものであろう。「水落」の「落」を「洛」としている点をはじめ、いずれも文意から見て「一に某に作る」として示した異文の方が優れている。

いずれも、初稿のテクストと改定稿のそれとを比較し、改定の結果を反映する後者の方が文章表現としてより優れていることを指摘する。ただ単に改定のプロセスを示すのではなく、文章表現としての評価にまで立ち入った議論がなされている。

このように異文を挙げて改定のプロセスを示す目的はどのような点にあったのだろうか。ひとつには、欧陽脩によるテクスト改定のプロセスを、いわば創作の秘訣を学ぶためのモデルとして示すことにあったと言えよう。右に挙げた「準詔言事上書」の注はその点に言い及んでいる。すなわち、欧陽脩が自作の改定によって目指したものを後世の文人に推し量ってもらうためである、と。宋代の文人たちの間には、偉大なる文人のテクスト改定のプロセスを参考とすることによって自らの創作能力を高めたいという志向が少なからず共有されていた。例えば、北宋末南宋初の朱弁（一〇八五―一一四四）『曲洧旧聞』巻四には次のような記事が見える（原文は第一章第四節を参照）。

黄庭堅はかつて相国寺で宋祁の『唐書』の稿本一冊を手に入れると、家に帰ってそれを熟読した。それからというもの、文章は日ごとに進歩したという。これはほかでもなく、宋祁が文章の字句に手を加え当初の表現を作り変えていった様子を見て、その用意の根本を学んだからであろう。

黄庭堅は、宋祁の草稿に刻み込まれた文章の改定のプロセスを観察することを通して文章の極意を会得したという。周必大らの欧陽脩集の整理・編纂にはこのような宋代文人の志向も反映されていると考えられる。

いま述べた点は、他の文人の文集の場合にも当てはまるだろう。例えば、北宋末南宋初の任淵は、黄庭堅の詩集を整理し、それに注釈を加えて『山谷内集詩注』二十巻を編んだ。同書巻一に収める「王稚川既得官都下、有所盼未帰、予戯作林夫人欸乃歌二章与之」詩の第二首に附す任淵の注は、この詩の親筆原稿に見える異文を挙げたうえで

この四句は当初の形をのこす旧稿であって、黄庭堅は後にこれを改めたのである。いまここに附載する。これによって、先人の日々新たに自分を高めようとした努力の軌跡を知ることができよう。

と述べているが（原文は第一章第四節を参照）、ここには周必大らの姿勢と共通するものを見て取れる。任淵編『山谷内集詩注』は、初めて本格的に草稿を活用するかたちで編まれた詩集注本であり、文集の編纂史にあって画期的な位置を占めている。周必大らによる欧陽脩文集の整理・編纂はそれを継承するものであり、その成果は、宋代に形成された生成論的なテクスト研究の集大成と呼ぶにふさわしいものとなっているように思われる。

四　私的圏域の露出

宋代の文人が記録してくれた草稿のテクストやそれに加えられた改定のプロセスから、我々はどのようなことを知るだろうか。指摘すべき点は少なくないだろうが、ここでは周必大編『欧陽文忠公集』の校注を例に挙げながら、一点に絞って短く述べておきたい。

「秋声賦」（前掲）の冒頭には欧陽脩自身を指して「欧陽子」と述べる箇所があり、これについて本文内の注には「墨蹟止作『余』（墨蹟　止《た》だ『余《われ》』に作る）」と記されている。「欧陽子」という三人称の固有名詞が、草稿では「余」という一人称の指示代名詞となっていたことを指摘したものである。当初「余」と記したものを、後から「欧陽子」と書き改めたのだろう。この改定のプロセスから見て取れるのは、いわば他者＝第三者の視点の取り込みである。ここに言う他者の視点とは、同時に読者の視点でもある。当初、ひとりで紙に向かい作品を書く欧陽脩にとって、自分自身を「余」と表現するのは極めて自然なことだったであろう。ところがその後、欧陽脩の意識のなかに自らを客観的に対象化して捉える他者の視点が入り込んでくる。その結果として、三人称の固有名詞による表現、すなわち他者の視点から自らを指し示す表現へと書き改めたのではないだろうか[10]。

また、次のような例もある。「景霊宮致斎」詩（『欧陽文忠公集』巻一三・『居士集』巻一三）の巻後の注には「石本序云『某啓。景霊致斎書事、奉懐審官糾察太学史院五君子。伏惟采覧。某上』（石本は序に『某《それがし》啓す。景霊にて斎を致して事を書し、審官糾察太学史院の五君子を奉懐す。伏して采覧せられんことを惟《ねが》う。某上《たてまつ》る』と云う）」とあって、石本には「景霊宮致斎」という題ではなく、右のようなテクストが序として附されていたことが指摘されている。

もともとは詩の序文というよりも、詩を贈る際に附された一種の書簡であったかもしれない。特に注目されるのは、右の序に尊敬・謙譲表現が用いられている点である。実際にこの詩が作られ相手に贈られた際には、このような表現を駆使した序を伴っていたのだろう。しかし、それが集本としてまとめられる段階で「景霊宮致斎」という簡潔でニュートラルな表現からなる題へと改められていった。(11) このプロセスで生じていたのも、やはり他者＝第三者の視点の取り込みと言っていい。右のような序は、欧陽脩とこの詩を贈られた人物との関係性においては必要不可欠であったかもしれないが、第三者たる一般の読者にとっては必ずしもそうではない。第三者の視点に配慮するとき、そういった作詩の現場に密接するテクストは不必要と見なされ、書き改められていったのではないだろうか。

右のふたつのケースにおいて生じている事態を更に言い換えるならば、私的な圏域に属するテクストから公的な圏域に属するテクストへの生成変化と言うことができよう。ここに言う私的な圏域とは作者をはじめとして作詩の現場に身を置く当事者によって構成される圏域を、公的な圏域とは他者＝第三者たる読者の視線が張りめぐらされた圏域を指して言う。テクストが前者から後者の圏域へと移行する過程で、「秋声賦」の場合には叙述の視点が変わり、「景霊宮致斎」詩の場合には不必要な要素が取り除かれていった。文学作品は常に不安定に揺れ動くことを免れない存在であるが、その原因の一端はテクストが私的な圏域と公的な圏域とを往き来するかたちで書かれ、そして読まれるものである点に存すると言えるかもしれない。

「草稿の時代」としての宋代は、従来であれば私的な圏域のなかに隠れていたテクストが公的な圏域へと露出した時代である。『曲洧旧聞』の朱弁は、ある「古人の語」を引くかたちでそのことを端的に言い当てている。先に、黄庭堅が改定の痕跡をのこす宋祁の草稿を学習することを通して文章の極意を会得したというエピソードを記した『曲洧旧聞』の一節を挙げたが、このエピソードを記すなか朱弁は次のように述べている。「古人の語に『偉大なる匠《たくみ》は璞（玉の原石）を人には見せない』という。他人に玉の研磨作業の痕跡《プロセス》を見られるのを恐れたものだろう」と。ここでの「玉」は定本（最終稿）の、「璞」は草稿（初稿）の喩えである。ここに引く「古人の語」が述べるように、優れた匠＝文人は他人に「玉」は見せるが「璞」は見せない。つまり玉の研磨作業のプロセスは他人の眼から隠すものである。おそらくはこれが古くからの中国文人の基本姿勢であっただろう。ところが宋代には、本来隠しておくべき玉の研磨作業のプロセスが露わになってしまったのである。朱弁の言葉には、草稿という私的な圏域をもはや他人の眼から隠すことができなくなっていた宋代の文学環境のあり方が鋭く指摘されている。宋代における草稿研究は、こうした環境のあり方と表裏一体のかたちで行われていたのである。

注

（1）以下、欧陽脩の作品の引用は『四部叢刊』本『欧陽文忠公集』による。そのうち特に『居士集』『居士外集』『集古録跋尾』所収の作についてはそれらの巻数もあわせて附す。また、李逸安点校『欧陽修全集』、洪本健校箋『欧陽修詩文集校箋』をあわせて参照した。

（2）『集古録跋尾』には「真蹟」と「集本」の二種類のテクストが伝わる。『欧陽文忠公集』ではどちらか一方のテクストが本文として採用され、異文がある場合は校注に記される。これもまた欧陽脩の草稿について考えるうえで興味深い現象である。

（3）この跋文には集本と真蹟本との間で字句の異同がある。「印本初未必誤、多為校讐者妄改之」とある箇所、真蹟本は「印本与刻石多同、当以為正」に作る。ここは集本によった。

（4）いわゆるテクスト生成論については、松澤和宏『生成論の探究』（名古屋大学出版会、二〇〇三年）などを参照。

（5）曹植は七歩あゆむ間に詩を書きあげ、創作の速さを称えられた。『世説新語』文学篇などに見える故事。

（6）「僧□月下門」句の第二字に「推」と「敲」のどちらを用いるべきか苦吟する賈島は、韓愈から「敲」が佳いと教えられた。『鑑戒録』などに見える故事。なお、「推敲」の語はそれまで基本的には賈島と韓愈の故事に結びついた語であったが、沈義父『楽府指迷』に「作詞須推敲吟嚼」なる項目があるように、南宋期には字句の練り直しを意味する一般的な語彙として用いられるようになっていた。

（7）葉濤は王安石の女婿。王安石の詩題に見える朱昌叔は朱明之、王安石の妹婿。現行の王安石詩集では、「谷口」「壺頭」の対偶のふたつのヴァージョンは、五首の連作の其一と其五に見える。ここで『石林詩話』が記録する改定の結果、最終的には二首の作品が作られたようだ。

（8）東英寿「天理本『欧陽文忠公集』について」（同氏『欧陽脩古文研究』外篇第一章〔汲古書院、二〇〇三年〕）によれば、天理本は周必大編の文集刊行後まもなく周必大の子周倫によって増補・改訂された本である。なお、天理本の校注の引用に際しては、洪本健校箋『欧陽修詩文集校箋』をあわせて参照した。

（9）「水落」の二字は、『四部叢刊』本の本文では「水洛」に作っており、また「一作……」の注記を欠く。明らかな誤りと見なして、本文を改めたものであろう。

（10）なお、蘇軾「赤壁賦」（孔凡礼点校『蘇軾文集』巻一）には蘇軾自身を「蘇子」と呼んでいる。「欧陽子」という三人称については、賦という文体に特有の呼称のあり方を考慮する必要があるだろう。

（11）草稿以外にも範囲を広げるならば、同様の事例は数多い。例えば「太傅杜相公索聚星堂詩謹成」詩をはじめとする杜衍に贈った一連の詩（『欧陽文忠公集』巻一二・『居士集』巻一二）の題下注には「一本云……」、巻後注に「京本作……」などというかたちで「某啓、伏蒙……」といった尊敬・謙譲表現を駆使した異文テクストが採録される。

第二部　言論統制――文学テクストと権力

文人が作品をつくる。その際、すべての作品がいきなり公的な圏域へと送り出されるわけではない。ひとまずは私的な圏域のなかに留め置かれる作品も少なくないだろう。だが、文人たちは多くの場合、いつかはそれを公的なものとしたいと望んでいるに違いない。つまり、文集にまとめるなどして社会へと送り出し、後世の読者へと届けたい、と。では、いったん公的な圏域へと送り出されたあと、文学作品のテクストは読者によってどのように受けとめられ、社会のなかでどのような運命をたどったであろうか。第二部において考えてみたいのは、文学テクストが公的な圏域に送り出された際のふるまいについてである。論ずべき問題は数多いが、ここでは特に「言論統制」を取りあげてみたい。これは言い換れば、国家の統治権力が文学テクストをどのように受けとめ、対処したか、そしてそれに対して文人たちがどのように反応し、行動したかという問題でもあるだろう。では、なぜ国家の統治権力との関係に着目するのか、ここに前もって私見を述べておこう。

中国の文人にとって私的な圏域の外部に広がる公的な圏域とは、いかなる圏域であったか。ひとことで言うならば、それは「天」の意思を体現した「天子」たる皇帝（帝王）を頂点とし、皇帝とその権威・権力によって統制される空間であった。私的圏域から公的圏域へと送り出されたテクストは、原則としてすべて皇帝の統制下にあって存在することを強いられたと考えられる。そのことは、序言に取りあげた『漢書』司馬相如伝や『後漢書』東平憲王蒼（劉蒼）伝の記述にも見て取れよう。

『漢書』司馬相如伝に述べられていたのは、司馬相如が自作のテクストの保存に無頓着であり、散佚するに任せていたこと、しかしその散佚を遺憾に感じた武帝が使者を派遣してテクストを収集・整理させようとしていたことであった。つまり、司馬相如のテクストは、社会・歴史のなかに居場所を得ることなく失われてゆく運命にあったのだが、それを社会へと引き出し、後世へと遺《のこ》し伝えようとしたのは、ほかならぬ皇帝であった。テクストは、皇帝の統制下に置かれることではじめて私的な圏域を脱し、公的なテクストへと変貌を遂げるのである。同様のことは、『後漢書』東平憲王蒼（劉蒼）伝にも見て取れる。この劉蒼伝の記事で注目されるのは、劉蒼のテクストを文集に編み、社会・歴史のなかに存在せしめたのが皇帝であったことである。皇帝が「詔」を発布して、それを「集覧（集めて覧《み》る）」、すなわち文集にまとめさせ、読もうとしたのである。

文集成立期にあって記された右の記事は、文学テクストに公的な居場所を与えるのがほかならぬ皇帝であったことを如実に示していると考えられる。ここでは更に六朝および唐代の文集編纂の例をいくつか挙げてみたい。

六朝の例としては、まず三国・蜀の諸葛亮の例が挙げられる。『晋書』巻八二・陳寿伝に「撰『蜀相諸葛亮集』、奏之（『蜀相諸葛亮集』を撰して、之を奏す）」とあるように、諸葛亮の文集は陳寿が編纂して、朝廷に奏上したものである。『三国志』巻三五・蜀書・諸葛亮伝には、この諸葛亮集の目録を掲げた後に、諸葛亮集を奏上した際の上表を載せる。その上表には、陳寿が朝廷の命を受けて諸葛亮集を編纂したことが述べられている。

また、南朝宋の鮑照の例を挙げてもいいだろう。宋本の鮑照文集に附されていた虞炎の序(『四部叢刊』本『鮑氏集』巻首)は「散騎侍郎虞炎奉教撰(散騎侍郎虞炎 教を奉じて撰す)」と題され、本文には

身既遇難、篇章無遺、流遷人間者、往往見在。儲皇博採群言、遊好文藝、片辞隻韻、罔不収集。

鮑照は(劉子頊の反乱に巻きこまれて)殺害され、その作品は手元にのこされていなかったが、世間に伝わるものをあちこちで見ることができた。皇太子殿下は広く文人の著作を集め、文藝を愛好しておられ、(鮑照の作品を)片言隻句に至るまでくまなく収集された。

とある。鮑照の死後、その作品のテクストは散佚していたが、斉の永明年間、文恵太子(後の武帝)蕭長懋が虞炎に命じて収集させ、文集に編纂させたのだという。

唐代の例としては、まず駱賓王の例が挙げられる。『旧唐書』巻一四〇上・駱賓王伝には

敬業敗、伏誅、文多散失。則天素重其文、遣使求之。有兗州人郄雲卿集成十巻、盛伝於世。

駱賓王は、徐敬業の乱が失敗に終わると、刑に処せられ、その作品の多くが散佚した。武則天はその文章を重んじ、使者を遣わして集めさせた。兗州の人郄雲卿が十巻の文集に編み、世に盛んに伝えられた。

とある。駱賓王は徐敬業の乱に加担するも敗れる。その結果として、駱賓王の詩文テクストは散佚

していたが、則天武后は使者を派遣してそれを集めさせた。そして、それらのテクストを踏まえて、郄雲卿が十巻の文集に編んだのだという[1]。

また、同様の例として李泌の例が挙げられる。梁粛「丞相鄴侯李泌文集序」(『文苑英華』巻七〇三)には

既薨之来載、皇上負扆之暇、思索時文、徴公遺編、蔵諸御府。

李泌公が没した翌年、聖上は政務の余、時の優れた文章を集めようとされ、公の遺作を召し、宮中の書庫に収められた。

とある。李泌の死の翌年、皇帝が遺編を収集させ、それを宮中の書庫に納めさせたのだという。

最後に、皎然の例を挙げよう。皎然の文集に附された于頔の序「呉興昼上人集序」(『四部叢刊』本『呉興昼上人集』巻首)には

貞元壬申歳、余分刺呉興之明年、集賢殿御書院有命徴其文集、余遂採而編之、得詩筆五百四十六首分為十巻、納於延閣書府。

貞元壬申(八年)の歳、わたくしが呉興に刺史となった翌年、集賢殿御書院より皎然の文集を召せとの命が発せられた。そこで皎然の作を採集して、詩と文と五百四十六首を十巻の文集に編み、宮中の書庫に納めることとした。

とある。集賢院が命令を発したのを承けて、于頔が皎然の詩文を収集し、それを十巻の文集に編み、

宮中の書庫に納めたのだという[2]。

諸葛亮、鮑照、駱賓王、李泌、皎然、いずれの場合も、そのテクストが収集され、文集へとまとめられる際に決定的な役割を果たしたのは、皇帝もしくは皇帝に仕える朝廷の機関の意思であったことが見て取れる。中国では古くより、帝王および朝廷が書物を収集・管理しようとしてきた。言い換えると、原則としてすべての書物は帝王の「御覧」に供されるべきものと見なされていたのである。文集（別集）もまたその例に漏れなかった。もちろん、すべての文集がこのように「御覧」に供するために編まれたわけではない。むしろ、実際のケースとしては比較的少数にとどまるだろう。だが、中国の公的な言論空間において統治者としての皇帝が有する権威・権力の大きさに鑑みて、あえてここでは次のような前提に立ってみたいと思う。すべてのテクストは文集に編まれた時点で、多かれ少なかれ皇帝（王）のまなざし、すなわち「御覧」を意識せざるを得なかった、と。そもそも、伝統的に中国文人の理想として、詩は王による「採詩」の対象となるべきものであった[3]。中国の文人は常に、至高にして究極の読者として皇帝の存在を意識していたと考えていいだろう。

第二部で言論統制の問題を取りあげるのは、それこそが皇帝を頂点とする統治権力と公的な存在としての文学テクストとが真正面から接触する最も典型的なケースであると考えられるからである。ここでは特に北宋の蘇軾が巻き込まれた言論弾圧の事案に着目してみたい。蘇軾の事案について詳しくは第二章に論ずるが、その前提となる論点整理を兼ねて、第一章では『論語』の発言を取りあげ、中国における言論と権力の関係のあり方について考察する。第三章では、第二章を踏まえて関連する補足的考察を加える。

ところで、蘇軾が巻きこまれた言論弾圧事案は、蘇軾の書いた詩が朝廷、延いては皇帝を「誹謗」したとして「大不恭（大不敬）」の罪に問われた事案である。一種の「誹謗」事案と言っていい。そこで以下、中国における「誹謗」罪について前もって簡単に確認しておきたい[4]。

「誹謗」とは、悪口を言って攻撃すること。多くの場合、正当な理由・根拠もなく、もっぱら悪意に基づいて行われる。今日のいわゆる「名誉毀損」や「虚偽告訴（誣告）」に相当する罪であった[5]。中国では、例えば『国語』周語上に「厲王虐、国人謗王。……王怒、得衛巫、使監謗者、以告則殺之。国人莫敢言、道路以目（厲王虐にして、国人 王を謗《そし》る。……王怒り、衛の巫を得て、謗る者を監《み》しむ、告ぐるを以て則ち之を殺す。国人 敢えて言う莫く、道路にて目（目配せ）を以てす）」とあるなど（同様の記載は『史記』周本紀にも見える）、古くから罪として認識されていた。また、この記事から窺えるように、帝王に対して向けられる「誹謗」は、帝王の権力によって厳しく取り締まられており、それによって自由闊達な言論が失われるような状態も生じていたのである。

その後、中央集権化が進んだ秦・漢帝国において「誹謗」罪は、皇帝を中心とする国家の権力システムを維持するうえで不可欠の手段と位置づけられ、時には恣意的なかたちで活用されるようになってゆく。例えば『史記』秦始皇本紀には、始皇帝が自らの不徳を批判した臣下の盧生らを責める言葉として「今乃誹謗我以重吾不徳也（今乃ち我を誹謗し、以て吾が不徳を重しとするなり）」とある。結果として、盧生ら儒者は反逆者として穴埋めにされたという（いわゆる「坑儒」）。「誹謗」は死刑や族刑に処せられるような重罪であったのだ。また『漢書』巻六六・楊惲伝には、楊惲に敵対する戴長楽が彼を告発した際の言葉として「惲妄引亡国以誹謗当世、無人臣礼（惲 妄りに亡国（歴代の亡国の事例」を引きて以て当世を誹謗し、人臣の礼無し）」とある。結果として楊惲は官位を剥奪され、庶人に身分を降された(6)。

秦・漢以後も、知識人が「誹謗」の罪に問われた例は枚挙にいとまない。蘇軾のケースにおいても、御史台（監察機関）の告発状には「誹謗」の罪に問う言葉が見える（『烏台詩案』参照）。「誹謗」罪は、専制的な国家統治、とりわけ知識人＝エリート層の言論・創作活動を統制するためのツールとして、前近代の中国を通じて効果を発揮し続けたと考えられる。

注

（1）『直斎書録解題』巻一六にも『駱賓王集』について「其首巻有魯国郄雲卿序、言賓王光宅中広陵乱伏誅、莫有収拾其文者、後有勅捜訪、雲卿撰焉」とある。なお『新唐書』駱賓王伝には「敬業敗、賓王亡命、不知所之。中宗時、詔求其文、得数百篇」とあって、駱賓王のテクストを収集させたのは則天武后ではなく中宗とされている。『直斎書録解題』も、右の引用に続けて、別本として「蜀本」が伝わっており、それに附される序文には「中宗朝詔令捜訪」とされていたことを指摘する。もとは則天武后の命で編纂されたものが、政治的な配慮によって中宗の命によると改められたようだ。この点については、呉夏平「唐代文人別集国家庋蔵制度及相関文学問題」（『中国唐代文学学会第一九届年会暨唐代文学国際学術研討会論文集』下冊、二〇一八年）を参照。

（2）唐代における集賢院等の国家機関による別集の収集・管理については、呉夏平注1所掲論文を参照。

（3）古く中国には「採詩官」が設けられ、詩歌を採集して帝王に献上する制度が行われていたと考えられていた。例えば、『漢書』巻三〇・藝文志に「古有採詩官、王者所以観風俗、知得失、自考正也」とあるなど。

（4）「誹謗」罪の概要については、呂紅梅・劉衛荘「秦漢時期誹謗罪論考」（『石河子大学学報』第二七巻第五期、二〇一三年）などを参照。

（5）古の聖王は「誹謗之木」を設けて政治批判を歓迎していたという考え方も広く行われていた。例えば、『呂氏春秋』不苟論・自知には「堯有欲諫之鼓、舜有誹謗之木、湯有司過之士、武王有戒慎之鞀、猶恐不能自知」とある。この場合の「誹謗」は「諷諫」に近い意味で用いられている。つまり、正義の行為としてとらえられている。このように中国にあっては、正義の行為たる「諷諫」と不正義の行為たる「誹謗」とは微妙な関係に置かれていた。同じ言論が「諷諫」と見なされることもあれば「誹謗」と見なされることもあるなど、両者を分かつ境界線は権力側の恣意によって常に揺らいでいたのである。

（6）楊惲については、故郷に蟄居した際に農事に励む暮らしを詠じた詩が皇帝と朝廷の重臣を誹謗したと解され、最終的にはそれが原因のひとつとなって処刑されたとする説も語られていた。『漢書』楊惲伝および楊惲「報孫会宗書」（『文選』巻四一）を参照。南宋・羅大経『鶴林玉露』乙編巻四は、この楊惲の事跡を中国における「詩禍」の最も早い例と位置づけ、蘇軾の言論弾圧事案と関連づけている。なお、楊惲とその「報孫会宗書」については、第二章第三節をあわせて参照。

第一章　「避言」ということ──『論語』憲問からみた言論と権力

知識人・文人は、その言論・創作活動によってしばしば国家の統治権力と衝突し、弾圧を受けてきた。それは前近代の中国にあっても同様である。かかる国家権力との軋轢を経験した知識人の最初期の典型として挙げるべきは孔子であろう。孔子というと体制の中心に鎮座する存在であるかに見なされがちであるが、当時にあってはむしろ反逆の徒、反体制知識人であった。実際、孔子は国を逐われ、亡命した。自らの思想を認めてくれる為政者を求めて各地を放浪するなか、生命の危機に瀕したこと一度や二度ではない。その言論が時の権力に諂《へつら》うことを拒んだからであろう。孔子こそは権力と言論の軋轢・衝突の核心部を生き抜いた知識人であった。

国家権力との軋轢・衝突に際して知識人たる者、いかにふるまうべきか。これについて『論語』憲問のなかで孔子は「避世」「避地」「避色」「避言」という四つの方途があることを説いている。なかでも特に注目されるのは「避言」である。「避言」とはいったい、いかなることを言うのか。本章では、この「避言」をめぐる歴代の解釈を検討することを通して、孔子の言論観の一端を明らかにしたい。そのうえで更に『韓非子』『管子』などの著作とも関連づけながら、前近代中国における言論と権力の関係のあり方について考えてみたい。

国家権力と衝突した際、知識人はいかにふるまうべきか。自らの思想・言論を曲げて、何とか体制内で時をやり過ごすという手もある。だが、真に気骨ある知識人であるならば、自らの思想・言論をあくまでも守り通そうとするだろう。では、そのときどのような行動を採ればいいのか。『論語』には、こうした問いに対する孔子の回答をそこかしこに見ることができる。

例えば『論語』微子には、暴君で知られる殷の紂王に仕えた三人の臣下を「仁」の人として称えた一章がある。そこでは、紂王の暴政に対し彼らが採った行動について、次のように述べている。

微子去之、箕子為之奴、比干諫而死。孔子曰、殷有三仁焉。

微子　之（紂王）を去り、箕子　之が奴と為り、比干は諫めて死す。孔子曰く、殷に三仁有りと。

一番目に挙げられる微子が採ったのは、国を去って他所へ行くこと、すなわち亡命。二番目の箕子が採ったのは、狂人のふりをして奴隷になること、すなわち「佯狂」。『論語』には「佯狂」の語は用いられていないが、後に『楚辞』惜誓には「箕子被髮而佯狂（箕子は被髪して佯狂す）」、『史記』殷本紀には「箕子懼乃詳狂為奴（箕子は懼れて乃ち詳〔佯〕狂して奴と為る）」とある。三番目の比干が採ったのは、諫言。その結果として比干は殺害される。すなわち「諫死」「尸諫」。『論語』憲問に「邦無道、危行言孫(1)（邦に道無ければ、行を危うくするも言は孫《したが》〔遜〕う）」――道無き乱れた国にあっては行動は先鋭であってもいいが発言は従順であるべきだと述べた孔子であれば、紂王のような非道の君主に対して諫言は無効であり、避けるべきだと考えたであろう。おそらく比干もそのことはわかっていたはずだ。わかったうえで、敢えて諫言し処刑されたのである。その意味で比干のケースは最初から死を覚悟してのふるまい、限りなく自殺に近い行為であったと言える(2)。

微子・箕子・比干の三人は、いずれも国家の権力システムの外部へと脱出しようとした点で共通する志向を持つ。亡命が体制からの脱出であることについては贅言を要しない。佯狂や自殺について言えば、狂人は精神を病んでいる点で、死者は生命を失っている点で世間のルールの適用外に位置する存在である。狂人となり、死者となることで、結果として権力システムの外へと脱出できるというわけである。なぜ彼らはこのような行動を採ったのか。それは自らの思想・言論、そして内心の自由を守るためであったと考えていいだろう。

『論語』には、このほかにも国家の統治権力と思想・言論との関係を論じた発言は数多い。主な発言をいくつか取りあげてみよう。例えば、『論語』憲問には右に挙げたように「邦無道、危行言孫」とあった。この発言が含まれる章の全体を挙げるならば、次の通りである。

　　邦有道、危言危行。邦無道、危行言孫。
　　邦《くに》に道有れば、言を危《たか》くし行を危くす。邦に道無ければ、行を危くし言は孫《したが》う。

包咸の注によれば「危」は「厲」、何晏の集解によれば「孫」は「順」。「孫」は「遜」に通ずる。「道」＝道義・徳を有する国にあっては「言」＝発言も「行」＝行動も厳しくあっていい。しかし、「道」無き国にあっては「行」は厳しくてもいいが「言」は穏やかでなければならないと説く。「行」については措き「言」に限って更に言い換えるならば、次のようになるだろう。国に善政が行われているときには言論はストレートであっていい、つまり直接的な批判を行ってもいいが、逆に悪政下にあっては言葉を穏当にし、批判も控えるべきである、と。「危言」とは「直言」であり、「言孫（遜）」とはその対極に位置する「曲言」である。自ずと後者には注意深く修辞を凝らした婉曲な表現、いわゆる文学的な表現が多く含まれることになるだろう。(3)『論語』は「言遜」の目的について述べていないが、杜預「春秋左氏伝序」（『文選』巻四五）に、『春秋』における孔子の書法が隠微であることについて「危行言遜、以避当時之害。故微其文、隠其義（行を危《たか》くして言遜《したが》い、以て当時の害を避く。故に其の文を微《かく》し、其の義を隠す）」とも述べられているように、政治上の立場に「害」が及ぶのを避けるためであっただろう。

『論語』にはほかにも、国家が「道」を有するか否かによって言論と行動のあり方は変わる、あるいは変える必要があると説いた言葉は少なくない。例えば公冶長篇には

　　甯武子、邦有道則知、邦無道則愚。
　　甯武子は、邦に道有れば則ち知、邦に道無ければ則ち愚。

とある。衛の大夫甯武子は、国に道有れば智者として、道無ければ愚者としてふるまった（孔安国の注に「佯愚」とある）。孔子は、その処世のあり方を称えている。智者としてふるまうとは「言」を「危」にすること、愚者としてふるまうとは「孫（遜）」にすることと基本的には方向性を同じくすると言っていいだろう。

右に挙げた二章からは、孔子にとって自らが仕える国に「道」が備わるか否かが極めて大きな意味を持っていたことが窺われる。いずれも体制内に自分の居場所を確保するための保身術を説いた言葉に見えるかもしれない。だが、そのように解するのは適切ではない。おそらく孔子の関心は体制内に自分の居場所（それは言い換えれば発

言権でもある）を確保できるか否かにはない。そもそも「道」を欠いた国に居場所を確保しても仕方ないのだ。

憲問篇の別の章に

邦有道穀。邦無道穀、恥也。

邦に道有れば穀《こく》す。邦に道無くして穀するは、恥なり。

また泰伯篇に

篤信好学、守死善道。危邦不入、乱邦不居。天下有道則見、無道則隠。邦有道、貧且賤焉、恥也。邦無道、富且貴焉、恥也。

篤く信じて学を好み、死を守りて道を善くす。危邦には入らず、乱邦には居らず。天下道有れば則ち見《あら》われ、道無ければ則ち隠《かく》る。邦に道有るに、貧しくして且つ賤しきは、恥なり。邦に道無きに、富みて且つ貴きは、恥なり。

と説いているように。要するに「道」を有する国のためには命がけで自らの言論を捧げるが、「道」を欠いた国のためにはそうする必要はないということ。つまり孔子は、自らの言論を立脚点として、それを捧げるに値する国家であるか否か、批判に値する国家であるか否かを測ろうとしているのだ。言論に殉じた孔子の、思想家としての胆力が見事に表現された言葉と言うべきではないだろうか。

孔子が自らの「道」、言い換えれば思想・言論の正しさを強く信じていたことは、右に挙げた泰伯篇の「守死善道」という言葉からも見て取れるが、ほかにも例えば『史記』巻四七・孔子世家には、いわゆる陳蔡の難に際した孔子が弟子たちとの間に交わした次のような問答がある。孔子は弟子たちに「吾道非邪、吾何為於此（吾が

道　非なるか。吾　何すれぞ此に於いてす)」と問いかける。それに対して弟子たちはさまざまな答えを返すが、孔子はなかでも顔回の「夫子之道至大、故天下莫能容。雖然、夫子推而行之。不容何病。不容然後見君子。夫道之不脩也、是吾醜也。夫道既已大脩而不用、是有国者之醜也。不容何病、不容然後見君子（夫子の道は至大なり、故に天下　能く容《い》るる莫し。然りと雖も、夫子は推して之を行う。容れられざるも何をか病まん。容れられずして然る後に君子たるを見る。夫《そ》れ道の脩《おさ》めざるは、是れ吾が醜《はじ》なり。夫れ道は既に大にして脩むるも用いられざるは、是れ国を有する者の醜なり。容れられざるも何をか病まん、容れられずして然る後に君子たるを見る)」という答えに対して賛意を示す。孔子にとって最大の関心は自らの思想・言論を守り貫ぬくことにこそあったのである。

　では「道」の行われぬ乱れた政治状況に直面したとき、言論の徒たる知識人・思想家はどのようにふるまえばいいのか。『論語』憲問には次のような注目すべき言葉がある。

　賢者辟世、其次辟地、其次辟色、其次辟言。(4)
　賢者は世を辟《さ》け、其の次は地を辟け、其の次は色を辟け、其の次は言を辟く。

「辟」は「避」に通じる。関わり合いを避け、遠ざかることを言う。本章は、ひとことで言えば「世」「地」「色」「言」という四つの側面から「賢者」＝有徳の知識人と国家・社会との関係性の遮断について説いたものである。「其次」という語が繰り返される一種の漸層法が採られているが、遮断のレベルを高から低、大から小へと段階を逐って述べたと解せる。最高の賢者、第二等の賢者、第三等の賢者というふうに人物の優劣を言うとする説もあるが採らない。(5)

　「避（辟）世」（以下、特に区別する必要ない限りは「避」を用いる）とは、世間との交流を絶つこと。「世」とは、その時代の人間社会全体の意だろう。その意味では、世捨て人＝隠者となること、すなわち「隠逸」について述べたものと解していい。次の「避地」は、乱れた国の土地を避ける、すなわち別の国に移り住むことと解せる。いわゆる「亡命」もここに含まれよう。このふたつに関しては解釈が分かれる余地はほとんどない。歴代の解釈もおおむね一致している。問題となるのは「避色」「避言」の意味するところであり、歴代の解釈は若干の揺らぎを見せている。

『論語』憲問の右の一章、とりわけ「避色」「避言」はどのように解されているか。まずは近年の中国における代表的な訳注書の解釈を挙げて確認しておきたい。『論語』の訳注書は汗牛充棟であるが、ここでは三種を挙げよう。まず銭穆『論語新解』は

賢者避去此世。其次、避開一地另居一地。又其次、見人顔色不好始避。更其次、聴人言語不好乃避。(6)

賢者はこの世を逃れ去る。その次には、ある土地を離れて他所の土地に住む。更にその次には、人の顔つきの良くないのを見てはじめてそれを避ける。また更にその次には、人の言葉の良くないのを聴くとそれを避ける。

と述べる。「避色」は「人の顔つきが良くないのを見て、それを避ける」、「避言」は「人の言葉が良くないのを聴いて、それを避ける」と解されている。

また楊伯峻『論語訳注』は

有些賢者逃避悪濁社会而隠居、次一等的択地而処、再次一等的避免不好的瞼色、再次一等的迴避悪言。(7)

ある種の賢者は汚れた社会を離れて隠居する。次の賢者は場所を選んで住む。更に次の賢者は良からぬ顔つきを避

ける。また更に次の賢者は悪しき言葉を避ける。

と述べる。「避色」は「良からぬ顔つきを避ける」、「避言」は「悪しき言葉を避ける」と解されている。「色」「言」とはいったい誰の「色」「言」なのか、銭氏・楊氏ともに明確には訳出していない。特定の人物に限定せずに、幅広く他者一般の悪しき顔つき、悪しき発言と解したのであろうか。なお、楊氏は「其次」という語を重ねる漸層法については人物の優劣を段階的に述べたと解しているようだが、この違いは本章の主旨に関わらないのでここでは特に立ち入らないことにしたい（以下に挙げる例についても同様）。

そして黄懐信主撰、周海生・孔徳立参撰『論語彙校集釈』は黄懐信氏の按語に

避、去而不遇也。避世、謂隠居、厭世也。避地、去其所厭之地。避色、避見其所厭見之容色。避言、遠去而不聞其言。(8)

「避」とは、逃れ去って会わないこと。「避世」は、隠居、厭世をいう。「避地」は、厭わしい地を去ること。「避色」は、厭わしい姿を目にするのを避けること。「避言」は、遠く逃れて言葉を耳にしないことをいう。

と述べる。黄氏の場合も、誰の「色」「言」なのかは特定していない。広く他者の「色」「言」を言うと解した可能性もあるが、冒頭に「避は、去りて遇わざるなり」とあるのは君主のもとを去ることを言うと思われるから、君主の「色」「言」と解しているのではないだろうか。

では、近年の日本においてはどのように解釈されているか。数多ある訳注書のなかから代表的なものとしてまずは七種を挙げよう（このほかにも重要な訳注書はあるが、それについては後にあらためて触れる）。

吉田賢抗『論語』

賢者が仕えずに避け遠ざかる場合が四つある。第一に世が乱れると、避けて世間に出ない。その次の場合は、乱国を去って治まった国へ行く。その次の場合は、君の容貌態度が礼を失っておれば避けて去る。その次の場合は、君を諫めて、君の言と合わなければ、君の言を避けて去る。(9)

金谷治『論語』

すぐれた人は〔世の乱れたときには〕世を避ける。その次ぎは土地を避ける。その次ぎは〔主君の冷たい〕顔色を見て避ける。その次ぎは〔主君の悪い〕ことばを聞いて避ける。(10)

吉川幸次郎『論語』

もっともすぐれた人物は、その時代全体から逃避する。その次の人物は、ある地域から逃避して他の地域にゆく。その次の人物は、相手の顔色を見て逃避し、その次の人物は、相手の言葉をきいて、それから逃避する。(11)

貝塚茂樹『論語』

すぐれた人物は、乱れた時代から逃避する。その次の人物は、乱れた地方から逃避する。その次の人物は、人の顔色を見て逃避し、その次の人物は、人のことばを聞いて逃避する。(12)

宇野哲人『論語新釈』

賢者《けんしゃ》は世の乱れたのを見れば辟《さ》け隠《かく》れて仕えない。その次には乱れた国を去って治まった国へ往《ゆ》く。その次には君《きみ》が礼儀正しい容貌態度《ようぼうたいど》で己《おのれ》を尊敬しなければ去って仕えない。その次には己《おのれ》の意見が君の言と合わなければ去って仕えない。(13)

平岡武夫『論語』

賢者は世を避ける。その次は地を避ける。その次は顔色を避ける。その次は言葉を避ける。(14)

加地伸行『論語』

賢人は乱世を避けて山村に隠れる。〔それが最高だ。〕第二等は、乱れた地（国）を去り、治まった国へ行く。第三等は、主君の乱れた顔色を見ることをやめ、他国へ行く。第四等は、悪しきことば・主張を聞けば、去って他国へ行く。(15)

吉田・金谷・宇野・加地四氏は、「避色」「避言」の「色」「言」については乱れた国の君主の顔色・言葉と解する。ただし、金谷氏は「主君の」という限定の語を括弧内に入れている。乱れた国の君主の顔色・言葉と限定せずに広く他者一般のそれと解してもかまわないことを示したかったのであろうか。吉川・貝塚・平岡三氏は他者一般のそれと解しているようだ。

以上十氏の解釈は、いずれも基本的には古くからの伝統的な解釈を受け継いでいると言える。なかでも忠実に受け継いでいるのは「色」「言」を君主のそれとして解する吉田・金谷・宇野・加地氏の解釈である（あるいは黄氏の解釈もここに含まれるか）。では、伝統的な解釈はどのようなものだったのか。以下、前近代の中国における「避色」「避言」をめぐる解釈の歴史を振り返ってみよう。本章にとって、より重要な意味を持つのは「避言」であるが、「避色」も密接な関連を有しているのであわせて取りあげる。

古くは、魏・何晏『論語集解』に引く孔安国の伝が「避色」について「色斯挙矣（色あれば斯《ここ》に挙ぐ）」、「避言」について「有悪言乃去（悪言有れば乃ち去る）」と説明する。「色斯挙矣」は難解だが、『論語』郷党に鳥が人の顔色を見て飛び去ることを「色斯挙矣」と述べる言葉がある。これと同様の意味、すなわち北宋・邢昺の疏が「不能予択治乱、但観君之顔色、若有厭己之色、於斯挙而去之也（予《あらかじ》め治乱を択《えら》ぶ能わざれば、但だ君の顔色を見て、若し己を厭うの色有らば、斯に於て挙げて之を去る）」と述べるように、君主が自分を厭うかのような顔色を見せたときはそこを立ち去ると解したものであろう。右のような解釈は、『論語集解』を基に解釈を加えた梁・皇侃『論語義疏』にも明確に説かれており、「避色」については「不能予択治乱、但臨時観君之顔色、顔色悪則去（予め治乱を択ぶ能わずして、但だ時に臨みて君の顔色を観る。顔色悪しければ則ち去る）」、「避言」については「唯但聴君言之是非、聞悪言則去（唯《た》但だ君言の是非を聴く。悪言を聞けば則ち去る）」とある。

では、朱熹『論語集注』はどのように解するのか。「避色」については「礼貌衰而去（礼貌衰えて去る）」と説く。「礼貌」とは礼儀正しい態度、ここでは特に君主の態度を指して言ったものであろう。『孟子』告子下には、君主の対応如何によって仕えるか否かを決めるべきであることを説いて「迎之致敬以有礼則就之、礼貌衰則去之（之を迎うるに敬を致して以て礼有れば則ち之に就き、礼貌衰うれば則ち之を去る）」とあるが、この『孟子』の言葉をほぼそのまま用いて解釈している。また「避言」については『論語集注』は「有違言而後去也（違言有りて後に去る）」

と説く。「違言」は自分とは食い違った意見。君主の意見が自分の考えと違うことを言ったものだろう。朱熹の解釈もまた基本的には古注と同じ解釈の枠組みのなかにある。

古注および朱熹はいずれも「避色」「避言」を君主の「顔色」や「言葉」を「避ける」と解している点で同じ枠組みのなかにあると言っていいが、朱熹以後はどのような解釈が行われてきただろうか。伝統の枠を踏み出すような解釈は見られないのだろうか。まずは「避色」について検討しよう。前近代の『論語』解釈のすべてを調査したわけではないが、管見の限り清・劉宝楠『論語正義』巻一七の「辟（避）色」に関する解釈には、古注を踏まえつつも、従来の注釈には参照されることのなかった資料に基づく次のような記述があり、注目に値する。

『呂氏春秋』先識覧「凡国之亡也、有道者必先去、古今一也」。高注引此文「辟色」作「避人」。『子華子』神気篇亦言「違世」「違地」「違人」。後篇桀溺謂子路曰「且而与其従辟人之士也、豈若従辟世之士哉」。「辟人」即「辟色」、当時両称之、高誘或亦随文引之耳。

『呂氏春秋』先識覧に「凡そ国の亡ぶや、道有る者必ず先に去るは、古今一なり」という。高注　此の文を引くに「辟色」を「避人」に作る。『子華子』神気篇も亦た「違世」「違地」「違人」と言う。後篇（『論語』微子）に桀溺　子路に謂いて曰く「且つ而《なんじ》　其の人を辟くるの士に従わんよりは、豈に世を辟くるの士に従うに若《し》かんや」。「辟人」は即ち「辟色」にして、当時両つながら之を称し、高誘或いは亦た文に随いて之を引くのみ。

『呂氏春秋』先識覧・先識には、有徳の士が徳の衰えた国を去ることについて述べた一節があり、『論語』憲問とも重なる主張がなされる。この一節に後漢・高誘が附した注には『論語』憲問の件の章が引かれるが、そこでは「辟色」を「避人」に作っている。また『子華子』[16]神気には「太上違世、其次違地、其次違人（太上は世を違《さ》け、其の次は地を違け、其の次は人を違く)」とあって、『論語』と内容のみならず叙述の仕方も類似した言葉が見える(「違」は「避」とほぼ同義の語)。つまり『子華子』は「違世」「違地」「違人」という漸層的な叙法によって社会的関係性の遮断を説いているのだ。これもやはり「避色」とは「避人」と同義であることを支持する例である。そして『論語』微子にも隠者の桀溺が子路に語った言葉として「辟(避)人」という語が見えるが、「辟色」はそれと同義であると劉宝楠は言うのである。

このように「避色」を「避人」と同義だとする点で劉宝楠の解釈は従来にない新しさを示している。「避色」の「色」とは人の外見・様子・ふるまいなどを意味する語だが、人そのものを意味すると考えてもいい。劉宝楠の解釈はそのことを気づかせてくれる点で重要である。もちろん、「色」と「人」とでは根本においてさほど大きな違いがあるわけではなく、全体として劉宝楠の解釈は従来の解釈の枠組みのなかにある。

「辟(避)色」を「辟(避)人」と同義だとする解釈は、清・戴望『論語注』巻一四にも見える。そもそも戴望は本書において『論語』本文の字句を「辟色」ではなく「辟人」に作っている。そのうえで「辟人」については「遠悪人(悪人を遠ざく)」と解し、『大戴礼記』曾子制言上の「吾不仁其人、雖独也、吾弗親也(吾　其の人を不仁とせば、独りと雖も、吾　親しまず)」を引く。戴望は「色(人)」を君主のそれに限定せずに広く他者一般のそれと解しているようだ。「顔色悪」(皇侃)や「厭己之色」(邢昺)ではなく「悪人」と断言している以上、君主のそれではないだろう。根本的なところでは伝統的な解釈の枠組みを受け継ぎながらも、一歩踏み出した解釈となっている。先に挙げた近人十氏のうち銭・楊・吉川・貝塚・平岡五氏にも通ずる解釈と言える。

以上に見てきたように、「避色」に関する従来の解釈は「色(人)」を主君の「色」に限定するか否かで異なる。私見では、主君に限定せずに広く他者一般の「色」と解するのがより適切であると考える。つまり「避色」とは、知識人が自分以外の他者の「色」を「避ける」こと、他者（とりわけ悪人）とのつきあいを絶つこと、人と交わらないことを言う、と。更に附け加えて言えば、他者との交流を絶つことは自分自身の姿やふるまいを他者の眼差しから遠ざけ隠すことでもある。結果として「避色」は、人目を避け、目立たぬようにふるまうことにもなるであろう。他者を自己から遠ざけるとは、他者から自己を遠ざけることでもあるのだ。

他方、「避言」についてはどうだろうか。「避言」に関する前近代の解釈は、知識人が君主の「悪言」を「避ける」と解する点でおおむね同じ枠組みのなかにある。だが、そのなかにあって戴望『論語注』は「畏讒言（讒言を畏る）」と解しており、注目に値する。「讒言」とある以上、君主の言葉ではあり得ない。悪人の悪しき言葉を遠ざけると解したものであり、先に挙げた銭・楊・吉川・貝塚・平岡五氏にも通ずる解釈と言えよう。

このように「言」を君主のそれと限定するか否かで異なる点もあるのだが、「避言」に関する従来の解釈は、知識人が他者の「言」を「避ける」とする点では共通する。だが、「避言」についてもまた「避色」について述べたのと同じことが言えないだろうか。すなわち、他者の言葉を自己から遠ざけるとは、自己の言葉を他者から遠ざけることでもある、と。つまり、ここでは「言」が他者の言葉であるか、自己の言葉であるかはあまり重要な違いとはならない。「言」とは、他者の言葉であると同時に自己の言葉でもあるのだ。それは本質的に自他不可分である。要するに、「避言」とは「言」＝言語行為・言論活動そのものを「避ける」ことであり、知識人が他者との言葉のやりとりを絶ち、表立っての言論活動を停止すること、すなわち言語的コミュニケーションの遮断を言うと解せるのではないだろうか。

実は、いま右に述べたような方向の解釈は、すでに金谷治『論語』が憲問篇の件の章に附した注にも示されている。そこで金谷氏は、先に引いた訳文とは別の解釈としてこの章には避退を善《よ》しとする道家思想の趣きがあり、それから考えると、「避色」「避言」は「美人から離れ」「ことばをやめる」ことかとも思える。

と述べている。「避色」を「美人から離れる」とする解釈[17]には賛同しがたいが、「避言」に関する解釈は大いに傾聴に値する。「ことばをやめる」とは「賢者」＝知識人が口を噤み言葉を発しないこと、すなわち言論活動の停止、言語的コミュニケーションの遮断を言うと解したものであろう。本章は、ここに金谷氏が述べる別解をこそ支持したいと思う。ただし、このように解したとしても、「避言」が知識人と国家・社会との言語・言論面における関係性の遮断を言うと解する点では、従来の枠組みをはずれるものではない。本章は伝統的な解釈に対してことさらに異を唱えようとするものではないことを強調しておきたい。

ちなみに、「避言」に関する右に述べたような解釈の源流を日本の『論語』解釈史に遡るならば、懐徳堂学派の中井積徳（号履軒）『論語雕題』およびそれを基に整理・修訂を加えた同『論語逢原』を挙げられるかもしれない。「避言」について『論語雕題』は「辟言、不与悪人言也（辟言は、悪人と与《とも》に言わざるなり）」、「辟言者、不屑与接言語、而避之言語不相及之処[18]（辟言なる者は、与《とも》に言語を接《まじ》うるを屑《いさぎよ》しとせず、之を言語相い及ばざるの処に避くるなり）」と述べ、『論語逢原』は「辟言、不与悪人言也」、「辟言者、不忍与接言、而避之言語不相及之処也[19]（辟言なる者は、与に言を接うるに忍びず、之を言語相い及ばざるの処に避くるなり）」と述べている。中井積徳は、「避言」とは臣下たる知識人が「悪人」と言葉を交わさぬこと、言い換えれば「ことばをやめる」（金谷治）ことを言うと解しているのである[20]。

近代以降では、北村佳逸『論語の新研究』が「君を諫めても容《い》れられないことを知って黙って言《ものい》はず、政治の善悪に関心を持たぬ(21)」と訳しており、「避言」とは知識人が「言《もの》は《い》」ぬことであると解している。近年では、宮崎市定『論語の新研究』が「迂闊なことを言う人間と話さない(22)」、木村英一『論語』が「言葉（に気をつけて相手の怒り）を避ける(23)」と訳するのも解釈の枠組みを同じくするかもしれない。特に木村氏は、本章に関する注のなかで「これは孔子が当時の隠逸の流行に感じ、古来の隠士のさまざまな在り方を通論した言葉と見られる」と述べており、金谷氏に近い解釈を取っていると思われる。眼を近年の中国に転ずれば、南懐瑾『論語別裁』が「不発牢騒（不平を述べない）(24)」、金良年『論語訳注』が「避開言談（言葉のやりとりを避ける）(25)」と訳すのにも同じことが言えるだろう(26)。

さて、以上を要するに『論語』憲問の件の一章は、「賢者」＝有徳の知識人が「世」＝人間社会、「地」＝居住場所、「色」＝姿・行動、「言」＝言論・発言、といくつかの段階を踏むかたちで国家・社会から遠ざかること、言い換えれば自己を国家・社会から遠ざけてゆくことを説いていると解すべきである。平たく言うと次のようになる。順番を逆にして後ろから述べよう。国が乱れた場合、知識人はまず初めに言葉のやり取りを絶つ、とりわけ自らに害を及ぼす人物や自らを認めてくれない人物の前では口を噤む。あるいは、表立っての言論活動を停止する。先に引いた憲問篇の別の章の言葉を用いるならば「言孫（言は孫《したが》う）」、すなわち言論を穏やかにすること、あるいは婉曲な表現方法を採ることもそれに当たると考えていい。次の段階では、人との交流を絶つ。とりわけ自らに害を及ぼす人物や自らを認めてくれない人物の前には自分自身の姿をあらわさないようにする。次の段階では、住む場所を変える。例えば、別の国へと逃れ出る。そして究極的には、人が作り出す社会そのものを棄て去る。つまりは一種の世捨て人＝隠者となる。このように段階を逐うにしたがって、遮断のあり方はより深まり広がってゆくと考えていいだろう。

『論語』憲問について以上のように解するときに、関連して注目されるのは『韓非子』説疑に見える次の一節である。『論語』の言葉が知識人の視点から語られているのに対して、これは知識人を制御する権力者・為政者の視点から語られたもの。まさに法家ならではの言葉と言える。

禁姦之法、太上禁其心、其次禁其言、其次禁其事。
姦を禁ずるの法は、太上は其の心を禁じ、其の次は其の言を禁じ、其の次は其の事を禁ず。

いかにして権力への叛逆を禁ずるか、その方法について段階を逐って列挙する。右の文章では、より究極的なものからより初歩的なものへという順番で列挙するが、ここでは逆に後ろから見ていこう。最後に挙げる「禁事」が最も初歩的な禁止＝弾圧方法である。「事」とは行動の意。つまり「禁事」とは行動の禁圧。その次が「禁言」、すなわち言論の禁圧。そして、最も高次の禁圧が「禁心」、すなわち内心・精神の禁圧である。[27]

一般的に言って反権力の思想は、次のような段階を踏んで権力へと向かってくる。まず最初の段階では、知識人の「心」の奥底に叛逆の思想が胚胎する。この段階ではそれはまだ表面にあらわれてはいない。だが、やがてそれは「言」として表現され、更には「事」すなわち行動となって権力に危機をもたらすに至る。「事」の段階に至ってから禁圧するのは、統治者の採る策としては下策である。「事」に到る前の「言」の段階で禁圧するのが望ましいが、何と言っても最上の策は「心」の段階での禁圧である。叛逆を元から絶つことになるからである。しかし、裏を返して言えば「心」を禁圧するのは最も難しい。なぜならばそれは眼に見えないから。その困難を克服して成し遂げるからこそ「禁心」は「太上」の策と位置づけられるのだ。

この『韓非子』の言葉は、『論語』憲問の件の一章と背中合わせの関係に置いて読めるのではないだろうか。

漸層的な叙法が用いられている点でも共通する。『韓非子』を踏まえて『論語』の言葉を読むならば、次のようになるだろう。

国家が「道」を失って乱れた場合、知識人はそれを批判する反権力の思想を「心」のなかに抱く。だが、「心」はそう簡単には見破られないから、「心」のなかに批判を秘めている限りは比較的安全であり、弾圧・迫害を免れることができる。『論語』には「心」に関する記述はないが、件の章に続けて「其次避心（其の次は心を避く）」という文言が加わっていても何らおかしくはない。乱れた国にあっては、まずは他人（とりわけ悪人）との「心」の交流を絶つ、あるいは「心」を他人には見せずに秘めておく、と。だが、国の乱れが増せば社会的関係性の遮断のレベルを引きあげる必要がある。いくら「心」を隠しても、それだけでは十分ではない。他人と言葉を交わしているうちに「心」を見破られてしまう恐れがある。そこで次には「言」すなわち言葉のやり取りを絶つ。すなわち「避言」。しかし、黙っていても人前に姿を見せていると危険視されるのは免れない。そこで次には「色」すなわち人（同じコミュニティーの成員）との交わりを絶つ。すなわち「避色」（「色」は『韓非子』の言う「事」にも通じるだろう）。次には「地」を離れる。すなわち「避地」。そして最終的には「世」を棄て去る。すなわち「避世」である。(28)

このような知識人の処世のあり方を説くのは、ひとり『論語』だけではない。孔子の説は結果として、中国における言論と権力の関係において「論語モデル」とも言うべきひとつの規範となっていったと言えるかもしれない。例えば劉宝楠『論語正義』は、先に引いた注の後に続けて『管子』宙合の次のような一節を引く（劉宝楠が引いていない部分も含めて挙げる）。

是以古之士有意而未可陽也。故愁其治、言含愁而蔵之也。賢人之処乱世也、知道之不可行、則沈抑以辟罰、静黙以侔免。辟之也、猶夏之就凊、冬之就温焉、可以無及於寒暑之菑矣。非為畏死而不忠也。夫強言以為僇、而功沢不加、進傷為人君厳之義、退害為人臣者之生、其為不利弥甚。故退身不舎端、脩業不息版、以待清明。[29]

是を以て古の士　意有るも未だ陽《あ》ぐべからざるなり。故に其の治を愁《おさ》め、言は含《ふく》み愁めて之を蔵するなり。賢人の乱世に処するや、道の行うべからざるを知れば、則ち沈抑して以て罰を辟《さ》く、静黙して以て免がるるを侔《と》る。之を辟くるや、猶お夏の凊《すず》しきに就き、冬の温かきに就くがごとく、以て寒暑の菑《わざわい》に及ぶ無かるべし。死を畏れて忠ならずと為すに非ず。夫《そ》れ強言は以て僇《りく》せられて、功沢は加わらず、進みては人君の厳為《た》るの義を傷い、退きては人臣為《た》る者の生を害し、其の不利を為すこと弥よ甚し。故に身を退くるも端（笏《しゃく》）を舎《す》てず、業を脩めて版を息《や》めず（読書を止めず）、以て清明なるを待つ。

乱れた世にあって「賢人」＝知識人はいかにふるまうべきか、いかにして自己と自己の言論・思想を守るべきかを説いている。そのための方法として、ここに挙げられるのは「言は含み愁《おさ》めて之を蔵す」すなわち自身の政治上の思想・言論を内に秘めて外に出さぬことである。[30]『管子』は、それを更に「沈抑」「静黙」と言い換えている。「沈抑」は「避地」もしくは「避色」に、「静黙」は「避言」にそれぞれ相当しよう。

知識人とは言論の徒、すなわち「言」に身を献げる者である。したがって、権力との軋轢・衝突に遭遇した際に知識人が採るべき方法として『論語』憲問が挙げる「避世」「避地」「避色」「避言」のうち、最も重要な意味を持つのは何と言っても「避言」であろう。これに類似した言い方には、他にもさまざまなものがある。「慎言」「謹言」「閉口」「噤口」「絶口」「箝口」「緘口」「結舌」「咋舌」など。いずれも、「ことばをやめる」（金谷治）、すなわち言語的コミュニケーションを遮断すること、言論活動を停止すること、もしくは婉曲で穏やかな表現方法を採ることを意味する語である。憲問篇の別の章に言う「言孫（遜）」もそれに当たること、すでに述べた通りである。そこで孔子は、道無き国においては「危言」＝「直言」を避け「言孫」につとめるべきであると説いていたのであった。

言論をめぐる同様の戒めは、古くから語り伝えられてきた。例えば『周易』頤卦象伝には、君子が徳を養うために必要なこととして「君子以慎言語（君子は以て言語を慎む）」とある。『春秋左氏伝』成公十五年には、晋の諫臣伯宗の妻が夫を戒めた語に「子好直言、必及於難（子　直言を好めば、必ずや難に及ばん）」とある。「直言」が危険を招くことを警戒した言葉である。実際、伯宗は後に讒言に遭い殺害される。また『逸周書（汲冢周書）』芮良夫解には「賢智箝口、小人鼓舌（賢智は口を箝《とざ》し、小人は舌を鼓《ふる》う）」とあって、「箝口」をこそ賢者のふるまいとして高く評価する考え方が語られている。この考え方は、広く人々の間に共有されていただろう。孔子についても、『説苑』敬慎には「三緘金人」「金人緘口」などの成語を生んだ次のような故事が伝わる（同様の故事は、『孔子家語』観周など他にも少なからず見える）。

孔子之周、観於太廟、右陛之前、有金人焉。三緘其口、而銘其背曰「古之慎言人也。戒之哉、戒之哉。無多言、多言多敗。無多事、多事多患。……」。孔子顧謂弟子曰「記之。此言雖鄙、而中事情。詩曰『戦戦兢兢、如臨深淵、如履薄冰』。行身如此、豈以口遇禍哉」。

孔子　周に之《ゆ》きて、太廟を観るに、右陛の前に金人有り。其の口を三緘し、其の背に銘して曰く「古の言を慎む人なり。之を戒めんかな、之を戒めんかな。多言すること無かれ、多言すれば敗るること多し。多事なること無かれ、多事なれば患《わざわい》多し。……」と。孔子顧みて弟子に謂いて曰く「之を記せよ。此の言　鄙と雖も、事の情に中《あた》る。詩に曰く『戦戦兢兢として、深淵に臨むが如く、薄氷を履むが如し』。身を行うこと此くの如くんば、豈に口を以て禍に遇《あ》わんや」と。

「口禍」を免れるためには「多言」を避け「慎言」につとめるべきであると説いている。「避言」を唱えた孔子の言論観を反映するエピソードと言うべきではないだろうか。

また、孔子とその弟子たちの間で行われていた『春秋』学の伝授について『史記』巻一四・十二諸侯年表には

七十子之徒口受其伝指、為有所刺譏褒諱挹損之文辞不可以書見也。
七十子の徒　口もて其の伝指を受くるは、刺譏・褒諱・挹損する所の文辞　書を以て見《あら》わすべからざるが為《ため》なり。

とあって、歴史に対する批評を「書（文字）」として著わすことを避けて「口受（授）」すなわち口頭言語によっていたことが述べられる。(31)『春秋左氏伝』襄公二十五年に引く孔子の語に「言之無文、行而不遠（言葉として口に発しても、それを文字にしなければ遠くまで伝わらない）」とある。つまり、言葉は「文」すなわち文字とすることで広く伝わる。「書」＝「文」として書きあらわされたテクストは「言」＝「口」よりも広範囲に流布するが、しかしそのためにまたより多くの批判・攻撃を受けることにもなる。それを避けるために敢えて口頭言語を用いたのであろう。これもまた一種の「避言」と言える。知識人たちは、さまざまな手法を用いて自らの言論の保全を図ってきたのである。

国家権力との軋轢に直面したとき、知識人たる者、自らの思想・言論を守るためにどのような行動を採るべきか。中国にあっては、この問いに対する最も一般的な答えが「隠逸」であったこと、大方の認めるところであろう。では『論語』において、隠逸はどのようにとらえられていたか。総じて否定的にとらえられていたと言っていい[32]。しかし、一方で隠逸に対する肯定的な評価や自らの隠逸への志向を語ったと見なせる発言も散見される[33]。『論語』憲問の件の章もそのひとつ。本章について金谷治氏は「避退を善《よ》しとする道家思想の趣き」すなわち隠逸への志向が見られることを指摘していた。実際、「避世」は「隠逸」と同義の語と言って差しつかえないだろう。そして、このように考えていいとすれば、ここで問題にしてきた「避言」もまた、それを推し進めてゆけば隠逸へと帰着するようなものとして構想されていたと言えるかもしれない[34]。

孔子自身が「避言」を隠逸へとつながるものとしてとらえていたか否かについては措くとして、『論語』憲問に説く「避言」は、後世には隠逸の枠組みのなかで受けとめられることもあった。例えば梁・沈約『宋書』巻九三・隠逸伝の序の冒頭には、「遯世避世」すなわち隠逸の思想を語った言葉のひとつとして「賢者は地を避け、其の次は言を避く」という孔子の語が引かれている。沈約は明確に「避言」を隠逸へとつながる行為と見なしていたのだ[35]。

*

いずれにしても、孔子の唱える「避言」が、権力に対して積極的に言論の戦いを挑むのではなく、自らの言論を権力から遠ざけ隠そうとする方向にあったことは否めない。前近代中国の知識人・文人たちにとっては基本的に、国家の権力構造そのものは所与の前提として受け入れるべきものであった。したがって彼らのほとんどは、たとえ権力と衝突した場合でも、権力に対して正面から刃向かおうとはしなかった。もちろん、これを近代の側から消極的・退嬰的だと批判してもあまり意味はない。近代以前にあって言論と権力との関係は、そのようなかたちで確固として構造化されていたのである。

冒頭に述べたように、孔子は権力との軋轢のなかを生きた不遇の知識人であった。そのため、隠逸こそしなかったものの、一時は亡命を余儀なくされた。孔子こそは中国にあって最初期の亡命知識人を代表する典型であった。孔子以後、中国の歴史には多くの亡命者が登場するが、しかし秦・漢帝国の成立以後、知識人の亡命者はさほど多くはない。春秋・戦国時代のように諸侯国に分かれていた時代とは異なって、中国全土が皇帝権力の統治下にある均質な空間となり、逃れの地が失われたためであろう。亡命が不可能になるのに伴って目立つようになるのが、北宋の蘇軾が巻き込まれた「烏台詩禍」のような筆禍事案、すなわち言論の罪に問われて処刑、あるいは左遷・貶謫されるケースである。かかる知識人の言論・創作活動に、本章に見てきたような「避言」の伝統はどのようなかたちで継承されてゆくのか、次章で更に考察を加えてみたい。

注

（1）「危」の意味するところについて、古注は「厲」、新注は「高峻」。若干の違いはあるが、世におもねらず、倫理的な正しさを追求する姿勢をいう語と幅広く解しておきたい。

（2）朱熹『四書或問』巻二三は「比干少師、義当力諫。雖知其不可諫、而不可已也。故遂以諫死、而不以為悔」と説く。

（3）『漢書』巻六四下・賈捐之伝に「危言」の語が見え、顔師古の注に「危言、直言也」。また『子華子』陽城胥渠問に「直言」と「曲言」を対比して「太古之聖人、所以範世訓俗者、有直言者、有曲言者。直言者、直以情貢也。曲言者、假以指喩也」。

（4）ここに挙げた一節に続けて、孔子は「作者七人矣」――以上のことを実践した者は七人いると述べているが、これについては本章では立ち入らない。

（5）朱熹『論語集注』に引く程子の言が「四者雖以大小次第言之、然非有優劣也、所遇不同耳」と述べ、またそれを踏まえて王夫之『読四書大全説』巻六が「以優劣論固不可、然云『其次』、則固必有次第差等矣。……就避之浅深而言也」と述べるのに賛同したい。

（6）新校本『銭穆先生全集・論語新解』（九州出版社、二〇一一年、原著初版は香港・新亜研究所、一九六三年）頁四四二。

（7）『論語訳注』（中華書局、一九八〇年、初版は一九五八年）頁一五七。

（8）『論語彙校集釈』（上海古籍出版社、二〇〇八年）頁一三二七。

（9）『論語』（明治書院、新釈漢文大系第一巻、一九八四年、初版は一九六〇年）頁三三〇。

（10）『論語』（岩波書店、岩波文庫、一九七九年、初版は一九六三年）頁二〇四。

（11）『論語（下）』（朝日新聞社、中国古典選、一九六三年）頁一八二。

（12）『論語』（中央公論社、中公文庫、一九七三年）頁四一九。

（13）『論語新釈』（講談社、講談社学術文庫、二〇一五年、初版は一九八〇年）頁四五〇。

（14）『論語』（集英社、全釈漢文大系第一巻、一九八〇年）頁四一八。

（15）『論語（増補版）』（講談社、講談社学術文庫、二〇〇九年、初版は二〇〇四年）頁三四三。

（16）『子華子』は、春秋時代、晋の程本の著とも伝えられるが、実際は宋人の著と考えられる。

（17）この解釈は、皇侃や邢昺の疏が引く鄭玄の注に「柳下恵、少連避（辟）色者」と説くのに基づくか。柳下恵は女性に対して潔癖な人物として知られる。少連については未詳だが、柳下恵と同様の謹厳なる人物であったと考えていいだろう。

（18）大阪大学懐徳堂文庫復刻刊行会監修『論語雕題』（中井積徳手稿本、懐徳堂文庫復刻叢書九、吉川弘文館、一九九九

五年）頁一三二。影印本では判読しにくい箇所については手稿本によって確認した。
(19) 注18所掲書、頁四〇六～七。
(20) 中井積徳はここで更に『論語』本文の錯簡問題にも踏み込んで「避色」と「避言」の順番を入れ替えるべきだと説いている。『論語雕題』には「避言旧在辟色之上、旧文蓋錯互、宜改正」と述べて「避言」はもとは「辟色」の前に置かれていたと見なしている。また、この見方を踏まえ『論語逢原』では本文の「辟色」と「辟言」とを前後入れ替えたうえで、注には「避言旧在避色之下、蓋錯文、今試改正」と述べている（以上、「避」「辟」字の混在は原文のまま）。
(21) 『論語叢書』第四巻（大空社、二〇一一年）頁一九三。原著は大阪屋号書店、一九三三年。
(22) 『論語の新研究』（岩波書店、一九七四年）頁三一〇。
(23) 『論語』（講談社、講談社文庫、一九七五年）頁三九〇。
(24) 『論語別裁』（復旦大学出版社、一九九〇年）頁六八九。原著初版は台湾・老古文化事業公司、一九七六年。
(25) 『論語訳注』（上海古籍出版社、二〇〇四年）頁一七七。
(26) このほかにも類似する解釈の例はあると思われるが、詳細な調査は後日に期したい。
(27) 近代以降の法が制御の対象とするのは「事」や「言」までであって、「心」には立ち入らない。「内心の自由」という原則のもと「心」のなかで何を考えようと自由であり、それが違法として処罰されることはない。ところが『韓非子』の法は「心」を最終的な制御対象としており、その前近代的な性格を如実に示すと同時に、法というものに本質的に備わる剝き出しの権力性をまざまざと見せつけてくれる。この点については本書の結語にもあらためて触れる。
(28) 『論語』憲問の「避言」が『韓非子』説疑の「禁言」と背中合わせの関係に置いて読めるとすれば、「避言」は知識人が「ことばをやめる」ことを言うとする解釈の妥当性はより高まると言えよう。
(29) 劉宝楠は「是以古之士有意而未可陽也。故愁其治、言含愁而蔵之也」の一節を引いていない。ここでは、郭沫若・聞一多・許維遹撰『管子集校』により補って引用した。

（30）この一節については、注29所掲『管子集校』や黎翔鳳撰『管子校注』などを参考にして解釈したが、なお疑問がのこる。
（31）同様の記事は、『漢書』巻三〇・藝文志の六藝略・春秋類にも「有所褒諱貶損、不可書見、口授弟子」とある。
（32）例えば微子篇に見える隠者の長沮・桀溺とのやり取り。ここで桀溺は自らを「辟（避）世之士」、孔子を「辟（避）人之士」と規定したうえで、自らの生き方は孔子のそれよりも優れているとするが、それに対して孔子は、あくまでも「世」＝人間社会のなかに自らの生きる場所を見出すことの大切さを説こうとするのである。社会への積極的な参画を旨とする儒家としては、譲れぬ立場であったと言うべきだろう。
（33）例えば季氏篇に「隠居以求其志」、公冶長篇に「道不行乗桴浮于海」と述べるなど。
（34）ただし「避言」は老荘思想的な「無言」「忘言」とは一線を画するものであっただろう。公的な場面での言論活動の停止であって、言論活動そのものの停止ではないのだから。ここでは儒家思想の支えのもと「言」は厚く信頼され肯定されていると考えるべきである。信頼し肯定すべき自らの「言」を守るためにこそ「言」を避けるのである。
（35）なお、沈約「高士伝賛」（『藝文類聚』巻三六・人部隠逸上）にも「亦有哲人、独執高志。避世避言、不友不事。恥従汙禄、靡惑守餌。心安藜藿、口絶炮胾。……」とあって、「高士」＝隠士のふるまいについて述べるなか「避世」「避言」の語が用いられている。

第二章　言論統制下の文学テクスト——蘇軾の文学活動に即して

知識人・文人が、その言論・創作活動によって国家の統治権力と衝突し、弾圧を受けたケースは数知れない。第一章では、その代表として孔子を取りあげたが、孔子以後も多くの知識人・文人が国家の権力と衝突し弾圧を受けた。北宋の蘇軾（一〇三六—一一〇一）もそのひとりである。

蘇軾が活動した北宋中後期は、王安石（一〇二一—一〇八六）らが主導する新法改革が施行された時期に当たる。この改革に対して距離を置く蘇軾は、敵対党派の旧法党に属すと見なされていた。神宗の元豊二年（一〇七九）、蘇軾は御史台によって朝政誹謗の罪に問われ、逮捕投獄される（「烏台詩禍」）。その詩に、新法を推進する朝廷、延いては皇帝に対する「誹謗」の意が含まれており、「大不恭（大不敬）」にも当たるとして告発されたのだ。御史台の獄に繋がれ数ヶ月に渉って取り調べを受けた蘇軾は、最終的には自ら罪を認め死刑も覚悟するが、恩赦により黄州（湖北省黄岡）に貶謫され、その地で五年ほどを過ごすこととなる。このとき蘇軾に連座するかたちで、弟の蘇轍をはじめ多くの知友が貶謫された。元豊八年（一〇八五）、神宗が崩御し哲宗が即位、宣仁太后高氏が摂政となると、旧法党が復権を遂げ、蘇軾も朝廷に召還される。しかし、朝廷の党派闘争は混迷の度を深めてゆき、それに巻き込まれた蘇軾は、その詩や策題・制勅が朝廷を誹謗したと見なされ、しばしば弾劾を受ける。元祐八年（一〇九三）、宣仁太后が崩御し哲宗が親政すると新法党がふたたび実権を握り、政治の流れは変わる。翌《あく》る紹聖元年、ついに蘇軾は朝政誹謗の科で恵州（広東省恵州）に貶謫、更に紹聖四年には儋州（海南島）に貶謫される。

自らの言論が国家権力と対立した際に、知識人たる者、いかにふるまうべきか。その言論によって弾圧された蘇軾は、この問題について深い考察を加えた知識人でもあった。以下、蘇軾の文学創作活動に即しながら、北宋中後期における言論統制下にあって、詩を中心とする文学テクストが、いかに書かれ、読まれ、伝えられていったのか、考察を加えてみたい。

一「避言」の系譜

前近代の中国において、知識人（士人・士大夫）の言論・創作活動は国家の統治権力との間にどのような関係を取り結ぶべきだと考えられていただろうか。もちろん、さまざまな考え方が行われていたのだが、なかでも最も核心的な位置を占めていたのは「諷諫」——統治の過誤を言論によって糾すこと、すなわち権力批判であったと言っていいだろう。例えば「毛詩大序」（『毛詩注疏』）が「上以風化下、下以風刺上。主文而譎諫、言之者無罪、聞之者足以戒（上は以て下を風化し、下は以て上を風刺す。文を主として譎諫すれば、之を言う者は無罪、之を聞く者は以て戒むるに足る）」と述べて、詩の果たすべき最大の役割のひとつとして「風（諷）刺」「譎諫」を掲げているように。

北宋の范仲淹（九八九—一〇五二）が晏殊に奉った「上資政晏侍郎書」（『范文正公集』巻八）に見える次の一節もまた、かかる諷諫の伝統を引き継ぐものと言えよう。本書簡は、新進気鋭の官僚として秘閣校理をつとめていた范仲淹が仁宗に対する諷諫を行った際に、上官の晏殊からたしなめられたのに反論したもの。范仲淹は士大夫の理想像を体現するとも評されたが、その評に違わず忠直の念にあふれた理想主義的な言論観が表明されている。

夫天下之士有二党焉。其一曰、我発必危言、立必危行、王道正直、何用曲為。其一曰、我遜言易入、遜行易合、人生安楽、何用憂為。斯二党者、常交戦於天下、天下理乱、在二党勝負之間爾。儻危言危行、獲罪於時、其徒皆結舌而去、則人主蔽其聡、大臣喪其助。而遜言遜行之党、不戦而勝、将浸盛於中外、豈国家之福、大臣之心乎。人皆謂危言危行、非遠害全身之謀、此未思之甚矣。使搢紳之人皆危其言行、則致君於無過、致民於無怨、政教不墜、禍患不起、太平之下、浩然無憂、此遠害全身之大也。使搢紳之人皆遜其言行、則致君於過、致民於怨、政教日墜、禍患日起、大乱之下、悩然何逃。當此之時、縦能遜言遜行、豈遠害全身之得乎。

天下の士人は二派に分かれます。ひとつの派は次のように主張します。発する言葉は必ずや「危言」、立てる行いは必ずや「危行」たるべきだ。王道が正しくまっすぐであれば、言動を穏当・婉曲にする必要はない、と。もう一方の派は主張します。受け入れられやすい「遜言」、賛同を得やすい「遜行」を選ぶべきだ。人生は安楽こそが大事、わざわざ憂いを招く必要はない、と。両派は常に争っており、天下が治まるか乱れるかは、その勝ち負けにかかっています。もし「危言」「危行」の一派が罪を得て、その成員がすべて口を噤み政治の場を去ることになれば、君主は聡明さを失い、大臣も補佐する者を失います。そうなれば「遜言」「遜行」の一派が戦わずして勝ち、朝廷の内外に優位を占めてゆくでしょう。果たしてそれは国家にとって幸いであり、大臣たる者の望むところでしょうか。人々は「危行」は害を遠ざけ身を全うする術たり得ないと考えているようですが、思慮不足も甚だしい限りです。士人がみな「危言」「危行」を実践すれば、君主は過ちを犯すことなく、政治の教化は衰えず、災厄は生じず、太平の世に憂いなくゆったりと過ごせます。これこそ害を遠ざけ身を全うすることの最たるものではないでしょうか。士人がみな「遜言」「遜行」を実践すれば、君主は過ちを犯し、人民は怨みを抱き、政治の教化は日に日に衰え、災厄が生じ、大乱の世にあって、逃れようもない恐怖に怯え続けなければなりません。かかる時に、いくら「遜言」「遜行」を実践したところで、どうして害を遠ざけ身を全うすることができましょうか。

ここで范仲淹は、士大夫の言論と行動にはふたつの類型があることを説いている。ひとつは「危言」「危行」すなわち先鋭なる言動、もうひとつは「遜言」「遜行」すなわち穏当なる言動。ここでは「行」については措き「言」に限定して見てみよう。前者の「危言」は、為政者の徳の正しさを信じ、為政者に善からぬ点があれば率直にそれを批判し、矯正しようとする言論。「諷諫」を指すと見なしてもいい。当然ながら為政者の不興を買いやすく、しばしば弾圧の対象となる危険な行為である。後者の「遜言」は、為政者を批判するのではなく、為政者の賛同を得やすい穏当な表現を選び、またそれによって弾圧を避け、我が身の保全を図ろうとする言論。このふたつのうち、范仲淹はあくまでも前者を支持する立場に立とうとする。前者こそが国家にとって、そして士大夫ひとりひとりにとって最大の利益につながると考えているのである。正論と言うべきであろう。

ここで范仲淹は「危」と「遜」の二項対立の図式によって議論を組み立てているが、この図式は『論語』に淵源するものである。例えば『論語』憲問には、国家の統治権力と知識人の思想・言論との関係を論じた次のような一章がある。

邦有道、危言危行。邦無道、危行言孫。

邦に道有れば、言を危《たか》くし行を危くす。邦に道無ければ、行を危くし言は孫《したが》う。

旧注によれば「危」は「厲」、「孫」は「順」。「孫」は「遜」に通ずる。「道」＝道義・徳を有する国にあっては「言」＝発言も「行」＝行動も厳しくあっていい。だが、「道」無き国にあっては「行」は厳しくてもいいが「言」は穏やかでなければならないと説く。ここでも「行」については措き「言」に限って述べるならば、次のようになるだろう。国に善政が行われているときには言論はストレートであっていい、つまり直接的な批判を行ってもいい。だが、逆に悪政下にあっては言論を穏当なものにし、批判も控えるべきであると。「危言」とは「直言」であり、「言孫（遜）」とはその対極に位置する「曲言」すなわち注意深く修辞を凝らした婉曲な表現をも含むと考えていいだろう。

『論語』憲問の議論を范仲淹のそれと比較すると、いくつか異なる点が見られる。まず、孔子は自らの仕える国が「道」を有するか否かを問題としているが、范仲淹はそれを問題にしていない。そもそも范仲淹の議論において「道」無き国は想定の外に置かれている。そのうえで范仲淹が問題とするのは、もっぱら知識人の言論のあり方である。范仲淹は、知識人の言論は「遜」ではなく「危」であるべきだと説いている。「危言」こそが善であり、「遜言」は悪と見なされていると言ってもいいだろう。それに対して孔子は、国家のあり方によって「危言」と「遜言」を使い分けるべきであると説いている。つまり「危」と「遜」はそれ自体に優劣や善悪の差があるわけではなく、選択肢として同列にあるものととらえられているのである。

国家のあり方によって「危言」と「遜言」を使い分けるとは一種の日和見主義《オポチュニズム》、体制内に自分の居場所を確保するための保身術を説く言葉であるかに見えるが、そのように解するのは適切ではない。おそらく孔子の関心は体制内に自分の居場所、言い換えれば発言権を確保できるか否かにはない。そもそも「道」無き国に居場所を確保しても仕方ないのだ。要するに孔子が言いたいのは、「道」を有する国のためには命がけで自らの言論を捧げるが、「道」を有さぬ国のためにはそうする必要はないということだろう。つまり孔子は、自らの言論を立脚点として、それを捧げるに値する国家であるか否か、批判に値する国家であるか否かを測ろうとしているのである。

孔子の議論において注目されるのは、「危言」と並ぶ言論のあり方として「遜言」が積極的に位置づけられていることである。「諷諫」の伝統とそれに備わる理想主義の陰に隠れて忘れられがちであるが、こうして「遜言」があり得べき言論のオルターナティブとして掲げられていたことは重要な意味を持つと考えられる。かかる「遜言」との関連において更に注目されるのが、同じく『論語』憲問に見える次の一章である。これは「道」無き国において、知識人たる者、いかにふるまうべきかを説いたものであるが、広く国家との軋轢に遭遇した際の知識人の言動を論じたものと解していいだろう。

賢者辟世、其次辟地、其次辟色、其次辟言。
賢者は世を辟《さ》け、其の次は地を辟け、其の次は色を辟け、其の次は言を辟く。

「辟」は「避」に通じる。関わり合いを避け、遠ざかることを言う。本章は、ひとことで言えば「世」「地」「色」「言」という四つの側面から、「賢者」＝有徳の知識人と国家・社会との関係性の遮断について説いたもの。賢者が乱れた国に対処する仕方を段階別に分けて述べたと解したい。

最初の「避（辟）世」（以下「避」を用いる）は、世間との交流を絶つこと。「世」とは、その時代の人間社会全体の意だろう。その意味では、世捨て人＝隠者となること、すなわちいわゆる「隠逸」について述べたものと解してもいい。次の「避地」は、乱れた国の土地を避ける、すなわち別の国に移り住むことと解せる。いわゆる「亡命」もここに含まれよう。以上のふたつに関しては解釈が分かれる余地はほとんどない。歴代の解釈もほぼ一致している。問題となるのは「避色」「避言」の意味するところである。これについて歴代の解釈は少なからぬ揺らぎを見せているが、第一章「『避言』ということ」を踏まえて述べるならば次のようになる。

「避色」は、知識人が自分以外の他者の「色」すなわち姿やふるまいを避けること。言い換えれば、他者とのつきあいを絶つこと、人と交わらないことを言うと解せる。ただ、附け加えて言えば、他者の「色」を避けることは、自分自身の「色」を他者の目から遠ざけ隠すことでもある。つまり、結果として「避色」とは、人目を避け、目立たぬようにふるまうことにもなるであろう。他者を自己から遠ざけるとは、自己を他者から遠ざけることでもあるのだ。

一方の「避言」は、他者の「言」を避けることであるが、これについてもまた「避色」と同様のことが言える。他者の言葉を自己から遠ざけるとは、自己の言葉を他者から遠ざけることでもある。つまり、ここでは「言」が他者の言葉であるか、自己の言葉であるかはあまり重要な違いとはならない。そもそも「言」に明確な自他の区別が存在するわけではない。「言」とは本質的に他者の言葉であると同時に自己の言葉でもあるのだ。要するに、「避言」とは言語行為・言論活動そのものを避けることであり、知識人が他者との言葉のやりとりを絶ち、表立っての言論活動を停止することを言うと解せる。換言すれば、一種の「言論の自主規制・自己統制」である。ただし念のために附け加えるならば、「避言」とは「言」に対する不信でもなければ否定でもない。ここではむしろ「言」は厚く信頼され肯定されている。自らの「言」を信じ、それを守るためにこそ「言」を避けるのである。したがって「避言」は、言論の公表を最終的な目的として行われる営みである。条件さえ整えば、いつでも言論を公表する用意はあったと考えるべきであろう。

知識人とは言論の徒、すなわち「言」に身を献げる者である。したがって、権力との軋轢・衝突に遭遇した際に知識人が採るべき方法として『論語』憲問が挙げる「避世」「避地」「避色」「避言」のうち、最も重要な意味を持つのは何と言っても「避言」、すなわち自己の「言」を守るために「言」を停止・遮断することであろう。これに類似した言い方には、他にもさまざまなものがある。「慎言」「謹言」「閉口」「噤口」「絶口」「箝口」「慎口」「咋舌」「結舌」など（「結舌」は前掲范仲淹の書簡にも用いられる）。いずれも言語的コミュニケーションを遮断すること、言論活動を停止すること、もしくは婉曲で穏やかな表現方法を採ることを意味する語である。『論語』憲問の別の章や范仲淹の言葉に見える「言孫（遜）」「遜言」をここに加えてもいいだろう。

「避言」＝「慎言」すなわち言論の自主規制・自己統制は、中国前近代知識人の処世のあり方においてひとつの伝統的な規範《モデル》となり、以後も広く受け継がれてゆく。唐代からその代表的な事例を挙げるならば、陸贄（七五四—八〇五）の例が挙げられる。貞元年間、宰相をつとめる陸贄は忠州に貶謫された。そのときの事跡について『新唐書』巻一五七・陸贄伝には「既放荒遠、常闔戸、人不識其面。又避謗不著書、地苦瘴癘、祇為今古集験方五十篇示郷人云（既に荒遠に放たれては、常に戸を闔《と》ざせば、人　其の面を識らず。又た謗を避けて書を著わさず、地　瘴癘に苦しめば、祇《た》だ今古集験方五十篇を為《つく》りて郷人に示すと云う）」とあって、誹謗中傷を避けるために人との交流を避けるだけでなく、言論・著述活動をも停止したことが述べられる（「今古集験方」は医薬関係の書物であり、いわゆる著述には当たらない）[1]。

韓愈（七六八—八二四）や柳宗元（七七三—八一九）もまた「避言」について繰り返し語っている。例えば韓愈は、江陵への貶謫から許された直後の元和二年（八〇七）の作「剝啄行」（銭仲聯集釈『韓昌黎詩繫年集釈』巻四）に、訪問客を断わるなど人との交際を絶っていることをうたって「我不厭客、困于語言。欲不出納、以堙其源（我　客を厭わざるも、語言に困《くる》しめらる。出納せずして、以て其の源を堙《ふさ》がんと欲す)」と述べる。「語言」によって困難な状況に陥れられるのは免れないがゆえに、言葉を発するのはやめてしまおうと言っている。また元和十年、李絳に与えた書簡「与華州李尚書書」(馬其昶校注・馬茂元整理『韓昌黎文集校注』巻三)には「接過客俗子、絶口不挂時事、務為崇深、以拒止嫉妬之口(過客俗子に接するに、口を絶ちて時事を挂けず、務めて崇深を為し、以て嫉妬の口を拒止せよ)」と述べる。左遷された友人李絳に向けて、他人と言葉を交わすに当たっては批判の材料を与えぬように気をつけるべきだと言っている。

また、柳宗元は、永州に貶謫されていた元和四年に友人の蕭俛に与えた書簡「与蕭翰林俛書」(尹占華・韓文奇校注『柳宗元集校注』巻三〇)には「云云不已、祇益為罪、兄知之勿為他人言也(あれこれと物を言えば、ますます罪を重くしてしまいます。ご理解いただけるならば他人にはお話なさりませぬよう)」と、同じく元和四年に友人李建に与えた書簡「与李翰林建書」(『柳宗元集校注』巻三〇)には「裴応叔・蕭思謙、僕各有書、足下求取観之、相戒勿示人(裴塤〔字応叔〕と蕭俛〔字思謙〕、わたしはそれぞれに手紙を送りました。貴殿はそれをご覧になるかもしれませんが、どうか他人にはお示しになりませぬよう)」と述べる。自身の発言を親しい友との間だけに留め置き、他人からは隠そうとしていたことが見て取れる。

右に挙げたのは「避言」の実践例のごく一部に過ぎない。このほかにもさまざまなかたちで行われてきた。そのひとつとして、ここでは更に草稿の「焚棄」、すなわち自らが作成した文書を廃棄することについて若干触れておきたい(2)。まず、『宋書』巻五八・謝弘微伝に見える次の記述を読んでみよう。

弘微口不言人短長、而曜好臧否人物、曜毎言論、弘微常以它語乱之。六年、東宮始建、領中庶子、又尋加侍中。弘微志在素宦、畏忌権寵、固譲不拝、乃聴解中庶子。毎有献替及論時事、必手書焚草、人莫之知。上以弘微能営膳羞、嘗就求食。弘微与親故経営、既進之後、親人問上所御、弘微不答、別以餘語酬之、時人比漢世孔光。

謝弘微は人の長所や短所を口にしなかったが、謝曜（謝弘微の従兄）は好んで人の善し悪しを論じた。曜がその種のことを言い出すと、弘微はいつも関係ないことを言ってまぎらわそうとした。元嘉六年、東宮が建てられると中庶子となり、ついで侍中を加えられることとなった。弘微は閑職に就くことを望み、顕職を嫌っていたので、固く辞して拝命せず、中庶子を解かれるのにまかせた。弘微は進言や諫言を行い時事を論ずるにあたっては、必ず自ら筆を執り草稿を焚《や》いたので、誰もその内容を窺い知ることはできなかった。聖上は弘微が飲食に通じているので、弘微の家へ行き食事することを求めた。弘微は親族や親友と相談して献立を検討した。食事の献上を終えると親友たちは聖上が何を食したかを訊ねたが、弘微は答えず、別のことを言ってごまかした。当時の人々は、弘微は漢の孔光のようだと評した。

謝弘微が慎重な処世を心がけていたことが述べられる。当時、武帝の死に伴う朝廷の混乱のなか、自らの身の安全を確保するためには必要であったのだろう(3)。そのなかで、「手書焚草」とあるように、謝弘微が意見書の草稿を他人には見せず、用が済むと焚き棄てていたことが述べられる。言うまでもなく、自分の内面・内心を隠すことで、故無き批判を招かぬようにしていたのである。

そのような謝弘微の姿勢について、当時の人々は漢の孔光に重ね合わせていたという。この孔光もまた、慎重な処世によって知られる人物であった。『漢書』巻八一・孔光伝には次のようにある。

上有所問、拠経法以心所安而対、不希指苟合。如或不従、不敢強諫争、以是久而安。時有所言輒削草藁、以為章主之過、以奸忠直、人臣大罪也。有所薦挙、唯恐其人之聞知。沐日帰休、兄弟妻子燕語、終不及朝省政事。或問光「温室省中樹皆何木也」、光嘿不応、更答以它語、其不泄如是。

孔光は、皇帝の下問を受けると、法に則って心中納得できる考えを答え、相手の願望にへつらって調子を合わせることはなかった。皇帝が自分の考えに従わなくても、強いて諫争せず、そのため朝廷での立場は久しく安泰であった。時に自分の意見を書きとめても、すぐさま草稿を削って抹消し、君主の過ちを明らかにすることで忠直の名を得るのは臣下として大罪に値すると考えていた。人を推薦しても、それを当人に知られるのを懼れた。休日に家に帰り、兄弟や妻子とくつろいで語りあう際にも、ついに朝廷や政治のことに言い及ぶことはなかった。ある人が孔光に「温室殿など宮中にある樹はどんな樹か」と訊ねたが、孔光は黙って答えず、別のことがらに触れて話をそらした。その秘密を漏らさぬこと、このようであった。

孔光は皇帝よりその「周密謹慎」（『漢書』孔光伝）なる人柄をもって信任された。ここにも「削草藁」とあって、意見書の草稿を廃棄していたことがわかる（竹簡に書かれたものであるため「削」と言う）。そのふるまいは謝弘微のそれと瓜ふたつである。

このように自らの政治的安全を確保するために文書の草稿を廃棄することは、中国の史書に少なからず記されている(4)。官界に身を置く文人たちにとって「避言」＝「慎言」が極めて重要な生存戦略となって広く浸透していたことが窺われる。「草稿」を公的な圏域（権謀術数うずまく朝廷・官界）へと送り出すことへの怖れ。中国の文学テクストの根幹にはこの種の配慮が多かれ少なかれ潜んでいたのである。ここにもまた「公」と「私」のせめぎ合いの一端を見て取ることができよう。

孔子は権力との軋轢のなかを生きた知識人である。したがって「言」を避け、「色」を避けることもあっただろう。だが、結果としてそれにはとどまらず、ついには「地」を避けた。つまり国を去った。すなわち「亡命」。言うなれば、孔子こそは中国にあって最初の亡命知識人である。孔子以後、中国の歴史には多くの亡命者が登場するが、しかし秦・漢の帝国成立以後、知識人・文人の亡命者はさほど多くはない。春秋・戦国時代のように諸侯国に分かれていた時代とは異なって、中国全土が皇帝権力の統治する均質な空間となり、逃れの地が失われたためであろう。亡命が不可能になるのに伴って目立つようになるのが「詩禍」「口舌之禍」「文字獄」、すなわち言論によって災禍を招くケース、言論の罪に問われて左遷・貶謫されるケースである。なかでも最も注目されるのは、北宋の蘇軾が巻き込まれた、いわゆる「烏台詩禍」をはじめとする詩禍事案であろう(5)。

二　蘇軾と「避言」

中国には古くから「諷諫」すなわち詩による権力批判の伝統がある。先に挙げた「毛詩大序」に「上は以て下を風化し、下は以て上を風刺す。文を主として譎諫すれば、之を言う者は無罪、之を聞く者は以て戒むるに足る」とあったように、詩による権力批判が容認、というよりはむしろ奨励されていた。いわば「言論無罪」「諷諫無罪」である(6)。もちろん、これを近代的な「思想・言論の自由」と同一視することはできないが、このような理念が掲げられていたことは中国の士人社会の優れた点として高く評価できる。この理念は宋代にも確実に受け継がれており、宋の太祖趙匡胤が石に刻させた遺訓（「太祖誓碑」）のなかには「不得殺士大夫及上書言事人（士大夫及び書を上《たてまつ》りて事を言う人を殺すを得ず）」（『宋稗類鈔』巻一・君範）という一條があったと伝えられる。(7) この刻石についてはその実在を疑問視する意見もあるが、真偽はともかく宋王朝にあってもまた知識人の言論を尊重しようとする伝統的な理念は高く掲げられていたと考えていいだろう。前節に見た范仲淹の議論は、その理念のうえに立つものであった。だが、理念は現実によって裏切られるのも人の世の常である。忠義に発する「諷諫」も、時として敵対する勢力によって不敬なる「誹謗」だと見なされ、弾劾・告発された。

蘇軾の詩禍に際して、彼を擁護する人士は伝統的な理念のうえに立って、詩による「諷諫」は「無罪」であり、したがって蘇軾を放免すべきであると説いた。例えば、張方平（一〇〇七―一〇九一）は烏台詩禍に際して蘇軾を弁護する文章「論蘇内翰」（『楽全先生文集』巻二六）を書いているが、そこでは「毛詩大序」の「之を言う者は無罪、之を聞く者は以て戒むるに足る」を引いて論の根拠とする。蘇軾の詩は「諷諫」の伝統を正しく継承するものであるがゆえに罪を免ぜられるべきだと主張したのだ。この文章は、実際には朝廷に提出されることはなかったようだ。だが、仮に提出されたとしても実効性を持つことはなかったであろう。(8) 結局のところ「諷諫」の理念が現実の政治闘争の流れを変える力を持つことはなかったと推測される。烏台詩禍に際して「言論（諷諫）無罪」の伝統は、実質的には形骸化してしまっていたと考えていいだろう。当時、知識人の言論は朝廷の権力によって厳しく統制され、その自由を失っていたのである。

かかる言論環境のもと、文人たちはどのように身を処していたのだろうか。このように問うときに、やはり重要な鍵となるのは『論語』憲問篇が説く「避言」あるいは「言孫（遜）」、すなわち言論の自主規制・自己統制である。この「避言」＝「慎言」の伝統が、蘇軾の創作活動においてどのように継承されていたのか。以下、三つの時期に分けて見ていきたい。

（一）烏台詩禍前夜（熙寧年間）

まずは烏台詩禍に先立つ時期、神宗の支持のもと王安石が新法の諸政策を実施した熙寧年間について見てみよう。

御史台から告発される前の時期、蘇軾は「諷諫」の理念を素朴に信じ、新法に対する批判的な言辞を弄していたのだろうか。結論から述べるならば、決してそのようなことはなかった。烏台詩禍に先立つ熙寧年間、新法が施行された時期に書かれた蘇軾の詩を見ると、自らの発言に対して慎重になっていた蘇軾の姿が浮かびあがってくる。当時、すでに新旧の党派闘争は顕在化しており、旧法党に属する者は誰しも自身の言論活動に注意せざるを得なくなっていたのだろう。実際、朝廷の実権を握る新法党側は、新法に対する批判的な言論を台諫（諫官・御史）の手で徹底的に取り締まる方針を採っていた。『続資治通鑑長編』巻二一〇・熙寧三年四月壬午の條に見える王安石の語に「許風聞言事者、不問其言所從来、又不責言之必實。若他人言不實、即得誣告及上書詐不實之罪、諫官・御史則雖失實亦不加罪、此是許風聞言事（諫官・御史の）風聞に基づく告発・弾劾を許可するとは、風聞の基づくところを問わず、またそれが事実であるのを必ずしも求めないということだ。諫官・御史以外の者が事実に基づかぬことを言えば、それは誣告や虚偽の罪に問われるが、諫官・御史については事実に基づいていなくても罪には問われない。これが風聞に基づく告発・弾劾を許可するということの意味だ）」とあるように、「誣告」や「詐不実」さえ辞さないほどに苛烈なものであったことが窺われる。(9) こうした言論統制の方針は一般の官僚たちにも広く伝わっていたことだろう。『宋史』巻三一二・陳升之伝に「時俗好藏去交親尺牘、有訟、則転相告言、有司抛以推詰。升之謂『此告訐之習也、請禁止之』（人々は親しい友との間に交わした書簡を好んで保管していた。いったん訴訟が起こされると、それを証拠として提出して相手を告発し、当局者はそれに基づいて追求した。升之は言った。『これは悪しき暴露の習わしである。どうか禁止していただきたい』と〕」とあるように、知友同士で交わした書簡などを用いての「告訐」すなわち暴露による批判の悪しき風習すら生み出されていたのである。

このような状況のもと、蘇軾とその周辺の文人たちの間には「発言に気をつけよ」という意識が広く共有されており、実際、その種の忠告を述べる言葉が数多く交わされていた。以下、おおむね時系列に沿うかたちで、その種の言葉を挙げて見ていこう。まず初めに取りあげてみたいのは、友人劉攽とのやり取りのなかで発せられた蘇軾の言葉である。熙寧三年（一〇七〇）、劉攽は新法を批判したことにより、泰州（江蘇省泰州）の通判に左遷される。蘇軾「送劉攽倅海陵」（馮応榴輯訂『蘇文忠公詩合注』巻六）[10]は、劉攽の旅立ちを見送って次のように述べる。

君不見阮嗣宗　　君見ずや　阮嗣宗
臧否不挂口　　臧否　口に挂けず
莫誇舌在牙歯牢　　誇る莫かれ　舌在り牙歯牢なりと
是中惟可飲醇酒　　是の中　惟《た》だ醇酒を飲むべし
読書不用多　　書を読むに多きを用いず
作詩不須工　　詩を作るに工《たくみ》なるを須《もち》いず
海辺無事日日酔　　海辺　事無ければ日日酔い
夢魂不到蓬萊宮　　夢魂　蓬萊の宮に到らざらん

秋風昨夜入庭樹
蓴絲未老君先去
君先去
幾時回
劉郎応白髪
桃花開不開

秋風　昨夜　庭樹に入る
蓴絲　未だ老いざるに君先《ま》ず去る
君　先ず去りて
幾時《いつ》か回《かえ》らん
劉郎　応《まさ》に白髪なるべし
桃花　開くや開かざるや

詩の後半部には、自分より先に都を去ってゆく劉攽に寄せる送別の情を述べる。末尾の二句は、劉攽を同じ劉姓の唐・劉禹錫になぞらえている。劉禹錫は「永貞革新」に参加するも失脚し、朗州（湖南省常徳）の司馬に左遷される。後に都に召還された劉禹錫は、玄都観の桃について「玄都観裏桃千樹、尽是劉郎去後栽（玄都観裏桃は千樹、尽《ことごと》く是れ劉郎の去りし後に栽《う》う）」と詠じ、久しぶりに都へと復帰したことに伴う感慨を述べた。ここでは朝廷を逐われた劉禹錫に、同じ境遇にある劉攽をなぞらえたのである。

後半部もさることながら、本詩で注目されるのは前半部の言葉、特に「口」や「舌」をめぐって述べる言葉である。「口」や「舌」の働きには、飲食だけでなく言論活動も含まれるが、当面は言論の方は抑えて飲食に限るべきだと蘇軾は言う。かつて阮籍は決して他人の批判は口にしなかったという[11]。蘇軾は劉攽に対して、その阮籍の流儀に倣って発言には気をつけた方がいい、と忠告するのである。よけいな発言は控えるべきだとする「避言」の意識が明確にあらわれていよう。

翌る熙寧四年、蘇軾自身も朝廷を離れ杭州の通判へと転出する。杭州通判在任中の熙寧六年（一〇七三）、友人の銭顗から建渓の茶を贈られたのに唱和する「和銭安道寄恵建茶」（『合注』巻一一）の末尾には次のような詩句がある。なお、このとき銭顗は王安石の政策を批判したために秀州（浙江省嘉興）に左遷されていた。

収蔵愛惜待佳客　収蔵　愛惜して佳客を待つ
不敢包裹鑽権倖　敢えて包裹して権倖に鑽《とりい》らず
此詩有味君勿伝　此の詩　味有り　君伝うる勿かれ
空使時人怒生瘻　空しく時人をして怒りて瘻《こぶ》を生ぜしめん

「味有り」とは、茶に味わいが有ることに掛けて言う。「この詩は、人によっては言外の意を読み取って首筋に瘤《こぶ》を生ずるほどに怒ることもあるだろうから、決して他人には見せてはいけない」と言うのである。「送劉攽倅海陵君」詩に言及される劉禹錫を例に挙げて言えば、玄都観の桃を詠じた彼の詩は、朝廷の実権を握る反対派に対する憤懣を込めた、いわば「有味」の作と見なされて批判され、その結果、ふたたび貶謫されたと伝えられる。自らの詩が他人、特に反対派に読まれたときに、自分と銭顗の身に劉禹錫が遭遇したのと同様の危険が及ぶかもしれない――本詩には、このような蘇軾の怖れが表現されていよう。

杭州通判の任を終えた蘇軾は、密州（山東省諸城）の知事に転ずる。熙寧九年（一〇七六）、密州での作「七月五日二首」其一（『合注』巻一四）の冒頭には次のような詩句が見える。

避謗詩尋医　謗を避け　詩は医を尋ね
畏病酒入務　病を畏れ　酒は務に入る

蕭條北窓下　　蕭條たり　北窓の下
長日誰与度　　長日　誰と与にか度《わた》らん

同僚の趙成伯との間に交わされた詩の一節。地方官としてひっそりと暮らす生活をうたう。冒頭の二句は、誹謗中傷を避けるため詩を書かず、病を心配して酒をやめていることを述べる。「尋医」は医者にかかる。公務を休むときの言い方。「入務」はもとは農務に入るの意。農繁期に役所の業務を停止すること、転じて広くものごとを停止することを言う。いずれも当時の役人言葉を用いて詩や酒を擬人化し「詩は病気で療養中、酒は農事で取り込み中」と言う。それによってユーモラスでくだけた雰囲気が醸し出されている。ここで特に注目されるのは第一句。この句について、本詩を収める施元之等『注東坡先生詩（施注蘇詩）』巻一一は『新唐書』巻一五七（『旧唐書』巻一三九）陸贄伝に「避謗不著書（謗を避け書を著さず）」とあるのを引く。忠州（重慶市忠県）に左遷された陸贄は「避謗」のために人との交わりをすべて絶ち、著述活動も取りやめたという。「避謗」と「不著書」すなわち言論活動の停止とが結びつけられている。その陸贄と同じく、蘇軾もまた誹謗中傷を避けるため詩を書くのを止めていると言う。ただし、あくまでもこれは表立っての作詩を止めると言うのであって、一切の作詩活動を停止したわけではない。親しい友たちとの詩のやりとりは以後も引き続き行われてゆく。

密州知事の任期を終えると、蘇軾は河中府（山西省永済県）の知事に転ずることとなる。煕寧九年（一〇七六）、転任の途中に都汴京（開封）に立ち寄ろうとした蘇軾は、劉攽の詩に和した「劉貢父見余歌詞数首、以詩見戯、聊次其韻」（『合注』巻一一）[12]に次のように述べる。なお、このとき蘇軾は都に入ることは許されなかった。政治的にかなり危うい立場になりつつあったのだろう。間もなく河中府への転任も取り消され、徐州の知事を命じられることとなる。

十載飄然未可期　十載　飄然として未だ期すべからず
那堪重作看花詩　那《なん》ぞ堪えん　重ねて花を看る詩を作るに
門前悪語誰伝去　門前の悪語　誰か伝え去る
酔後狂歌自不知　酔後の狂歌　自ら知らず
刺舌君今猶未戒　舌を刺すこと　君は今　猶お未だ戒めず
灸眉吾亦更何辞　眉を灸《や》くこと　吾も亦た更に何をか辞せん
相従痛飲無餘事　相い従いて痛飲して餘事無からん
正是春容最好時　正に是れ春容　最も好き時

首聯の上句は、朝廷を離れて地方官を歴任していることを言う。下句に「看花詩」とあるのは、玄都観の桃を詠じた劉禹錫の故事を踏まえる。劉禹錫は、左遷先から都に帰った感慨を玄都観の桃の詩に詠じ、それが朝廷に対する憤懣を述べたと批判されて再び貶謫されたと伝えられる。ここで蘇軾は、自分は劉禹錫のように都には帰れず、したがって玄都観の桃を詠ずる詩を書くことはできない、と言っている。先に挙げた「送劉攽倅海陵君」詩では劉攽を劉禹錫になぞらえていたが、ここでは自分自身を劉禹錫になぞらえている。それによって、我が身に危険が迫っていることを示唆するのかもしれない。頷聯には、そのような立場にある自分の詩が、知らないうちに劉攽（このときは曹州〔山東省荷沢〕の知事をつとめていた）のもとに伝わったことを述べる。その蘇軾の詩に劉攽が唱和して詩を作り、蘇軾に送ってきた。それに更に唱和したのが本詩である。

本詩で最も注目されるのは頸聯の言葉である。「剌舌」一句は、隋の賀若弼の故事を踏まえる。賀若弼の父賀若敦は舌禍により処刑されるに臨んで、賀若弼を呼び寄せると錐で若弼の舌を刺し「慎口」すなわち発言には気をつけるように戒めたという（『隋書』巻五二・賀若弼伝）。先に挙げた劉攽を見送った詩で蘇軾は、発言にはくれぐれも気をつけるようにと忠告していた。ここでは、劉攽がその忠告を守ろうとしないと責めているのである。劉攽が詩を作って送ってきたことを指して言ったものであろう。「灸眉」一句は、晋の郭舒の故事に基づく。郭舒は、上司の王澄を面と向かって批判したことにより怒りを買う。そのため、郭舒は王澄に眉を焼かれることになったが、跪いてそれを受け入れ、じっと耐えたという（『晋書』巻四三・郭舒伝）。ここでは、自分も直言によって反対派の怒りを買い、懲らしめられるかもしれないが、それを怖れたりはしない、と言うのである。その後に続く尾聯には、春の景色を愛でながら酒を楽しもうと述べて、蘇軾らしい磊落な言葉で詩を結んでいるが、やはり当時の緊迫した政治状況を反映した詩として読むべきだろう。頸聯の二句からは、そのような状況下にあって蘇軾は詩による発言に十分に注意していたことが窺える。(13)

このほか、熙寧十年（一〇七七）の作「司馬君実独楽園」（『合注』巻一五）には

撫掌笑先生　掌を撫《う》ちて先生を笑う
年来效喑啞　年来　喑啞を效《なら》うと

とある。新法党が実権を握る朝廷を逃れ出て、洛陽の「独楽園」で『資治通鑑』の著述に勤しむ旧法党の領袖司馬光に向けて書き送ったもの。「天は先生が啞者のふりをしているのを見て、手を叩いて大笑いしていることでしょう」と言う。新法党が幅を利かせる世にあって、司馬光が「喑啞」を装っていたことを述べるが、これは蘇

軾自身が心がけていたことでもあっただろう。

また、同じく熙寧十年の作「答孔周翰求書与詩」（『合注』巻一五）には

身閑曷不長閉口　　身閑なれば曷《なん》ぞ長《つね》に口を閉じざる
天寒正好深蔵手　　天寒くして正に深く手を蔵するに好し
吟詩写字有底忙　　詩を吟じ字を写す　底《なん》の忙《せわ》しきか有る
未脱多生宿塵垢　　未だ脱せず　多生　塵垢の宿するを

元豊元年（一〇七八）の作「送孔郎中赴陝郊」（『合注』巻一六）には

訟庭生草数開尊　　訟庭　草を生ずれば数《しばし》ば尊《たる》を開き
過客如雲牢閉口　　過客　雲の如ければ牢《かた》く口を閉じよ

とあって「閉口」について述べている。ともに孔宗翰（字周翰）との間で交わされた作。前者は、本来ならば黙っているべきなのに、作詩をやめることができないのは宿痾を脱せられぬからと自分を責める。後者は孔宗翰が陝州（河南省三門峡）に旅立つのを見送って、訪問客が多く訪ねてくるだろうが、批判を招くようなことは口にしてはいけない、と忠告している。これまでに見てきたのと同様の意識があらわれた言葉と言えよう。ちなみに、後者の詩を収める（旧題）王十朋『集注分類東坡先生詩』巻二一に引く孫倬の注は、唐・韓愈「与華州李尚書書」（前掲）が左遷された李絳に向けて「接過客俗子、絶口不挂時事、務為崇深、以拒止嫉妬之口（過客俗子に接するに、口を絶ちて時事を挂けず、務めて崇深を為し、以て嫉妬の口を拒止せよ）」と述べるのを挙げる。この種の忠告は、古く

から官僚文人たちの間で言い交わされてきたのであろう。

以上、熙寧年間、新法施行期に発せられた蘇軾の言葉を見てきた。蘇軾は発言に気をつけようと心がけ、それを友人たちにも呼びかけていたことがわかる。当時、こうした考え方は蘇軾に限られず、彼の友人たちにも広く共有されていたと思われる。右に挙げた詩に詠じられる司馬光の処世のあり方にもそれは見て取れよう。次に、その種の考え方があらわれた蘇軾の友人たちの言葉、特に友人たちが蘇軾に対して述べた言葉を挙げてみよう。例えば、熙寧年間の初め、畢仲游（一〇四七―一一二一）「上蘇子瞻学士書」[14]（『西台集』巻八）は次のように述べる。

孟軻不得已而後辨、孔子或欲無言、則是名益美者言益難、徳愈盛者言愈約、非徒辞喜而避怨也。……願足下直惜其言爾。夫言語之累、不特出口者為言。形于詩歌者亦言、賛于賦頌者亦言、託于碑銘者亦言、著于序記者亦言。足下読書学礼、凡朝廷論議、賓客応対、必思其当而後発、則豈至以口得罪于人哉。而又何所惜耶。所可惜者、足下知畏于口、而未畏于文。夫人文字雖無有是非之辞、而亦有不免是非者。是其所是、則見是者喜、非其所非、則蒙非者怨。喜者未能済君之謀、而怨者或已敗君之事。

孟子はやむを得ぬときにはじめて口を開き、孔子も無言につとめました。名声があがればあがるほど発言はむずかしくなり、徳が高ければ高いほど発言は少なくなるものなのです。ただ単に（我が身を全うするため）人からもてはやされるのを避け、怨まれるのを逃れようとしたわけではないのです。……どうか貴殿も言葉を惜しんでください。言葉が災いを招くのは、口に出した言葉に限りません。詩歌に発せられる言葉も、賦頌に述べられる言葉も、碑銘に刻まれる言葉も、序記に記される言葉も、みな災いを招くものなのです。貴殿は、書を読み礼を学ばれた方です。朝廷にて論議し、賓客に応対するに際して、真にふさわしく必要なときにのみ言葉を発するようにすれば、言葉によって他人に憎まれるようなことにはならないでしょう。では、そのうえ更に何が懸念されるというのでしょうか。懸念されるのは、貴殿が言葉を口にするのには慎重であるのに、文字にして著わすのには慎重ではないことです。およそ人の書き記した文字は、たとえ是非を説くものではなくても、是非を説くと見なされてしまうのを免れないのです。是を是とすれば是とされた者は喜び、非を非とすれば非とされた者は怨むでしょう。そして、喜ぶ者はあなたたち士人の計略を助けてはくれませんし、怨む者はあなたたち士人の功績を損なうこともあるのです。

日頃の口頭での発言だけでなく、「詩歌」「賦頌」「碑銘」「序記」など、ありとあらゆる著述行為に際して細心の注意を払うべきだと、懇切丁寧に戒めている。蘇軾が友人たちに向けて発したのと同様の忠告が、ここでは畢仲游から蘇軾に向けて発せられているのだ。

このほかに、文同（一〇一八―七九）もまた蘇軾に対して同様の忠告を発していたようだ。葉夢得『石林詩話』巻中には次のような記事が見える。

文同、字与可、蜀人、与蘇子瞻為中表兄弟、相厚。……時子瞻数上書論天下事、退而与賓客言、亦多以時事為譏誚、同極以為不然、毎苦口力戒之、子瞻不能聴也。出為杭州通判、同送行詩有「北客若来休問事、西湖雖好莫吟詩」之句。及黄州之謫、正坐杭州詩語、人以為知言。

文同、字は与可、蜀の人である。蘇軾の従兄弟に当たり、仲睦まじい間柄であった。……当時（熙寧年間の初め）、蘇軾（字子瞻）はしばしば文書を奉って天下を論じた。朝廷から退いた後も客人たちと議論を交わし、政治の現状について誹《そし》り貶《けな》すことが多かった。文同はそれには全く賛同せず、いつも苦言を呈して懇切に戒めたが、蘇軾は聞き入れなかった。杭州の通判として朝廷を去るとき、文同は送別の詩を作った。そのなかには「北客　若《も》し来たらば事を問うを休めよ、西湖　好しと雖も詩を吟ずる莫かれ」という句があった。後に蘇軾は黄州に貶謫されるが、それはまさしく杭州通判時代の詩によって招いたものであった。人々は文同の詩には先見の明があるとした。

熙寧四年、杭州通判に転出する蘇軾に向けて、文同が「都からの客人に朝廷のことを問うな、いくら西湖が綺麗でも詩を作るな」と戒めたという話である。(15) ここに引かれる文同の詩句は、彼の文集『丹淵集』には見えない。『丹淵集』（『四部叢刊』本）巻末に附す南宋の家誠之の跋は、右の『石林詩話』を引いたうえで、「党禍」の及ぶのを避けるために文集から除外された可能性を示唆する。(16)

以上に見てきたように、新法施行期にあって、蘇軾とその友人たちは詩をはじめとする言論・創作活動に関して誹謗中傷を招かぬように常に警戒していた。前節に挙げた范仲淹の説く理想主義からは遠く隔たった、言論に対して臆病なまでに慎重な士大夫の姿が浮かびあがってこよう。しかし、これほど周到に警戒していたにも関わらず、結果として蘇軾は朝廷を批判した罪で御史台に告発される。すなわち烏台詩禍。告発の際に、犯罪の証拠として取りあげられたのは、主として詩であった。それらの詩には、右に挙げた作品も少なからず含まれている。すなわち「送劉攽倅海陵君」「和銭安道寄恵建茶」「劉貢父見余歌詞数首以詩見戯、聊次其韻」「司馬君実独楽園」の四首。これらについて蘇軾は、本事案の裁判記録である朋九万編『烏台詩案』（『函海』本）に収める供状のなかで「譏諷朝廷」の意図があることを認めている。発言には気をつけようと述べる詩が告発のための材料とされたのだから、極めて皮肉な結果であったと言わねばならない。

（二）黄州貶謫期（元豊年間）

元豊二年（一〇七九）末、蘇軾は御史台の獄より釈放される。釈放直後の作「十二月二十八日、蒙恩責授検校水部員外郎黄州団練副使、復用前韻二首」其二（『合注』巻一九）に「平生文字為吾累（平生　文字　吾が累を為す）」と述べているように、このときの災禍を「文字」すなわち詩をはじめとする言論に起因するものと明確にとらえていた。翌《あく》る元豊三年、黄州到着後間もない時期の作「初到黄州」（『合注』巻二〇）にも「自笑平生為口忙（自ら笑う　平生　口の為に忙なるを）」と述べている。「口」の働きには、生きるために食物を摂取することのほかに言葉を発すること、すなわち言論・創作活動がある。ここでは両者をあわせて言ったものと思われるが、後者の意に重点を置いて解すれば「詩禍」に対する後悔の念を自嘲を込めて述べた詩句と言えよう。

黄州貶謫期、このような後悔の念を抱く蘇軾は、詩をはじめとする創作活動を控えていたこと、仮に詩を作ったとしてもそれを知友とやりとりするに際しては細心の注意を払っていたことを繰り返し述べている[17]。ここでは、書簡類のなかから代表的な発言をいくつか時系列に沿って挙げてみよう（なお、書簡は大きくは「書」と「尺牘」とに分けられる。前者は公的な性格の強い書簡、後者は私的な性格の強い書簡と考えていい。特に南宋期以降の文集において、この分類方法は明確となる。以下に挙げる書簡のうち、題に「書」と掲げられるのは「書」、それ以外は「尺牘」に分類されるものである。「尺牘」の持つテクストとしての性格については第三節を参照）。

「与章子厚（章惇）参政書二首」其一（孔凡礼点校『蘇軾文集』巻四九、元豊三年三月）[18]

軾自得罪以来、不敢復与人事、雖骨肉至親、未肯有一字往来。……軾所以得罪、其過悪未易以一二数也。平時惟子厚与子由極口見戒、反覆甚苦、而軾強狠自用、不以為然。及在囹圄中、追悔無路、謂必死矣。

わたしは罪を得て以来、人とは関わらぬようにしております。肉親であっても、一字もやりとりしておりません。……

わたしが罪を得る原因となった過誤は、ひとつやふたつではありません。これまで子厚どのや子由（蘇轍）は口を極めて、何度も何度も繰り返し懇切に戒めてくださいました。それなのに、わたしは強情にも耳を傾けず、認めようとはしませんでした。獄につながれてから悔やんだのですが、もはや為《な》すすべはなく、死ぬしかないと思ったことでした。

「答秦太虚（秦観）七首」其四（『文集』巻五二、元豊三年十月）

但得罪以来、不復作文字、自持頗厳、若復一作、則決壊藩牆、今後仍復衮衮多言矣。

罪を得て以来、文章は書いておりません。厳しく自分を律しております。ひとたび書いてしまえば、まるで堤が決壊したかのように、つぎつぎと多くの言葉を発してしまうでしょうから。

「答李端叔（李之儀）書」（『文集』巻四九、元豊三年十二月）

得罪以来、深自閉塞。……輒自喜漸不為人識、平生親友無一字見及、有書与之亦不答、自幸庶幾免矣。……自得罪後、不敢作文字、此書雖非文、然信筆書意、不覚累幅、亦不須示人。必喩此意。

罪を得て以来、深く閉じこもっております。……だんだんと人から忘れられてゆくのを喜んでおります。昔の親友からは一字も便りは無く、こちらから便りを出しても返信はありませんが、これで罪を免れることができるならば幸いです。……罪を得てからは、文字を書いておりません。この手紙は文章とは言えないようなものですが、筆にまかせて思いを認《したた》めているうちに、思わぬ長さになりました。どうか他人にはお示しになりませぬよう。この点ご理解ください。

「答呉子野（呉復古）七首」其二（『文集』巻五七、元豊四年）

僕所恨近日不復作詩文、無縁少述高致、但夢想其処而已。……近日始解畏口慎事、雖已遅、猶勝不悛也。奉寄書簡、且告勿入石。

残念なことに、最近わたしは詩文を作っておりませんので、（貴殿の庭園の）素晴らしい眺めを言葉に表現することはできません。ただそれを夢想するばかりです。……最近になって、やっと口を畏れ行いを慎むことを理解しました。遅きに失するとはいえ、悔い改めぬよりはましでしょう。書簡を差しあげますが、どうか石に刻したりはなさりませぬよう。

「与陳朝請（陳章）二首」其二（『文集』巻五七、元豊六年二月）

某自竄逐以来、不復作詩与文字。所諭四望起廃、固宿志所願、但多難畏人、遂不敢爾。

わたしは放逐されてから、詩や文章を書いておりません。お便りによれば周りの方々がわたしの復帰を希望されているとのこと。それはもとより願うところですが、しかし苦難多く人を畏れるがゆえに、あえてそうせずにおります。

「与蔡景繁（蔡承禧）十四首」其一一（『文集』巻五五、元豊六年六月）

小詩五絶、乞不示人。(19)

拙詩五首の絶句を差しあげますが、どうか他の人にはお示しになりませぬよう。

「与李公択（李常）十七首」其一一（『文集』巻五一、元豊六年）

非兄、僕豈発此。看訖、便火之、不知者以為詬病也。

貴殿でなければ、このようなこと（本書簡に述べたこと）は口にはいたしません。読み終えられましたら、ただちに焚《や》き棄ててください。事情を知らぬ者はわたしが悪意ある言葉を発していると思うでしょうから。

「与欽之（傅尭兪）一首」（『文集』佚文彙編巻二、元豊六年）

軾去歳作此賦、未嘗軽出以示人、見者蓋一二人而已。欽之有使至、求近文、遂親書以寄。多難畏事、欽之愛我、必深蔵之不出也。[20]

わたしは昨年、この賦を作りました。これまで軽々しく他人には見せておらず、見た者は一人か二人しかおりません。欽之どのが使いを寄こして近作の詩文を求められましたので、自ら書き記してお送りすることにしました。多難ゆえに諸事恐れております。欽之どのには、どうかわたしのことを慮《おもんぱか》り、必ずや深く蔵して表には出されませぬよう。

「与上官彝三首」其三（『文集』巻五七、元豊六年）

見教作詩、既才思拙陋、又多難畏人、不作一字者、已三年矣。

詩を作れとの仰せですが、才拙きうえ、多難ゆえに人を畏れ、一字も書かなくなって、すでに三年となります。

「与蘇子平（蘇鈞）先輩二首」其二（『文集』巻五七、元豊六年）

所要先丈哀詞、去歳因夢見、作一篇、無便寄去。今以奉呈、無令不相知者見。若入石、則切不可也。(21)

お求めの御尊父の哀詞、昨年夢で父上にお会いしたものですから、一篇を作りましたが、お送りできずにおりました。今ここに差しあげる次第ですが、見ず知らずの者にはお見せにならないでください。石に刻するなど、絶対になさりませぬよう。

「与沈睿達（沈遼）二首」其二（『文集』巻五八、元豊七年春）

某自得罪、不復作詩文、公所知也。不惟筆硯荒廃、実以多難畏人、雖知無所寄意、然好事者不肯見置、開口得罪、不如且已、不惟自守如此、亦願公已之。百種巧辯、均是綺語、如去塵垢、勿復措意為佳也。

わたしは罪を得て以来、二度と詩文を作っておりません。貴殿もご存じの通りです。筆や硯が荒れ果てた（文才が尽きた）からだけではなく、苦難多く人を畏れるからなのです。（詩文に）何の意も含んでいないことを知っていながらも、事を好む者たちはそれを見逃してはくれません。口を開いて罪を得るくらいなら、しばらくは黙っているに越したことはありません。わたしばかりがこれを守るのではなく、どうか貴殿も書きものは止められますよう。巧みに飾ったさまざまな言葉は、どれもきらびやかなだけで中身のない言葉です。かかる汚れを取り除こうとするのであれば、二度と言葉に意を砕かないのがよろしいでしょう。

いずれも、詩や文章を作るのは止めた、もしくは作ったとしても極く親しい人以外には見せないようにつとめていると述べている。特に「答李端叔書」「答呉子野」「与蔡景繁」「与李公択」「与欽之」「与蘇子平先輩」には、詩・賦・書簡などについて、あなたにだけは見せるが他の人には見せないでほしいと明確に言っている。先に挙げた友人銭顗から茶を贈られたのに唱和する「和銭安道寄恵建茶」に「此の詩　味有り　君伝うる勿かれ、空しく時人をして怒りて癭《こぶ》を生ぜしめん」と述べるのと同趣旨の言葉である。

当時、官僚文人の社会にあって、蘇軾と詩や文章をやりとりすること、蘇軾の書いたものを保有していることがいかに危険なことと見なされていたか、『宋史』巻三四四・鮮于侁伝に見える次の記事が鮮明に伝えてくれる。元豊二年、蘇軾が御史台に捕らわれた際、年来の親友鮮于侁は、ある人から「公与軾相知久、其所往来書文、宜焚之勿留、不然、且獲罪（公　軾と相い知ること久し、其の往来する所の書文、宜しく之を焚《や》きて留むること勿かるべし、然らずんば、且《まさ》に罪を獲んとす）」と忠告されたという。右に見た一連の発言の背後には、こうした状況があったのである。

（三）元祐更化およびそれ以後（元祐・紹聖・元符年間）

以上、黄州貶謫期における蘇軾の発言について見てきたが、貶謫を解かれてから後の時期についてはどうだろうか。

元豊八年（一〇八五）、神宗が崩御。哲宗が即位し、宣仁太后が摂政となる。翌年、元祐と改元。この元祐年間は、旧法党が政治の実権を取りもどす。いわゆる「元祐の更化」である。蘇軾もまた中央政界に復帰し、中書舎人や翰林学士知制誥などの要職をつとめる。このように政治の潮目は大きく変わったのであるが、間もなく旧法党が分裂して派閥闘争（いわゆる「洛蜀の党議」）が起こるなど、不安定な情勢は相変わらず続いており、蘇軾の言論・創作が弾劾される危険性は完全に除去されたわけではなかった。実際、元祐年間およびそれ以降も、蘇軾の書いたものについては繰り返し、批判や中傷が向けられることになる。

蘇軾に対する弾劾の事案として重要なのは、元祐元年（一〇八六）と元祐二年の二度に渉る「策題之謗」である。かかる朝廷の政治状況を嫌った蘇軾は、元祐四年（一〇八九）、外任を乞うて杭州知事となる。「策題之謗」は、蘇軾が提出した策題「試館職策問・師仁祖之忠厚、法神考之励精」（『文集』巻七）、「試館職策問・両漢之政治」（『文集』巻七）が批判の対象となったものであるが、元祐六年（一〇九一）には蘇軾が書いた詩が批判の対象となった。詩という文学テクストをめぐる弾劾事案として注目されるので、ここにその概要を述べておこう。元祐六年、杭州知事の任を終えた蘇軾は都に召還され翰林学士承旨となるが、御史中丞の趙君錫、侍御史の賈易らの弾劾を受ける（『続資治通鑑長編』巻四六三）。かつて元豊八年、黄州より帰還途上、揚州にて作った「帰宜興留題竹西寺三首」其三（『合注』巻二五）の「山寺帰来聞好語、野花啼鳥亦欣然（山寺より帰り来たれば好語を聞く、野花　啼鳥　亦た欣然たり）」という詩句が、あろうことか神宗の死を喜ぶ作と解釈され告発されたのだ。もちろん、これはまったく根拠のない、蘇軾を陥れるための「附会（こじつけ）」に過ぎない。この告発に対しては、蘇軾は「辨賈易弾奏待罪箚子」（『文集』巻三三）、「辨題詩箚子」（『文集』巻三三）などを提出して、猛然と反論する。結果として、宣仁太后により趙君錫や賈易の弾劾には根拠がないという判断が下され、事件は終息する。

元祐六年の秋、蘇軾はふたたび外任を乞い、潁州（安徽省阜陽）知事、翌年には揚州知事・淮南東路兵馬鈐轄となるが、間もなく都に召還される。ところが元祐八年に宣仁太后が崩御、哲宗が親政。ここに至って、政治の潮目は大きく変わり、新法党が実権を握る。翌る紹聖元年（一〇九四）、蘇軾はふたたび朝政誹謗の科で、英州（広東省英徳）、次いで恵州（広東省恵州）へと貶謫される。恵州では、居宅を構えるなどしばらくは比較的平穏な時を過ごすが、紹聖四年（一〇九七）にはついに儋州（海南島）へと貶謫されることになる。元符三年（一一〇〇）、哲宗が崩御し徽宗が即位すると、蘇軾は許されて本土へもどるが、間もなく病を得て没する。

右に見たような政治状況のもと、以前と同様、蘇軾の親族・友人たちは蘇軾に対して発言に気をつけよという忠告を発していたようだ。また、それを受けて蘇軾も発言には十分に気をつけていた。そのことは蘇軾の書簡に繰り返し述べられている。以下、その代表的な例を挙げてみよう。

「与王定国（王鞏）四十一首」其二六（『文集』巻五二、元祐六年八月、於汴京〔開封〕）

平生親友、言語往還之間、動成坑穽、極紛紛也。不敢復形於紙筆、不過旬日、自聞之矣。得潁蔵拙、餘年之幸也、自是刳心鉗口矣。

日頃の親友も、言葉をやりとりするなかで、ややもすると罠を仕掛けて相手を陥れるなど、極めて乱れた状態にあります。敢えて書き記すことはいたしませんが、旬日を経ずしてお耳に達することでしょう。潁州知事の職を得て我が身の拙さを隠せるのは、余生を過ごすうえで幸いなこと、これからは雑念を棄てて口を閉ざそうと思います。

「答李方叔（李廌）十七首」其一〇（『文集』巻五三、元祐元年冬、於汴京〔開封〕）

某所不敢作者、非独銘誌而已、至於詩賦賛詠之類、但渉文字者、挙不敢下筆也。憂患之餘、畏怯彌甚、必望有以亮之。

わたしが書こうとしないのは碑誌だけではありません。詩・賦・賛・詠の類に至るまで、文字に関わるものはすべて、筆を下さぬようにしております。苦境を経てからは、畏れ怯えること甚だしく、この点どうかご理解ください。

「与孫志康（孫勰）二首」其二（『文集』巻五六、紹聖二年〔一〇九五〕冬、於恵州）

今獲観此文、旦夕即当下筆、然不敢伝出、雖志康亦不以相示。蔵之家笥、須不肖啓手足日乃出之也。自惟無状、百無所益於故友、惟文字庶幾不与草木同腐、故決意為之、然決不以相示也。志康必識此意、千万勿来索看。……見戒勿軽与人詩文、謹佩至言。

いま貴兄のこの文章（孫勰の父孫立節の死を知らせる書簡）を拝見して、ただちに哀悼のための筆を執るつもりですが、しかしあえて広く人に見せようとは思いません。たとえ志康どのであっても、お見せすることはいたしません。文箱のなかにしまっておき、わたしが死んでから表に出してもらうつもりです。思うにわたしは不様《ぶざま》きわまりなく、何ひとつ旧友のみなさまのお役には立てません。ただ文章だけが草木とともに朽ち果てるものではないがゆえに、これ（孫立節の哀詞）を書こうと決意しましたが、しかし決して人に見せることはいたしません。志康どのには、きっとわたしのこの思いをお分かりでしょうから、どうかご覧になろうとはなさりませぬよう。……軽々しく人に詩文を与えるなとの貴殿の戒め、謹んで肝に銘じております。

「与曹子方（曹輔）五首」其三（『文集』巻五八、紹聖二年十一月、於恵州）

公勧僕不作詩、又却索近作。閑中習気不除、時有一二、然未嘗伝出也。今録三首奉呈、覧畢便毀之。

貴殿はわたしに詩を作るなと仰いながらも、またもわたしの近作をお求めになりました。閑な暮らしのなか悪しき習いは抜けず、時に一二の作を書いておりますが、公《おおやけ》の場には出しておりません。いま三首を書いて差しあげる次第です。ご覧になりましたらお棄て願います。

「与銭済明（銭世雄）十六首」其九（『文集』巻五三、建中靖国元年〔一一〇一〕）

恨定慧欽老早世。……旧有詩八首寄之。已写付卓契順、臨発、乃取而焚之、蓋亦知其必厄於此等也。(22)

定慧院住持の欽（守欽）長老の早世は無念です。……以前、八首の詩を（守欽に）お送りしようとしました。すでに書きあげて（守欽の使者の）卓契順に託したのですが、彼が出発するときに取りもどしてきて焚《や》いてしまいました。これら（小人の悪意あるふるまい）によって禍を招くのを畏れたのです。

いずれも、黄州貶謫期の発言と同じく、詩や文章を作るのを止めていること、もしくは作ったとしてもごく親しい人以外には見せないように慎重にふるまっていることを述べている。最後に挙げた書簡は、守欽に唱和して作った詩を守欽に送り届けようと使者に託したものの、災禍を招くのを怖れて結局は取り返して焚き棄ててしまったと述べている。

この種の発言はほかにも数多いが、ここでは更に、紹聖年間、恵州に滞在中、表兄の程之才（字正輔）に与えた尺牘「与程正輔」の言葉を挙げておこう。「与程正輔七十一首」其一六（『文集』巻五四、紹聖三年正月）には

前後恵詩皆未和、非敢懶也。蓋子由近有書、深戒作詩、其言切至、云当焚硯棄筆、不但作而不出也。不忍違其憂愛之意、故遂不作一字、惟深察。

これまでいただいた詩にまったく唱和できずにおりますが、怠けていたわけではありません。近ごろ子由（蘇轍）から手紙が来て、作詩をきつく戒められました。その言葉は極めて懇切で、筆と硯を焚き棄てよ、書くだけで表には出さぬというだけでなく（書くこと自体を止めよ）、と説いております。その（蘇轍の）憂慮に背くに忍びず、ついに一字も書かずにいるのです。どうぞご理解ください。

同・其二一（『文集』巻五四、紹聖三年二月）には

　寵示詩域酔郷二首、格力益清茂。深欲継作、不惟高韻難攀、又子由及諸相識皆有書、痛戒作詩、其言甚切、不可不遵用。

　お示し下さった「詩域酔郷（詩と酒の国）」の二首は、格調麗しく盛んなものです。ぜひとも唱和したかったのですが、高尚極まりなくとても追いつけません。加えて、子由（蘇轍）や友人たちが便りを寄こして詩を書くのを強く戒めるのです。その忠告はとても懇切丁寧なものなので、従わざるを得ません。

とあって、蘇轍らから詩を作ることも、公表することも止めるよう厳しく戒められたことを述べている。

ただし、完全に止めたわけではなく、右と同じ「与程正輔」其二一に「兄欲写陶体詩、不敢奉違、今写在揚州日二十首寄上、亦乞不示人也[23]（貴兄は陶淵明体の詩〔和陶詩〕を書いてほしいとお望みとのこと、それに違うことはいたしません。揚州滞在中に書いた二十首をお送りいたしますが、やはり他の人にはお示しになりませぬよう）」と述べるほか、同・其九（『文集』巻五四、紹聖二年十月）に「輙已和得白水山詩、録呈為笑。並乱倣得香積数句、同附上[24]（すでに白水山の詩に唱和いたしましたので、お笑いぐさまでに書いて差しあげます。また香積の詩数句も倉卒の間に書きあげましたので、あわせてお送りします）」、同・其二六（『文集』巻五四、紹聖二年三月）に「二詩以発一笑、幸読訖便毀之也[25]（お笑いぐさまでに拙作二首お送りいたします。読み終わり次第、お棄ていただけると幸いです）」、同・其三五（『文集』巻五四、紹聖二年夏）に「老弟却曾有一詩、今録呈、乞勿示人也[26]（わたしも〔碧落洞について〕一首の詩を書いたことがあります。いま書いて差しあげますが、他人にはお示しになりませぬよう）」、同・其三七（『文集』巻五四、紹聖二年六月）に「不覚起予、故和一詩、以致欽歎之意、幸勿広示人也[27]（〔お送りいただいた詩に〕思いがけず啓発されましたので、

唱和の詩を一首差しあげ、敬服賛嘆の意をお伝えする次第です。他人には広くお示しになりませぬよう）」、同・其五九（『文集』巻五四、紹聖二年九月）に「幷有江月五首、録呈為一笑(28)（「江月五首」もありますので、お笑いぐさまでに書いて差しあげる次第です）」と述べているように、秘かに詩を作っていたこと、そして親しい人以外には見せてはいけないという警告とともにそれらを書き送っていたことがわかる(29)。

次に、詩のなかの発言を挙げてみよう。例えば、元豊八年（一〇八五）十二月、都に復帰した蘇軾が、潁州通判となった王鞏に書き送った「次韻王定国得潁倅二首」其二（『合注』巻二六）には

自少多言晩聞道　少《わか》き自《よ》り多言にして晩に道を聞く
従今閉口不論文　今従《よ》り口を閉ざして文を論ぜず

と述べる。これまでの「多言」を反省し、今後は「閉口」につとめようと言っている。官としての転機に際して、決意を新たにしていたことがうかがわれる。

また、元祐六年（一〇九一）、趙君錫・賈易らの弾劾に伴う騒動が終息した後、潁州知事をつとめていた蘇軾と、趙令畤（字景貺）、陳師道（字履常）、欧陽棐（字叔弼）などの親しい友との間では、次のような詩のやりとりがなされていた。蘇軾は、友人たちの詩に唱和して「復次韻謝趙景貺陳履常見和、兼簡欧陽叔弼兄弟」（『合注』巻三四）に

或勧莫作詩　或いは勧む　詩を作る莫かれ
児輩工織紋　児輩　紋を織るに工《たくみ》なり

と述べる。後句の「紋を織る」とは、『詩経』小雅・巷伯に「萋兮斐兮、成是貝錦。彼譖人者、亦已大甚（萋た

り萋たり、是《こ》の貝錦を成す。彼の人を譖《そし》る者、亦た已に大甚《はなはだ》し）」とあるのを踏まえて、小人たちの讒言、すなわち根も葉もないこじつけに基づく批判を受けて陥れられることを言う。蘇軾は周囲の友たちから、讒言を受ける怖れがあるから詩を作ってはいけない、と戒められていたのである。では、この戒めに対して蘇軾はどのように応じたか。同じ時期に、同じ友人たちに向けて書き送られた「叔弼云、履常不飲、故不作詩、勧履常飲」（『合注』巻三四）には

平生坐詩窮　　平生　詩に坐して窮すれば
得句忍不吐　　句を得るも忍びて吐かず

と戯れを込めて述べている。これまで詩を書いたために苦境に陥ったので、詩句を得ても文字にして公《おおやけ》の場には出さぬよう我慢している、と。

また、元祐九年二月、定州にあっての作「次韻李端叔謝送牛戩鴛鴦竹石図」（『合注』巻三七）には

新詩勿縦筆　　新詩　筆を縦《ほしいまま》にする勿かれ
群吠驚邑犬　　群吠　邑犬驚く

とあり、友人の李之儀に対して詩を書くことを戒めている。驚いた犬たちがいっせいに吠え立てるから、と。いっせいに吠え立てる犬たちには、朝廷に幅を利かせる勢力が喩えられていよう。見方によっては、彼らを刺激しかねない危険な言葉である。発言に注意せよと述べるそばから、このように挑発的な言辞を弄してしまうあたり、いかにも蘇軾らしい「多言」癖のあらわれと言える。

もうひとつ、晩年の蘇軾が友人から詩を作るのは止めた方がいいと忠告された例を挙げておこう。羅大経『鶴林玉露』乙編巻四によると、元符三年（一一〇〇）、蘇軾が許されて流罪先の海南島から本土に帰ったとき、郭祥正は

君恩浩蕩似陽春　君恩　浩蕩として陽春に似
海外移来住海浜　海外　移り来たりて海浜に住む
莫向沙辺弄明月　沙辺に向かいて明月を弄ぶ莫かれ
夜深無数採珠人　夜深きも無数の珠を採る人あり

という絶句を送ってきたという。「明月を弄ぶ」とは、明月を詩にうたうこと。「珠を採る人」とは、ここでは誹謗中傷のために詩の言葉を穿鑿する人を指していよう。郭祥正は蘇軾に向かって、詩を作るのは止めた方がいい、なぜならば詩の言葉を穿鑿して誹謗する人がいるから、と婉曲に忠告したのである(30)。郭祥正の文集『青山集』『青山続集』にはこの詩は見えない。先に文同が蘇軾に向けて「北客　若《も》し来たらば事を問うを休めよ、西湖好しと雖も詩を吟ずる莫かれ」と忠告した詩句が彼の文集『丹淵集』に収められていないことに触れたが、この詩の場合も同様である。私的な作品として、内々にやりとりされたものであろう。

以上、北宋中後期の官界における激烈な党派闘争のなかにあって、蘇軾が詩作をはじめとする言論・創作活動を公的には慎み抑えていたこと、すなわち「避言」＝「慎言」を実践しようと心がけていたことを見てきた。もちろん、この「避言」は、中国の士人層にあっては伝統的な処世のあり方として受け継がれてきたものであり、本節の論述のなかでも、そうした例の一部として魏の阮籍、隋の賀若弼、唐の陸贄や韓愈などの発言や行動に触

れた通りである。蘇軾はほかならぬ「言」によって罪に問われたがゆえに、かかる伝統を典型的に体現することとなったのである。

なお、念のために言い添えるならば、中国の文人にとって「避言」は最善の策ではない。やむを得ずして採られた次善の策であるに過ぎない。彼らが理想として追い求めていたのは、あくまでも「直言」「危言」による諷諫であった。蘇軾について言えば、元祐六年（一〇九一）の上表「杭州召還乞郡状」（『文集』巻三二）に「所以不避煩瀆、自陳入仕以来進退本末、欲陛下知臣危言危行、独立不回、以犯衆怒者、所従来遠矣（煩わしく不遜であるのを顧みず、出仕以来の顚末を申し述べたのは、わたしが「危言」「危行」をひとり実践して改めず、多くの人の怒りを買ったのは、由来久しいことであったのを陛下にご理解いただきたかったからなのです）」と述べているように、当初より「危言」を目指して活動していたのだ。また烏台詩禍を経た後も、元祐五年、友人の張敦礼に当てた尺牘「与張君子五首」其五（『文集』巻五五）には「又自顧衰老、豈能復与人計較長短是非、招怒取謗耶。若緘口隨衆、又非平生本意（老いさらばえてゆく我が身を顧みれば、どうして人と言い争って怒りを招き非難を受けるようなことができましょうか。しかし、口を閉ざして大勢に従うとすれば、それもまたわたしの本意ではありません）」と述べて、「緘口」につとめようとする一方、その居心地の悪さを吐露してもいる。蘇軾の「避言」は、「直言」「危言」の理想を意識しながらのふるまいであったと考えるべきだろう。

三　秘密のテクスト

前節には、蘇軾の「避言」＝「慎言」について概観した。蘇軾の「避言」はすでに烏台詩禍発生の前、熙寧年間の初め、王安石らが政治の実権を握った頃から明確に行われており、烏台詩禍によって黄州に貶謫された元豊年間はもちろんのこと、許されて中央政府に復帰した元祐年間、更には再び広東、そして海南島へと貶謫された紹聖・元符年間を通じて行われていたことが確かめられた。つまり、蘇軾の創作活動のほとんどは、一種の言論統制下にあって行われていたのだ。闊達で明朗な作風からなる蘇軾の詩や文章を読んでいると、ややもすると我々はそのことを忘れてしまいがちであるのだが。

では、このような言論環境にあって、蘇軾の文学テクストはどのように書かれ、読まれ、流通していたのか。前節の考察を踏まえて以下、言論統制下における蘇軾の文学テクストの制作・受容・流通のあり方について考察を加えてみたい。

（一）テクストの私的圏域

言論統制下にあって蘇軾とその友人たちは、詩をはじめとする言論・創作活動を抑制すべくつとめていた。つまり、言論の自主規制・自己統制を行っていた。しかし、その一方で彼らは、詩や書簡のやりとりを重ねていた。現に前節に挙げたような詩や書簡が書かれ、今日にまで伝わる。もちろん、彼らの創作活動は公《おおやけ》の場で表立ったかたちで行われたのではない。限られた親しい友との間に形作られた私的な交遊圏域、言うなれば一種の「地下文壇」のなか秘やかに行われていたのである。前節に挙げた詩や書簡からもそれは十分に窺えるが、更に別の発言を取りあげながら、蘇軾の創作活動を支えた私的交遊圏域について見てみたい。

蘇軾の友人たちは、「罪人」たる蘇軾との交流を完全に断つことはしなかった。少なからぬ友が世の大勢に背き、時には危険を顧みずに交流を続けたのである。例えば、黄州貶謫後の元豊三年（一〇八〇）に書かれた書簡

「与参寥子二十一首」其二（『文集』巻六一）には

僕罪大責軽、謫居以来、杜門念咎而已。平生親識、亦断往還、理固宜爾。而釈老数公、乃復千里致問、情義之厚、有加於平日、以此知道徳高風、果在世外也。見寄数詩及近編詩集、詳味、灑然如接清顔聴軟語也。此已焚筆硯、断作詩、故無縁属和、然時復一開以慰孤疾、幸甚、幸甚。筆力愈老健清熟、過於向之所見、此於至道、殊不相妨、何為廃之耶。当更磨揉以追配彭沢。

わたしの罪は重いものでしたが、刑は軽くしていただきました。貶謫されて以来、門を閉ざして罪を見つめ直しております。旧くからの親友諸氏もまた、わたしとの交流を絶ちましたが、当然のことでしょう。ところが、釈・老の道に志す数人の方々は、千里の遠きを越えて便りを送ってくださり、その情誼は旧に増して厚いものがあります。これによって、気高き道徳は俗世の外にこそあるのだと知りました。お送りいただいた数篇の詩と近作をまとめた詩集、つぶさに味わえば、清々しいお顔と慈しみ深いお声に接するかのように心洗われる思いです。当方、すでに筆と硯は棄て、詩を作ることを断ちましたので唱和することはできませんが、これによって時に心の憂さを晴らし孤独な病身を慰めることができます。たいへん嬉しく思います。貴兄の筆力はますます老練にして成熟の極み、以前拝見したものを凌駕しております。詩作は仏道の妨げとはなっておりません。どうしておやめになる必要がありましょうか。更に修練を重ね、陶淵明（彭沢令をつとめた）にも並ぶほどとなられますよう。

元豊四年の書簡「答陳師仲主簿書」（『文集』巻四九）には

自得罪後、雖平生厚善、有不敢通問者、足下独犯衆人之所忌、何哉。及読所恵詩文、不数篇、輒拊掌太息、此自世間奇男子、豈可以世俗趣舍量其心乎。

罪を得てからというもの、旧来の親友たちは、あえて連絡を取ろうとはしてくれません。貴殿だけが皆の忌むことをなさるのは、どうしてでしょう。いただいた詩文を読ませていただきましたが、数篇も読まぬうちに手を打ってため息をつきました。この人こそ世にも稀な好男子、世間の尺度でその心持ちを測ることなどできはしない、と。

とあって、友人の参寥や陳師仲（陳師道の兄）が蘇軾との交誼を忘れずに詩や書簡を寄せてきたことが述べられる。また、元豊六年の書簡「与蔡景繁十四首」其八（『文集』巻五五）には

特承寄恵奇篇、伏読驚聳。……謹已和一首、幷蔵笥中、為不肖光寵、異日当奉呈也。坐廃已来、不惟人嫌、私亦自鄙。不謂公顧待如此、当何以為報。(31)

傑作をわざわざお送りいただき、拝読して大いに感服いたしました。……すでに一首、唱和させていただき、玉稿とともに文箱にしまっております。わたしにとっては身にあまる光栄です。いつかきっとお示ししたく存じます。罪に問われて以来、世間から嫌われるだけでなく、自分でも自分を蔑んでおります。なのに思いがけず貴兄はこんなにも手厚くして下さりました。いったいどうやってお返しすればいいのでしょうか。

とあって、蔡承禧から詩を寄せられ、それに唱和したこと、しかしその和詩を公表するのを当面は避けていることが述べられる。いずれの書簡にも、自分のことを思いやってくれる友への厚い感謝の念があらわれている。文人である蘇軾にとっては、かかる友誼が詩文のやりとりを伴っていたことが、このうえなく嬉しく心慰められるものであっただろう。

同様のことは、次に挙げる「杭州故人信至斉安」詩（『合注』巻二一）についても言える。

昨夜風月清　　昨夜　風月清らかなり
夢到西湖上　　夢に西湖の上に到る
朝来聞好語　　朝来　好語を聞き
扣戸得呉餉　　戸を扣きて呉餉を得
軽圓白曬茘　　軽圓　白曬茘
脆釅紅螺醤　　脆釅　紅螺醤
更将西庵茶　　更に西庵の茶を将《もっ》て
勧我洗江瘴　　我に江瘴を洗うを勧む
故人情義重　　故人　情義重く
説我必西向　　我　必ず西向せんと説く
一年両僕夫　　一年　両僕夫
千里問無恙　　千里　恙無きやと問う
相期結書社　　相い期す　書社を結ぶを
未怕供詩帳　　未だ詩帳を供するを怕《おそ》れず
還将夢魂去　　還《ま》た夢魂を将て去り
一夜到江漲　　一夜　江漲に到らん

元豊四年（一〇八一）、杭州の旧友から手紙とともに贈り物（特産の食品）が届けられたのに答えた作。友たちの情誼の厚さに対する感謝の念が率直に述べられている。第十句の「西向」は、朝廷に参列する。「西郷」に同じ。あるいは、蘇軾の帰郷を言うか。末句の「江漲」は、蘇軾の自注によれば杭州にある橋の名。黄州に住む蘇軾は、友たちが住む懐かしい杭州の夢を繰り返し見たのであろう。

本詩で特に注目されるのは「相い期す　書社（詩文や書画の集い）を結ぶを、未だ詩帳を供するを怕《おそ》れず」の二句。この二句にも蘇軾の自注が附されており、「詩帳」について「僕頃以詩得罪。有司移杭取境内所留詩、杭州供数百首。謂之詩帳（僕　頃《さきご》ろ詩を以て罪を得。有司　杭に移して境内に留むる所の詩を取らしむるに、杭州　数百首を供す。之を詩帳と謂う）」と述べる。蘇軾が烏台詩禍に巻き込まれた際に、当局は杭州の関係者に命じて杭州在任中に蘇軾が書いた詩を提出させた。その詩の記録を「詩帳」と呼んだという。驚くべきことに蘇軾は、自分の詩がふたたび「詩帳」として当局に提出されるのを怖れないと言っている。告発され、罪に問われるのを怖れない、と。一種の「地下文学活動宣言」と言っても過言ではないような発言である。もちろん、本気でそのように思っているわけではなく、幾分かの戯れを含んだ誇張の言葉であろう。親しい友との私的で秘やかなやりとりとはいえ、烏台詩禍を経た者の発言としては極めて大胆であり、ふたたび罪に問われかねない危険な発言と言わざるを得ないが、このような大胆な言葉を口にさせるほど、旧友の情誼が嬉しく感じられたのだ。なお、本詩の題には「故人」と述べるのみで、特定の人名を示してはいない。やはり、怖れ憚るところがあったのだろうか。

このように蘇軾は、自らの発言が誹謗中傷を招かぬように警戒しながらも、実際には詩の創作を完全には止めず、親しい友との間で作品をやりとりしていた。やはり、詩人にとって完全に創作を停止することは耐えがたい苦痛であったのだろう。自ら「自評文」（『文集』巻六六）に「吾文如万斛泉源、不択地皆可出（吾が文は万斛の泉源の如く、地を択ばずして皆な出ずべし）」と述べるように、溢れんばかりの文才を饒舌な語り口で表現することに本領を発揮する蘇軾であればこそ、なおさらにそうであったかもしれない。(32)そのような詩人としての心理状態を考えるうえで、次に挙げる「孫莘老寄墨四首」其四（『合注』巻二五）は極めて興味深い。元豊七年（一〇八四）四月、蘇軾は汝州（河南省汝州）へ量移される。足かけ六年に及んだ黄州での流罪生活もついに終わりを告げることになったのである。黄州を去って汝州へと向かう途上、泗州（江蘇省盱眙県）に滞在中、秘書少監をつとめる友人孫覚から墨を送られたのに答えて次のように述べる。

吾窮本坐詩　　吾が窮するは本《もと》と詩に坐す
久服朋友戒　　久しく朋友の戒めに服す
五年江湖上　　五年　江湖の上
閉口洗残債　　口を閉ざして残債を洗う
今来復稍稍　　今来　復《ま》た稍稍たり
快癢如爬疥　　快癢　疥を爬くが如し
先生不譏訶　　先生　譏訶せず
又復寄詩械　　又復《ま》た詩械を寄す
幽光発奇思　　幽光　奇思を発し
点黮出荒怪　　点黮　荒怪を出だす
詩成自一笑　　詩成りて自ら一笑す

故疾逢蝦蟹　故疾　蝦蟹に逢う

冒頭四句は、詩を書いたがゆえに罪に問われ、「詩を書くのは止めよ」という友の戒めを守り、五年もの長きに渉り「口を閉じ」てきたと述べる。言うまでもなく「口を閉じ」るのは、誹謗されるのを避けるためである。唐・韓愈「崔十六少府攝伊陽以詩及書見投、因酬三十韻」（『韓昌黎詩繋年集釈』巻六）が「閉口絶謗訕（口を閉ざして謗訕を絶つ）」と述べるように。だが、前節に挙げた「答孔周翰求書与詩」に「身閑なれば曷《なん》ぞ長《つね》に口を閉じざる、天寒くして正に深く手を蔵するに好し。詩を吟じ字を写す　底《なん》の忙しきか有る、未だ脱せず　多生　塵垢の宿するを」と述べるように、本来ならば「口を閉じ」るべきであるにもかかわらず、蘇軾にとって詩を作ることは「多生」に渉って積み重なり、もはや取り除けぬ「塵垢」となっていた。今回、量移されることになって、これまで抑えてきたその「塵垢」がふたたびぶり返したのだ。そして、これまで掻きたくてたまらなかった痒いところを思う存分に掻けるようになった(33)――ふたたび詩を書けるようになった喜びを、蘇軾らしいユーモアを込めて語っている。なお、第八句の「詩械」は墨を指す。「械」とは刑具の枷《かせ》。贈られた墨で詩を書けば、また獄に繋がれるかもしれないと戯れて言う。本詩には、やっと詩を書けるようになった喜びが溢れているが、それだけに黄州貶謫期、「閉口」を余儀なくされ苦しんでいたことが窺われよう(34)。

緊迫した政治状況を意識しつつ、親しい友との間で詩のやりとりがなされたことを示す別の時期の例について見てみよう。元祐四年（一〇八九）、朝廷の党派闘争を嫌い自ら乞うて杭州知事に転出した蘇軾と、当時、越州（浙江省紹興）知事を務めていた銭勰との間で詩のやりとりが行われていた。蘇軾は、銭勰から送られた詩に唱和した「次韻銭越州」（『合注』巻三一）の尾聯に

年来歯頬生荊棘　　年来　歯頬　荊棘を生ずるも
習気因君又一言　　習気　君に因りて又た一言す

と述べる。「歯頬　荊棘を生ず」とは「口を閉ざし」ていたこと、発言や作詩を慎んでいたことを言う。「習気」とは悪しき習慣、ここでは詩を作ること。前掲の尺牘「与曹子方五首」其三には「閑中　習気除かれずして、時に一二有り」とあって、作詩の「習気」について述べていた。右の詩句もまた同様の「習気」について述べている。ここしばらくは作詩を慎んできたが、銭勰の詩を読んで詩を書きたいという欲求がかき立てられた、と。

もう一首、同時期に銭勰との間で交わされた同韻字を用いた作「次韻銭越州見寄」（『合注』巻三一）の尾聯には

欲息波瀾須引去　　波瀾を息《や》ましめんと欲すれば須《すべか》らく引きて去るべし
吾儕豈独坐多言　　吾儕　豈に独り多言に坐せんや

と述べる。「波瀾」とは、世間＝官界での軋轢。「引去」とは、官界から引退すること。末句について『集注分類東坡先生詩』巻一九が引く趙次公注は「末句蓋有所激、豈越州首篇有勧莫多言之意乎（末句　蓋し激する所有り、豈に越州の首篇に多言すること莫かれと勧むるの意有るか）」と説く。おそらく当たっていよう。銭勰は蘇軾に向けて「多言」を避けよ、と忠告してきたのだ。それに対して蘇軾は、自分の苦境は単に「多言」によってもたらされたのではない、世間との軋轢を避けようとすれば「多言」を避ける（『論語』憲問の語を用いれば「避言」）だけでは不十分であり、官界を引退する（「避世」もしくは「避地」）しかないのだ、と答えたのである。趙次公が指摘するように、心中に秘めた思いが激しく吐き出されたものと言える。言外には、詩を書くのを我慢しても仕方ないと

いう思いも込められていよう。詩を書くことに対する、一種の開き直りとも取れるような言葉である。

以上、言論統制下にあって蘇軾が親しい友との間に形作られる私的かつ内密な圏域のなかで詩をやりとりしていたことを見てきた。その結果として、我々の前には数多くの作品がのこされることとなったのであるが、蘇軾の作品の保存・伝承においてもまた、蘇軾を取り巻く文人たちの私的な交遊圏域が大きな役割を果たしていたことは想像に難くない。実際、蘇軾の知友のなかには、蘇軾の作品の草稿を記録・保存することに意を砕いていた者が少なくなかった。例えば、元豊四年（一〇八一）、黄州にて書かれた「答陳師仲主簿書」（前掲）には

見為編述「超然」「黄楼」二集、為賜尤重。従来不曾編次、縦有一二在者、得罪日、皆為家人婦女輩焚毀盡矣。不知今乃在足下処。当為删去其不合道理者、乃可存耳。

お編みいただいた「超然」「黄楼」の二集、たいへんありがたく頂戴いたしました。わたし自身は、これらの作を編んだことはありません。いくつか手元にのこっていたものも、罪を得たとき、家の女たちの手ですっかり焚《や》き棄てられてしまったのです。今こうして貴殿のもとにのこっているとは思いもよりませんでした。道理に合わぬ駄作は削られるのであれば、のこしていただいてもいいでしょう。

とある。「超然」「黄楼」の二集とは、蘇軾の密州および徐州知事時代の詩集。烏台詩禍に際して、家人が危険の及ぶのを怖れて焚き棄ててしまったが、陳師仲がそれを保存していたことが述べられている。

紹聖二年（一〇九五）、恵州にあって書かれた「与程正輔七十一首」其一一（『文集』巻五四）には

某喜用陶韻作詩、前後蓋有四五十首、不知老兄要録何者。稍間、編成一軸附上也、只告不示人爾。

わたしは陶淵明の詩の韻字を用いて詩を作るのを好み、前後あわせて四五十首ほどになりました。貴殿はどの作を書いてほしいとお望みでしょうか。しばらくお待ちいただければ、一軸にまとめてお送りいたします。ただし、他の人にはお示しになりませぬよう。

とあって、蘇軾が和陶の詩を小集に編んで程之才（字正輔）に贈ろうとしていたことが述べられる。受け取った程之才はおそらくそれを大切に保管したことだろう。

また、元符三年（一一〇〇）、海南島にあって書かれた書簡「答劉沔都曹書」（『文集』巻四九）には

蒙示書教、及編録拙詩文二十巻。軾平生以言語文字見知於世、亦以此取疾於人、得失相補、不如不作之安也。以此常欲焚棄筆硯、為瘖黙人、而習気宿業、未能尽去、亦謂随手雲散鳥没矣。不知足下黙随其後、掇拾編綴、略無遺者、覧之慙汗、可為多言之戒。然世之蓄軾詩文者多矣、率真偽相半、又多為俗子所改竄、読之使人不平。……今足下所示二十巻、無一篇偽者、又少謬誤。

お便りと拙作詩文を二十巻に編まれたもの、いただきました。わたくしはこれまで書いたものによって世に知られて参りましたが、それによって人から憎まれもしました。得たものと失ったものとが相殺しあっております。ならば、いっそものを書かず安らかでいるに越したことはありません。そこで常々、筆と硯を焚き棄てて、唖者にでもなってしまいたいと望んでいるのですが、習気や宿業は完全には除き去れずに（書きつづけて）おります。また（書いたものは）書き記すそばから雲が消え鳥が去るようにどこかへと消え去ってゆくものだと思っておりました。ところが思いがけず、貴殿は黙ってわたしの後について、書いたものを拾い集めて、ほとんど漏れなく整理してくださいました。それを見ると汗顔の至り、多言の戒めとすることもできましょう。世間にわたしの詩文を蔵する者は多いのですが、

真作と偽作とがほとんど相い半ばし、また俗人の手で改竄されたものも多く、読むと不満を覚えます。……このほど貴殿からいただいた拙作の二十巻には、偽作は一篇もなく、また誤りもほとんどありません。

とあって、「多言」を戒めてはいたが「習気宿業」は棄て難く詩文を書くのを止められなかったこと、そのようにして書いた作品を劉沔（劉庠の子）が収集して文集に編んでいたことが述べられている。この劉沔編の文集は、蘇軾晩年の作をまとめた『東坡後集』の基盤となったと考えられる。(35)

蘇軾の詩文は、右に挙げた書簡に述べられるような交遊圏域のなかで記録・保存され、更には蘇軾没後、徽宗統治時代の「元祐党禁」のなかを生き延びて、後世に伝承されていったのである。公的な社会、すなわち朝廷を中心とする官僚社会に対して表向きは「避言」を実践しつつも、その一方で、私的かつ内密なかたちで数多くの作品が書かれ、読まれ、伝えられていたということ――蘇軾の作詩活動は、我々に対して、テクストの制作・受容・流通における「私的圏域」とも言うべきものの存在を明確に示してくれている。もちろん、かかるテクストの圏域は古くから存在していたはずである。だが、それがこれほどまで詳細に記録され鮮明に浮き彫りになったケースは、蘇軾以前にはほとんど例を見ないだろう。

（二）「墨蹟」

親しい友との私的な圏域でやりとりされ伝えられた蘇軾の「秘密のテクスト」は、具体的にはどのような形態のテクストであったのだろうか。作者である蘇軾自身が何らかのかたちで紙のうえに書いたもの、あるいはそれをもとに友人たちが書き写したものがやりとりされていたと思われるが、実はそういったテクストの原物《オリジナル》はごく限られたものしかのこっていない。蘇軾自身が筆を執って書いたテクストのうち、その原物が完全なかたちでのこった数少ないテクストのひとつが、故宮博物院に蔵される「前赤壁賦」である。オリジナルのテクストがこうして完全なかたちで伝わったのは、その書法作品としての価値が高く評価されたからであろう。本作の末尾には次のような跋文が附されている（原文は第二節を参照）。

わたしは昨年、この賦を作りました。これまで軽々しく他人には見せておらず、見た者は一人か二人しかおりません。欽之どのが使いを寄こして近作の詩文を求められましたので、自ら書き記してお送りすることにしました。多難ゆえに諸事恐れております。欽之どのには、どうかわたしのことを慮《おもんばか》り、必ずや深く蔵して表には出されませぬよう。

末尾に「他人には見せないでほしい」という趣旨の言葉が添えられている。この「前赤壁賦」が秘密のテクストとして交換されていたことを如実に物語っていよう。

他人には見せないことを前提に書かれた蘇軾のテクストのなかで、「前赤壁賦」のように親筆のオリジナルが完全なかたちで保存・伝承されたのは例外的なケースである。そのほとんどは歴史の闇のなかへと消え去っていった。だが、オリジナルこそ失われて見られないものの、それらについて記録した宋人の文献記録は少なからずのこっている。それがある程度まとまったかたちで記録された資料として、本書第一部には南宋に編まれた蘇軾と黄庭堅の詩集注本を取りあげて考察を加えた。そこでも指摘したように、それらは本来ならば表《おもて》には出ない、私的な圏域にのみ存在を許される私的なテクストであり、したがって、そこにはしばしば表向きには語れないような私的で内密なメッセージが少なからず書き記されていた。

ここでは、その一例として、黄庭堅の詩の墨蹟に関する次のような記載をあらためて読んでみよう。元祐年間の初め、黄庭堅は「子瞻継和、復答二首」（『山谷内集詩集注』巻三）と題する詩を書いている。本詩は、これに先立って黄庭堅が書いた「有恵江南帳中香者戯答六言二首」（『山谷内集詩集注』巻三）に蘇軾が唱和した詩「和黄魯直焼香二首」（『合注』巻二八）に対して、ふたたび唱和して答えたもの。本詩について、黄䓇編『山谷年譜』巻一九は

先生有此詩墨蹟題云「有聞帳中香、疑為熬蠟者、輒復戯用前韻。願勿以示外人、恐不解事者或以為其言有味也」。因附于此。

先生の本詩の墨蹟には「帳中の香を聞きて、疑いて蠟を熬《い》ると為す者有り、輒ち復《ま》た戯れに前韻を用う。願わくは以て外人に示す勿かれ、事を解せざる者或いは以て其の言に味有ると為すを恐るるなり」と題している。よってここに附する次第である。

と述べている。「子瞻継和、復答二首」の墨蹟すなわち黄庭堅の親筆原稿には「他人から誤解されかねない作品なので公表しないでほしい」という趣旨の言葉が書かれていたというのだ。黄庭堅もまた蘇軾と同じ党派に属する文人。政治的には不安定な位置に置かれており、したがって「避言」＝「慎言」につとめざるを得なかった。これは、新旧両党の確執をはじめとする当時の微妙な政治状況のもと「避言」を意識しつつ発せられた、まさしく私的で内密な発言である。これによく似た言葉が、蘇軾の詩や尺牘に数多く発せられることは、本章に見てきた通りである。

蘇軾についても、右の黄庭堅の墨蹟と同様の記録が伝わる。蘇軾の墨蹟や石本について多くの記録を伝えてく

れるのは、南宋の施元之、顧禧、そして施宿による『注東坡先生詩（施注蘇詩）』である。この『施注蘇詩』には、その注釈、特に題下の注において、蘇軾の「真蹟」「墨蹟」、もしくはそれに準ずるものとしての「石本」「碑本」などを参照する例が数多く見られる（これら題下注は施宿の手になるものと考えられる）。ここでは、紹聖四年（一〇九七）、恵州に貶謫中の蘇軾が恵州知事の方子容（字南圭）と循州知事の周彦質（字文之）との間で交わした四首の詩に附された施注の記述を読んでみよう。まず第一首「次韻恵循二守相会」（『施注蘇詩』巻三七、『蘇文忠公詩合注』巻四〇[36]）の題下注（施宿注）には「陰字韻四詩墨蹟及恵守和篇、並蔵呉興秦氏（陰字韻四詩の墨蹟及び恵守の和篇、並びに呉興の秦氏に蔵さる）」とあって、以下に挙げる四首の墨蹟と方子容の和篇が呉興の秦氏のもとに蔵されていることを述べる。そのうえで更に

此詩云「軾次韻南圭使君与循州唱酬一首」。……後題云「因見二公唱和之盛、忽破戒作此詩、与文之。一閲訖即焚之、慎勿伝也」。

と述べている。今日に伝わる蘇軾詩集では、本詩の題は「恵循二守の相い会するに次韻す」に作るが、墨蹟では「軾　南圭使君の循州と唱酬するに次韻す　一首」と題されていたことがわかる。そして、更に注目すべきことに、墨蹟では詩の後に「二公の唱和の盛んなるを見るに因りて、忽ち戒を破りて此の詩を作り、文之（周彦質）に与う。一たび閲し訖《お》うれば即ち之を焚《や》き、慎みて伝うる勿かれ」と書き附けられていたのだという。「避言」の戒めを破って詩を作ったこと、その詩を周彦質に贈るが読み終えたら焚き棄ててほしいと注意を促していたことがわかる。

第二首「又次韻二守許過新居」の題下注は

先生真蹟云「軾啓、畳蒙寵示佳篇、仍許過顧新居、謹依韻上謝、伏望笑覧」。集本作「曉窓清快」、墨蹟作「明快」。後題云「一閲訖、幸毀之、切告切告[37]」。

先生の真蹟では「軾啓す、畳《かさ》ねて佳篇を寵示せらるるを蒙り、仍《しき》りに過《よ》ぎりて新居を顧るを許さる、謹みて韻に依り上《たてまつ》りて謝す、伏して笑覧せられんことを望む」と題している。集本では「曉窓清快」とあるところ、墨蹟では「明快」に作っている。後には「一たび閲し訖うれば、之を毀《こぼ》たんことを幸《ねが》う、切に告ぐ切に告ぐ」と題している。

と述べている。墨蹟では、詩集の「又た二守の新居に過ぎるを許さるるに次韻す」という題とは異なって、「蒙」「謹」「伏」などの語を用いて方子容と周彦質に対する尊敬の念を込めた題となっていたこと[38]、また第一首と同じく本詩を読み終えたら焚き棄ててほしいと訴えていたことがわかる。

第三首「又次韵二守同訪新居」の題下注は

墨跡云「軾謹次韻南圭文之二太守同過白鶴新居之什、伏望採覧」。後云「請一呈文之便毀之、切告切告[39]」。

墨蹟には「軾　謹みて南圭・文之二太守の同《とも》に白鶴の新居を過ぎらるるの什に次韻す、伏して採覧せられんことを望む」と題されている。詩の後には「一たび文之に呈すれば便ち之を毀たんことを請う、切に告ぐ切に告ぐ」と題されている。

と述べており、第二首の場合と同じく、墨蹟の詩には尊敬表現からなる題が附されていたこと、他人には見せずに焚き棄ててほしいと入念に頼んでいたことがわかる。

第四首「循守臨行、出小鬟、復用前韻」の題下注は

墨跡云「蒙示二十一日別文之後佳句、戯用元韻記別時事為一笑」。末又云「雖為戯笑、亦告不示人也」(40)。

墨蹟には「二十一日　文之に別るるの後の佳句を示すを蒙り、戯れに元韻を用いて別時の事を記し一笑と為す」と題されていた。詩の末尾にはまた「戯笑の作と為すと雖も、亦た人に示さざらんことを告ぐ」と題されていた。

と述べており、やはり墨蹟のテクストでは尊敬表現からなる詳しい題が附されていたこと、末尾には他人には見せないでほしいという注意が書き添えられていたことがわかる。

以上、方子容と周彦質との間で交わされた詩の墨蹟は、言論統制下にあって蘇軾が「避言」につとめていたことを生々しく伝えてくれる記録となっている。第四首に関する施宿の注は、以上のような墨蹟に関する一連の記述を受けて「毎詩皆丁寧切至、勿以示人。蓋公平生以文字招謗踏禍、慮患益深。然海南之役、竟不免焉。吁可歎哉（いずれの詩にも極めて懇ろに、他人には見せるなと注意している。先生は日頃、文章によって誹謗され災厄を被ったため、畏れることますます深くなったのであろう。しかし結局は海南島への貶謫は免れなかった。ああ、嘆かわしいことだ）」というコメントを附している。まさに施宿の述べる通り、これらのテクストからは、蘇軾の「謗を招き禍を踏む」こと、すなわち言論弾圧に対する怖れがよく伝わってくる。この種の発言は、墨蹟という私的な圏域のなかで交換される私的なテクストであるからこそ可能となった発言である(41)。

ところで、右に挙げた墨蹟テクストを見ると、一種の書簡（尺牘）としての性格を帯びていることに気づかされる。いずれも、ふたりの州知事（方子容、周彦質）宛に書き送られた私信と見なしても差し支えない。特に第二首に関する墨蹟には「軾啓……」という書き出しが見えるが、これは書簡特有の言い回しである。このほか「蒙」「謹」「伏」などの敬語表現が散りばめられている点も、書簡と類似する。だが、結果的にこれらは独立した書簡として蘇軾の文集に収められることはなかった。詩に附随する未成熟なテクストと見なされたためか。それとも、極めて限られた範囲内で流通するにとどまり、編者の眼に触れなかったためだろうか。いずれにしても『施注蘇詩』の題注に附載されることでかろうじて伝わったテクストである。

当時、文集の編纂において、あるテクストが輯佚の対象となるか否か、その線引きはおそらく明確ではなかった。たまたま、これらの墨蹟テクストは、輯佚の対象にならなかっただけのことであり、いわば偶然の結果であっただろう。あるいは、当初『施注蘇詩』が普及していなかったからかもしれない。もし南宋や明代の人々が『施注蘇詩』の題注を見ていたら、尺牘として輯佚の対象となった可能性は高い。いずれにしても、右に見てきたような墨蹟の類は、「公」と「私」の境界領域に位置するテクスト、言うなれば文集という表座敷に席を確保できるかどうか、微妙な位置にあるテクストであったと言うべきであろう。南宋期には、こうした微妙な位置にある蘇軾の親筆原稿について記録した言葉が、少なからず見える。ここでは以下、筆記類のなかからその種の記載を取りあげて読んでみたい。

北宋末の恵洪（一〇七〇―一一二八）は蘇軾に深く傾倒した文人のひとりである。その『冷斎夜話』巻五には、蘇軾が晩年、海南島にいた際に書きのこした各種のオリジナル・テクストについて述べる次のような記載が見える。

予遊儋耳、及見黎民為予言、東坡無日不相従乞園蔬。出其臨別北渡時詩「我本儋耳民、寄生西蜀州。忽然跨海去、譬如事遠遊。平生生死夢、三者無劣優。知君不再見、欲去且少留」。其末云「新醞佳甚、求一具、臨行写此詩、以折菜銭」。又登望海亭、柱間有擘窠大字曰「貪看白鳥横秋浦、不覚青林没暮湖」。又謁姜唐佐、唐佐不在、見其母。母迎笑、食予檳榔。予問母「識蘇公否」。母曰「識之。然無奈其好吟詩。公嘗杖而至、指西木櫈、自坐其上。問曰『秀才何往』。我言入村落未還。有包灯心紙、公以手拭開、書満紙、祝曰『秀才帰、当示之』。今尚在」。予索読之、酔墨欹傾、曰「張睢陽生猶罵賊、嚼齒空齦。顔平原死不忘君、握拳透爪」。[42]

わたしが儋耳（儋州）を訪れたとき、出会った土地の人が話してくれた。東坡先生は一日とて畑の蔬菜をもらいに来ない日はなかったと。そして、先生が北へと海を渡って別れゆくに際して書いた次のような詩を出して見せてくれた。「我は本と儋耳の民、生を西蜀の州に寄す。忽然として海を跨《わた》り去《ゆ》き、譬うれば遠遊を事とするが如し。平生　生死夢、三者　劣優無し。君の再びは見《あ》わざるを知れば、去らんと欲して且つ少《しば》らく留まる」。その末尾には「新酒の出来がとてもいいので、ぜひ一献お願いしたいもの。旅立ちに当たり本詩をしたため、蔬菜のお代に充てさせてもらう」と書かれていた。また、望海亭に登ったところ、柱には先生の大きな字で「貪り看る　白鳥の秋浦を横ぎるを、覚えず　青林の暮湖に没するを」と書かれていた。また、わたしは姜唐佐のもとを訪ねた。唐佐は不在だったが、母上に会うことができた。母上は笑顔でわたしを迎え、ビンロウをご馳走してくれた。わたしは母上に「東坡先生をご存じか」と訊ねた。母上は答えた。「存じております。それはもう詩を吟ずるのが好きでたまらないといった御方でした。以前、先生が杖をついて訪ねて来られ、西の椅子の方へと進み、それに腰を下ろされたことがありました。そして『御子息はどこへ』と訊ねられましたので、わたしが村へ出かけてまだ帰りませんと答えると、先生は灯心の包装紙を取り出し、掌で押しひろげると文字で埋めつくしました。そして『御子息が帰られたら、これをお見せください』とわたしに言いつけられました。その紙はいまものこっています」と。その紙を見せてもらうと、酔いにまかせて傾いた文字で「張睢陽（張巡）生きて猶お賊を罵り、歯を嚼みて齦を空しくす。顔平原（顔真卿）死して君を忘れず、拳を握りて爪を透す」と書かれていた。

恵洪が海南島を訪れた際に、蘇軾が世話になった当地の民に書き送った詩、亭の壁に題した儷句、そして友人の姜唐佐（字君弼）の家に書きのこした儷句、それぞれのオリジナルを実見しての記載である。海南島の民に贈った詩は、もとは蘇軾の文集に収められず、おそらくはこの『冷斎夜話』に書き記されて伝わり、後に南宋に編まれた『東坡外集』（明・毛九苞編『重編東坡先生外集』(43)、以下『外集』）巻一〇に「別海北贈黎君」と題して収められる。また清・査慎行『蘇詩補注』巻四八・補編詩や清・馮応榴『蘇文忠公詩合注』（以下『合注』）巻五〇・補編詩にも「別海南黎民表」と題して収められる（ただし字句に異同あり）。望海亭の題字は「澄邁駅通潮閣二首」其一の二句。早くは『東坡後集』巻七に収められ、その後は『合注』巻四三などに収められる（ただし字句に異同あり）。最後の、姜唐佐の家に書きのこした儷句は、『東坡志林』巻一（十二巻本）に収められる（五巻本『東坡志林』には未収）。『東坡志林』なる書物もまた、蘇軾自身が編纂したものではなく、後世の者が各種文献に伝わる記載を輯佚したもの。この「張睢陽・顔平原」の儷句がどのようにして『東坡志林』に収められたかは不明だが、『冷斎夜話』に由来する可能性は高い。以上、右に記録される三種のテクストのうち望海亭の題字を除く二例は、『冷斎夜話』に記されることによってかろうじて伝わったテクストと言ってもいいだろう。

同じく『冷斎夜話』巻一には次のような話も見える。

東坡在儋耳、有姜唐佐従乞詩。唐佐、朱崖人、亦書生。東坡借其手中扇、大書其上曰「滄海何曾断地脉、朱崖従此破天荒」。又書司命宮楊道士息軒曰「無事此静坐、一日是両日。若活七十年、便是百四十。黄金不可成、白髪日夜出。開眼三十秋、速於駒過隙。是故東坡老、貴汝一念息。時来登此軒、望見過海席。家山帰未得、題詩寄屋壁」。有禁女挿茉莉、嚼檳榔、戯書姜秀郎几間曰「暗麝著人簪茉莉、紅潮登頰酔檳榔」。其放

如此。(44)

東坡先生が儋耳にいたとき、姜唐佐が傍《そば》に付き従っていて、詩を乞うたことがある。唐佐は朱崖の人で、やはり学問を修めていた。先生は唐佐が手にする扇を借りると、そのうえに「滄海　何ぞ曾て地脉を断たん、朱崖　此れ従《よ》り天荒を破る」と大書した。また司命宮の楊道士の息軒には次のように書きつけた。「事無くして此に静坐すれば、一日は是れ両日。若《も》し七十年を活《い》くれば、便ち是れ百四十。黄金　成すべからず、白髪　日夜出ず。開眼す　三十秋、駒の隙を過ぐるより速やかなり。是の故に東坡老、汝の一念息《や》むを貴ぶ。時に来たりて此の軒に登り、海を過ぐる席《ほ》(帆)を望み見る。家山　帰ること未だ得ず、詩を題して屋壁に寄す」と。宮中を出された当地の歌妓が茉莉花を髪に挿し、檳榔を口にしているのを見ると、戯れに姜唐佐の机上に「暗麝　人に著きて茉莉を簪《かざ》し、紅潮　頰に登りて檳榔に酔う」と書きつけた。その奔放さたるや、かくのごとくであった。

最初の「滄海……朱崖……」二句は、当初は文集には収められなかった。『外集』巻一〇では「題姜君弼扇」と題して二句のみを収める。『合注』巻五〇・集外詩では「贈姜唐佐」と題する詩の第三聯となっている（字句に異同あり）。次に挙げられる息軒の詩は『外集』巻一〇に「書司命宮楊道士息軒」と題して収められる（字句に異同あり）。また『合注』巻五〇・補編詩に「司命宮楊道士息軒」と題して収められる（字句に異同あり）。最後の「暗麝……紅潮……」二句は、『外集』巻一〇に「黎女簪末利嚼檳榔戯書君弼几上」と題して二句のみを収めるが、他の文集には収めない。(45)ここに記される三つのテクストもまた、やはり正式には公表されぬまま、周囲の人々の手でかろうじて伝えられたテクストと言っていいだろう。

以上の各種テクストについては、書き手の恵洪はオリジナルを実際に見ていると思われる。特に「包灯心紙」

に書かれた儷句については、それを保存していた姜唐佐の母から示されたものであることが明記されている。同じくテクストのオリジナルを見たことを明記する例を更に挙げてみよう。南宋の張邦基（一一三一前後在世）『墨荘漫録』巻四には、右に挙げた『冷斎夜話』と同じく、海南島の蘇軾が土地の人（『墨荘漫録』では「黎子雲」なる人）に詩（前掲の「別海北贈黎君（別海南黎民表）」詩）を贈ったことを記したうえで、その詩のオリジナルを見たことについて次のように述べている。

宣和中、予在京師相藍、見南州一士人携此帖來、粗厚楮紙、行書、塗抹一二字、類顔魯公祭姪文、甚奇偉也。

宣和年間、わたしは都の相国寺で、南方の地よりひとりの士人が携えてきた本詩の帖を見たことがある。厚くきめの粗い紙に行書で書かれていて、一二の文字が塗りつぶされていた。顔真卿の「祭姪文稿」にも似て、類い稀な書であった。

「祭姪文稿」（故宮博物院蔵）は顔真卿の行書の代表作。多くの文字が塗りつぶされて書き改められている。張邦基によると、蘇軾のテクストはそれに似た行書の作品であったという。(46) 用紙の材質にまで言及した、オリジナルの親筆原稿についての記録となっている。

更に南宋期における同様の記録を挙げよう。例えば、葛立方（?—一一六四）『韻語陽秋』巻三は、海南島時代の蘇軾詩について次のように述べている。

東坡在儋耳時、余三従兄諱延之、自江陰擔簦万里、絶海往見、留一月。……嘗以親製亀冠為献、坡受之、而贈以詩云「南海神亀三千歳、兆叶朋従生愛喜。智能周物不周身、未免人鑽七十二。誰能用爾作小冠、岣嶁耳孫赧其製。今君此去寧復来、欲慰相思時整視」。今集中無此詩、余嘗見其親筆。(47)

東坡先生が儋耳におられたとき、わたしの三番目の従兄葛延之が江陰より万里を旅行き、海を越えて訪ね、一月ほど滞在したことがある。……(従兄が)手製の亀冠を差しあげたところ、先生はそれを受け取り、次のような詩を贈られた。「南海の神亀　三千歳、兆は朋従に叶い愛喜生ず。智　能《よ》く物に周《あまね》きも身に周からず、未だ人の鑽《うが》つこと七十二を免れず。誰か能く爾《なんじ》を用《もっ》て小冠と為さん、岣嶁の耳孫　其の製を赧《はじ》む。今　君　此より去りて寧《いず》くんぞ復た来たらん、相思を慰めんとして時に整え視る」。今の文集には見えないが、わたしはその親筆を見たことがある。

ここに書き記される詩は、葛立方が「今　集中に此の詩無し」と指摘するように、もとは文集には収められていなかった作である。後に『合注』巻五〇・補編詩に「葛延之贈亀冠」と題して収められる。葛延之の従弟である葛立方の手で記録されることによってかろうじて伝わった作と言っていいだろう。葛立方がそれを記録し得たのは「余　嘗て其の親筆を見る」とあるように、本詩のテクストが「親筆」の形で伝えられていたからに他ならない。

もうひとつ、同様の事態を記録したものとして周必大(一一二六―一二〇四)の題跋「跋東坡与趙夢得帖」(『文忠集』巻一六)を読んでみよう。これは蘇軾が趙夢得なる人物に書き送った書や書簡について述べたもの。趙夢得は嶺南に貶謫された蘇軾に親しく付き従った広西の人(事跡の詳細は不明)。南宋期、蘇軾が書いた文字の墨蹟や碑帖を保有する者は極めて多く、それについて記した題跋は、このほかにも数多く書かれている。

南海上有義士、曰趙夢得。……公既大書姓字以為贈、又題澄邁所居二亭、曰清斯、曰舞琴。特畏禍、不欲

賦詩、故録陶杜篇什及旧作累数十紙以寓意。然会茶帖云「飲非其人茶有語、閉門独啜心有愧」、詩在其中矣。(48)

南海のほとりに義士あって趙夢得という。……先生（蘇軾）は夢得の姓名を大書して贈り、また夢得が澄邁（海南島）で居所とした二つの亭に「清斯」「舞琴」と名を題してやった。先生は殊《ことさら》に禍を恐れて詩を作ろうとはしなかった。そこで陶淵明や杜甫の作、および旧作を数十枚に書き記して思いを込めた。しかるに「会茶帖（茶会に招く書簡の帖）」には「飲むに其の人に非ざれば茶に語有り、門を閉ざして独り啜れば心に愧ずる有り（わたしのような飲むにふさわしくない者に飲まれては茶も意見を言いたくなろう、門を閉ざしてひとりで茶を啜っていると心中やましさを覚える）」と書かれていて、まさしく詩がここにはある。

私的な性格を持つテクスト（この場合は趙夢得に与えた書簡）のなかに書き込まれるかたちで蘇軾の詩（この場合は二句の断片）が士人社会のなかを流通していたことがわかる。(49)「特に禍を畏れ、詩を賦せんと欲せず」とあるように、それらが詩禍を恐れつつ秘かに書かれたテクストであったことには注意する必要があろう。

（三）「尺牘」

これまで見てきたように蘇軾は、表向きは「避言」＝「慎言」を実践しつつも、数多くの書簡、すなわち「尺牘」を書き、それを親しい友人たちとやりとりしていた。また、そこには「他人には見せずに焚き棄ててほしい」といった趣旨の「避言」に配慮した発言が数多く見られた。蘇軾の書簡（尺牘）からは、言論統制下における「秘密のテクスト」の姿が他の作品以上に生々しく伝わってくる。その意味では、中国文学史を見渡しても極めて稀有な魅力を備えたテクスト群であると言っていいだろう。以下、蘇軾の文学活動にとって、「尺牘」とはどのような意味を有していたのか、またどのような役割を果たしていたのか、考察を試みたい。

まずは、中国における書簡という文体《ジャンル》の歴史について概観しておこう。中国では古くから、書簡すなわち「書」は文体のひとつとして認知され、さまざまな形式・内容からなる作品が書き続けられてきた。その文体としての特性についても、さまざまな議論が重ねられてきており、一言で説明し尽くすのは難しい。書簡について、現代の辞書にはおおむね「考え・用件などを書き記して（ある特定の人物に向けて）送る文書」と定義されている。この定義は、古代の中国にも基本的に当てはまると考えていいだろう。だが、「考え・用件などを書き記して送る文書」という定義は、定義としては極めて弱い。極端な言い方をすれば、この定義はあらゆる文体の作品に当てはまってしまう。このような弱い定義しか成り立たない点に、書簡という文体の特性が存するのではないか。書簡とは、文体としての独自性・自己主張が稀薄なテクストである、と言えるかもしれない。詩などの韻文であれば、韻律という形式の面から独自性を主張できるし、散文でも「詔」や「檄」などは文書の役割・機能の面から独自性を主張できるが、しかし書簡にはそのような明快な主張が成り立ちにくい。『文心雕龍』において「書」は各種文体の最後尾に位置づけられているが、この点にも文体としての自己主張の弱さがあらわれていよう。

とはいえ、書簡にはやはり書簡ならではは特性があるのは間違いないし、またそうであるからこそ歴史を通して独立した文体としての地位を保ち続けた。では、書簡の文体としての地位を支えていたものは何か。私見では、書簡にとってもっとも重要な要件のひとつが「私秘性」であったと考える。もちろん、公的な要素の強い書簡も存在するので一概には言えない。だが、総じて言えば、書き手（発信者）と受け手（受信者）との間で交わされる秘密の対話という要素が、書簡にはあるように感じられる。『文心雕龍』書記には、書簡の特性のひとつとして「辞若対面（辞は対面するが若し）」が挙げられている。書き手と受け手の「対面」とは、まさしく書簡に備わる

「対話」機能を指摘したものと言えよう。

例えば、漢の司馬遷「報任少卿書」（『文選』巻四一「書」類）や楊惲「報孫会宗書」（『文選』巻四一「書」類）。これらは、いずれも国家によって罪に問われた罪人同士でやりとりされた書簡である。したがって、当初はひっそりと秘密裏にやりとりされたはずである。司馬遷は、李陵を弁護するためにその功績を申し述べたが、天子（武帝）はそれを理解してくれなかった。そのことについて「報任少卿書」は

適会召問、即以此指推言陵之功、欲以広主上之意、塞睚眦之辞、未能尽明。明主不暁、以為僕沮貳師、而為李陵遊説、遂下於理。

たまたまご喚問がありましたので以上に述べた趣旨により李陵の功績を推賞し、それによって聖上のお気持ちを緩め、憎しみの言葉を抑えようとしましたが、十分に説き明かすことができませんでした。英明なる大君は理解なさらず、わたくしが貳師将軍に邪魔立てし、李陵のために喧伝しているとして、ついに獄吏の審理に委ねられたのです。

と述べている。この「明主不暁」[50]というような直接的に当代の天子を批判する言葉は、当時おおっぴらには表明できなかったであろう。私的に交わされた書簡ならではの言葉と言える。また楊惲「報孫会宗書」の場合、これを収める『漢書』巻六六・楊惲伝には

会有日食変、騶馬猥佐成上書告惲、「驕奢不悔過、日食之咎、此人所致」。章下廷尉案験、得所予会宗書、宣帝見而悪之。廷尉当惲大逆無道、要斬。

たまたま日食があり、馬卒の馬飼い役の成なる者が書を奉って楊惲を告発し「驕奢にして罪過を悔いず、日食の災いは

この者が招いたものです」と言った。その上書を廷尉に下げ渡して審理させたところ、楊惲が孫会宗に与えた書簡が見つかり、それを見た宣帝は楊惲を憎んだ。廷尉は楊惲が大逆無道の罪に当たるとして、腰斬の刑に処した。

と述べられる。これによれば、後に楊惲が日蝕の異変を招いたとして馬卒によって告発された際にこの書簡が証拠として提出され、それを読んだ宣帝の怒りを招き、結果として楊惲は処刑されたという。この記述は、「報孫会宗書」が本来、秘密裏に書かれ、世間から隠されていた書簡であったことを如実に物語っている。

いま見たように、司馬遷「報任少卿書」や楊惲「報孫会宗書」は、もとは私的なテクストとして書かれ、読まれていた。場合によっては、そのまま歴史の闇に消え去っていった可能性もある。だが、優れた書簡は広く社会へと送り出され、歴史の波をくぐり抜けてゆくものなのだろう。これらの書簡も、『漢書』本伝や『文選』に収められて永遠の生命を獲得した。私的なテクストが公的なテクストへと変貌を遂げたと言ってもいいだろう。

中国において、文集（別集）が登場するのは後漢の頃であったと考えられるが、かかる動向のなか、書簡もひとつの独立した文体として保管・整理され、文集のなかに場所を与えられるようになってゆく。例えば、『後漢書』巻四〇下・班固伝には「固所著『典引』・『賓戯』・『応譏』・詩・賦・銘・誄・頌・書・文・記・論・議・六言、在者凡四十一篇」、『後漢書』巻六〇下・蔡邕伝には「所著詩・賦・碑・誄・銘・讃・連珠・箴・弔・論・議・『独断』・『勧学』・『釈誨』・『叙楽』・『女訓』・『篆藝』・祝文・章表・書・記凡百四篇伝於世」、そして『後漢書』巻七〇・孔融伝には「所著詩・碑文・論・議・六言・策文・表・檄・教・令・書・記凡二十五篇」とある。いずれにも「書」すなわち書簡という文体名が見られる。書簡なるものが、文集という公的な器に盛られるテクストとして認知されていたことを示す例と言える。

後漢の知識人・文人の文集の編纂実態についてはよくわからない。彼らが自分自身で編纂したのか否か、これについても不明である。自分自身で文集を編纂したことがはっきりするようになるのは、魯迅が「文学的自覚時代」[51]と呼んだ魏の頃である。その後、六朝・唐代を通じて文集編纂への知識人・文人たちの自覚は深まってゆき、それは宋代へと受け継がれてゆく。自編であることがはっきりしている唐・宋の代表的な文集の例としては、白居易『白氏文集』、欧陽脩『居士集』、蘇軾『東坡集』などが挙げられる。また、自編ではないがそれに準ずる例としては、蘇軾『東坡後集』、黄庭堅『豫章先生文集（山谷内集）』などが挙げられる。前者は蘇軾の子蘇過、後者は黄庭堅の外甥洪炎、いずれも作者の死後間もなく、作者の身内の手で編纂されたものであり、したがって作者自身の意向が比較的色濃く反映された文集と言えよう。これらの文集を見ると、「書」の分類（部立て）が設けられ、書簡が一～三巻分収められている。それぞれの文集の全体の巻数と「書」部の巻数を列挙すると

白居易『白氏文集』七十一巻　「書」二巻
欧陽脩『居士集』五十巻　「書」三巻
蘇軾『東坡集』四十巻　「書」三巻
蘇軾『東坡後集』二十巻　「書」一巻
黄庭堅『豫章先生文集（山谷内集）』三十巻　「書」一巻

となっている。やはり書簡が独立した文体として認知され、文集のなかに一定の位置を占めていたことがわかる。[52]

宋代に編まれた文集における書簡の取り扱いについて考えるとき、宋代ならではの注目すべき事象として挙げるべきは、「書」と「尺牘」の分離・区分であろう。ひとくちに書簡と言っても、その形式・内容はさまざまで

ある。さまざまな区分の仕方があり得るが、宋代、特に南宋期には「書」と「尺牘」に区分することが、文集編纂の方法として明確となりつつあった（なお、「尺牘」の呼称も多様であり、なかには「書簡」などと称するものもあって紛らわしいが、ここでは最も一般的と思われる「尺牘」の呼称を用いる）。では、この二種の書簡は、どのように異なるのか。次のようにまとめられよう。

まず最も根本的な違いについて言えば、「書」は公的な性格が強い書簡であり、それに対して「尺牘」は、私的な性格が強い書簡である。その分量・長短について言えば、総じて「書」は長編、「尺牘」は短編の書簡である。メッセージの中身や、それを伝える言葉遣いについて言えば、「書」は典雅（エレガント、フォーマル）、「尺牘」は通俗（カジュアル）といった性格を持つ。言い換えるならば、「書」は非日常的（特殊）なメッセージを述べ、「尺牘」は日常的なメッセージを述べると言ってもいいだろう。やや些末なことになるが、題の表記の仕方の面でも両者は異なっており、多くの文集では「書」の題には「〇〇書」というふうに「書」の語が明示されるのに対して、「尺牘」には「書」の語が附されないという特徴が見られる。

宋代に至って、公的な書簡としての「書」と私的な書簡としての「尺牘」の区分が行われるようになったのは、「尺牘」なるものが書簡の一分野として新たに登場してきたからである。「近体（今体）」詩が登場して「古体」と「近体」の区分が生じたようなものであろう。なお、いま「尺牘」なるものが新たに登場したと述べたが、これもやや不正確な言い方である。もともと、その種の書簡は存在していたはずである。ところが、当初はそれが歴史の表面に確固たる姿をあらわすことはなかった。もともと歴史の闇に消え去る運命にあった「尺牘」の文体としての価値が認められ、そのテクストが数多く保存され、文集のなかに確固たる位置を獲得するようになったのが、宋、特に南宋という時代であったのである(53)。

右に述べたことを、蘇軾の文集に即して見てみよう[54]。当初、蘇軾の自編文集である『東坡集』や自編に準ずる文集である『東坡後集』には「書」のみが収められ、いわゆる「尺牘」は収められない。つまり、作者である蘇軾自身は、必ずしも「尺牘」を社会へと送り出し、歴史にのこそうとはしていなかったのである。蘇軾の文集において、「書」とは異なる分類として「尺牘」の部が立てられ、「尺牘」が収められるようになるのは、南宋に至ってからであると考えられる。そのことを確認できる蘇軾文集が、『東坡外集』八十六巻である。南宋期に編纂されたものと考えられ、明・万暦年間の重刊本が今日に伝わる[55]。この『東坡外集』には「書」二巻のほか、「小簡」（すなわち「尺牘」）十九巻が設けられている。このように「書」と「尺牘」とを区分して収録する編纂方法は以後も、受け継がれてゆき、例えば明代に編まれた『東坡続集』十二巻（成化年間刊『東坡七集』本）には「書」一巻のほかに「書簡」四巻が設けられ、同じく明代に編まれた『三蘇全集・東坡集』八十四巻（眉州三蘇祠堂刊『三蘇全集』本）には「書」二巻のほか「尺牘」十二巻が設けられている。これら蘇軾の「尺牘」は、いずれも後世の者が、それまで文集に収められずに埋もれていたテクストを輯《あつ》めたものである。「尺牘」類の書簡は、輯佚・補遺の対象として歴史の表面に浮上してきたテクスト群であると言っていいだろう[56]。南宋期において「尺牘」が輯佚・補遺の対象となったことは、蘇軾以外の文人の文集についても言える。例えば、周必大らが編纂した『欧陽文忠公集』には「書簡」十巻、李彤が編纂した『山谷外集』には「書」一巻、黄𥲅が編纂した『山谷別集』には「書簡」八巻が設けられ、「尺牘」が輯佚されている（これらには「書」「書簡」の語が用いられるが、「尺牘」と言い換えることが可能なものである）。

以上に述べたように私的な性格が強いテクストである尺牘は、親密な友との秘やかな交信手段として大いに活用されていた。そして、特に注目されるのは、それらがしばしば詩や賦などのテクスト（草稿）とセットでやりとりされていたことである（前項に挙げた蘇軾の墨蹟テクストも、それを尺牘と見なすならば、詩とセットでやりとりされた例と言える）。もちろん、こうしたやりとりは古くから一般的に行われていただろう。一例を挙げれば、晋の盧諶には「贈劉琨一首幷書」（『文選』巻二五）と題する作品があり、詩と書簡をあわせて友人の劉琨に書き送っている。これを受け取った劉琨にも「答盧諶詩一首幷書」（同右）と題する作品があり、同じく詩と書簡をあわせて盧諶に答えている。また、晋の帛道猷には「与竺道壹書」（『高僧伝』巻五）と題する書簡が伝わり、そこには

始得優遊山林之下、縦心孔釈之書、触興為詩、陵峰採薬、服餌蠲痾、楽有餘也。但不与足下同、日以此為恨耳。因有詩曰「連峰数千里、修林帯平津。雲過遠山翳、風至梗荒榛。茅茨隠不見、鶏鳴知有人。閑歩践其径、処処見遺薪。始知百代下、故有上皇民」。

山林に遊び、儒仏の書に心を解き放ち、興が湧けば詩を作り、山に登って薬草を採り、それによって病を癒す、こうした暮らしには楽しみが尽きません。ただ、いつも残念に思うのはこれを足下と共にできないことです。そこで、次の詩を作ってお送りします。「連峰　数千里、修林　平津を帯ぶ。雲過ぎて遠山翳《かげ》り、風至りて梗　榛を荒らす。茅茨　隠れて見えず、鶏鳴きて人有るを知る。閑歩　其の径を践み、処処　遺薪を見る。始めて知る　百代の下、故《もと》より上皇の民有るを」。

とあって、書簡のなかに自作の詩が書き込まれている。文人間の詩の交換にとって、書簡が詩のテクストを運び伝えるうえで重要な役割を果たしていたことが窺われる。蘇軾の尺牘からは、そのような文学テクストの交換の実態がより具体的なかたちで浮かびあがってくる。

　そのことはこれまでに挙げた例からも窺われるが、ここでは更に別の例を読んでみたい。以下に挙げるのは、

尺牘の本文のなかに詩のテクストが直接書き込まれている例である。例えば、元豊四年（一〇八一）、貶謫先の黄州にあって王鞏に与えた「与王定国四十一首」其一四（『文集』巻五二）には

耕荒田詩有云「家童焼枯草、走報暗井出。一飽未敢期、瓢飲已可必」。又有云「刮毛亀背上、何日得成氈」。此句可以発万里一笑也。故以塡此空紙。(57)

荒田を耕すことをうたった拙詩に「家童　枯草を焼き、走りて報ず　暗井出ずと。一飽　未だ敢えて期せざるも、瓢飲　已に必《もと》むべし」という句があります。また「毛を刮《けず》る　亀背の上、何《いず》れの日にか氈を成すを得ん」という句があります。万里を越えてお笑いぐさとできましょう。そこで、あまった紙の埋め草とする次第です。

とあって、尺牘のなかに蘇軾の書いた詩「東坡八首」（『合注』巻二一）の詩句の一部が書き込まれている（字句の異同あり）。

同じく元豊四年、判官の彦正（未詳）に与えた「与彦正判官一首」（『文集』巻五七）には

試以一偈問之。「若言琴上有琴声、放在匣中何不鳴。若言声在指頭上、何不於君指上聴」。録以奉呈、以発千里一笑也。

試みにひとつの偈をご覧いただきましょう。「若《も》し琴上に琴声有りと言わば、放《お》きて匣中に在《あ》らしめて何ぞ鳴らざる。若し声は指頭の上に在りと言わば、何ぞ君の指上に於いて聴かざる」。ここに書き記して差しあげます。千里を越えてのお笑いぐさまでに。

とあって、「琴詩」（『合注』巻二一）(58)全篇が書き込まれている。また、建中靖国元年（一一〇一）、北帰の途上に黄

寔に与えた「与黄師是五首」其一（『文集』巻五七）には

有詩録呈。「簾巻窓穿戸不扃、隙塵風葉任縦横。幽人睡足誰呼覚、欹枕床前有月明」。一笑、一笑。

詩を作りましたので、ここに書いて送らせていただきます。「簾巻かれ窓穿たれて戸扃《と》ざされず、隙塵　風葉　縦横たるに任す。幽人　睡り足れば誰か呼び覚まさん、欹枕　床前　月明有り」。どうかお笑いください。

とあって、七言絶句「無題」（『合注』巻五〇）が書き込まれている。

こうして尺牘のなかに書き込まれた詩の多くは、後に詩集が編まれる際には尺牘から切り離され、詩篇として独立したテクストとして扱われてゆく。ただし、作品の性格によって扱いは異なり、すべてが当初の段階から詩集に収められたわけではない。右に挙げた尺牘のなかの詩三篇について言えば、最初の「東坡八首」は蘇軾自編の『東坡集』巻一二に収められる。蘇軾自身が作品としての価値を高く認めていたことが窺われる。その後、南宋に編まれた『集注分類東坡先生詩』巻四や『施注蘇詩』巻一九などにも収められる。次の「琴詩」は、『東坡集』には収められない。『集注分類東坡先生詩』は旧王本（二十五巻本）には収められず、明代に改編された新王本（三十二巻本）巻三〇に収められる。『施注蘇詩』には収められない（清代編の補遺巻には収められる）。おそらく当初は詩としての価値を認められず詩集から漏れていたものが、後に蘇軾詩の輯佚作業が進められてゆく過程で、右の尺牘のなかから拾いあげられていったのであろう。南宋期に編まれた『東坡外集（重編東坡先生外集）』巻六には「題沈君琴」と題して、明代に編まれた『東坡続集』巻二には「琴詩」と題して収められる。三つ目の「無題」詩は、南宋や明代に編まれた諸本いずれにも収められず、清代に至って初めて右の尺牘のなかから拾いあげられ、査慎行編『蘇詩補注』巻四八・補遺や馮応榴編『蘇文忠公詩合注』巻五〇・補編に収められる。「琴詩」

と「無題」の二篇は、尺牘のなかに書き込まれるかたちでかろうじて世に伝わった作品と言える。
蘇軾が尺牘とともにやりとりしていたのは、詩や賦だけではない。詞（詩餘）もまた盛んにやりとりされていた。例えば、元豊四年、黄州にて章楶（字質父）に宛てた「与章質父三首」其一（『文集』巻五五）には

承喩慎静以処憂患、非心愛我之深、何以及此、謹置之座右也。『柳花』詞妙絶、使来者何以措詞。本不敢継作、又思公正柳花飛時出巡按、坐想四子、閉門愁断、故写其意、次韻一首寄去、亦告不以示人也。『七夕』詞亦録呈。(59)

自らを慎しむことによって難局に対処せよとの仰せ、小生を深く思ってくださるのでなければ、ここまではなさらないでしょう。謹んで座右の銘としております。貴兄の「柳花」の詞は絶妙、後の者が手を下せなくなるほどです。もともと唱和するつもりはありませんでしたが、柳花舞う時節に遠く巡察のため出張されている貴兄が、四人の愛妾を案じ、門を閉ざして愁いに沈んでおられるのを思い、次韻して胸の内を述べた作一首をお送りします。どうか他人にはお見せになりませぬよう。「七夕」の詞も書いて差しあげることにしました。

とあって、「水龍吟・次韻章質夫楊花詞」(60)と「漁家傲・七夕」(61)を書き送っていたことがわかる。このほかにも、元豊四年、朱寿昌に宛てた「与朱康叔二十首」其二十（『文集』巻五九）には「章質夫求琵琶歌詞、不敢不寄呈（章楶〔字質夫〕どのが琵琶に載せる歌を求めてこられたので、送らぬわけにはまいりません）」、元豊五年、陳軾に宛てた「与陳大夫八首」其三（『文集』巻五六）には「比雖不作詩、小詞不礙、輒作一首。今録呈（近ごろ詩を作っておりませんが、詞餘であれば差し支えないでしょうから、一首を作りました。ここに書いて差しあげます）」、元豊五年、蘇不疑に宛てた「与子明兄一首」（『文集』巻六〇）には「近作得『帰去来引』一首寄呈、請歌之（近ごろ「帰去来引」一首

を作りましたので差しあげます。どうかお歌いください）」などとある。「与朱康叔」に言及される詞は「水調歌頭（起句：昵昵児女語）」[62]、「与子明兄」の詞は「哨徧（起句：為米折腰）」[63]。詩とは異なり、詞の場合はジャンルの特性からして政治的なテーマに関わる内容をうたうことは少ない。そのため、詞を書いている限りは比較的安全で罪には問われにくいという判断も働いていたかもしれない。

右に挙げた尺牘には、詞の本文のテクストが書き込まれてはいないが、それが直接書き込まれた例も見られる。例えば、元豊四年十月、王鞏に与えた尺牘「与王定国四十一首」其一二（『文集』巻五二）には

某遞中領書及新詩、感慰無窮。……重九登棲霞楼、望君凄然、歌「千秋歳」、満坐識与不識、皆懐君。遂作一詞云「霜降水痕収。浅碧鱗鱗欲見洲。酒力漸消風力軟、颼颼。破帽多情却恋頭。佳節若為酬。但把清樽断送秋。万事回頭都是夢、休休。明日黄花蝶也愁」。其卒章、則徐州逍遥堂中夜与君和詩也。

宿駅にて貴兄の書簡と新作の詩を受け取り、とても心慰められました。……重陽の節句、棲霞楼に登り、貴兄の住む地を眺めて悲しみに襲われ、「千秋歳」を歌いました。すると、座を共にする方々もまた面識有ると否とにかかわらず、みな貴兄への思いを募らせました。そこでわたしは一首の詞を作りました。「霜降りて水痕収まる。浅碧　鱗鱗として洲を見《あら》わさんと欲す。酒力漸く消え風力軟かく、颼颼たり。破帽　多情にして却って頭を恋う。佳節　若為《いか》にして酬いん。但《た》だ清樽を把《と》りて秋を断送せん。万事　頭を回らせば都《すべ》て是れ夢なり、休《や》みなん休みなん。明日の黄花蝶も也《ま》た愁う」と。末句は、かつて徐州の逍遥堂で貴兄に唱和した詩の句を用いております。

とあって、「南郷子、重九涵輝楼呈徐君猷」[65]の全文が書き込まれている。なお、右に挙げた尺牘に言及され、あるいは記録された詞は、詩や賦と異なって正統的な文学作品とは見なされていなかったためか、『東坡集』や

『東坡後集』などに収められることはなかった。しかし、南宋の傅幹注本に収められるなど、文集（正集）とは別のかたちで保存・伝承されていたと考えられる（詳細については待考）。

最後に、もう一首、本文に文学テクストが書き込まれた尺牘の例として「答范純夫十一首」其一一（『文集』巻五〇）[66]を読んでみたい。紹聖四年（一〇九七）の春閏三月五日、恵州にあって范祖禹に与えた尺牘である。冒頭と末尾の部分を挙げよう。

丁丑二月十四日、白鶴峰新居成、自嘉祐寺遷入。詠淵明「時運」詩曰「斯晨斯夕、言息其廬」、似為余発也。長子邁与予別三年、携諸孫万里遠至。老朽憂患之餘、不能無欣然、乃次其韻。……丁丑閏三月五日。多難畏人、此詩慎勿示人也。

丁丑（紹聖四年）の二月十四日、白鶴峰の新居が完成、嘉祐寺から移ってきました。陶淵明の「時運」詩には「斯《こ》れ晨《あした》斯れ夕、言《ここ》に其の廬に息《いこ》う（朝に夕べに我が庵《いおり》に憩う）」とありますが、まるでわたしのために詠じてくれたようです。長男の邁とは別れて三年になりますが、孫たちをつれて万里の果てを訪ねてきてくれました。苦難のなか老いさらばえた身としては、喜ばずにはいられません。そこで、陶淵明の詩に次韻いたしました。……丁丑閏三月五日。苦難多く人を畏れております。この詩は、どうか他の人にはお示しになりませぬよう。

紹聖四年二月、恵州の白鶴峰に新居を建てた蘇軾は、貶謫の身でありながらもしばし平穏な暮らしをかなえる。かかる暮らしを陶淵明「時運」詩の言葉に重ねて味わう蘇軾は、当該の陶淵明詩に次韻する。右の尺牘で引用を省略した箇所には、陶淵明の詩に次韻した「和陶時運」（『合注』巻四〇）の全文がそのまま書き込まれている（字句の異同あり）[67]。本詩は、もとは蘇軾晩年に（もしくは没後間もなく）編まれたと考えられる『和陶詩集』に収められ、南宋期には『施注蘇詩』巻四一・追和陶淵明詩などに収められて伝わる。ここで注目されるのは、その詩について蘇軾が、尺牘の末尾に「此の詩　慎みて人に示す勿かれ」と述べていることである。尺牘が「秘密のテクスト」としての詩を運び伝える媒体《メディア》の役割を果していたことを如実に物語る例と言えよう。(68)

以上、本章に見てきた詩・賦・詞・尺牘などの各種テクストは、いずれも当初は私的圏域のなか、ごく親しい友たちとの間で書かれ、そして読まれていたものである。通常であれば、それらは世に伝わらず、散佚してしまったであろう。そうであるにも関わらず、数多くが後世に伝わったのは、文人としての蘇軾に対する評価が極めて高く、周囲の者が時には危険を冒して彼の作品の草稿を記録、あるいは保存したからであろう。かかる私的なテクストがこれほど数多く伝存したのは、蘇軾以前にはほとんど例を見ない。この点に、中国の文学テクストの歴史において蘇軾のそれが占める画期的な位置を認めることができる。

四　言論統制下のテクスト解釈――「附会」「醞醸」「羅織」「箋注」

これまで見てきたように蘇軾は「避言」＝「慎言」につとめ、自らの作品を親しい知友との私的な圏域のなかに留め置こうとしていた。にもかかわらず、蘇軾の作品は当局の眼に触れ、その結果として朝廷を「誹謗」「譏諷」「謗訕」「譏罵」したと見なされ、告発の対象となった。その際、蘇軾の作品にはどのような解釈がほどこされていったのか。以下、この点について考察を試みたい。

烏台詩禍において告発の対象となったのは、第一には元豊二年（一〇七九）に書かれた「湖州謝上表」（『文集』巻二三）であるが、それを除けば他はすべて詩をはじめとする文学的な作品である。(69)朋九万編『烏台詩案』には、それら個々の作品にいかなる「譏諷」の意図が込められているか、蘇軾自身の供述内容が記録されている。その記録を見ると、なかには「附会（こじつけ）」に近いような解釈も含まれている。御史台の取調官に強迫されて、やむを得ず心にも無い意図を供述した可能性も否定できない。黄州貶謫を解かれ、中央に復帰していた元祐三年（一〇八八）に書かれた「乞郡劄子」（『文集』巻二九）には、烏台詩禍を振り返って述べた一節があり、そこには

臣屢論事、未蒙施行、乃復作為詩文、寓物托諷、庶幾流伝上達、感悟聖意、而李定・舒亶・何正臣三人、因此言臣誹謗、臣遂得罪。然猶有近似者、以諷諫為誹謗也。

わたしはしばしば政策を論じた意見書を奉りましたが、採用していただけませんでした。そこでわたしは詩文を作り、事物に託して諷諫の意を込め、それを朝廷へとお伝えして聖上をお諭ししたいと願ったのです。ところが、李定・舒亶・何正臣の三人は、これによってわたしが聖上を誹謗していると告発しました。その結果、わたしは罪を得ることとなりました。（諷諫と誹謗との間に）似通っていて紛らわしいところもあるがゆえに、諷諫が誹謗と見なされてしまったのでしょう。

とある。あくまでも詩文の「寓物託諷」によって「諷諫」を企図したこと、しかしそれが台諫により思いがけず「誹謗」と解されてしまったことが述べられる。このように蘇軾の詩文は作者自身の想定を越えたかたちでの解釈を加えられてしまったのだ。ただし、一方で蘇軾自身は「猶お近似せる者有り」と述べているように、そのように解釈されるのもまったく理由がないわけではなく、ある意味ではやむを得ないこととして納得し、受け入れていたようだ。

蘇軾の詩には、正式な告発対象とはならないまでも朝廷誹謗の意図を読み取れる作品、右の劄子の語を用いて言えば「近似」するところのある作品が少なくなく、烏台詩禍に際してはそれらに対して露骨な攻撃も行われていたと考えられる。その一例として、葉夢得『石林詩話』巻上に見える、蘇軾の詩の解釈をめぐる神宗皇帝と宰相王珪とのやりとりを記した次の記事を挙げておこう。

元豊間、蘇子瞻繫大理獄。神宗本無意深罪子瞻、時相進呈、忽言「蘇軾於陛下有不臣意」。神宗改容曰「軾固有罪、然於朕不応至是、卿何以知之」。時相因挙軾檜詩「根到九泉無曲処、世間惟有蟄龍知」之句、対曰「陛下飛龍在天、軾以為不知己、而求之地下之蟄龍、非不臣而何」。神宗曰「詩人之詞、安可如此論。彼自詠檜、何預朕事」。時相語塞。

元豊の時、蘇軾（字子瞻）は大理（御史台）の獄に繫がれた。神宗はもともと蘇軾を重く処罰するつもりはなかったが、時の宰相（王珪）は「蘇軾には陛下に対する謀反の意図があります」と進言した。それを聞くと神宗は顔色を変えて言った。「蘇軾に罪があるのは確かだが、わたしに対してそのような意図まで抱いてはいまい。なぜ、それがわかるのか」。宰相は檜をうたった蘇軾の詩の「根は九泉に到るも曲がる処無し、世間　惟《た》だ蟄龍の知る有り」という句を挙げて言った。「陛下は天を飛ぶ龍とも言うべき存在です。蘇軾はその陛下に自分を理解してもらえないと思いこみ、あろうことか地底に潜む龍に理解者となってもらおうとしています。これが謀反でなくて何だというのでしょうか」。神宗は言った。「詩人の書いた言葉をそのように捉えてはいけない。この句は単に檜を詠じただけであって、わたしには何の関係もない」。宰相は返す言葉を失った。

ここで問題とされた蘇軾の詩は「王復秀才所居双檜二首」其二（『合注』巻八）、烏台詩禍において告発対象とはならなかった作である。その言葉を読む限りは、単に檜をうたっただけの詩であるが、王珪は敢えてそこに「不臣（叛逆）」の意を読み取ろうとしたのだ。結果的に、王珪の解釈は神宗によって否定される。神宗からすれば、王珪の解釈は附会に過ぎなかったのである。

烏台詩禍以降の蘇軾は、自らの詩文に対して附会に基づく攻撃を加えられることを常に怖れていた。例えば、元豊六年（一〇八三）、黄州で書かれた尺牘「与陳朝請二首」其二（『文集』巻五七、前掲）には

某自竄逐以来、不復作詩与文字。所諭四望起廃、固宿志所願、但多難畏人、遂不敢爾。其中雖無所云、而好事者巧以醞釀、便生出無窮事也。切望憐察。

わたしは放逐されてからは詩や書を書いておりません。お便りによれば周りの方々がわたしの復帰を希望されているとのこと、それはもとより願うところですが、しかし苦難多く人を畏れるが故に、あえてそうせずにおります。何か書くと、何も含むところが無くても、事を好む者は巧みに話をふくらませて、途方もないことを作りあげてしまうのです。どうかお察しください。

とあって、「醞釀」に対する怖れが述べられている。「醞釀」とは、作品に関して根拠も無く、自分に都合の良い勝手な解釈を加えること。一種の附会と言っていいだろう。

蘇軾の怖れは、不幸にもその後間もなく現実のものとなる。例えば、元祐三年（一〇八八）三月、地方官への転出を願い出た「乞罷学士除閑慢差遣劄子」（『文集』巻二八）には

及蒙擢為学士後、便為朱光庭・王巌叟・賈易・韓川・趙挺之等攻撃不已、以至羅織語言、巧加醞釀、謂之

誹謗。

　選ばれて翰林学士にしていただいてから、朱光庭・王巌叟・賈易・韓川・趙挺之らのわたしに対する攻撃はやむことなく、ついにわたしの書いたものに言葉巧みに濡れ衣を着せ、いいように話をでっちあげ、誹謗の言と見なしたのです。

とある。これは、元祐元年および二年に「策題之謗」による弾劾を受けての転出願い。そのなかで、自らが提出した策題に関して敵対者たちが「醞醸」に基づく解釈を加えて「誹謗」の意図を読み取ったことが述べられる。同じく元祐三年の十月に書かれた「乞郡箚子」（前掲）には、自らが起草した制勅のなかの文言の一部を趙廷之・賈易らによって神宗に対する「誹謗」と見なされ弾劾されたことについて「是以白為黒、以西為東、殊無近似者（是れ白を以て黒と為し、西を以て東と為し、殊に近似する者無し）」――まるで「白」を「黒」、「西」を「東」と見なすようなもので、「近似」すなわち多少なりとも真実に近いところがあればいいが、それさえ全くないと述べている。このように荒唐無稽なこじつけの解釈を加えることが「醞醸」である。また、この「乞罷学士除閑慢差遣箚子」には「醞醸」と並ぶ形で「羅織」という言葉も見える。「羅織」とは、讒言すなわち根も葉もないこじつけに基づいて批判すること、それによって無実の罪に陥れること。「醞醸」と方向性を同じくする語。「織羅」とも言う。第二節に挙げた「復次韻謝趙景貺陳履常見和、兼簡欧陽叔弼兄弟」詩に『詩経』小雅・巷伯を踏まえて「児輩工織紋（児輩　紋を織るに工《たくみ》なり）」と述べていたが、この「織紋」と同義の語である。

　右と同様の発言は、このほかにも数多く見られる。その代表的なものをいくつか挙げてみよう。例えば、元祐六年（一〇九一）五月、朝廷に召還された後にふたたび地方官への転出を請う「杭州召還乞郡状」（『文集』巻三二）

には

臣縁此懼禍乞出、連三任外補。而先帝眷臣不衰、時因賀謝表章、即対左右称道。党人疑臣復用、而李定・何正臣・舒亶三人構造飛語、醞醸百端、必欲致臣於死。……窃伏思念、自忝禁近、三年之間、台諫言臣者数四、只因発策草麻、羅織語言、以為謗訕。本無疑似、白加誣執。其間曖昧譖愬、陛下察其無実而不降出者、又不知其幾何矣。

（煕寧年間）わたしはこれ（新法党の攻撃）により災厄に遇うのを恐れて外任を乞い、三度続けて任じられました。しかるに先帝のわたしへの恩愛は変わることなく、当時奉ったわたしの謝表についても、周囲の方々を前に誉め称えてくださいました。すると新法党人はわたしがふたたび任用されるのではないかと疑いました。そして、李定・何正臣・舒亶の三人が流言飛語を作りあげ、あることないことでっちあげ、わたしを必ず死に至らしめようとしたのです。……窃《ひそ》かに思いますに、わたしが（元祐年間に）禁中に侍ることをかたじけなくした三年の間、台諫はわたしを数度告発しました。わたしが策題を策定し詔勅を起草すると、言葉巧みに濡れ衣を着せ、誹謗の言だとしたのです。そもそも疑念を抱かせるようなところは全くないにもかかわらず、無実の罪をでっちあげたのです。曖昧な中傷に過ぎませんでしたから、陛下がその無実を明察され、処分の命を下されなかったこと、幾度であったかわからないほどです。

同年七月の「再乞郡劄子」（『文集』巻三二）には

臣未請杭州以前、言官数人造作謗議、皆言屢有章疏言臣。一聖曲庇、不肯降出。臣尋有奏状、乞賜施行、遂蒙付外。考其所言、皆是羅織、以無為有。

わたしが杭州転出を乞う以前、言事官数名は誹謗の説をなし、わたしを弾劾する文書が数多く提出されたと言いふらしました。しかしお二人の陛下（哲宗・宣仁太后）は、わたしを庇って処分を下されませんでした。わたしはその後まもなく、文書を奉って外任の命を乞い、ついにお認めいただきました。彼らの言うことを考えますに、すべてはでっちあげ、無を有と言いくるめるようなものです。

とある。いずれも、煕寧および元祐年間の筆禍事案を振り返って、それらが「醞醸」「羅織」による策動であったと述べている。

また、元祐八年（一〇九三）、監察御史の黄慶基（王安石の表弟）から潁州知事時代の所業や制勅の文言を弾劾されたことに対する反論を述べた「辨黄慶基彈劾劄子」（『文集』巻三六）には

今慶基乃反指以為誹謗指斥、不亦矯誣之甚乎。其餘所言李之純・蘇頌・劉誼・唐義問等告詞、皆是慶基文致附会、以成臣罪。只如其間有「労来安集」四字、便云是厲王之乱。若一一似此羅織人言、則天下之人、更不敢開口動筆矣。孔子作『孝経』曰「如臨深淵、如履薄氷」、此幽王之詩也。不知孔子誹謗指斥何人乎。此風萌於朱光庭、盛於趙挺之、而極於賈易。今慶基復宗師之。臣恐陰中之害、漸不可長、非独為臣而言也。(70)

いま黄慶基はわたしが先帝（神宗）を誹謗していると指弾しますが、偽りも甚だしい限りです。ほかに李之純・蘇頌・劉誼・唐義問らに関してわたしが書いた告詞（外制）について言っていることも、すべて黄慶基のこじつけであり、わたしを罪に陥れようとするものです。例えば、「労来安集（民を招いて安らげる）」の四字が含まれていることで、わたしが（煕寧・元豊の世を）厲王の乱世に見立てているとしていますが、このように人の発言にいちいち濡衣を着せていけば、天下の人は二度と口を開かず筆を執らなくなるでしょう。孔子は『孝経』に「深淵に臨むが如く、

薄氷を履むが如し」と言っています。これは幽王の世を詠じた詩の一節ですが、孔子はいったい誰を誹謗・指弾しているというのでしょうか。こうしたやり方は、朱光庭に始まり、趙挺之が盛んに行い、そして賈易に至って極まりました。いま黄慶基もまたそれに学ぼうとしています。わたしが怖れるのは中傷の害悪です。それがこれ以上はびこることがなければいいと思います。ただ我が身のことだけを考えて申しあげるのではないのです。

とあって、黄慶基の弾劾は「附会」に基づく「羅織」であると述べている。

蘇軾の言論を弾圧・攻撃しようと企てた者たちは、「醞醸」「羅織」「附会」のために具体的には如何なる方法を採ったのだろうか。北宋中後期の言論弾圧における「醞醸」「羅織」「附会」について考えるうえで特に注目されるのは「箋注」「箋釈」すなわち注釈である。この点について、まずは「車蓋亭詩案」を例に挙げて見てみよう。車蓋亭詩案は、元祐四年（一〇八九）に発生した蔡確（一〇三七—九三）をめぐる詩禍事案。新法党の重臣で元豊年間に宰相を務めた蔡確は、旧法党が復権すると報復を受け貶謫される。しかし、彼の災厄はそこで終わらなかった。貶謫先で書いた「車蓋亭絶句」が、朝廷を「譏謗」したとして呉処厚による告発を受け、更に僻地へと貶謫された。このとき、呉処厚は蔡確の詩に「箋釈」を附して朝廷に提出し、告発の根拠としたのである。(71)

ここに言う「箋釈」とは、蔡確「車蓋亭絶句」に込められた表現意図についての解釈を書き記したものであるが、その解釈は今日の我々の眼から見れば「醞醸」「羅織」「附会」以外の何者でもない。蔡確自身もまた、当然ながらそのように考えていた。この事案に際して蔡確が朝廷に提出した弁明書（『続資治通鑑長編』巻四二六・元祐四年五月戊寅條）には、呉処厚の「箋釈」について

公事罷後、休息其上、耳目所接、偶有小詩数首、並無一句一字輙及時事、亦無遷謫不足之意、其辞浅近、

読便可曉。不謂臣僚却於詩外多方箋釈、横見誣罔、謂有微意。如此、則是凡人開口落筆、雖不及某事、而皆可以某事罪之曰「有微意」也。

（「車蓋亭絶句」は）公務を終えた後、そこ（車蓋亭）で休息した際に、耳目に触れたものをたまたま数首の小詩に詠じたものであり、一字一句とて時の政治に言い及んだものはありませんし、遷謫への不満を訴えたものもありません。その言葉は平易で、読めばすぐにわかります。ところが思いも寄らぬことに、同僚が詩の本文を越えてさまざまな注釈を加え、でたらめにでっちあげ、聖上に対して含むところありとこじつけたのです。このようなことがまかり通るならば、およそ人が口を開き筆を下ろせば、何事かについて何も言い及んでいないのに、その何事かに関する罪をかぶせて「言葉に含むところあり」と言えてしまうではありませんか。

とあり、「車蓋亭絶句」には朝廷誹謗の意図などまったく無いにもかかわらず「箋釈」によって「微意有り」と見なされて陥れられたと訴えている。

この車蓋亭詩案に先立って、蘇軾もまた自身の作品に「箋注」「箋釈」を附されることへの怖れを述べている。例えば、烏台詩禍の直後、元豊三年（一〇八〇）に書かれた「黄州与人五首」其二（『文集』巻六〇）には

示論「燕子楼記」、某於公契義如此、豈復有所惜。況得託附老兄与此勝境、豈非不肖之幸。但困躓之甚、出口落筆、為見憎者所箋注。児子自京師帰、言之詳矣。意謂不如牢閉口、莫把筆、庶幾免矣。雖託云向前所作、好事者豈論前後。即異日稍出災厄、不甚為人所憎、当為公作耳[72]。

「燕子楼の記」を書けとの仰せ、かくも厚いご交誼を賜わる身としては、書いて差しあげるのを惜しむものではありません。まして貴殿とご一緒してその景勝に身を置くことができたのは、わたしの幸いとするところなのですから。

しかしながら、このたびのつまずきはとてもひどいもので、口を開き筆を執ると、わたしを憎む者たちから注釈を附け加えられてしまったのです。倅《せがれ》が都から帰り、そのことを詳しく語ってくれました。思いますに、堅く口を閉ざし筆を執らず、何とかして災厄を避けるに越したことはないのです。昔の作であるかのように見せかけたとしても、事を好む者たちは昔も今もおかまいなしです。いつの日か災厄を逃れ、あまり人に憎まれなくなりましたら、必ずや貴殿のために書いて差しあげようと思います。

とあって、弾圧を避けるために「閉口」につとめていたことを述べる。なぜ「閉口」につとめるのか、その理由として蘇軾は、いったん詩文を世に問うてしまえば、自分を憎む者がそれに「箋注」を附して攻撃の材料にするかもしれないから、と述べている。なお、本書簡によれば、烏台詩禍に際して蘇軾の書いたものに「箋注」が附されたことが実際にあったと推測できる。あるいは、第三節に挙げた「杭州故人信至斉安」詩の自注に述べる「詩帳」に注釈が附されていたのかもしれない。

また、翌元豊四年に書かれた「与滕達道（滕元発）五首」其二（『文集』佚文彙編巻三）には

自得罪以来、不敢作詩文字。近有成都僧惟簡者、本一族兄、甚有道行、堅来要作経蔵碑、却之不可。遂与変格都作迦語、貴無可箋注。今録本拝呈、欲求公真蹟作十大字、以耀碑首。

罪を得て以来、文章は書こうとしておりません。近ごろ、成都の僧惟簡（宝月）、わたくしの族兄で仏道に勤しむ者ですが、彼が経蔵の碑文を書いてほしいと求めてきて、断っても受け入れてもらえません。とうとう破格の文体で仏道の語を用いた文章を書くことにしました。そうすれば注釈を附けられずにすむと望んでのことです。いま書き写して差しあげます。貴殿の文字で十文字を書し、碑文を飾っていただきたく存じます。

とあって、「箋注」を附して攻撃されるのを避けるために、あえて仏教の言葉を用いて碑文を書いたと述べている。蘇軾は「与滕達道六十八首」其一五（『文集』巻五一）にも「但得罪以来、未嘗敢作文字。『経蔵記』皆迦語、想醞釀無由、故敢出之（罪を得て以来、文章は書こうとしておりません。「経蔵記」は皆な仏教の語で書いておりますので、罪をでっちあげようとしても無駄でしょう。だから表に出すことにしたのです）」と述べるように、仏教に関連する著述であれば「醞釀」を逃れられると考えていたようだ(73)。

実際、蘇軾の烏台詩禍をめぐっては次のような話も伝わっていた。『続資治通鑑長編』巻三〇一・元豊二年十二月庚申の條が引く王銍（一一二六前後在世）『元祐補録』には

沈括集云、括素与蘇軾同在館閣、軾論事与時異、補外。括察訪両浙、陛辞、神宗語括曰「蘇軾通判杭州、卿其善遇之」。括至杭、与軾論旧、求手録近詩一通、帰則籤帖以進云「詞皆訕懟」。軾聞之、復寄詩。劉恕戯曰「不憂進了也」。其後、李定・舒亶論軾詩置獄、実本於括云。元祐中、軾知杭州、括閑廃在潤、往来迎謁恭甚。軾益薄其為人。

沈括の文集には次のようにある。沈括はかつて蘇軾とともに館閣につとめていた。蘇軾は、時の政策を論じて周りと意見が異なったため、外任を命じられた。沈括は両浙の察訪使として転出する際、神宗に辞去の挨拶をするため参内した。神宗は沈括に「蘇軾が杭州で通判をしているから、よろしく接遇してやってほしい」と言った。沈括は杭州に着くと、蘇軾と昔のことなどを語り合った。そして蘇軾の近作の詩一巻を求めた。沈括は朝廷に帰ると附箋とともにそれを進呈して「詩の言葉はどれも陛下を誹謗したものです」と言った。蘇軾はそれを聞くと、ふたたび沈括に詩を送った。劉恕は戯れて「献上されるのを怖れていないのか」と言った。その後、李定・舒亶らが蘇軾の詩を材料に

して告発し投獄したが（烏台詩禍）、それは実は沈括の考えに基づいていたのだという。元祐年間、蘇軾は杭州の知事となった。そのとき沈括は左遷されて潤州にあったが、蘇軾とのつきあいにおいては極めて恭しい態度をとった。蘇軾はその人となりをますます蔑《さげす》んだ。

とあって、沈括（一〇三一—一〇九五）が蘇軾の杭州通判時代の詩に「籤帖」を附して提出し、「訕謗」の意図があると告発したことが述べられる。「籤帖」とは、文書に添付するメモ書きの類。これも一種の「箋注」と見なしていいだろう。この話が事実か否かは不明であるが、事実であるとすれば、車蓋亭詩案よりも早く「箋注」による「羅織」が行われた事例と言える(74)。

この他にも、事実か否かは不明であるが、張耒（一〇五四—一一一四）『明道雑志』には、蘇軾に関する次のような話も見える。

蘇恵州嘗以作詩下獄。自黄州再起、遂遍歴侍従。而作詩毎為不知者咀味、以為有譏訕、而実不然也。出守銭塘、来別潞公。公曰「願君至杭少作詩、恐為不相喜者誣謗」。再三言之。臨別上馬笑曰「若還興也、但有箋云」。時有呉処厚者、取蔡安州詩作注、蔡安州遂遇禍、故有「箋云」之戯。「興也」、蓋取毛・鄭・孫詩分六義者。

恵州安置の蘇軾はかつて詩によって獄に繫がれたが、黄州貶謫から復帰すると、侍従の職を歴任した。詩を作るたびに、事情を解さぬ者たちによって言外の意を深読みされ、誹謗の意ありと疑われたが、実際はそのような意図は含んでいなかったのだ。銭塘に（杭州知事として）赴く際に、文彦博（潞国公）に別れの挨拶をしたとき、文彦博は「杭州に行ってからは詩を作るのはやめたほうがいい。あなたを喜ばぬ者に罪を着せられるかもしれないから」と、再三にわたって念を押して言った。蘇軾は別れる際に馬上から笑って言った。「もし、またしても『興なり』とされる詩ができたら、『箋に云《い》う』と宣《のたま》う注釈が作られるだけのことです」と。当時、呉処厚なる者が、安州（湖北省安陸）知事の蔡確の詩に注を附け、それによって蔡確は詩禍（車蓋亭詩案）に遭った。だから「箋に云う」うんぬんという冗談が出たのだ。「興なり」というのは、毛氏、鄭玄、孫毓らの言う詩の六義から来ているのだろう。

元祐四年（一〇八八）、蘇軾が杭州知事として転出するに際して、文彦博（一〇〇六―一〇九七）が「願わくは君杭に至りては詩を作るを少なくせよ、恐らくは相い喜ばざる者に誣謗せられん」と忠告すると、蘇軾は笑って「若し還《ま》た『興なり』あるや、但《た》だ『箋に云う』有るのみ」と応じたという（「興也」「箋云」は『詩経』の注釈に常用の語）。この蘇軾の発言は、蔡確の車蓋亭詩案を踏まえたものとなっている。当時、「箋注」による「羅織」が横行するようになっていたことを反映する記事と言えるかもしれない(75)。

右に述べてきたように、北宋中後期にあっては一種の言論弾圧状況が生み出されており、そのなかで文学テクストをめぐる解釈上の附会が横行していた。かかる附会の解釈を避けるために蘇軾は、本章に見てきたような「避言」＝「慎言」につとめていたのである。

＊

本章が、言論統制下における蘇軾の文学テクストのあり方に即して考えてきたのは、私的な空間に属するテクストと皇帝を頂点とする権力システムが作動する公的な言論空間との関係性である。その考察を通して明らかにしようとしたのは、「避言」、すなわち公的な言論空間を「避ける」ようなかたちで広がっていた私的な言論空間、そしてそのなかで息づいていた「秘密のテクスト」の姿である。この「秘密のテクスト」とは、文集論の文脈に即して言い換えるならば、文集に収録される前の段階に位置する私的なテクスト、具体的には「尺牘」や各種「草稿」の類である。もちろん、蘇軾以前にもそのような言論空間、そのようなテクストは存在したはずである。だが、それらのテクストはほとんどのこらなかった。のこったとしても、その「私」性、「秘密」性は稀釈されてしまっている（言い換えれば、のこるから稀釈され、稀釈されるからのこるのである。のこるとは稀釈されることであると言ってもいいだろう）。その意味では、言論空間の「私」性、文学テクストの「秘密」性を鮮明に伝えてくれるものとして、蘇軾の創作活動、およびそれを通してのこされた数多くのテクストは、このうえなく貴重である。

ところで「秘密のテクスト」とは、親密な友との間に形作られる閉じた私的圏域のなかで秘やかにやりとりされるテクストを言う。つまり、テクストの社会的存在形態のあり方を指して「秘密」と言ったものである。だが、このようにとらえるだけでは十分ではない。テクストの言語表現それ自体に備わる「秘密」にも眼を向ける必要があるだろう。この点については、次の第三章において考えてみたい。

注

（1）『旧唐書』巻一三九・陸贄伝にも同様の記述が見える。

（2）草稿の「焚棄」については、拙著『中国の詩学認識』第四部第四章「『焚棄』と『改定』――宋代における別集の編纂あるいは定本の制定をめぐって」（創文社、二〇〇八年）において、その文学論的意味について考察した。そこで取りあげたのは文学的・藝術的理念に導かれて行われる「焚棄」であり、政治的な配慮に基づいて行われるケースについては考察の対象から除外した。以下に取りあげるのは、政治的な要因によって行われる「焚棄」である。

（3）同じ謝氏一族の謝瞻も同様の慎重な処世を心がけていたことが語られている。『宋書』巻五六・謝瞻伝に「晦（謝晦）或以朝廷密事語瞻、瞻輒向親旧陳説、以為笑戯、以絶其言。晦遂建佐命之功、任寄隆重、瞻愈憂懼」とあるように。

（4）後漢の例を挙げれば、『後漢書』巻三二・樊宏伝には「宏為人謙柔畏慎、不求苟進。……所上便宜及言得失、輒手自書写、毀削草本。公朝訪逮、不敢衆対」と、同巻七一・皇甫嵩伝には「嵩為人愛慎尽勤、前後上表陳諫有補益者五百餘事、皆手書毀草、不宣于外」とある。

（5）烏台詩禍をはじめとする蘇軾の詩禍については、沈松勤『北宋文人与党争（増訂版）』（人民出版社、二〇〇四年、初版は一九九八年）、蕭慶偉『北宋新旧党争与文学』（人民文学出版社、二〇〇二年）、内山精也『蘇軾詩研究』（研文出版、二〇一〇年）、涂美雲『北宋党争与文禍、学禁之関係研究』（万巻楼図書股份有限公司、二〇一二年）などを参照。

（6）「諷諫」に類するものとして「誹謗」が挙げられる。『呂氏春秋』不苟論・自知に「堯有欲諫之鼓、舜有誹謗之木、湯有司過之士、武王有戒慎之鞀」とあって、「諫」や「司過」「戒慎」と同列に位置づけられる。ただし、通常は「諷諫」と「誹謗」は区別され、前者は良きこととして奨励されるが、後者は悪しきこととして忌避される。

（7）このほか『三朝北盟会編』巻九八に「藝祖有約蔵於太廟、誓不誅大臣、言有違者不祥、相襲未嘗輒易」とあるなど、宋代の文献資料にも同様の記録は少なからず伝わる。

（8）馬永卿輯・王崇慶解『元城語録』巻下によると、張方平は息子の張恕に命じて「論蘇内翰」を朝廷に提出させようとしたが、結果として張恕は罪を恐れて提出しなかったという。ちなみに、この一件について劉安世（号元城）は、張方平の文書の蘇軾の弁護の仕方は不適切であり、もしそれが提出された場合は、却って禍を招いたであろうと述べている。では、どのような言葉を述べて弁護すれば良かったかと問われた劉安世は「本朝未嘗殺士大夫。今乃開端、則是殺士大夫自陛下始、而後世子孫因而殺賢士大夫、必援陛下以為例」と言えば、神宗は自己の名誉を守ろうとして蘇軾の命を救っただろうと述べる。ここに「殺士大夫」という語が用いられるのは、太祖の遺訓が意識されていたかもしれない。

（9）『資治通鑑』巻二一一・玄宗開元五年九月條に「諫官・御史得以風聞言事」とあるように、もともと台諫には「風聞」に基づく弾劾が許されるなど特別の権限が与えられていた。王安石の言葉はそれを権限強化の方向で再定義したものと言える。

（10）以下、蘇軾詩の引用は馮応榴輯訂『蘇文忠公詩合注』（乾隆五十八年序桐郷馮氏踵息斎刊本、『合注』と略称）により、題下に同書の巻数を附す。なお、同書に点校をほどこした黄任軻・朱懐春校点『蘇軾詩集合注』、および同書に基づいて新たな注釈を加えた張志烈・馬徳富・周裕鍇主編『蘇軾全集校注』をあわせて参照した。

（11）嵆康「与山巨源絶交書」（『文選』巻四三）に「阮嗣宗口不論人過」とある。

（12）本詩の制作時期については諸説ある。『合注』は熙寧六年の作とするが、ここでは施宿『東坡先生年譜』や小川環樹・山本和義『蘇東坡詩集』第三冊（筑摩書房、一九八六年）などの説に従って熙寧九年の作としたい。『蘇軾全集校注』は熙寧八年の作とする。

（13）朱翌『猗覚寮雑記』巻上は、本詩の頸聯について「坡平生以語言得禍故畏如此」と述べる。

（14）孔凡礼『蘇軾年譜』（中華書局、一九九八年）頁一九四によれば、本書簡は熙寧三年前後の作。

（15）文同が蘇軾に詩を送って忠告したことは、ほかに羅大経『鶴林玉露』乙編巻四、王応麟『困学紀聞』巻一八などにも見える。

（16）この跋には、文同の作品中には蘇軾の字「子瞻」が「子平」に書き改められていたことも指摘される。蘇軾との交流を隠そうとしての処置であった。

（17）黄州貶謫期におけるこの種の発言については、注5所掲書のほか、劉昭明『蘇軾与章惇関係考――兼論相関詩文与史事』第五章「章惇救助、寛慰蘇軾」（新文豊出版公司、二〇〇一年）などを参照。

（18）以下、蘇軾の書簡をはじめとする文の引用は孔凡礼点校『蘇軾文集』（『文集』と略称）により、題下にその巻数を附す。同書に基づき注釈を加えた張志烈・馬徳富・周裕鍇主編『蘇軾全集校注』をあわせて参照した。また、書簡の題中に見える名宛人が字《あざな》等で表記されている場合は、諱を括弧に入れて附す（未詳の場合を除く）。制作年代についても、題下にあわせて附す。

（19）文中に述べる「小詩五絶」は「南堂五首」（『合注』巻二二）。
（20）「此賦」は「赤壁賦」（『文集』巻一）。なお、本テクストはもとは蘇軾自筆の「前赤壁賦」（故宮博物院蔵）の末尾に附されていたもの。『蘇軾文集』佚文彙編では「尺牘」の部に収められるが、「題跋」と見なすこともできよう。
（21）「先丈哀詞」は「蘇世美哀詞」（『文集』巻六三）。
（22）「詩八首」は「次韻定慧欽長老見寄八首幷引」（『合注』巻三九）。なお本書簡は、この後に続けて「今録呈済明、可為写於旧居、亦掛剣徐君之墓也」と述べる。蘇軾は、かつて焚き棄てた詩をあらためて銭世雄に送り、守欽の旧居に書きつけて友情の証しとしたいと望んだのである。
（23）「写在揚州日二十首」は、元祐七年、揚州にての作「和陶飲酒二十首」（『合注』巻三五）を指す。
（24）「白水山詩」は「次韻正輔同游白水山」（『合注』巻三九）、「香積数句」は「与正輔遊香積寺」（『合注』巻三九）。
（25）「二詩」は「追餞正輔表兄至博羅賦詩為別」（『合注』巻三九）および「再用前韻」（『合注』巻三九）。
（26）「一詩」は紹聖元年の作「碧落洞」（『合注』巻三八）。
（27）「和一首」は「次韻程正輔遊碧落洞」（『合注』巻三九）。
（28）「江月五首」は「江月五首」（『合注』巻三九）。
（29）恵州時代の蘇軾の「避言」については、注7所掲書のほか、楊子怡「小心避禍而又謹慎為義——論蘇軾寓恵期間的心態及作為」（『湛江師範学院学報』第二七巻第二期、二〇〇六年）などを参照。
（30）同様の記事は、王応麟『困学紀聞』巻一八にも見える。なお郭祥正の詩は、一説では「移合浦郭功甫見寄」（『合注』巻四八）と題する蘇軾の作。
（31）「和一首」は「和蔡景繁海州石室」（『合注』巻二二）。
（32）加えて蘇軾は「密州通判庁題名記」（『文集』巻一一）に「余性不慎語言、与人無親疎、輒輸写腑臓、有所不尽、如茹物不下、必吐出乃已」、また「思堂記」（『文集』巻一一）に「発於心而衝於口、吐之則逆人、茹之則逆余、以為寧逆人也、故卒吐之」と述べるように、胸中の思いを口にせず秘めておくことを苦痛に感ずるタイプの人物であった。
（33）末句について『集注分類東坡先生詩』（二十五巻本）巻一二が引く程縯注は「蝦蟹善発疼癢之疾」と説明する。ただし、新王本（三十二巻本）巻一四には当該の注を欠く。なお、作詩の快感を痒いところを掻くことになぞらえた例として、蘇軾「次韻答劉景文左蔵」（『合注』巻三一）に「故応好語如爬癢、有味難名只自知」とある。

(34) 同様の苦しみと喜びを述べた例として、蘇軾の罪に連座した蘇轍は、元豊五年に陳師仲から詩を送られたのに答えた書簡「答徐州陳師仲書二首」其二（曾棗荘・馬徳富校点『欒城集』巻二二）に「子瞻既已得罪、轍亦不復作詩。然今世士大夫、亦自不喜為詩、以詩名世者、蓋無幾人、間有作者、尤足貴也。故僕毎得其所為、輒諷咏終日、譬如新病喑人、口不復歌、聞有歌者、猶能手足舞踏、以自慰釈。足下尚能以五百篇見恵耶。苟有以慰我、不必衿自口出也」と述べている。

(35) 曾棗荘「蘇軾著述生前編刻情況考略」（同氏『三蘇研究』〈巴蜀書社、一九九九年〉収、初出は『中華文史論叢』一九八四年第四期）などを参照。

(36) 以下、四首の施注の引用は、鄭騫・厳一萍編校『増補足本施顧注蘇詩』による。

(37) この注文には続けて「集本与後詩相連、題云『次韵二守同訪新居』。以墨蹟観之、非也。今析題為二」などと述べる。文中に述べる「新居」とは、紹聖四年二月、恵州の白鶴峰に建てた新居。

(38) 実際に、方・周両氏に対して本詩を贈呈した際には、このように敬語表現からなる題が附されていただろう。それが集本として整理される過程で、現行のような簡潔でニュートラルな表現へと変わっていったのであろう。同様の現象は、第一部にも述べたように、私的なテクストである墨蹟・石本が公的なテクストである集本へと移行する過程で広く見られる。

(39) 墨蹟冒頭の二字「軾謹」は『合注』本では「□□」（未詳字）とする。

(40) 『合注』では、注文の冒頭は「石刻云『請一呈文之便毀之、切告切告。蒙示廿一日……』」に作っており、衍文などの混乱が含まれている。

(41) ちなみに、明の呉寛「跋東坡墨蹟」（『家蔵集』巻五一）は「予嘗見東坡所書九歌于呉中。今復従憲副夏公見此、筆意尤覚老硬。然東坡所為惓惓於正則者、疑皆在黄恵瓊儋時書。観者必能会此意於紙墨間也。而其後歳月氏名皆不著、豈常所謂多難畏人者耶」――蘇軾の墨蹟に蘇軾の署名や制作の日付などが書かれていないのは、他人に読まれることを怖れたからだと述べる。墨蹟が私的なテクストであることを的確にとらえた言葉と言えよう。

(42) 本條とほぼ同様の記事が『詩話総亀』前集・巻二一、『苕渓漁隠叢話』後集・巻四〇にも収められる。

(43) 『重編東坡先生外集』は『東坡外集』の重刻本。なお、『重編東坡先生外集』に附される康丕揚の序には、本書が蘇軾の親族などが伝えた各種のテクストを輯佚して出来た文集であることが強調される。ここにあげたような親筆原稿を収める点にも、それはよくあらわれている。

(44) 本條とほぼ同様の記事が『苕渓漁隠叢話』前集・巻四一にも収められる。文中に見える「禁女」は、宮中より放出され現地で歌妓をつとめる者と解した。「蛮女」と作るテクストもある。『苕渓漁隠叢話』では、女性ではなく蘇軾が酔って茉莉花を挿し檳榔を嚙んだとされる。

(45) なお『蘇軾全集校注』は第八冊、蘇軾詩集校注附編・佚句、頁五七九八に収める。「紅潮……」の一句については『鶴林玉露』丙編巻一が檳榔の効能について記すなか蘇軾の句として引用する。

(46) 蘇軾と顔真卿の書がどのような点で似ているのかについて、張邦基の記述はやや曖昧であるが、おそらく文字を塗りつぶした所がある点で似ていると言ったのであろう。

(47) 本條とほぼ同様の記事が『詩話総亀』後集・巻二二にも収められる。なお、詩中に「岣嶁耳孫」とあるのは、葛延之を「勾漏（岣嶁）」の令をつとめた葛洪の子孫に見立てる。

(48) 『二老堂詩話』（『文忠集』巻一七七）にも同様の趣旨の記事が見える。ちなみに蘇軾「失題二首」（『合注』巻五〇）の馮応榴の案語には「先生残篇断句、流伝甚多」として、ここに引いた周必大の跋文のほか、蘇軾の「残篇断句」について記した数多くの各種文献資料を挙げている。

(49) 「飲非……閉門……」二句は『蘇軾全集校注』第八冊、蘇軾詩集校注附編・佚句、頁五七九五に収められる。

(50) 『漢書』巻六二・司馬遷伝では、「明主不曉」を「明主不深曉」に作る。

(51) 魯迅「魏晋風度及文章与薬及酒之関係」（『魯迅全集』第三巻〔人民文学出版社、二〇〇五年〕収、初出は一九二七年）。

(52) 書簡というテクストの範囲を広げて考えるならば、「書」のほかにもいくつか注目すべき文体がある。『文選』の分類名で言えば「上書」「啓」「牋」「奏記」など。これらは、皇帝や高官など上位者に宛てて発せられる書簡であり、「書」に比べるとより公的な性格が強い。本来ならば、これらのテクストについても検討すべきであるが、ここでは取りあげない。今後の課題としたい。

(53) 東晋の王羲之には多くの私的書簡（尺牘）がのこされているが、それは彼が書家として著名であったがゆえの例外的なケースと言っていいだろう。なお、王羲之の場合も別集に収められて伝わったわけではない。

(54) 蘇軾の書簡（尺牘）については、村上哲見「蘇東坡書簡の伝来と東坡集諸本の系譜について」（同氏『中国文人論』〔汲古書院、一九九四年〕収、初出は『中国文学報』第二七冊、一九七七年）、朱剛「東坡尺牘的版本問題」（『中国典籍与文化論叢』第一二輯、二〇一〇年）などを参照。

(55) 『東坡外集』については劉尚栄「『東坡外集』雑考」（同氏『蘇軾著作版本論叢』〔巴蜀書社、一九八八年〕収）、祝尚書『宋人別集叙録』（中華書局、一九九九年）などを参照。

(56) これらの文集とは別に尺牘を数多く含む書簡の専集も比較的早い段階から編まれており、例えば『東坡先生往還尺牘』十巻（上海図書館蔵元刻本、北京図書館出版社、二〇〇五年）、『東坡先生翰墨尺牘』八巻（『紛欣閣叢書』本）など、南宋の坊刻本に淵源すると推測される書簡専集が現存する。

(57) 本書簡は「与王定国」其一三（『文集』巻五二）の「空紙」に書かれたと考えられる。

(58) 『合注』の詩題は「武昌主簿呉亮君采携其友人沈君十二琴之説与高斎先生空同子之文太平頌以示予。……」という長文からなる。

(59) 章楶の「柳花」詞は「水龍吟・柳花」（唐圭璋編『全宋詞』頁二一三）。

(60) 鄒同慶・王宗堂『蘇軾詞編年校注』頁三一四。『蘇軾全集校注』詞集巻一、頁三〇二。劉尚栄校証『東坡詞傅幹注校証』巻一、頁八。

(61) 『蘇軾詞編年校注』頁二七〇。『蘇軾全集校注』詞集巻一、頁二四三。『東坡詞傅幹注校証』巻三、頁一一一。

(62) 『蘇軾詞編年校注』頁三二三。『蘇軾全集校注』詞集巻一、頁三〇九。『東坡詞傅幹注校証』巻一、頁三二一。

(63) 『蘇軾詞編年校注』頁三八八。『蘇軾全集校注』詞集巻一、頁三七八。『東坡詞傅幹注校証』巻八、頁二七三。

(64)　この点については、王兆鵬・徐三橋「蘇軾貶居黄州期間詞多詩少探因」（『湖北大学学報』一九九六年第二期）、尚永亮・銭建状「貶謫文化在北宋的演進及其文学影響——以元祐貶謫文人群体為論述中心」（『中華文史論叢』二〇一〇年第三期・総第九九期）を参照。

(65)　『蘇軾詞編年校註』頁三三一。『蘇軾全集校注』第九冊、詞集巻一、頁三三一。『東坡詞傅幹注校証』巻四、頁一三七。

(66)　『重編東坡先生外集』巻四六には「録詩寄范純夫」と題する題跋として収める。本尺牘が実質的には「和陶時運四首」に附された題跋であると判断しての処理である。

(67)　和陶詩の引用の後には、范祖禹との交遊の思い出などに関する記述が続くが、本章の趣旨に関わらないため引用および説明を割愛する。

(68)　この尺牘の前段は、各種の蘇軾詩集ではほぼそのままの形で「和陶時運四首」詩の序となっている。私的なテクストである尺牘の言葉が、公的なテクストである詩集所収詩の序文へと転じていった軌跡をここには見ることができる。

(69)　これらに先立って蘇軾は新法政策を批判する奏議を提出しているが、それらは直接には告発の対象とはならなかった。例えば、熙寧二年（一〇六九）の「上神宗皇帝書」（『文集』巻二五）、翌年の「再上皇帝書」（同上）など。これらは官僚としての意見を表明する公式の文書であり、そこでの批判は正当な行為と見なされたために、表向きには告発対象となしにくかったのだと考えられる。

(70)　「李之純・蘇頌・劉誼・唐義問等告詞」は、それぞれ「李之純可集賢殿修撰河北都転運使」（『文集』巻三九）、「蘇頌刑部尚書」（『文集』巻三九）、「劉誼知韶州」（『文集』巻三九）、「顧臨直龍図閣河東転運使唐義問河北転運副使」（『文集』巻三九）。「労来安集」は、もと『詩経』小雅・鴻雁の序に見える語であり、厲王の乱世を次代の宣王が治世へと導いたことを言う。右掲の「李之純可集賢殿修撰河北都転運使制」はそれを用いる。「如臨深淵、如履薄氷」は『詩経』小雅・小旻の詩句。小旻は、毛詩序によれば幽王を諷刺する詩。

(71)　「車蓋亭詩案」について、詳しくは注5所掲書および金中枢『宋代学術思想研究』第六章「車蓋亭詩案研究」（幼獅文化事業公司、一九八九年）を参照。

(72)「燕子楼」は徐州にあった古楼。したがって、本書簡は徐州時代の友からの書簡への返信であると推測される。

(73) 同じことは、蘇軾「与王佐才（王定民）二首」其一（『文集』巻五七）に「近来絶不作文、如懺賛引・蔵経碑、皆専為仏教、以為無嫌、故偶作之、其他無一字也」、「与程彝仲六首」其六（『文集』巻五八）に「但多難畏人、不復作文字、惟時作僧仏語耳」と述べるのにも言える。また「与鄭靖老（鄭嘉会）四首」其二（『文集』巻五六）に「衆妙堂記一本、寄上。本不欲作、適有此夢、夢中語皆有妙理、皆実云爾、僕不更一字也。不欲隠没之、又皆養生事、無可醞釀者、故出之也」と述べるように、養生術関連の著述にも当てはまる。これらは逆に、仏教や養生に関するテクストと異なって、文学的なテクストが「醞釀」を招きかねない危険なテクストであったことを物語っていよう。

(74) 李裕民「烏台詩案新探」（『宋代文化研究』第一七集〈四川大学出版社、二〇〇九年〉収）は、歴史的な事実考証を踏まえてこの沈括の記事はまったくの捏造だと見なす。捏造であるとしても、ここで沈括が提出したとされる蘇軾の「近詩一通」は前掲「杭州故人信至斉安」詩の自注に述べられる「詩帳」を連想させる。沈括の記事はこうした背景のもとで成立したものと言えよう。

(75) ここでの「興」は『詩経』の注釈を踏まえたものとされているが、本章で問題にした「箋注」や「附会」が宋代の『詩経』解釈学史のなかでどのような意味を有するのか、極めて興味深い問題である。

第三章　テクストと秘密——言論統制下の文学テクスト・補説

国がまるごとの闇にあっては／牢獄はにじむ光の箱だ。
——金時鐘「噤《つぐ》む言葉——朴寛鉉《パク・クァンヒョン》に」

わたしはドアを閉め／詩の内部は一面の暗《くらがり》
——北島「ブラックボックス」

一　「避言」と「羅織」

第二章に見たように、政治闘争に巻きこまれ、その言論・創作活動によって罪に問われた蘇軾（一〇三六—一一〇一）はその生涯のほとんどを通じて一種の「避言」＝「慎言」、すなわち言論の自主規制・自己統制を実践していた。蘇軾は詩や書簡のなかで自らの「避言」について繰り返し言い及んでいる。典型的な発言のひとつとして「答李端叔書」（孔凡礼点校『蘇軾文集』巻四九）[1]を挙げよう（原文は第二章第二節を参照）。元豊三年（一〇八〇）十二月、黄州にあっての作である。

罪を得て以来、深く閉じこもっております。……だんだんと人から忘れられてゆくのを喜んでおります。昔の親友からは一字も便りは無く、こちらから便りを出しても返信はありませんが、これで罪を免れることができるならば幸いです。……罪を得てからは、文字を書いておりません。この手紙は文章とは言えないようなものですが、筆にまかせて思いを認《したた》めているうちに、思わぬ長さになりました。どうか他人にはお示しになりませぬよう。この点ご理解ください。

罪に問われて以来、友人たちと詩文のやりとりを絶っていたことが述べられる。そのうえで蘇軾は、この書簡は通常の文学作品とは異なるものであるが、それでも他人には見せないでほしいと言っている。ここで他人に見せるなと言うのは、再び罪に問われる危険があるから、そして自らの罪が友人の身にも及ぶ危険があるからである。

もう一例、元豊六年（一〇八三）二月、黄州で書かれた尺牘「与陳朝請」其二（『文集』巻五七）を挙げよう（原文は第二章第四節を参照）。

わたしは放逐されてから、詩や書を書いておりません。お便りによれば周りの方々がわたしの復帰を希望されているとのこと。それはもとより願うところですが、しかし苦難多く人を恐れるが故に、あえてそうせずにおります。何か書くと、そこに何も含むところが無くても、事を好む者は巧みに「醞醸」、すなわち話をふくらませて、途方もないことを作りあげてしまうのです。どうかお察しください。

同じく詩や文章を作るのを避けていたことが述べられるが、ここにはその理由が書かれている。なぜ避けるかと言えば、書いてもいないことをでっちあげられ罪に問われるからだと述べている。ここに見える「醞醸」とは、根も葉もないことで罪をでっちあげること、一種のフレームアップである。

北宋の官界にあっては、詩文を材料にして、そこにことさら「誹謗」の意図を読み込み、相手を罪に陥れることがしばしば行われた。蘇軾や彼の周辺の文人の作品だけに限ったことではなかったのである。当時の状況について、明の王夫之（一六一九―一六九二）『姜斎詩話』巻下は次のように述べている。

宋人騎両頭馬、欲博忠直之名、又畏禍及、多作影子語、巧相弾射。然以此受禍者不少、既示人以可疑之端、則雖無所誹誚、亦可加以羅織。観蘇子瞻烏台詩案、其遠謫窮荒、誠自取之矣。

宋人は双頭の馬に騎《の》っていたようなものだ。忠直の名誉を得ようとしながらも、禍が自らに及ぶのを恐れ、あてこすりの意をこめた言葉によって巧妙に攻撃し合った。だが、そのために禍を被った者は少なくない。他人に疑いを抱かせるようなところを見せてしまうと、誹謗中傷の意図はなくても、いくらでも濡れ衣を着せられてしまう。蘇軾は烏台詩禍によって遠く僻地へと流謫されたが、思うにそれは自ら招いたものだ。

「両頭の馬に騎る」とは、どっちつかずの卑怯な態度を言う。右の文章は全体の趣旨としては、宋人の言論に対する煮え切らない姿勢を批判したものである。そのなかで、官僚たちが直言による諷諫によって「忠直の名を博」そうとしながらも、「禍の及ぶを畏」れ「影子の語」すなわち暗に攻撃の意図を含んだあてこすりの表現によって互いに誹謗中傷し合っていたこと、その結果として「羅織」が横行するようになったことが指摘されている。「羅織」とは無辜の罪をかぶせること、濡れ衣を着せること。「醞醸」と同義の語である。

「醞醸」「羅織」のために具体的にはどのような手段が講じられたのか。そのひとつとして注目されるのはテクストに注釈を加えることである。よく知られるのは、車蓋亭詩案、すなわち元祐年間に蔡確（一〇三七―一〇九三）がその詩「車蓋亭絶句」に朝廷誹謗の意図ありとして告発された事案である。このとき蔡確を告発した呉処厚が蔡確の詩に「箋釈」を附して当局に提出したことはさまざまな文献に記されている。本来、蔡確の詩は車蓋亭からの眺めをうたっただけの作であったが、呉処厚は牽強付会の解釈をほどこし、それを注釈のかたちで書き記したのであった（第二章第四節を参照）。蘇軾の場合も、烏台詩禍の際の御史台の告発は一種の注釈が加えられた事例と言えなくもない。加えて、真偽のほどは定かではないものの沈括が蘇軾の詩に「籤帖」を附して告発したという記録も伝わる(2)。

このように、ある人物を貶めるために、その人が作った詩文に注釈を加えることは、北宋の官界ではかなり早くから見られたようだ。『続資治通鑑長編』巻一七二・仁宗皇祐四年の條には、当時都に発布された次のような詔が記録されている。

比聞浮薄之徒、作無名詩、玩侮大臣、毀罵朝士、及注釈臣僚詩句、以為戯笑。其厳行捕察、有告者優与恩賞。

近頃、浮薄の徒が匿名で詩を作り、大臣をからかい、朝廷の官を譏り、同僚の詩句に注釈を附して笑いものにしていると聞く。これらは厳しく取り締まり、告発者については厚く報償を与えるべきである。

同僚の詩句に「注釈」を附すことでからかい譏ることが行われていたと述べている。こうして詔として発布された以上は、単なる戯れにはとどまらず、深刻な闘争につながりかねない事態として危険視されていたと考えられる。宋という時代は、別集に注釈を附すことが広く行われるようになった時代であるが、そうした詩文注釈の動向とも関わっていよう。受容者＝読者によって、詩のテクストにさまざまな文学的な解釈が加えられるだけでなく、それとはまったく別の実際的な目的のために活用されていたことを示す例としても興味深い。

注釈という手段によって相手を批判し攻撃することが行われた例として、元祐六年（一〇九一）に生じた劉摯

（一〇三〇—一〇九七）の書簡をめぐる弾劾事案について見ておこう。『宋史』巻三四〇・劉摯伝には次のようにある。

邢恕謫官永州、以書抵摯、摯故与恕善、答其書有「永州佳処、第往以俟休復」之語。……排岸官茹東済、傾険人也。有求於摯、不得、見其書陰録以示御史中丞鄭雍侍御史楊畏。二人交章撃摯、遂箋釈其語上之曰「休復者、語出周易。以俟休復者、俟他日太皇太后復子明辟也」。

邢恕は永州に貶謫されると、劉摯に書簡を送った。劉摯は邢恕とは古くより親しくしていたので、それに答えて「永州は佳いところだから、しばらくは将来の『休《よ》く復する』時を待つがいい」と言った。……排岸司の茹東済は陰険な策謀家であった。劉摯に頼み事をしようとしたが、かなわなかった。（その恨みから）劉摯の書簡を見ると、こっそりと書き写して御史中丞の鄭雍と侍御史の楊畏に見せた。両名は、次々と上書して劉摯を弾劾し、ついにその書簡の言葉に注釈を附して「『休く復す』は『周易』復卦に出る語。『以て休く復するを俟《ま》つ』とは、将来、太皇太后が（退き）哲宗を正しき位に復させるのを待つことを言う」と上奏した。

永州に貶謫されていた劉摯が邢恕に宛てた書簡のなかに記した「以俟休復（以て休復を俟つ）」という言葉が、高太后の退位、哲宗の復位を望むものと見なされた。そのとき御史中丞鄭雍と侍御史楊畏はこの「以俟休復」に「箋釈」を加えたのだという(3)。

蘇軾より後の発言になるが、楊時（一〇五三—一一三五）『亀山先生語録』巻三にも次のような言葉が見える。

或謂「荊公晩年詩、多有譏誚神考処、若下注脚、儘做得謗訕宗廟、他日亦拈得出」。曰「君子作事、只是循一箇道理。不成荊公之徒、箋注人詩文、陥人以謗訕宗廟之罪、吾輩也便学他。……」[4]。

或るひとが言った。「荊公（王安石）の晩年の詩には、神宗を譏ったところが多い。もし注釈を加えたならば、すべて朝廷誹謗の作と見なせるし、いつかそれを証拠として提出することもできよう」と。先生は答えた。「君子たる者、事をなすにはひとつの道に従うべきだ。荊公一派の者たちが他人の詩文に注釈を附し、朝廷誹謗の罪を着せて陥れるようなことを、我々もまた真似《まね》ようというのか。……」と。

「或るひと」は、神宗皇帝の支持を得て新法改革を行った王安石の詩に、あろうことか神宗に対する誹謗の意図を読み取っている。そのうえで更に、その読みを「注脚」として書き記し、批判のための材料として活用しようとしている。それを受けて楊時は、「箋注」という手段によって他人を陥れるのは、まさに王安石らの非道の手口であるから、それを学んではいけないと説いている。悪しき人物を懲らしめるのに、悪しき人物が好んだ悪しき手法を用いるべきではない、と。

もう一例、南宋初期の李綱（一〇八五―一一四〇）の発言について見ておこう。建炎三年（一一二九）、瓊州（海南島）への貶謫を許され帰還した李綱は、翌年友人の向子諲に与えた書簡「与向伯恭龍図書」（『梁谿先生文集』巻一一四）に、自らの貶謫を蘇軾のそれに重ねながら次のように述べている。

幼時、術者謂命似東坡。雖文采声名不足以望之、然得謗誉于意外、渡海得帰、皆略相似。……此行往返、先兆甚多、皆非人為、以此処之、粗能恬然。海上間亦作詩文以娯、但不敢以示人、亦無可示者、因来諭謾録近所作一巻去、亦有韻語一篇奉寄、聊発数千里一笑、観畢、須束之高閣、恐有照管不到処、且免箋注也。

幼い頃、占い師からわたしの運命は蘇軾に似ていると言われました。文章の名声という点では遠く及びもつきませんが、思いもかけぬ毀誉褒貶にさらされ、海の向こうへと流され、それを許されて帰ってきたという点では、おおむね似通っております。……此度の旅は、そのほとんどは天によってあらかじめ定められていたものであり、決して人為のなせるものではありません。このように考えて身を処しておりましたので、恬淡として生きることができました。南海にあったときには詩文を作って慰みとしていましたが、人には見せませんでした。また、人に見せるようなものもありません。そこでいま、近作を書き記して一巻にまとめお送りいたします。韻文一篇もありますので、差しあげます。千里を越えてのお笑いぐさまでに。見終わられましたら、お宅の奥深く蔵されますよう。気配りの到らぬところがあるかもしれません。それに注釈を附されるのを避けるためです。

李綱もまた、蘇軾と同じく、自らの作品が他人に見られるのを怖れていた。そして、その怖れは他人から「箋注」を附されることへの怖れでもあったことがわかる。南宋期に至っても、「箋注」は文人・知識人の言論にとってのいわば棘《とげ》となって、表現を規制する役割を果たしていたのである。

蘇軾が創作活動を行った北宋中後期は、程度の差や性格の違いこそあれ、言論に対する弾圧・攻撃が横行した時代であった。躍動する精神を縦横無尽に解き放つかに見える蘇軾の詩文が、かかる暗く息苦しい言論環境下にあったことを、我々はあらためて認識する必要がある。また、そうすることによって蘇軾の文学はよりいっそう輝きを増すように思われる。

二　秘密のテクスト――「魚蛮子」「弔徐徳占」

北宋中後期の党争を背景とした言論統制下にあっても、蘇軾の詩文の創作は続けられた。蘇軾は「避言」につとめる一方で、親しい友人との間では詩文のやりとりを続けていたのである。それらは後世に伝えられ、現に我々は今日、烏台詩禍以降に書かれた作品を数多く読むことができる。だが、当時は広く公開を前提にしたものではなかった。そのことは、前節に挙げた「答李端叔書」にあった「人に示すを須《もち》いず」――決して他人には見せないでほしいという趣旨の言葉が繰り返し発せられていることからも明らかである。ほとんどは、親族や親友たちの間で秘やかに書かれ読まれたもの、なかば危険を冒して記録し保存されたものであったと考えられる。蘇軾の創作活動は、いわば非合法の「地下文学活動」のようなかたちで行われていたと言っていい。

黄州貶謫期、蘇軾が親しい友と作品をやりとりしていたことを示す書簡を読んでみよう。元豊四年（一〇八一）、友人の章楶（字質夫）に与えた「与章質夫三首」其一（『文集』巻五五）は次のように述べる（原文は第二章第三節を参照）。

自らを慎しむことによって難局に対処せよとの仰せ、小生を深く思ってくださるのでなければ、ここまではなさらないでしょう。謹んで座右の銘としております。貴兄の「柳花」の詞（「水龍吟、柳花」）は絶妙、後の者が手を下せなくなるほどです。もともと唱和するつもりはありませんでしたが、柳花舞う時節に遠く巡察のため出張されている貴兄が、四人の愛妾を案じ、門を閉ざして愁いに沈んでおられるのを思い、次韻して胸の内を述べた作一首をお送りします。どうか他人にはお見せになりませぬよう。「七夕」の詞（「漁家傲・七夕」）も書いて差しあげることにしました。(5)

ここで蘇軾が書いてやりとりしているのは詞（詩餘）である。詩とは異なり、詞の場合はジャンルの特性からして政治的なテーマに関わる内容をうたうことは少ない。そのため、詞を書いている限りは比較的安全で罪には問われにくいという判断も働いていたかもしれない。例えば、尺牘「与陳大夫八首」其三（『文集』巻五六、元豊三年作）が「比雖不作詩、小詞不礙、輒作一首。今録呈（比《ちかご》ろ詩を作らずと雖も、小詞は礙《さまた》げざれば、輒ち一首を作る。今 録して呈す）」と述べるように。事実、ここで蘇軾が書いた詞は政治的なメッセージと無縁の「相思」の情をうたった作品であり、政治的に問題視される可能性はほとんどないと言っていい。

もちろん、蘇軾は詞だけを書いていたわけではなく、多くの詩も書いていた。そのなかには「醞釀」「羅織」の対象となってもおかしくないような、かなり危険な作品も含まれる。そのいくつかについてはすでに第二章にも取りあげた。ここでは、別の代表的な例として二篇の作品を取りあげて読んでみたい。まず最初に取りあげるのは「魚蛮子」（馮応榴輯訂『蘇文忠公詩合注』巻二一）(6)、元豊五年（一〇八二）の作。(7)楽府系の詩と言っていいだろう。

江淮水為田　　江淮　水を田と為し
舟楫為室居　　舟楫　室居と為す
魚鰕以為糧　　魚鰕　以て糧と為し
不耕自有餘　　耕さずして自ずから餘り有り

異哉魚蛮子　　異なる哉　魚蛮子
本非左衽徒　　本より左衽の徒に非ず
連排入江住　　排を連ねて江に入りて住み
竹瓦三尺廬　　竹瓦　三尺の廬
於焉長子孫　　焉《ここ》に於いて子孫長じ
戚施且侏儒　　戚施　且つ侏儒
擘水取魴鯉　　水を擘《さ》きて魴鯉を取り
易如拾諸塗　　易きこと諸《これ》を塗《みち》に拾うが如し
破釜不著塩　　破釜　塩を著《もっ》てせず
雪鱗芼青蔬　　雪鱗　青蔬を芼《まじ》う
一飽便甘寝　　一飽すれば便ち甘寝し
何異獺与狙　　何ぞ獺と狙とに異ならんや
人間行路難　　人間　行路難し
踏地出賦租　　地を踏めば賦租を出だす
不如漁蛮子　　如《し》かず　漁蛮子の
駕浪浮空虚　　浪に駕して空虚に浮かぶに
空虚未可知　　空虚　未だ知るべからず
会当算舟車　　会《かな》らず当《まさ》に舟車を算《かぞ》うべし

蛮子叩頭泣　　蛮子　叩頭して泣く
勿語桑大夫　　桑大夫に語る勿れと

江淮一帯では水を田畑とし、舟を居室とする。魚や蝦を食料とし、耕さずして食物にあまりある。不思議なことだ、魚蛮子は着物を左前に着る異族ではないのに、筏を組んで川に暮らし、竹で葺いた三尺の家に住む。ここに生まれ育つ子や孫は、せむしやこびとばかり。水に潜って魚を捕るが、まるで路傍に拾うかのように簡単にこなす。壊れた釜で作るのは塩気のない料理、銀色の魚に青い菜を混ぜるだけ。腹いっぱいになれば眠りをむさぼり、獺や猿と異ならない。とかく人の世は生きにくい、地面に暮らせば賦租を差し出さねばならないのだから。魚蛮子のように、地面を離れた空《あだ》なる波のうえに暮らすのがいい。しかし空なる波のうえはともかく、舟や車にはきっと税が課されよう。魚蛮子は頭を地面にこすりつけ泣きながら乞う、どうか桑大夫どのには黙っていてください、と。

「魚蛮子」とは、蘇軾より前に用例を見ない語である。水上生活をする漁民、いわゆる「蜑人」を指すと思われる。「蛮子」とある以上、単なる漁民ではなく、異民族に類する存在、換言すれば宋王朝に服《まつろ》わぬ民といった意味合いを含むか。本詩は、清の紀昀『紀評蘇詩』巻二一が「香山一派、読之、宛然『秦中吟』也（香山の一派にして、之を読めば、宛然《さなが》ら『秦中吟』なり）」と評するように、白居易の諷諭詩の流れを汲む作であるが、何よりも漁民の生活ぶりを生き生きと表現し得ている点で、従来の作にはない斬新な作品となっている。特に斬新なのは、漁民を租税との関係性においてとらえたところである。漁民が農民などと異なるのは、土地の上に暮らしていないという点にある。そして多くの場合、土地の上に定住しないということは課税の対象外となることでもある。国家と人民とが税を介して切り結ぶこと、古今東西広く見られる現象である。課税の対象外ということは、国家権力の統制の外部にあることを意味する。

　ちなみに、同時代の黄庭堅（一〇四五—一一〇五）もまた「漁父二首」其一（陳永正・何沢棠『山谷詩注続補』巻一）に「不困田租與王役、一船妻子楽無窮（田租と王役とに困《くる》しまず、一船　妻子　楽しむこと窮まり無し）」、また「古漁父」（同右）[9]に「四海租庸人草草、太平長在碧波中（四海　租庸　人は草草たり、太平なること長《つね》に碧波の中に在り）」と述べている。いずれも熙寧元年（一〇六八）の作と推定される。このように、蘇軾や黄庭堅の時代には「漁父」像の構成要素のひとつとして「課税対象外の存在」という要素が明確になりつつあったようだ。こうしたとらえ方は、単に文学的に斬新であるだけでなく、社会経済史や政治思想史の面から見ても注目すべき認識を含んでいるのではないだろうか。

　蘇軾は、課税対象の外に位置する漁民に対して、いったんはそれを礼賛するかのような言葉を述べている。だが国家権力はそんなに甘くない。必ずや、あの手この手を繰り出して税を徴収しようとする。そのことを蘇軾は十分にわかっている。だから更に続けて言う。「会《かな》らず当《まさ》に舟車を算《かぞ》うべし」——土地が無ければ舟に課税することもありうる、と。末句に見える「桑大夫」とは、漢の桑弘羊。塩や鉄の専売、均輸法・平準法を定めるなど、一種の統制経済を実施することで国家の理財に貢献した能吏である。民衆から見れば、恐るべき酷吏であろう。桑弘羊のような酷吏があらわれて、漁民たちに過酷な税を課すかもしれない、という趣旨を述べる蘇軾に対して、それを聞いた漁民は、どうか「桑大夫」には告げないでほしいと哀願するのである。

　本詩の末尾に桑弘羊への言及が見えることはきわめて重要な意味を持つ。周知のように、新法の政策には桑弘羊のそれと同様の均輸・市易法が含まれていた。また、蘇軾が熙寧二年（一〇六九）、神宗に上奏した「上神宗皇帝書」（『文集』巻二五）にも新法を桑弘羊の政策になぞらえて批判する言葉が見える。こうした点を踏まえるならば、本詩に新法政策を批判する意図が込められていることは明らかであろう。新法批判という点で更に注目すべきは「破釜　塩を著《もっ》てせず、雪鱗　青蔬を芼《まじ》う」という二句である。内陸部に住む民にとって塩が極めて稀少な、したがって高価な品物であったことは言うまでもない。この二句は基本的に、貧しいがゆえに塩を使った料理を作れぬことを述べたものと解すべきだろうが、単にそれだけではないだろう。中国にあって塩は常に政治の最重要課題であり、新法の改革においても塩の専売制の強化が進められていた。右の詩句は、言外に新法の塩政策への批判を述べたとも解せる。烏台詩禍において、蘇軾「山邨五絶」其三（『合注』巻九）が同様の問題について「豈是聞韶解忘味、邇来三月食無塩（豈に是れ韶を聞きて解《よ》く味を忘れしならんや、邇来　三月　食に塩無ければなり）」と述べる詩句が朝廷に対する誹謗と見なされたことを踏まえるならば、表立っての言明は当然避けるべき危険な要素を含んだ詩句であったと言わなければならない。

以上のように見てくるだけでも、「魚蛮子」は反新法のメッセージに満ちた詩であることがわかる。[10] 新法推進派からすれば、本詩を材料にして蘇軾を弾劾することも十分に可能であっただろう。清・査慎行『初白庵詩評』が「主新法者聞之、当奈何[11]（新法を主《つかさど》る者　之を聞かば、当《まさ》に奈何すべき）」と述べるように。貶謫のさなかにあって、このような内容の詩を書くのは極めて危険なことと言わなければならない。本詩が書かれた元豊五年頃には党争の風向きが変わりつつあり、蘇軾の発言も自由度を増していたのであろうか。あるいは楽府系の作品であるがゆえに、その政治批判も許容されたということかもしれない。そこに表現されるのは正当な「諷諫」であって「誹謗」ではない、と。ちなみに本詩は蘇軾が自ら編んだとされる『東坡集』巻一三に収められる。その後、南宋に編まれた『集注分類東坡先生詩』巻二五や『施注蘇詩』巻一九などにも収められる。

蘇軾の「魚蛮子」詩については、陸游（一一二五—一二一〇）『老学庵筆記』巻一に注目すべき指摘がなされる。

本詩は、蘇軾の友人張舜民（治平二年（一〇六五）進士）が貶謫中に書いた「漁父」詩を踏まえて書かれたものだというのである。陸游の説を補って説明するならば次のようになる。張舜民は元豊四年（一〇八一）、西夏討伐の失敗を批判するなどしたことにより、郴州（湖南省郴州）酒税に遷謫される（『宋史』巻三四七・張舜民伝）。その際、郴州に向かう道中に黄州の蘇軾を訪ねたこと、「郴行録」（『画墁集』巻八）に自ら述べている。そのとき、張舜民が「漁父」詩を作って蘇軾に贈り、それに答えて蘇軾が「魚蛮子」詩を作ったのだという。この説は、清の査慎行『蘇詩補注』、馮応榴『蘇軾詩集合注』、王文誥『蘇文忠公詩編注集成』をはじめ、後世にも広く受け継がれている。ただし、張舜民が黄州を訪ねた時期については説が分かれる。王文誥『蘇文忠公詩編注集成』の総案は元豊五年とするが、孔凡礼『蘇軾年譜』は、張舜民の「郴行録」の記述を根拠に元豊六年のこととする(12)。

作詩の背景をなす事実関係についてはしばらく措き、まずは張舜民の詩を読んでみよう。『老学庵筆記』巻一に引く張舜民「漁父」は次のようにうたわれる。

家住耒江辺　家は住む　耒江の辺
門前碧水連　門前　碧水連なる
小舟勝養馬　小舟　馬を養うに勝り
大罟当耕田　大罟　田を耕すに当たる
保甲元無籍　保甲　元より籍無く
青苗不著銭　青苗　銭を著《もっ》てせず
桃源在何処　桃源　何処にか在る

此地有神仙　此の地　神仙有り

住まいは耒江（湘江の支流）のほとり、門前を緑の水が流れる。小さな舟は良馬に勝り、大網を投げ打つのは田畑を耕す代わり。保甲法も戸籍はないから用をなさず、青苗法も対象外だから銭は要らない。桃源郷はどこにあるのか知らぬが、ここここそ神仙の住む聖地。

本詩において最も注目すべきは第五・六句である。第五・六句を除いて読めば、本詩は図式的な漁父像を詠じつつ、その「桃源」に暮らす「神仙」の如き暮らしぶりを賛美するだけの、ある意味では平凡きわまりない詩である。だが、この二句が置かれることで、痛烈な朝廷批判を含んだ詩へと変貌を遂げる。漁父は土地を持たず、したがって戸籍もなく、納税の義務もない。いわば国家の統制の外部に位置する存在である。そのような漁父像を、第五・六句は新法の根幹を成す保甲・青苗二法と関連づけるかたちで表現する。張舜民は、「桃源」に暮らす「神仙」の如き漁父の暮らしを賛美するという「漁父」詩の型を踏まえつつ、そこに「保甲」「青苗」という新法の鍵となる政策名を織り込むことによって、新法は悪法であるとの批判を直接的に表明したのである。張舜民は、王安石の新法に対して「裕民所以窮民、強内所以弱内、辟国所以蹙国。以堂堂之天下、而与小民争利、可恥也（民を裕《ゆたか》にするは民を窮せしむる所以、内を強むるは内を弱むる所以、国を辟《おさ》むるは国を蹙《くる》しむる所以なり。堂堂の天下を以て、小民と利を争うは、恥ずべきなり）」と述べて、痛烈に批判した人物であった（『宋史』巻三四七・張舜民伝）。晩年には元祐党籍にも入れられ、その文集は禁圧の対象となる。本詩の批判的メッセージは内心より発するものだっただろう。

本詩が元豊年間に作られたのだとすれば、蘇軾の詩に劣らず極めて危険な作品である。元豊年間にあって、このようにあからさまな新法批判は表立って表明しにくい状態にあったことは言うまでもない。蘇軾も初めて本詩を差し出されたとき、受け取るのをためらったかもしれない。別の時期に書かれた可能性も排除できないだろう。ちなみに本詩は現存する張舜民の文集『画墁集』には収められていない。文集に収めるということは、テクストを公《おおやけ》の場に送り出すことを意味する。張舜民は、本詩をあくまでも私的なテクストとして書くにとどめたのであり、そのため結果として文集にも収められなかった可能性が高い(13)。

蘇軾「魚蛮子」と張舜民「漁父」について、陸游『老学庵筆記』は、張舜民の作が先に書かれ、それを受けて蘇軾の作が書かれたとしている。しかし、これに対しては今日、順序はむしろ逆であり、先に蘇軾の作が書かれたとする説が提出されている。例えば、孔凡礼『蘇軾年譜』巻二一・元豊五年の條は「作『魚蛮子』、刺賦税之重（『魚蛮子』を作りて、賦税の重きを刺《そし》る）」と述べたうえで、陸游の説を誤りだとして「細考之、乃舜民取蘇軾之意而出之以直言。舜民『漁父』如『保甲元無籍、青苗不著銭』、蓋為蘇軾斯時欲言而不敢言者」――蘇軾が張舜民の「漁父」詩を受けて「魚蛮子」を書いたのではなく、張舜民が蘇軾の詩を受けて書いた。蘇軾が直接的には述べようとしなかった新法政策への批判を、張舜民は直接的に表現したのだと述べている。両者を比較すると、孔凡礼の指摘するように蘇軾の詩の批判は比較的曖昧であるのに対して、張舜民のそれはあからさまである。張舜民の作が先に書かれたとすると、張舜民のあからさまな表現を見た蘇軾がそれを婉曲にしたと取れるし、逆に蘇軾の作が先に書かれたとすると、蘇軾がほのめかした新法批判の意図を張舜民が明確にしたとも取れる。いずれとも言い難いが、当時の張舜民の事跡などを踏まえると、孔凡礼の説の方がより妥当であると考えられる。

なお、以上の論点を離れてみても、両者の間には興味深い違いが見られる。「漁父」像の表現の新しさという点では蘇軾の詩が突出している。それに比べると、張舜民の詩は総じて類型的な漁父像を表現するにとどまる。

政治を批判する視点は明確であるが、漁父像の新たな提示という点では、蘇軾に遠く及ばない。蘇軾には別に「漁父四首」（『合注』巻二五）と題する作（元豊八年作）があるが、そこでは伝統的な漁父像をうたうにとどまっている。「漁父」という伝統的な題に拠らず「魚蛮子」と題する点に蘇軾の期するものがあったのだろうか。蘇軾の詩が先に書かれたとすれば、張舜民の「漁父」詩が伝統的な枠組みのなかにありながら新法批判を盛り込めたのも、蘇軾の詩のインパクトの強さゆえであったと言えるかもしれない。

＊

「魚蛮子」と同じく元豊五年（一〇八二）に書かれた別の詩を読んでみよう。徐禧の死を悼む「弔徐徳占并引」（『合注』巻二二）。徐禧（一〇三五―八二）は、字は徳占、洪州分寧（江西省修水県）の人。黄庭堅の外兄、徐俯の父。熙寧年間、王安石（一〇二一―一〇八六）が新法を推進すると「治策」二十四篇を献上し、呂恵卿に取り立てられて活躍した人物である。本詩には、次のような序文が附されている。

余初不識徳占、但聞其初為呂恵卿所薦、以処士用。元豊五年三月、偶以事至蘄水。徳占聞余在伝舎、恵然見訪。与之語、有過人者。是歳十月、聞其遇禍、作詩弔之。

わたしは当初、徳占（徐禧）と面識はなかった。もと呂恵卿の推挙を得て、処士の身分をもって登用された人物と聞いていただけだった。元豊五年三月、たまたま事情があってわたしは蘄水を訪れた。そのとき徳占は、わたしが旅籠にいるのを聞きつけて、訪ねてこられた。ともに語らうと、人並み外れたところのある人物であった。この年の十月、徳占が不幸に遭われたことを聞き、詩を作って弔いとする次第である。

ここではまず、徐禧が呂恵卿に取り立てられたことを述べる。呂恵卿（一〇三二―一一一一）は、王安石を輔佐して新法を進めた高官。煕寧七年（一〇七四）、宰相をつとめる王安石が引退すると、参知政事となり、それまでの交誼に背いて王安石を批判。煕寧八年、王安石が宰相に返り咲くと、知陳州事に転出。間もなく知延州事に転ずる。元豊二年（一〇七九）、鄜延路（陝西省北部）経略使となり、西夏対策に従事。本詩が作られた元豊五年には知太原府であったが、同年十月、対西夏対策などをめぐって神宗の批判を受け、単州に左遷される。以後、朝廷における政治的地位を回復できぬまま、地方官を転々とする後半生を過ごした。

次いで序文は、徐禧との交遊の経緯を述べる。蘇軾が徐禧と初めて出会ったのは元豊五年の三月、黄州の東に位置する蘄水（湖北省浠水県）に滞在中の蘇軾のもとを徐禧が訪ねてきたのだという。徐禧は元豊二年より母の喪に服するために故郷の分寧に帰っていたが、この頃はすでに喪が明けていたと考えられる。元豊五年の四月には知制誥兼御史中丞となっているから(14)、分寧を去り都に向かう途中、蘇軾のもとを訪ねたのであろう。

序文の最後は、徐禧の不慮の死について述べる。元豊五年の九月、徐禧は朝廷の命を受けて陝西の地に赴き対西夏戦の指揮を執るが、永楽（陝西省米脂県）に築いた城を敵軍に包囲されて命を落とす。いわゆる「永楽之戦」。この戦いに際する徐禧のふるまいに関しては、当時批判も多くなされており、少なくとも名誉ある戦死ではなかったようだ(15)。なお、呂恵卿が神宗から批判されたのも、この戦いに敗れたことが影響している。

詩には次のようにうたわれる。

美人種松柏　　美人　松柏を種え

欲使低映門　低《た》れて門を映《おお》わしめんと欲す
栽培雖易長　栽培　長じ易しと雖も
流悪病其根　流悪　其の根を病む
哀哉歳寒姿　哀しい哉　歳寒の姿
骯髒誰与論　骯髒　誰か与《ため》に論ぜん
竟為明所誤　竟に明の誤まる所と為り
不免刀斧痕　刀斧の痕を免れず
一遭児女汚　一たび児女の汚すに遭えば
始覚山林尊　始めて山林の尊きを覚ゆ
従来覓棟梁　従来　棟梁を覓むるは
未省傍籬藩　未だ省《かつ》て籬藩に傍《そ》わず
南山隔秦嶺　南山　秦嶺を隔て
千樹龍蛇奔　千樹　龍蛇奔る
大厦若畏傾　大厦　若《も》し傾くを畏るれば
万牛何足言　万牛　何ぞ言うに足らん
不然老巌壑　然らずんば巌壑に老い
合抱枝生孫　合抱　枝　孫を生ぜん
死者不可悔　死者　悔ゆべからず

吾将遺後昆　吾　将に後昆に遺《おく》らんとす

美人が松や柏を植え、垂れる枝で門を覆おうとした。大きく成長させるのはたやすいが、はびこる毒にその根は病んだ。悲しいことに、歳晩にも青く茂る姿、その気高さを誰も理解しない。明るさを求める人々のために、不幸にも斧で切りつけられるはめに。児女のような輩に汚されて、はじめて山林のありがたさを知る。これまで棟梁の材を求めるに、まちなかの籬《まがき》をさがしたためしはない。秦嶺を隔て聳える南山に、龍蛇のごとき枝を伸ばす無数の木々、そのなかにこそ棟梁の材はある。大いなる館が傾こうとするとき、万の牛を仕立てるまでもなく、棟梁の材は進んで山を出る。だが、かかる時になければ、山壑に老いてひと抱えの巨木となり、蘖《ひこばえ》を生じよう。死者は自らの人生を悔やむことはできない、せめてこの詩を後世の人々に贈るとしよう。

徐禧を「松柏」にも比すべき「棟梁之才」として称えた作品である。だが、単に称賛を述べるだけではない。せっかくの才能が無駄に費やされてしまったという悔恨が、本詩ではより大きな比重を占めている。ここで蘇軾は「歳寒の姿」を持つ「骯髒」たる「松柏」が「流悪」や「児女」によって傷つけ汚されたと述べる。「山林」のなかで一生を過ごしたならば幸福な生を全うできたのに、誤って世に出てしまったがゆえに不幸な運命をたどらざるを得なかったのだ、と。

「松柏」に比される徐禧を不幸に陥れたのは何者であるのか。詩の本文にそれは明示されない。だが、本詩に附された序文を読むならば、それは呂恵卿およびその周辺の人物たちであることが示唆される。この序文には「呂恵卿」という諱が明示されているが、これは相当に異例なことではないだろうか。しかも新法を推進した中心人物である。この時期、呂恵卿の政治的権勢はほとんど失われていたとはいえ、新法批判により貶謫された蘇軾の発言としては不穏当なものと言わざるを得ないだろう。その意味では、この序文は当初の段階では附されておらず、後に蘇軾の政治的立場が好転した時点で遡って附された可能性も少なくない。

　徐禧が当時、対西夏戦の失敗のなか死んだ人物であることは周知の事実であっただろう。本詩がかかる不幸をもたらした政治状況への批判的な眼差しを含んでいることは明らかである。もちろん、蘇軾は本詩を広く公開することを前提に書いていたわけではないだろう。広く公開されたならば、これを読む者の多くが詩に込められた政治批判の意図を読み取ったはずであり、再び投獄される危機に直面した可能性も排除できない。その意味でも注目されるのが「大厦　若し傾くを畏るれば、万牛　何ぞ言うに足らん」の一聯である。これは杜甫「古柏行」（仇兆鰲注『杜詩詳注』巻一五）の「大厦如傾要梁棟、万牛迴首丘山重（大厦　如《も》し傾けば梁棟を要す、万牛　首を廻らして丘山重からん）」を踏まえる。大いなる館が傾くとき、それを建て直すためには丘山のごとく重い柏の巨木を万頭の牛によって運んでくる必要があることを述べる。これを蘇軾はひねって用い、次のように言う。大いなる館が傾くとき、万頭の牛を仕立てて運ぶまでもなく、巨木は自らの力を発揮すべく進んで山を出るだろう、と。ここで巨木に喩えられるのは、徐禧のような優れた官僚。ならば、傾く「大厦」に喩えられるのは宋王朝にほかならないだろう。蘇軾はここで、国家が崩壊の危機に瀕するときには、優れた人材がそれを救うべく立ちあがるはずだと言っている。つまり、忠義の念を説いた詩句であり、通常であれば何ら問題を生じない。だが、敵対者に対しては「羅織」のための材料を与えかねない詩句でもあるだろう。宋王朝の崩壊を念頭に置く、「大不恭」の罪にも当たる発言にほかならないとして。

　本詩はおそらく「魚蛮子」と同様、ごく親しい友の間で「人に示すを須いず」――他言は無用というメッセージとともに秘かに読まれていたのであろう（そうだとすれば呂恵卿を諱で名指しする現行の序文が当初から附されていた可能性も少なくない）。文集に収められるようになるのは、かなり後、蘇軾に対する政治的な名誉が回復されてからのことだったのではないだろうか。ちなみに本詩は『東坡集』には収められない。後に『集注分類東坡先生詩』巻二四には収められるが、『施注蘇詩』には収められなかった（清代編の補遺巻に収められる）。

以上、わずか二篇の詩を例示したに過ぎないが、当時、ごく親しい友たちとの間だけで秘かに作品をやりとりする、一種の「地下文壇」とも言うべき言論空間が存在したことを十分に窺わせてくれる。それが「地下」であることは今日ではすでに見えにくくなってしまっているけれども、我々はあらためてそのことを認識する必要があるだろう。

三　テクストの秘密──「廋詞」

「秘密のテクスト」とは、親密な友との間に形作られる閉じた圏域のなかで秘やかにやりとりされるテクストを言う。つまり、テクストの社会的存在形態のあり方を指して「秘密」と言ったものである。だが、このようにとらえるだけでは十分ではない。テクストの言語表現それ自体に備わる「秘密」にも眼を向ける必要がある。このような視点から、ここでは「魚蛮子」「弔徐徳占」と同時期に書かれた別の詩を読んでみたい。

蘇軾の盟友のひとりに王鞏（一〇四八？──一一一七？）がいる。烏台詩禍に際しては、蘇軾に連座してやはり南方に流罪となった。蘇軾は、黄州貶謫期に、その王鞏との間で詩をやりとりしていた。罪人どうしの詩のやりとりなのだから、当然ながら私的圏域のなか秘やかなかたちでなされたものだろう。例えば、元豊五年（一〇八二）、蘇軾は王鞏から送られた詩に唱和して「次韻和王鞏六首」を書いている。同詩の其五（『合注』巻二一）は次のようにうたわれる。

平生我亦軽餘子
晩歳人誰念此翁
巧語屢曾遭薏苡
廋詞聊復託芎藭
子還可責同元亮
妻却差賢勝敬通
若問我貧天所賦
不因遷謫始囊空

平生　我も亦た餘子を軽んず
晩歳　人誰か此の翁を念《おも》わん
巧語　屢ば曾て薏苡に遭い
廋詞　聊か復た芎藭に託せん
子は還《ま》た責むべきこと元亮に同じく
妻は却って差《や》や賢きこと敬通に勝る
若し我が貧を問わば天の賦する所なり
遷謫に因りて始めて囊空しからず

これまでわたしも他の人々を軽んじていた。年老いた今、いったい誰がわたしを気遣ってくれるだろう。工夫を凝らした表現を下心ありと責められたので、言葉を秘めやかにして真意を隠すとしよう。我が息子たちは陶淵明（字元亮）の子と同じく出来が悪くて叱りつけなければならないが、妻は馮衍（字敬通）の妻よりも聞き分けがよい。我が貧しさの理由を問われれば、それは天の定めと答えよう。貶謫されたから貧しくなったわけではない。

首聯は、自分はかつて周りの者を軽んじていたが、今は逆に誰からも相手にされぬと嘆く。頸聯は、自らの家族について戯れを込めてうたう。陶淵明（字元亮）と同じく出来の悪い子供には悩まされるが、妻は馮衍（字敬通）の妻に比べて聞き分けがよい、と。尾聯は、自分の貧窮は天の定め、黄州に貶謫されたから貧しくなったわけではなく、もともと貧しかったのだ、とユーモアを込めて自らの苦境を達観する。親しい友に向けて、人生の感慨が率直に述べられている。黄州時代の蘇軾の人生観がよくあらわれた作と言えるが、ここで特に注目したいのは頷聯の言葉である。

頷聯は、おおむね次のように言う。工夫を凝らした表現を疑われて誹謗された（「遭薏苡」）ので、言葉を秘めやかにして真意を隠そう（「託芎藭」）、と。「遭薏苡」とは、讒言に遭うこと。後漢の将軍馬援の故事を用いる。馬援は、南方に遠征した際に薏苡（稲科の植物）の実を瘴気を払うための薬として服用しており、都に帰還するときにはそれを車に載せて持ち帰った。すると、それを見た人々から南方の宝物を持ち帰ったとして嫉妬され、誹謗された（『後漢書』巻二四・馬援伝）。ここで蘇軾は、詩を書いたことにより朝廷批判の罪に問われたこと（烏台詩禍）を、馬援の故事に重ねて述べたのである。そうだとすれば、御史台の告発を讒言・誹謗と見なしたものであり、貶謫された者の発言としてはきわめて不穏当であり、ふたたび罪を問われかねない危険な発言と言わねばならない（『烏台詩案』の供述書によれば、蘇軾は自らの罪を認めていたようだが、本心では必ずしも認めていなかったと考えられる。この詩句にも、そのような蘇軾の本音があらわれていよう）。

一方の「託芎藭」とは、隠語を用いて婉曲な表現をすること。『春秋左氏伝』宣公十二年に基づく。「芎藭」は「鞠窮」に同じ。『左伝』には、戦闘の最中に申叔展が還無社に向かって「麦麴」「山鞠窮」の有無を問う場面がある。杜預の注によると、いずれも「禦湿」すなわち水の冷たさを防ぐための薬である。申叔展は還無社を冷たい泥水のなかに逃がそうとして、これらの語を用いて婉曲に問うた。戦闘中であるがゆえに、敢えて隠語を用いたのである。ここで蘇軾は、かかる隠語を使用することを指して「廋詞（詞を廋《かく》す）」、すなわちメッセージの意図を隠蔽すると言っている。「廋詞」とは、どのようなことを言うのだろうか。

「廋詞（辞）」の語は、古くは『国語』晋語五に「有秦客廋辞於朝、大夫莫之能対也（秦客の朝に辞を廋《かく》す有り、

大夫 之に能く対する莫し）」と見える。韋昭の注は「廋、隠也。謂以隠伏詭譎之言問於朝也（廋は隠なり。隠伏詭譎の言を以て朝に問うを謂うなり）」と説明する。類義語としては「遁辞」がある。(16) 直接的な表現を避け、敢えて婉曲で謎めいた表現、言い換えれば親しい仲間以外には理解不可能な表現を採ること、それがすなわち「廋詞」である。(17) 蘇軾の言う「廋詞（辞）」は、権力による言論の弾圧をかいくぐるため、言い換えれば「附会」「醞醸」「羅織」とそれらに基づく攻撃を回避するための方法であり、『論語』憲問に言う「避言」あるいは「言孫（遜）」と基本的な方向性を同じくする言語表現を指す語と考えられる。杜預「春秋左氏伝序」（『文選』巻四五）には、孔子の言動について「危行言遜、以避当時之害、故微其文、隠其義（行を危《たか》くし言遜《したが》い、以て当時の害を避く。故に其の文を微《かく》し、其の義を隠す）」と述べる言葉があって、言葉遣いを「隠微」なものとすることが「害」を避けるための「言遜」と関連づけられている。権力との軋轢・衝突のなかを生き、烏台詩禍という言論弾圧を被った詩人が、権力による弾圧を回避ための方法として中国文学の表現の伝統のなかから見出し、打ち出したひとつの方法が「廋詞」であった。「廋詞」こそは、蘇軾のテクストの言語表現それ自体に備わる「秘密」を端的に象徴する語と言っていいだろう。

ただし、この「廋詞」は一筋縄では理解し尽くせない複雑な面を有しているように思われる。例えば、次のような疑問がただちに生じてこよう。果たして文学テクストは「廋詞」によって言論の統制・弾圧を回避し得るのだろうか。むしろ「廋詞」こそが「附会」「醞醸」「羅織」「箋注」を招き寄せるのではないか、等々と。右の詩の場合も、蘇軾は本心では「廋詞」によって弾圧を回避できるとは考えていまい。そのことを知ったうえで、あえて「廋詞」を唱えて戯れたのだろう。あるいは、次のような根本的な疑問も生じてくるかもしれない。そもそも「廋詞」とはメッセージの意図の隠蔽を目的とするものであったのだろうか、等々と。以下、少しく説明しよう。

「廋詞」と同義の語のひとつとして「隠語」を挙げることができる。「廋」は「隠」と同義の語である。この「隠語」は中国における文学言語の伝統のなかで一定の位置を占めてきた。例えば、『文心雕龍』諧讔には、「讔」すなわち「隠語」についての論述があり「遯辞以隠意、譎譬以指事也（遯辞以て意を隠し、譎譬以って事を指す）」――曖昧な言葉で真意を隠し、屈折した比喩で事柄を示すことであると述べ、その具体例として先に挙げた『左伝』の「麦麹」「山鞠窮」などの例を挙げている。「隠語」の歴史を遡るならば、『漢書』巻三〇・藝文志の詩賦略・雑賦には「隠書十八篇」（佚）なる書が著録される。本書について王応麟『漢藝文志考証』巻八は、『文心雕龍』諧讔の右の一節を引いたうえで、先に挙げた『国語』晋語の「廋辞」と関連づけて「晋語有秦客廋辞於朝（晋語に秦客　辞を朝に廋す有り）」と述べている。また、『漢書』藝文志の顔師古の注には「劉向別録云、隠書者、疑其言以相問、対者以慮思之、可以無不諭（劉向の別録に云う、隠書なる者は、其の言を疑《なぞら》えて以て相い問い、対《こた》うる者　慮を以て之を思えば、以て諭《さと》らざる無かるべし）」とある。一種の諷諌を目的とした書物であったと考えられる。

『漢書』藝文志で、この「隠書十八篇」が賦の一種に分類されているのは重要である。『荀子』賦篇へと「隠語」の源流を更に遡ることを促してくれるからである。『漢書』藝文志には孫卿（荀子）賦之属が設けられ「孫卿賦十篇」が著録されるが、その一部は現行の『荀子』賦篇が載せる作と重なっていたと考えられる。『荀子』賦篇には、一種の「謎かけ」からなる五篇の賦を載せる。すなわち、「礼」「知」「雲」「蚕」「箴（針）」の五種について君王に問いかける内容からなる作。いずれも一種の隠語によって、諷諌の意を込めた政治的なメッセージを表明するという性格を持つ。『文心雕龍』諧讔は、このうち「蚕賦」について「荀卿蚕賦、已兆其体（荀卿の蚕賦、已に其の体を兆《きざ》す）」と述べて、「隠語」の源流に位置づけている。ちなみに『荀子』賦篇には「天下不治、請陳佹詩（天下　治まらざれば、佹詩を陳《の》べんことを請う）」として詩も併せて収める。楊倞の注が「荀卿請陳佹異激切之詩、言天下不治之意也（荀卿　佹異激切の詩を陳べ、天下治まらざるの意を言わんことを請うなり）」と述べるように、諷諫の意を訴えようとする作品である。

『荀子』賦篇や「隠書十八篇」などの著述を踏まえるならば、中国における「隠」＝「廋」の表現は、メッセージを「隠（廋）す」という方向性のみで成り立つのではないことがわかる。一種の「曲言」すなわち婉曲な表現による諷諫のための表現方法であり、文人たちはこの方法によって最終的にはメッセージを聴き手、すなわち君主に届けようとしているのだ。『文心雕龍』諧讔が「隠語」についていみじくも「義欲婉而正、辞欲隠而顕（義は婉にして正ならんと欲し、辞は隠にして顕ならんと欲す）」と述べているように、「婉（婉曲）」、「隠（隠微）」でありながらも「正（方正）」、「顕（顕明）」であることを目指す表現であったと考えるべきである。このような志向は独り「隠語」あるいは「廋詞」のみならず、広く中国の「避言」伝統に潜在していたであろう。中国の知識人・文人が実践する「避言」は、ただ単に権力との衝突を避け、そこから逃れることを目指す消極的・退嬰的な性格のものではなく、権力に対する諷諫を試みる積極的な方向性をも含んでいたことを見落としてはならない。彼らは常に、最終的には自己の「言」を国家のために役立てようとしていたのだ。蘇軾の創作活動にも、その種の志向は見て取れる。先に見た「魚蛮子」や「弔徐徳占」などは、その実践例と言えるかもしれない。

中国における「避言」「廋詞」の伝統は、表向きには言葉を避ける、言葉を隠すと言いながらも、その背後に実は言葉を明示し、他者に送り届けたいとする志向を秘めていた。そこには開示と隠蔽、表わし出すことと隠し避けることという相反する方向性が同時に存在している。ふたつの相反する方向性が作り出す緊張関係が潜んでいると言ってもいいだろう。第一節に挙げた王夫之『姜斎詩話』は、宋人が「忠直の名を博」そうとしながらも、

「禍の及ぶを畏」れ「影子の語」によって互いに誹謗中傷し合っていたことを指して「両頭の馬に騎《の》る」ようなどっちつかずの卑怯な方法だと批判していた。この批判の前後には、いま述べた文学表現におけるふたつの相反する方向性をめぐって、次のような議論が展開されている。先に引いた部分も含め、その全体を読んでみよう。

　小雅鶴鳴之詩、全用比体、不道破一句、三百篇中創調也。要以俯仰物理而咏歎之、用見理随物顕、唯人所感、皆可類通。初非有所指斥一人一事、不敢明言、而姑為隠語也。若他詩有所指斥、則皇父・尹氏・暴公、不憚直斥其名、歴数其慝。而且自顕其為家父、為寺人孟子、無所規避。詩教雖云温厚、然光昭之志、無畏於天、無恤於人、掲日月而行、豈女子小人半含不吐之態乎。離騒雖多引喩、而直言処亦無所諱。宋人騎両頭馬、欲博忠直之名、又畏禍及、多作影子語、巧相弾射。然以此受禍者不少、既示人以可疑之端、則雖無所誹誚、亦可加以羅織。観蘇子瞻烏台詩案、其遠謫窮荒、誠自取之矣。而抑不能昂首舒吭以一鳴、三木加身、則曰「聖主如天万物春」、可恥孰甚焉。近人多効此者、不知軽薄圓頭悪習、君子所不屑久矣[18]。

『詩経』の小雅・鶴鳴の詩は、全篇にわたって「比」のスタイルを用いていて、直接的な表現は一句も見られない。三百篇のなかにあって独創的な作風である。万物の道理に寄り添いつつ思いをうたい、道理が自ずと事物に従って明らかになるようにすれば、一個人の感ずるところであっても、広く皆に共有される。個々の人物や出来事を直接に指し示しているが、敢えてそれを明言せずに隠微な言葉で表現しているわけでは決してないのだ。『詩経』のほかの詩には直接的な表現がなされる作もあり、例えば皇父・尹氏・暴公など、その名を示し、その悪事を数えあげるのを憚らない。加えて、家父や寺人の孟子など、作者自らの名をためらいなく明らかにした作まである。詩の教えは温厚さを旨とするとはいうものの、鮮明なる志は天を畏れず、人を憐れまず、日月を高く掲げて進むようなものであり、女子や小人のごとく中途半端に言いよどんだりはしないのだ。『楚辞』の「離騒」の場合も、比喩を多く用いてはいるが、直言するときには何の憚るところもなかった。（それに引き替え）宋人は双頭の馬に騎《の》っていたようなものだ。忠直の名誉を得ようとしながらも、禍が自らに及ぶのを恐れ、あてこすりの意を込めた言葉によって巧妙に攻撃し合った。だが、そのために禍を被った者は少なくない。他人に疑いを抱かせるようなところを見せてしまうと、誹謗中傷の意図はなくても、濡れ衣を着せられてしまう。蘇軾は烏台詩禍によって遠く僻地へと流謫されたが、思うにそれは自ら招いたものにほかならない。首を高くあげて一声発することもできぬままに枷《かせ》をはめられ、「聖主　天の如く万物は春なり」と言うなど、恥知らずもほどがある。近年、これを真似《まね》る者が多いが、彼らは（宋人のごとき）軽薄かつ狡猾な悪習は君子たる者の久しくいさぎよしとしなかったものであることを理解していないのだ。

王夫之は、知識人・文人たる者、直言をこそ目指すべきだと考えている。その立場から、「影子の語」すなわち「隠語」「廋詞」によって詩文を書き、またそのためにかえって「羅織」を招くに至った蘇軾ら宋代文人は「女子小人」と同類だと批判されている。王夫之の批判の当否については措くとして、ここでは右の詩論において、婉曲なる表現（「隠語」「引喩」）と直截なる表現（「明言」「直斥」「直言」）というふたつの言語表現の作り出す緊張関係が問題化されていることに注目したい。中国における文学言語の歴史を貫いていたのは、この緊張関係であると言っても過言ではないだろう。テクストの言語表現それ自体に備わる「秘密」なるものもまた、その影のもとに成り立っていたのである。

以上、蘇軾の詩が、言論統制ともいうべき環境下にあって書かれ、そして読まれていたことを見てきた。かかる言論・創作環境は、帝政が崩壊した近代以降も基本的に変わってはいない。

四　北島《ペイタオ》と「秘密」

近代以降の中国における言論・創作活動のあり方を考えるうえで、毛沢東（一八九三―一九七六）の次の発言は興味深い。中華人民共和国成立後の一九五七年、反右派闘争のさなか毛沢東は、上海で開催された座談会の席上、参加者から「要是今天魯迅還活着、他可能会怎様（いま魯迅が生きていたらどうなっていたか）」と問われる。すると彼は「以我的估計、（魯迅）要麼是関在牢里還是要写、要麼他識大体不做声（思うに、牢獄につながれながらも書きつづけているか、大勢を見て声を発しないか、そのいずれかだ）」と答えたという[19]。ここで毛沢東は、権力との間に軋轢を来《きた》した文学者が採るべき方途として、言論による戦いを正面から挑むことと、表立っての言論活動を停止して戦いを回避することとのふたつの方途があると説いている。第一章に取りあげた『論語』憲問を踏まえるならば、前者は「諫死」、後者は「避言」にそれぞれ対応するだろう。このほかにも近代以降の中国には「亡命」「佯狂」あるいは「避地」「避世」など、さまざまな事例が数多く見られたことは言うまでもない。

「亡命」「避地」の最近の実践例としては、詩人北島（一九四九―）のケースが代表的である。亡命文学者としての北島――そのイメージは周囲の人々によって作りあげられた側面もあるが、北島自身がその詩を通して作りあげたものでもある。例えば「画――給田田五歳生日[20]（絵――田田《ティエンティエン》の五歳の誕生日に贈る）」に「他変成了逃亡的刺猬／帯上幾個費解的字（彼は逃亡するハリネズミとなってしまった／いくつかの難解な文字をたずさえて）」とあるのは、亡命文学者としての自画像と言うべきだろう。また「無題」[21]に「詞的流亡開始了（ことばが流亡しはじめる）」とあるのは、自身の作品の言葉を指して「流亡」すなわち亡命する言葉と呼んだものだろう。

こうして北島が亡命の途を選んだのは、国家権力による言論統制を嫌ったがゆえである。北島の詩にはその禁圧的な言論空間について述べたと思しい詩句が頻出する。例えば「島」[22]には「――這是禁地／這是自由的結局／沙地上挿着一支羽毛的筆／帯着微温的気息（――ここは立入禁止地区／ここは自由の終わり／砂地に羽根ペンが一本つきささっている／ほのかに温かい息づかいを残して）」、また「早晨的故事[23]（朝の物語）」には「一個詞消滅了另一個詞／一本書下令／焼掉了另一本書／用語言的暴力建立的早晨（ひとつのことばがもうひとつのことばを消しさる／一冊の本が命令を下し／別の一冊を焼き捨てる／ことばの暴力によってうちたてられた朝）」とあって、強圧的な「禁止」の「暴力」によって「自由」が奪われ、言葉が焼かれ、死に絶えようとする世界が書き記されている。

七十年代、北島の初期の創作活動はかかる禁圧的な言論空間のなかにあって行われた。自ずとそれは権力の眼をかいくぐる「地下文学活動」の形を取ることとなった。一九九一年、ニューヨークのHofstra大学夏期文学講座におけるスピーチ「回想」[24]のなかで、北島は七十年代の地下文学活動を振り返って次のように述べている。

> 私は友人たちと秘密の会合を重ね、お互いの作品を交換しました。……私は友人たちのためにだけ書いたともいえます。作家には、作家の秘密を分けもつ読者の閉じられたサークルがたいへん大切なものなのです。／書くことは秘密を守る手段なのです。／……中国にあっては、政府の統制下にある媒介手段によって出版されたもの以外は、いかなる出版物も非合法とみなされます。……まもなく、私のもっとも仲のいい友人のひとりが突然逮捕されました。……警察は彼のアパートから大量の原稿を持ち去り、私の詩と小説もその中

に含まれていました。我々は最悪の事態にそなえました。長くいやな時間が流れました。幸いにも、警察は我々の書いたものを理解できませんでした。……彼らは伝統的文学とまったく異なる我々の言語コードを翻訳できなかったのです。彼らは我々の秘密に侵入できなかったのです。

地下文学活動、言い換えれば「秘密」の文学活動について述べた部分を抜き出した。このスピーチにおいて最も重要なキーワードは「秘密」である。この語は北島の言論・創作活動全体を貫く重要な位置を占めていると言っていい。例えば「古寺[25]（古い寺）」に「烏亀在泥土中復活／駄著沈重的秘密、爬出門檻（亀は泥の中で復活し／重い秘密を背に乗せ、しきいを這い出るのか）」、また「僅僅一瞬間[26]（ほんの一瞬の間）」に「帯著遺伝秘密的男孩／奔跑中転過身来／従黎明的方向／用玻璃手槍朝我射撃（遺伝の秘密をたずさえた男の子が／走りながら振り返り／黎明の方角から／ガラスのピストルでわたしを撃つ）」とあるように、北島の詩には「秘密」を抱く存在が少なからずあらわれるが、それらは北島の分身と言ってもいいだろう。そして、北島にとって「秘密」はふたつの層に分けてとらえられている。ひとつは、言論空間、すなわち作品がやりとりされる圏域に備わる「秘密」。もうひとつは、言語表現それ自体に備わる「秘密」。スピーチ「回想」の言葉を用いて言い換えるならば、前者は「作家の秘密を分けもつ読者の閉じられたサークル」、後者は「伝統的文学とまったく異なる我々の言語コード」ということになる。北島の「秘密」においては、このふたつの層が複雑に絡み合っている。この点にこそ、単なる反権力・反体制の図式に収まらない、北島の文学観の独自性が存すると言うべきだろう。

北島が「秘密」の語に込めた独自の文学観は、スピーチ「回想」のなかの「書くことは秘密を守る手段なのです」という一文に凝縮されているように思われる。この点に関して、かつて拙論に次のように述べた。

これ（「書くことは秘密を守る手段なのです」）は、七〇年代の自らの地下文学活動をふりかえって言われたものである。しかし、これは奇妙な言葉だと言わねばならない。地下文学活動について言うのであれば、むしろ「秘密は書くことを守る手段なのです」と言うべきはずのものだからである。警察権力の過剰な行使が常態化した中国の言説空間にあっては、書くことの自由を守るための秘密の地下活動が手段として必要だったと。この言葉がはらむ奇妙なよじれによって「書くこと」はある逆説に直面している。「秘密」を守ることは「秘密」を秘密にしておくことにほかならず、また公開され書き記される「秘密」はもはや「秘密」でありつづけることは不可能である以上、「秘密」を守る手段としての「書くこと」は必然的に公開し書き記すことへの抵抗の手段とならざるをえない、という逆説に。本来「書くこと」は、公開し、書き記すことであったかもしれないが、それがいまは、公開し、書き記すことから遠ざかろうとしている。書き記すことに抵抗するために書き記すこと。作品それ自体が「秘密」であるような作品を書き記すこと。「書くこと」それ自体が「秘密」であるような「書くこと」。北島ら中国現代詩が私たちに告げようとしているのは「書くこと」と「秘密」とのそのような関係である[27]。

ここに北島の「秘密」を取りあげたのは、蘇軾「次韻和王鞏六首」其五に言う「廋詞」と結びつけてみたかったからである。「詞を廋《かく》す」――これは北島の言う「秘密を守るための書くこと」に重なるのではないだろうか。「秘密」にせよ、「廋詞」にせよ、開示と隠蔽、表し出すことと隠し避けることという相反するふたつの方向性が作り出す緊張関係を孕んだものであり、文学言語なるものの本質に深く関わるのは間違いないだろう。

注

（1）以下、蘇軾の文の引用は孔凡礼点校『蘇軾文集』（『文集』と略称）により、題下に巻数を附す。
（2）第二章第四節に掲げた『続資治通鑑長編』巻三〇一・元豊二年一二月庚申條所引王銍『元祐補録』を参照。
（3）『続資治通鑑長編』巻四六七・元祐六年十月辛巳條には「（鄭雍・楊畏）乃解釈簡語幷奏之。以『休復』為『復子明辟』之『復』、謂摯勧恕俟太皇太后他日復辟也」とあり、書簡を「解釈」したと伝えられる。
（4）本條は『苕渓漁隠叢話』後集・巻二五にも載せる。
（5）書簡中に言及される章楶の詞は「水龍吟・柳花」（『全宋詞』頁二一三）、蘇軾の次韻詞は「水龍吟・次韻章質夫楊花詞」（鄒同慶・王宗堂『蘇軾詞編年校註』頁三一四）、「七夕」詞は「漁家傲・七夕」（『蘇軾詞編年校註』頁二七〇）。
（6）以下、蘇軾の詩の引用は馮応榴輯訂『蘇文忠公詩合注』（『合注』と略称）により、題下に巻数を附す。
（7）蘇軾の「魚蛮子」、および関連して以下に取りあげる張舜民の「漁父」については、劉昭明「民俗与譏刺——蘇軾『魚蛮子』与張舜民『漁父』考論」（中山大学中国文学系・中華民国民間文学学会編『民俗与文学学術研討会論文集』〔高雄復文図書出版社、一九九八年〕収）を参照。
（8）張志烈・馬徳富・周裕鍇主編『蘇軾全集校注』詩集巻二一「魚蛮子」詩の集評による。
（9）陳永正・何澤棠注『山谷詩注続補』の題注によると「古漁父」は「漁父二首」其一の別稿だという。
（10）この点については、すでに劉昭明注7所掲論文も指摘する。
（11）四川大学中文系唐宋文学研究室編『蘇軾資料彙編』（中華書局、一九九四年）下編・頁一七八六による。
（12）孔凡礼撰『蘇軾年譜』（中華書局、一九九八年）巻二一・頁五四四、および同書巻二二・頁五七九を参照。劉昭明注7所掲論文は孔凡礼の説に賛同する。
（13）当時、蘇軾周辺の文人の詩には、筆記などにその存在は記録されながらも、本人の文集には収められなかったものがある。例えば、葉夢得『石林詩話』巻中には、熙寧年間に文同が蘇軾に贈ったとされる「北客若来休問事、西湖雖好莫吟詩」という詩句が記されているが、これは文同の文集『丹淵集』には見えない。『丹淵集』に附された南宋の家誠之の跋は、右の『石林詩話』を引いたうえで「党禍」の及ぶのを避けるために文集から除外された可能性を示唆する。また、羅大経『鶴林玉露』乙編巻四には、元符年間、蘇軾が許されて流罪先の海南島から本土に帰ったときに郭祥正が「君恩浩蕩似陽春、海外移来住海浜。莫向沙辺弄明月、夜深無数採珠人」という詩を贈って、蘇軾に対して詩を書くのを避けるよう暗に忠告したとされるが、これも郭祥正の文集『青山集』『青山続集』には見えない。

(14)『続資治通鑑長編』巻三一五・神宗元豊五年四月乙丑條を参照。

(15)『宋史』巻三三四・徐禧伝には、その戦闘指揮について「狂謀軽敵」と批判する記述が見える。

(16)『孟子』公孫丑上に「遁辞」なる語が見え、趙岐注に「有隠遁之辞、若秦客之廋辞於朝、能知其欲以窮晋諸大夫也」とある。

(17)宋代における「廋詞」の具体的な表現の例としては、『宋史』巻三五一・張商英伝に「移書蘇軾求入台、其廋詞有『老僧欲住烏寺、呵佛罵祖』之語」という記述がある。元祐二年、張商英は蘇軾に書簡を送り「老僧　烏寺に住み、仏を呵り祖を罵らんと欲す」と述べたという。御史台の官となり、宰相の呂公著らを懲らしめたいという希望を婉曲に述べたものである。

(18)文中に引かれる蘇軾の詩句は「予以事繫御史台獄、獄吏稍見侵、自度不能堪、死獄中、不得一別子由、故作二詩授獄卒梁成、以遺子由、二首」其一（『合注』巻一九）の第一句。

(19)周海嬰『魯迅与我七十年』（南海出版公司、二〇〇一年）頁三七〇―三七一。

(20)北島『在天涯：詩選一九八九―二〇〇八』（三聯書店、二〇一五年）頁二四。以下、北島詩の日本語訳は、是永駿編訳『北島詩集』（書肆山田、二〇〇九年）による。ただし本詩については訳文の一部を改めた。詩の改行は「／」符号によって示す。

(21)『在天涯：詩選一九八九―二〇〇八』頁一四。

(22)北島『履歴：詩選一九七二―一九八八』（三聯書店、二〇一五年）頁二二。

(23)北島『在天涯：北島詩選』（牛津大学出版社、一九九三年）頁一六。

(24)北島著・是永駿訳『ブラックボックス』（書肆山田、一九九一年）頁一〇。原文は未見。

(25)『履歴：詩選一九七二―一九八八』頁六一。

（26）『在天涯：詩選一九八九―二〇〇八』頁一七―一八。
（27）拙論「男の子がひとり、境界の河を越えて送信する、詩――北島の詩をめぐる断章」（是永駿・財部鳥子・浅見洋二訳編『現代中国詩集』〔思潮社、一九九六年〕収）。

結語　皇帝のまなざしと詩人のこころ

本書は、中国における文学テクストを取り巻く圏域について、「公」と「私」のふたつの圏域に分けるかたちで論じてきた。「公」と「私」、それぞれの圏域の核心をなすものは何か。「公」の核心をなすものについては、皇帝（帝王）や朝廷などの国家権力を想定して述べたが、「私」のそれについては特に触れぬままに終わった。「私」の核心をなすものは何か。近代人であれば、これに対する最大公約数的な答えは、おそらく個人の内面、すなわち「こころ」ということになるのではないだろうか。この見方を果たして前近代にも適用することが可能であるか否か、実のところ躊躇せざるを得ないけれども、ひとまずここではそのように考えておこう。

いま述べたことを踏まえて、「公」と「私」の両極の間に広がる文学テクストの圏域にあってテクストが生成・受容・伝承されるプロセスを説明するならば、次のようになるだろう。作者（詩人・文人）の「こころ」のなかに胚胎した文学テクストは、まずは草稿の形を取る。当初は、作者の私的な圏域のなかにとどまった状態で定まった形をなすことなく、さまざまに揺れ動いている。だが、やがてそれは徐々に定まった形をなしてゆき、ついには文集にまとめられるなどして公的な圏域へと送り出され、読み伝えられてゆく。そのとき、テクストは多かれ少なかれ、また望むと望まざるとにかかわらず、皇帝を頂点とする権力システムのまなざしのもとに置かれる。

その結果、幸福で穏やかな運命をたどるテクストもあれば、不幸にも弾圧され、排斥され、抹殺されるテクストもある、と。

では、かかるプロセスの始原に位置する作者の「こころ」とは、いったいどのようなあり方をしていたのか。以下、若干の私見を述べて本書の結びに代えたい。

*

テクストは、それが私的なものである限りは権力のまなざしにさらされることはないかに見えるが、必ずしもそうとは限らない。事実、私的なテクストが弾劾の対象となった例は少なくないこと、第二部に見た通りである。ここでは更に宋代における典型的な事例として、いわゆる「同文館獄」を取りあげてみたい[1]。

同文館獄は、哲宗の紹聖四年（一〇七九）に起きた一種の文字獄。御史中丞の邢恕が、敵対する元祐党の劉摯らを攻撃するために、去る元祐年間に文及甫（旧法党の有力者文彦博の子）が邢恕宛てに書き送ってきた私的な書簡を証拠として持ち出してきて起こしたものである。新法党が権力を奪還した紹聖年間、章惇や蔡京・蔡卞らによる元祐党（旧法党）攻撃の一環をなすものと考えていい。邢恕は文及甫の「私牘（私信）」を蔡懋（蔡確の子、もとの名を蔡渭、後に改名）に見せ、これを劉摯・梁燾・王岩叟ら元祐党人が哲宗を廃する「大逆不道」（『続資治通鑑長編』巻四九〇・紹聖四年八月丁酉）の謀議をめぐらせたものだと告発するように仕向けた。この告発を受けて文及甫は逮捕される。その審理が同文館にて行われたため「同文館獄」と呼ばれる。本事案の経緯について、『宋史』巻四七一・姦臣伝・邢恕伝は次のように述べる。

恕既処風憲、遂誣宣仁后有廃立謀。……又教蔡懋上文及甫私牘為廋詞、歴詆梁燾・劉摯、云陰図不軌、且加司馬光・呂公著以凶悖名。

邢恕は御史の官に就いたことから、宣仁太后高氏が（元祐党の意を受けて）哲宗を廃そうとしていると誣告した。……そして蔡懋に文及甫の私信が「廋詞」によるものであると奏上させ、梁燾・劉摯が陰謀をめぐらせていると責めたて、（同じく元祐党人の）司馬光・呂公著に極悪人のレッテルを貼ろうとした。

ここに「廋詞」とあるのは、文及甫の書簡に「司馬昭之心、路人所知也。又済之以紛昆、朋類錯立、必欲以眇躬為甘心快意之地」(2)（『続資治通鑑長編』巻四九〇・紹聖四年八月丁酉）という一節があり、その背後に別のメッセージが隠されていたことを指して言う。『続資治通鑑長編』の同條によれば、文及甫の書簡の右の一節は、もとは「司馬昭」を「劉摯」に、「粉昆」を「韓忠彦」に、「眇躬」を「文及甫」自身になぞらえ、「劉摯の心（晋の司馬昭のように権力を掌握しようとする野心）は、関わりのない者までもがみな知っている。それを駙馬都尉の兄たる韓忠彦（「粉」は粉侯と称される駙馬都尉。「昆」は兄。「粉昆」で駙馬都尉をつとめる韓嘉彦の兄を指す）が助け、仲間たちが次々と同調し、わたくし文及甫を好き勝手に使える場のごときに見なしているのです」と訴えたものだという(3)。この書簡が書かれたとき、文及甫は劉摯によって朝廷を逐われていた。この書簡はそれへの憤懣を「廋詞」によって婉曲なかたちで訴えたのである。

文及甫の劉摯に対する憤懣は、あくまでも個人的な憤懣に過ぎず、元祐党に対する攻撃を意図したものではもちろんなかった（そもそも文及甫は劉摯と同じ党派の末端に連なっていた）。ところが、同文館獄においては、それが元祐党攻撃のために利用される。同獄の審理のなかで、本来は左遷への個人的な憤懣を訴えたに過ぎなかったこの「廋詞」について、文及甫は次のように供述する。「司馬昭」を「劉摯」に、「粉昆」を「王岩叟」と「梁燾」に（王岩叟は色が白いことから「粉」と言い換え、梁燾は字が況之であり、その「況」を同音の「兄」、更には兄を意味する「昆」と言い換える）、「眇躬」を「哲宗」になぞらえた、と。つまり、「粉昆」と「眇躬」が指し示すものを、本来とは別の対象に移し換えた。おそらくは蔡京や邢恕らの教唆によるのであろう、文及甫は虚偽を含んだ供述を行ったのだ。この結果、文及甫の書簡は、劉摯・梁燾・王岩叟ら元祐党人が哲宗を廃するための謀議を行ったことを証明する書簡となってしまったのである。ここでは、権力者によって「廋詞」のメッセージが恣意的に解釈され、謀略に利用された。本来「廋詞」とは、表現者たる知識人・文人が自らの安全を確保するために編み出した手法であったはずだが、こうして権力者によって逆手に取られる危険性を秘めてもいたのだ。

同文館獄は、次のふたつの点を語ってくれる事案として重要である。第一に、「私牘」という私的なテクスト（第二部を踏まえて言えば、私的圏域のなかで制作・受容される「秘密のテクスト」）であっても、悪意ある読者の眼に触れ、弾劾の材料となる危険を免れていなかったこと[4]。第二に、「廋詞」（テクストそれ自体に備わる「秘密」、すなわち「テクストの秘密」）は、恣意的な解釈をほどこされて悪用されるなど、表現者にとっては両刃の剣となり得る危険性を秘めていたこと。その意味では、同文館獄はテクストの私秘性が二重に侵犯されたケースであったと言える。蘇軾が、詩や書簡をやりとりすることの危険性、牽強附会の解釈をほどこされて故なき攻撃の材料となることへの怖れを繰り返し語っていたのも、当時の言論環境が直面していたこのような危うさを考えるとよく理解できよう。

烏台詩禍や同文館獄などを見ると、前近代の中国においてテクストの私秘性は権力の手で容易く蹂躙されるものであったことがわかる。そこに「思想・表現の自由」や「信書（通信）の秘密」といった近代的な理念が許容される余地はほとんど存在しなかった。では、かかる言論環境のもと、個人の「こころ」はどのようなあり方をしていただろうか。近代において「こころ」は、他者、とりわけ権力者が当人の許可無く立ち入ってはならぬ私的圏域の最たるものと見なされているが、前近代中国にあってはどうだったのか。ここで注目してみたいのは、第二部第一章にも挙げた『韓非子』説疑に見える次の一節である。以下、重複を厭わず、あらためて読んでおこう。

禁姦之法、太上禁其心、其次禁其言、其次禁其事。
姦を禁ずるの法は、太上は其の心を禁じ、其の次は其の言を禁じ、其の次は其の事を禁ず。

権力者・為政者が知識人の叛逆を禁圧する方法について、究極的なものから初歩的なものへと段階を逐って列挙した言葉である。ここでは逆に後ろから見ていこう。最後に挙げられる「禁事」が最も初歩的な禁圧方法である。「事」とは行動の意。つまり「禁事」とは行動の禁圧。その次の方法が「禁言」、すなわち言論の禁圧。そして、最も高次の禁圧が「禁心」、すなわち内心・精神の禁圧である。

一般的に反権力の思想は、次のような段階を踏んで権力へと向かってくる。まず最初の段階では、知識人の「心」の奥底に叛逆の思想が胚胎する。この段階ではそれはまだ表面にあらわれてはいない。だが、やがてそれは「言」として表現され、更には「事」すなわち行動となって権力に危機をもたらすに至る。この「事」の段階に至ってから禁圧するのは、統治者の採る策としては下策である。「事」に到る前の「言」の段階で禁圧するのが望ましいが、何と言っても最上の策は「心」の段階での禁圧である。叛逆を元から絶つことになるからである。しかし、裏を返して言えば「心」を禁圧するのは最も難しい。なぜならばそれは眼に見えないから。その困難を克服して成し遂げるからこそ「禁心」は「太上」の策と位置づけられるのだ。

『韓非子』の右の言葉において「心」は、権力にとって最も奥深く隠れていて見えにくいもの、つまり最も制御しにくいものととらえられている。しかし、権力のまなざしはそれを見逃しはしない。あらゆる手立てを講じて捕捉しようとするだろう。近代以降の法が制御の対象とするのは「事」や「言」までであって「心」にまでは立ち入らない。「内心の自由」という原則が確固として存在するからである。ところが『韓非子』の法は「心」を最終的な制御対象とするのだ。その前近代的な性格を如実に示すと同時に、法というものに本質的に備わる剝き出しの権力性をまざまざと見せつけてくれる。

「禁心」、すなわち「心」を制御の対象とする権力のまなざしについて考えるうえで興味深いのは、いわゆる「腹誹（非）之法」である。これについては、南宋・洪邁『容斎随筆』三筆巻二「無名殺臣下」條が論じている。洪邁が挙げる事例から、『史記』巻三〇・平準書に見える漢・武帝の時代の記事を読んでみたい。

初異為済南亭長、以廉直稍遷至九卿。上与張湯既造白鹿皮幣、問異。異曰「今王侯朝賀以蒼璧、直数千。而其皮薦反四十万、本末不相称」。天子不説。張湯又与異有郤。及人有告異以它議、事下張湯、治異。異与客語、客語「初令下有不便者」、異不応、微反脣。湯奏「異九卿、見令不便、不入言而腹誹」。論死。自是之後、有腹誹之法。以此而公卿大夫多諂諛取容矣。

顔異は初め済南の亭長をつとめたが、その廉直を評価されて徐々に地位を上げ九卿に至った。聖上は張湯とともに白鹿の皮製の貨幣を作った際に、（その是非を）顔異に訊ねた。顔異は言った。「いま王侯の朝賀には蒼璧を献上しますが、その値は数千です。ところが、皮の献上品の値が四十万となれば（実際の価値は蒼璧よりも低いにもかかわらず、それを遥かに越えた値段がつけられれば）、本末が転倒してしまいます」と。（それを聞いて）天子は喜ばなかった。張湯は顔異と関係が悪かった。そこに、ある人が他の案件で顔異を告発すると、その処理が張湯に委ねられた。張湯は顔異のことを調べた（すると、次のことが明らかとなった）。顔異が、客と語り合ったときのこと、客が「発せられたばかりの天子の命令には不便なところがある」と言うと、顔異はそれに応ぜず、唇を反《そ》らせて不満をあらわした。このことを知った張湯は奏上して言った。「顔異は、九卿の身ですが、天子の命令に不都合のあるのを見ても、朝廷に参内して奏上するのではなく、腹のなかで誹謗しています」と。（その結果として）顔異は死刑に処せられた。これ以後、「腹誹」の法が行われた。そのため、公卿大夫たちの多くが天子に媚び諂《へつら》って取り立ててもらおうとするようになった。

「腹誹」とは、心のなかに権力に対する「誹謗」の意思を抱くことを言う。類義語に「心謗」がある。(5) 本来ならば、「心」のなかを裁くことはできないため、『論語』憲問に言う「避言」や「避色」を心がけていれば安全であった。ところが、「腹誹」を罪に問う「腹誹之法」が行われるようになった。その結果として、知識人が罪に問われるのを怖れて萎縮し、世に阿諛追従がはびこることになったという。この「腹誹之法」は韓非子の言う「禁心」の一種と位置づけられよう。ある意味では、右の記事に記されているのは「禁心」の成功例と言えなくもない（もちろん長期的に見れば成功とは言えないのであるが）。

もうひとつ、同じく洪邁が挙げる事例から、隋の薛道衡の例を挙げておこう。(6)『隋書』巻六七・裴蘊伝には、御史大夫の裴蘊が薛道衡を告発した際の上奏として、次のような言葉が見える。

道衡負才恃旧、有無君之心。見詔書毎下、便腹非私議、推悪於国、妄造禍端。論其罪名、似如隠昧、源其情意、深為悖逆。

薛道衡は才を恃《たの》み、また旧臣としての威に頼り、君主を蔑《なみ》する意思を心に抱いています。詔書が発せられるたびに、腹のなかで非難し恣《ほしいまま》にあげつらい、悪を朝廷にはびこらせ、やみくもに禍《わざわい》を作り出しているのです。その罪状を論ずれば、曖昧ではっきりしないかもしれませんが、その心情を深く探れば、叛逆の意図を強く懐いていることがわかります。

薛道衡の「腹非（誹）」について、その表面にあらわれた罪行は必ずしもはっきりしないが、「其の情意を源《たず》ぬ」、つまり内心を奥深く探れば「悖逆（叛逆）」の意図を秘めているのは明らかであると訴えたのである。これを聞いた煬帝は、薛道衡の処刑を命じたという（『隋書』裴蘊伝）。これを見ると、「腹誹之法」とは「心」の奥底に秘められた意図（本意・真意）、すなわち「秘密」の追究を目指すものであったことがよくわかる。

とはいえ、「禁心」すなわち「腹誹」の禁圧はやはり難しい。言葉や行動であれば、罪の有無や軽重を客観的に判断することは可能であるが、中身を覗き見ることができない「こころ」は客観的に判断できない。そして、客観的な判断が不全に陥るとき、冤罪が蔓延するのは避けられない。『容斎随筆』三筆巻二は、顔異の「腹誹」に関する右の記事を「無名殺臣下（無名にして臣下を殺す）」、すなわち無実の罪を着せて臣下に死を強いた事例として位置づけている。ここで洪邁はまた『春秋左氏伝』僖公十年の「欲加之罪、其無辞乎（罪を着せようと思えば、どのようにでも罪名は作り出せる）」という言葉を掲げる。この言葉に示されるような事態、いわばでっちあげが蔓延するとき、この世から個人の私的な「秘密」は失われてゆくのだ。(7)

言論・創作活動に従事する者にとって、右に見てきたような「禁心」「腹誹之法」ほど危険で怖ろしいものはない――近代人であればこのように感じることだろう。第二部第三章第四節で取りあげた現代中国の詩人北島《ベイタオ》のスピーチには「秘密」へと踏み入ろうとする警察権力への怖れが語られていた。近代ほど明確ではないにせよ、前近代の文人たちも同様に感じていたことだろう。第二部第二章に取りあげた蘇軾の書簡は、その種の怖れを明確なかたちで語ってくれている。

以上を踏まえて、ここでやや唐突ながら次のように問うてみたい。「腹誹之法」は法令や刑罰に関する問題であるにとどまらず、文学作品の解釈、特に作者の内心に潜む表現意図をどのように解釈するかという問題にも及んでゆくのではないだろうか、と。中国における文学解釈の方向性を定めたのは漢代に体系的に理論化される『詩経』の解釈であるが、そこでは詩とは作者の「心」に発するものと考えられていた。「毛詩大序」に「詩者志之所之也。在心為志、発言為詩。情動於中、而形於言（詩は志の之《ゆ》く所なり。心に在るを志と為し、言に発するを詩と為す。情　中に動きて、言に形《あら》わる）」とあるように。この考え方のもと、詩を解釈する者は、「詩人」の「心」にまで遡るかたちで、そこに胚胎する「志」すなわち作者の表現意図を明らかにしようとしてゆくのである。このような文学解釈の方向性は、「心」のなかに秘められた意思をターゲットとする点で、「腹誹之法」のそれと少なからず重なり合うものであったと考えられる。

「心」にまで遡って作者の表現意図を解釈すること。それは『詩経』の解釈について言えば、根本的には「比興」説（文学作品には言外に作者の意が寓されているという考え方）に基づき、具体的には「注」や「箋」などの形を取って行われた。「注」「箋」というテクスト解釈の手段が、敵対者を罪に陥れる「羅織」「醞釀」のために利用されていたことについては、第二部第二章第四節に述べた。こうしたテクスト解釈も、一種の「腹誹之法」が行使されたケースと言っていいだろう。例えば、張耒『明道雑志』には、蘇軾に関する次のような記事が見える（原文は第二部第二章第四節を参照）。

恵州安置の蘇軾はかつて詩によって獄に繋がれたが、黄州貶謫から復帰すると、侍従の職を歴任した。詩を作るたびに、事情を解さぬ者たちによって言外の意を深読み（「咀味」）され、誹謗（「譏訕」）の意ありと疑われたが、実際はそのような意図は含んでいなかったのだ。銭塘に（杭州知事として）赴く際に、文彦博に別れの挨拶をしたところ、文彦博は「杭州に行ってからは詩を作るのはやめたほうがいい。あなたを喜ばぬ者に罪を着せられるかもしれないから」と、再三にわたって念を押して言った。蘇軾は別れる際に馬上から笑って言った。「もし、またしても『興なり』とされる詩ができたら、『箋に云《い》う』と宣《のたま》う注釈が作られるだけのことです」と。当時、呉処厚なる者が、蔡確の詩に注を附け、それによって蔡確は詩禍（車蓋亭詩案）に遭った。だから「箋に云う」うんぬんという冗談が出たのだ。「興なり」というのは、毛氏、鄭玄、孫毓らの言う詩の六義から来ているのだろう。

＊

蘇軾を「譏訕（誹謗）」の罪に陥れようとする者が、『詩経』解釈学の伝統を汲む「箋」の手段を用いて、詩に秘められた表現意図、すなわち「興（比興）」表現に託された作者の「心」のなかの「志」を都合良くねじ曲げて解釈するかもしれない――このような怖れをめぐっての記事である（文彦博の怖れは真剣なものであるが、蘇軾はそれをユーモラスに相対化する）。「箋」による作者の表現意図の追究が「腹誹之法」の行使のごとき様相を見せるものであったことを物語る記事と言えるのではないだろうか(8)。

前近代中国にあって、公的圏域へと送り出された文学作品の多くは、皇帝のまなざしを意識せざるを得ないためか、作者自身の「こころ」を表現することに対してためらいがちであったかに見える。とはいえ、それがまったく表現されなかったわけではもちろんない。詩人たちの「こころ」は、権力のまなざしが遍在する言論環境下にあって、どのようなかたちで表現されたのか。本書の考察は、その入り口にさしかかっただけであり、その先に歩を進めるには至らなかった。実質的な考察については今後の課題としなければならないが、ここでは蘇軾の詩の言葉に即して、現時点で思うところを短く述べておきたい。

蘇軾「初秋寄子由」（馮応榴輯訂『蘇文忠公詩合注』巻二二）は、元豊六年（一〇八三）、貶謫の地黄州にあって弟の蘇轍への思いを訴えた作。その冒頭にはさりげなく、だが万感を込めて次のような詩句が置かれている。

百川日夜逝　　百川　日夜逝き
物我相随去　　物我　相い随いて去る
惟有宿昔心　　惟《た》だ宿昔の心有りて
依然守故処　　依然として故処を守る

ここで注目したいのは「宿昔心」なる語。「宿昔心（かつて懐いた思い、初心）」とは、蘇轍とともに過ごした若き日に懐いていた思いであり、過去へと流れ去る「物我（外物と自己）」とは異なり、この世にあって唯一、永遠に変わることのないものである。蘇軾は、それを抱きしめ、守り慈しもうとしている。この「宿昔心」とはいかなるものか、本詩にはその中身を直接説明する言葉は書かれていない。もちろん、われわれ読者として近似する解答を与えることは可能である。例えば、本詩の末尾に述べられる蘇轍との「対床（夜雨対床）」の日々の実現を願う思いを指して言ったものである、等々と。

だが「宿昔心」には、このような解釈ではとらえきれない「秘密」が潜んでいるように思われる。蘇軾にとって最も私的な、つまり蘇軾以外の者（それはわれわれ読者でもある）には完全には理解し共有することができないような、仮にできるとしても弟の蘇轍ひとりだけがかろうじて理解し共有できるような「秘密」が。つまり、それは通り一遍の解釈のまなざしを拒絶する、いわば一個の「ブラックボックス」としてわれわれ読者の前に差し出されているのだ。北島「黒盒（ブラックボックス）」[9]が「我関上門／詩的内部一片昏暗（わたしはドアを閉め／詩の内部はいちめんの暗《くらがり》）」と述べるような「暗《くらがり》」に蔽われた「詩の内部」として。[10]

「暗《くらがり》」と言うと、ネガティブで絶望的な意味合いが強く響くかもしれない。だが、むしろそれは希望の「光」を放つようなものとしてあると言うべきだろう。例えば、金時鐘「噤《つぐ》む言葉──朴寛鉉《パク・クアンヒョン》に」[11]が「国がまるごとの闇にあっては／牢獄はにじむ光の箱だ」と述べるような「光の箱」として。金時鐘の詩句に引き寄せて言えば、蘇軾が右の詩に述べる「宿昔心」もまた、蘇軾の人生や彼が生きた時代の「闇」のなかで微かな光を滲ませる「光の箱」のひとつであったと言えるかもしれない。

このほかにも前近代中国の文学にあって、そのあちこちに「光の箱」としての詩人の「こころ」、言い換えれば「噤《つぐ》む言葉」によって秘めやかに語られた「詩の内部」は埋もれているはずである。それらが滲ませる光をひとつひとつ丁寧に掬いあげてゆくこと──口幅ったい言い方になるが、それが中国文学のテクストを読む者に課せられたつとめであり、そして喜びとするところでもあるだろう。

注

（1）同文館獄については、平田茂樹「宋代の朋党と詔獄」（同氏『宋代政治構造研究』〔汲古書院、二〇一二年〕収、初出は一九九五年）、沈松勤『北宋文人与党争（増訂版）』（人民出版社、二〇〇四年、初版は一九九八年）、蕭慶偉『北宋新旧党争与文学』（人民文学出版社、二〇〇二年）などを参照。

（2）『続資治通鑑長編』巻四九〇・紹聖四年八月丁酉條の注に引く『劉摯行実』にも同様の記載が見える。なお『劉摯行実』は、元祐年間に文及甫と邢恕との間で交わされていた書簡について「多為隠語」と述べており、「廋詞」と同義の「隠語」が用いられている。

（3）同様の記述は『宋史』巻三四〇・劉摯伝にも見えるが、中身に若干の違いがある。『宋史』では「司馬昭」になぞらえられるのは「呂大防」である。

（4）注1所掲の沈松勤『北宋文人与党争』頁一六六や蕭慶偉『北宋新旧党争与文学』頁六六は、文人の書いたものを材料にして罪に問うことが「私牘」にも及んだ点に同文館獄における言論弾圧の特徴が認められるとする。

（5）『史記』魏其・武安侯列伝に、田蚡が竇嬰と灌夫の「腹誹」を告発した際の言葉として「腹誹而心謗」とある。ちなみに『烏台詩案』に載せる御史台の告発状にも「腹非背毀」という言葉が見える。蘇軾の犯した罪はそれよりも重いとして。

（6）ちなみに、洪邁はもうひとつ、後漢末の将軍崔琰が魏王の曹操に対する叛逆の意を懐いているとして死を命じられたケース（『三国志』巻一二・魏書・崔琰伝などを参照）を挙げている。

（7）心の内部にまで立ち入って罪を裁くことすべてが悪であるのではない。『漢書』巻八六・王嘉伝に「聖王断獄、必先原心定罪、探意立情、故死者不抱恨而入地、生者不銜怨而受罪」とあるように、「心を原《たず》ぬ」ることは罪に問われた者への良き配慮（一種の情状酌量）ともなり得るのである。

（8）ここから更に一般化して蛇足を言い添えれば、文学作品を解釈することは多かれ少なかれ、また望むと望まざるとにかかわらず、権力による法の行使にも似た強権的な営みとならざるを得ないのかもしれない。文学作品を読む者は、この点を常に自らに戒める必要があるだろう。

（9）北島『在天涯：詩選一九八九―二〇〇八』（三聯書店、二〇一五年）頁二五。日本語訳は是永駿編訳『北島詩集』（書肆山田、二〇〇九年）頁二六〇による。

（10）更に言えば、この「ブラックボックス」は、作者である蘇軾自身にとっても中身を覗き見ることができない「秘密」として存在しているのかもしれない。

（11）金時鐘『光州詩片』（福武書店、一九八三年）頁五八。本詩は、一九八〇年、韓国光州にて発生した「光州事件」に際して逮捕され、獄中の断食闘争によって絶命した朴寛鉉《パク・クアンヒョン》に献げられた作。「光州事件」に対する政治的な評価はさまざまに分かれると思われるが、それによって本詩を含む『光州詩片』の文学的達成が揺らぐことはないだろう。

あとがき

本書は、ここ十年あまりの間に書いた六篇の拙論（初出一覧を参照）を基《もと》にまとめたものです。ひとつの論文を書いているときには、その論文のことだけでせいいっぱいであり、次に取り組むべきテーマが見通せているわけではありません。闇のなかを手探りで進むようなもので、それきり書けなくなってしまってもおかしくはないのです。それでも不思議なことに、ひとつの論文を書き終えるころには次のテーマがぼんやりと見えてくるものです。あるいは、こう言ってもいいでしょう。次のテーマが見えてきて、はじめて論文は曲がりなりにも書き終えることができる、と。論文とは、課題を解決するためではなく、発見するために書かれるものなのだとあらためて気づかされます。本書の基となったのは、そのようにして何とか書き継いだ六篇です。

第一部の三篇は、その直前に書いた「『焚棄』と『改定』——宋代における別集の編纂あるいは定本の制定をめぐって」なる論文を引き継ぐかたちで書きました。唐・宋の文人たちが自作の草稿を焚《や》き棄てたり、繰り返し書き改めたりする現象について考察するなかで、蘇軾や黄庭堅の詩集、あるいは欧陽脩の文集に附された宋人の注釈のなかに、彼らの草稿に関する記述が数多く含まれていることに気づきました。それらについて考察したのが、第一部の三篇です。

本書では第一部を引き継ぐかたちで第二部の三篇を並べました。しかし、第二部は直接には第一部ではなく拙著『皇帝のいる文学史――中国文学概説』（共著、大阪大学出版会、二〇一五年）に書いた内容を引き継ぐものです。『皇帝のいる文学史』では、中国の文学史を皇帝権力との関連性のもとに考察しましたが、その過程で孔子や蘇軾をはじめとする中国文人の言論・創作活動に「避言」＝「慎言」の姿勢が広く共通して見られることに気づきました。彼らの言論・創作は、一種の言論統制下にあって行われていたのです。それをめぐって自分なりに考察を加えたのが、第二部の三篇です。

当初の段階では、第一部の三篇と第二部のそれとの関連を明確には意識していませんでした。しかし、第二部の三篇を書いているうちに、文学テクストを取り巻く私的圏域と公的圏域のせめぎ合いという問題を意識するようになり、第一部の論文をそのなかに位置づけてみようと考えるに至りました。特に、宋人が記録する蘇軾や黄庭堅の草稿のなかに、時の権力による言論弾圧への怖れや、その怖れをかいくぐろうとする創作の欲求などが書き記されていたことが、このような発想を後押ししてくれました。第二部の論文を書くことで、第一部の論文の持つ別の意味に気づかされたと言ってもいいでしょう。

第一部と第二部を並べることの意義をより明確にするため、本書では新たに序言や結語、また各部冒頭の序を加えました。これらによって、単なる論文の寄せ集めではなく全体としてのまとまりが得られるようにしたわけですが、その成否については読者各位の御判断に委ねます。

本書の基となった論文を何とか書き継ぐことができたのは、多くの知友の支えあってのことです。特に、各種の研究会活動などを通じていただいた御意見は本当にありがたいものでした。そういう交流があったからこそ、これらの論文はかろうじて形をなすことができたのです。いちいち御名前を記すことは差し控えますが、ここに厚く御礼申しあげる次第です。

また、研文出版の山本實氏は、じきじきに論文集の刊行を勧めてくださいました。当初は、ちょうどお話をいただいた頃、陸游や楊万里など南宋文学に関心を寄せていたこともあって、楊万里の評伝を書こうと計画しました。日本の俳諧文学にも通ずる楊万里の詩の魅力を浮き彫りにしてみたい、と。しかし、それに取りかかる前に、本書の第二部で取りあげた問題の方に関心が移ってゆき、結果として本書を刊行していただく運びとなりました。かかる迷走ぶりにもかかわらず一貫して支えてくださった山本氏には、この場を借りて厚く御礼申しあげます。

末筆ながら、本書を読んでくださった方々にお願いします。本書には大小さまざまな過誤が数多く含まれているに違いありません。どうか、忌憚なき御批判をお寄せください。

二〇一九年五月記

初出一覧

第一部第一章
校勘から生成論へ——宋代における詩文集注釈、特に蘇黄詩注における真蹟・石刻の活用をめぐって
『東洋史研究』第六八巻第一号、二〇〇九年

第一部第二章
黄庭堅詩注の形成と黄䍐『山谷年譜』——真蹟・石刻の活用を中心に
『集刊東洋学』第一〇〇号、二〇〇八年

第一部第三章
中国宋代における生成論の形成——欧陽脩『集古録跋尾』から周必大編『欧陽文忠公集』へ
『文学』第一一巻第五号、二〇一〇年

第二部第一章
「避言」ということ——『論語』憲問から見た中国における言論と権力
『中国研究集刊』光号・総六二号、二〇一六年

第二部第二章
言論統制下の文学テクスト——蘇軾の創作活動に即して

『大阪大学大学院文学研究科紀要』第五七巻、二〇一七年
＊増補修訂版は東英寿編『宋人文集の編纂と伝承』中国書店、二〇一八年

第二部第三章
テクストと秘密——言論統制下の文学テクスト・余説
『橄欖』第二〇号、二〇一六年
＊右六篇の中国語訳は、浅見洋二著、李貴・趙蕊蕊等訳『文本的密碼——社会語境中的宋代文学』（復旦大学出版社、二〇一七年）に収める。

主要人名索引

＊中国の主な人物名（引用資料の著者名）を現代仮名遣いの五十音順によって配列した。

あ　行

恵洪（えこう）　240～243
袁褧（えん・けい）　135
王安石（おう・あんせき）　54～56, 131, 198
王筠（おう・いん）　9, 10
汪応辰（おう・おうしん）　41, 42
皇侃（おう・かん, おう・がん）　169
王夫之（おう・ふうし）　283, 307～309
翁方綱（おう・ほうこう）　74
欧陽脩（おうよう・しゅう）　24, 124～148, 250

か　行

何晏（か・あん）　169
郭祥正（かく・しょうせい）　222, 315
葛立方（かつ・りっぽう）　244, 245
韓元吉（かん・げんきつ）　70
管子（かんし）　176, 177
韓非子（かんぴし）　175, 176, 321
韓愈（かん・ゆ）　23, 29, 125～129, 192, 193, 205
紀昀（き・いん）　291
魏衍（ぎ・えん）　56, 57, 74
嵇康（けい・こう）　274
邢昺（けい・へい）　169
元好問（げん・こうもん）　68
孔安国（こう・あんこく, く・あんこく）　169
洪适（こう・かつ）　70
孔光（こう・こう）　194, 195
孔子（こうし）　159～184, 188～192
黄𥲅（こう・しゅん）　64, 73, 76～117, 236
黄庭堅（こう・ていけん）　43～75, 76～123, 131, 133, 236, 250, 292
皎然（こうねん）　154
洪邁（こう・まい）　58, 131, 322～324
孔融（こう・ゆう）　249
呉寛（ご・かん）　276
胡適（こ・せき, こ・てき）　23, 24

さ　行

蔡確（さい・かく）　266, 267, 283, 284
蔡夢弼（さい・ぼうひつ）　22
蔡邕（さい・よう）　249
査慎行（さ・しんこう）　293
史季温（し・きおん）　51, 76, 77, 112～116
施宿（し・しゅく）　30～43, 53, 58～60, 237～240
司馬相如（しば・しょうじょ）　5, 6, 152
司馬遷（しば・せん）　248, 249
謝弘微（しゃ・こうび）　193, 194
周必大（しゅう・ひつだい）　27～29, 58, 71, 133, 136, 245, 246
朱弁（しゅ・べん）　65, 66, 143, 144,

146, 147
荀子（じゅんし）　306, 307
史容（し・よう）　51〜54, 62〜64, 76, 77, 94〜112
章学誠（しょう・がくせい）　13
諸葛亮（しょかつ・りょう）　152
朱熹（しゅ・き）　169, 181, 182
任淵（じん・えん）　43〜51, 53, 54, 56, 57, 60〜62, 64, 65, 76, 77, 80〜94, 144
沈括（しん・かつ）　269, 270
沈義父（しん・ぎふ）　148
沈約（しん・やく）　180, 184
薛綜（せつ・そう）　9
曾季貍（そう・きり）　26
曹植（そう・しょく）　7, 8
蘇軾（そ・しょく）　21〜75, 148, 155〜157, 185〜316, 327, 328
蘇轍（そ・てつ）　276

た　行

戴望（たい・ぼう）　171, 172
趙希弁（ちょう・きべん）　107, 108
趙彦衛（ちょう・げんえい）　26, 75
張舜民（ちょう・しゅんみん）　294〜296
張商英（ちょう・しょうえい）　315
張邦基（ちょう・ほうき）　244
張方平（ちょう・ほうへい）　197
張融（ちょう・ゆう）　8, 9
張耒（ちょう・らい）　270, 271, 325, 326
陳師道（ちん・しどう）　54, 56, 57
陶淵明（とう・えんめい）　258
董逌（とう・ゆう）　128, 129
杜甫（と・ほ）　19, 22, 131〜133, 301
杜預（と・よ, ど・よ）　162, 305

は　行

白居易（はく・きょい）　12, 250, 291
帛道猷（はく・どうゆう）　253
班固（はん・こ, はん・ご）　249
范公偁（はん・こうしょう）　134
班昭（はん・しょう）　7
范仲淹（はん・ちゅうえん）　186〜189
費衮（ひ・こん）　58
畢仲游（ひつ・ちゅうゆう）　206, 207
馮応榴（ふう・おうりゅう）　277
文同（ぶん・どう）　207, 208, 314
北島（ぺいたお）　310〜313, 328
朋九万（ほう・きゅうまん）　208, 259
鮑照（ほう・しょう）　153

ま　行

孟子（もうし）　169, 315
毛沢東（もう・たくとう）　310

や　行

楊惲（よう・うん）　156, 248, 249
楊時（よう・じ）　285, 286
葉夢得（よう・ぼうとく）　136, 137, 207, 208, 261

ら　行

駱賓王（らく・ひんおう）　153
羅大経（ら・だいけい）　158, 222
陸贄（りく・し）　192, 202
陸游（りく・ゆう）　28, 42, 43, 293〜296
李綱（り・こう）　286, 287
李白（り・はく）　11, 12, 18, 19
李泌（り・ひつ）　154

主要引用書目

＊近代以前の引用書につき，主として『四庫全書』の方法により，『京都大学人文科学研究所漢籍目録』などを参照しつつ適宜配列した。

経　部

『詩経（毛詩注疏）』，阮元撰『十三経注疏』本，嘉慶二十年重刊宋本，中文出版社，1971年
『春秋左伝（春秋左伝注疏）』，『十三経注疏』本
『論語（論語注疏）』，『十三経注疏』本
『論語義疏』，皇侃撰，懐徳堂記念会，1923年
『論語注』，戴望注，『南菁書院叢書・第二集』本
『論語正義』，劉宝楠撰，高流水点校，中華書局，1990年
『孟子（孟子注疏）』，『十三経注疏』本
『論語集注』，朱熹撰，『新編諸子集成』本，中華書局，1983年
『四書章句集注』，朱熹撰，中華書局，1986年
『四書或問』，朱熹撰，『文淵閣四庫全書』本
『読四書大全説』，王夫之撰，中華書局，1975年

史　部

『史記』，司馬遷撰，中華書局，2013年
『漢書』，班固撰，中華書局，1975年
『後漢書』，范曄撰，中華書局，1982年
『三国志』，陳寿撰，中華書局，1982年
『晋書』，房玄齢等撰，中華書局，1982年
『宋書』，沈約撰，中華書局，1974年
『南斉書』，蕭子顕撰，中華書局，1983年
『梁書』，姚思廉撰，中華書局，1973年
『隋書』，魏徴撰，令狐徳棻撰，中華書局，1973年
『旧唐書』，劉昫等撰，中華書局，1988年
『新唐書』，欧陽脩・宋祁等撰，中華書局，1997年
『宋史』，脱脱等撰，中華書局，1977年
『資治通鑑』，司馬光編著，標点資治通鑑小組校点，中華書局，1986年
『続資治通鑑長編』，李燾撰，上海師範大学古籍整理研究所・華東師範大学古籍研究所点校，中華書局，1979－1995年

『三朝北盟会編』，徐夢莘撰，上海古籍出版社，1987年
『逸周書（汲冢周書）』，孔晁注，『四部叢刊』本
『国語』，上海師範大学古籍整理組校点，上海古籍出版社，1978年
『晏子春秋』，（伝）晏嬰撰，『四部叢刊』本
『東坡先生年譜』，施宿撰，王水照編『宋人所撰三蘇年譜彙刊』本，上海古籍出版社，1989年
『山谷年譜』，黄㽦撰，曹清華校点，呉洪沢・尹波主編『宋人年譜叢刊』本，四川大学出版社，2003年
『紹興十八年同年小録』，『文淵閣四庫全書』本
『江西通志』，『文淵閣四庫全書』本
『郡斎読書志』，晁公武撰，孫猛校証，『郡斎読書志校証』，上海古籍出版社，1990年
『直斎書録解題』，徐小蛮・顧華美点校，上海古籍出版社，1987年
『漢藝文志考証』，王応麟撰，『文閣淵四庫全書』本
『文史通義』，章学誠撰，葉瑛校注，『文史通義校注』，中華書局，1985年

子　部

『荀子』，王先謙撰，沈嘯寰・王星賢點校，『荀子集解』，中華書局，1988年
『亀山先生語録』，楊時撰，『続古逸叢書』本，江蘇古籍出版社，2001年
『管子』，郭沫若・聞一多・許維遹撰，『管子集校』，科学出版社，1956年
『管子』，黎翔鳳撰，『管子校注』，『新編諸子集成』本，中華書局，2004年
『子華子』，（伝）程本撰，『文淵閣四庫全書』本
『呂氏春秋』，（伝）呂不韋撰，『四部叢刊』本
『説苑』，劉向撰，向宗魯校証，『説苑校証』，中華書局，1987年
『韓非子』，『四部叢刊』本
『広川書跋』，董逌撰，『適園叢書』本
『猗覚寮雑記』，朱翌撰，『知不足斎叢書』本
『容斎随筆』，洪邁撰，上海古籍出版社，1978年
『困学紀聞』，王応麟撰，欒保群・田松青・呂宗力校点，上海古籍出版社，2008年
『春明退朝録』，宋敏求撰，誠剛点校，中華書局，1980年
『東坡志林』，蘇軾撰，『稗海』本
『明道雑志』，張耒撰，『学海類編』本
『冷斎夜話』，惠洪撰，陳新点校，中華書局，1988年
『曲洧旧聞』，朱弁撰，『知不足斎叢書』本
『元城語録』，馬永卿輯・王崇慶解，『惜陰軒叢書』本
『墨荘漫録』，張邦基撰，孔凡礼点校，中華書局，2002年
『雲麓漫鈔』，趙彦衛撰，傅根清点校，中華書局，1996年
『梁谿漫志』，費衮撰，金圓校點，上海古籍出版社，1985年

『老学庵筆記』，陸游撰，李剣雄・劉徳権点校，中華書局，1997年
『鶴林玉露』，羅大経撰，王瑞来点校，中華書局，1983年
『藝文類聚』，欧陽詢撰，汪紹楹校，中華書局，1965年
『初学記』，徐堅等撰，中華書局，1980年
『宋稗類鈔』，劉卓英点校，書目文献出版社，1985年
『鑑戒録』，何光遠撰，『文淵閣四庫全書』本
『楓窓小牘』，袁褧撰，『宝顔堂秘笈』本
『過庭録』，范公偁撰，『文淵閣四庫全書』本
『高僧伝』，釈慧皓撰，湯用彤校注，湯一玄整理，中華書局，1992年

集　部

『陶淵明集』，陶淵明撰，逯欽立校注，中華書局，1979年
『鮑氏集』，鮑照撰，『四部叢刊』本
『李太白文集（宋刻本）』，李白撰，学生書局，1967年
『杜工部草堂詩箋』，杜甫撰，蔡夢弼箋，『古逸叢書』本，江蘇広陵古籍刻印社，1994年
『杜詩詳注』，杜甫撰，仇兆鰲注，中華書局，1979年
『呉興昼上人集』，皎然撰，『四部叢刊』本
『五百家注昌黎文集』，韓愈撰，魏仲挙編，『文淵閣四庫全書』本
『韓愈昌黎詩繫年集釈』，韓愈撰，銭仲聯集釈，上海古籍出版社，1984年
『韓昌黎文集校注』，韓愈撰，馬其昶校注，馬茂元整理，上海古籍出版社，1998年
『柳宗元集校注』，柳宗元撰，尹占華・韓文奇校注，中華書局，2013年
『范文正公集』，范仲淹撰，『四部叢刊』本
『蘇魏公文集』，蘇頌撰，王同策・管成学・顔中其等点校，中華書局，1988年
『丹淵集』，文同撰，『四部叢刊』本
『欧陽文忠公文集』，欧陽脩撰，『四部叢刊』本
『欧陽修全集』，欧陽脩撰，李逸安点校，中華書局，2001年
『欧陽修詩文集校箋』，欧陽脩撰，洪本健校箋，上海古籍出版社，2009年
『楽全先生文集』，張方平撰，『北京図書館古籍珍本叢刊』本，書目文献出版社，1988年
『臨川先生文集』，王安石撰，『四部叢刊』本
『王荊文公詩李壁注』，王安石撰，朝鮮活字本，上海古籍出版社，1993年
『王荊文公詩箋注』，李壁箋注，高克勤点校，上海古籍出版社，2010年
『蘇軾全集校注』，蘇軾撰，張志烈・馬徳富・周裕鍇主編，河北人民出版社，2010年
『東坡集』，蘇軾撰，内閣文庫・宮内庁書陵部蔵本，汲古書院，1991年
『東坡後集』，蘇軾撰，成化年間刊『東坡七集』本，『四部備要』本，台湾中華書局，1970年

『東坡続集』，蘇軾撰，成化年間刊『東坡七集』本，『四部備要』本
『重編東坡先生外集』，蘇軾撰，舒大剛主編『宋集珍本叢刊』本，線装書局，2004年
『百家注分類東坡先生詩（集注分類東坡先生詩）』，蘇軾撰，王十朋集注，『四部叢刊』本（二十五巻本）
『東坡先生詩集』，蘇軾撰，王十朋編，正保四年京都林甚右衛門覆明潜確居刊本，『和刻本漢詩集成』第十三輯，汲古書院，1975年（三十二巻本・新王本）
『施注蘇詩（注東坡先生詩）』，蘇軾撰，施元之・顧景蕃合注，鄭騫・嚴一萍編校，『増補足本施顧註蘇詩』，藝文印書館，1980年
『施注蘇詩』，蘇軾撰，施元之等注，邵長蘅等删補，『文淵閣四庫全書』本
『蘇文忠公詩合注』，蘇軾撰，馮応榴輯訂，乾隆五十八年序桐郷馮氏踵息斎刊本，中文出版社，1979年
『蘇軾詩集合注』，蘇軾撰，馮応榴輯注，黄任軻・朱懐春校点，上海古籍出版社，2001年
『蘇詩補注』，蘇軾撰，翁方綱注，『粤雅堂叢書』本
『蘇軾文集』，蘇軾撰，孔凡礼点校，中華書局，1986年
『欒城集』，蘇轍撰，曾棗荘・馬徳富校点，上海古籍出版社，1987年
『山谷集（山谷全書）』，黄庭堅撰，『文淵閣四庫全書』本
『黄庭堅全集』，黄庭堅撰，劉琳・李勇先・王蓉貴校点，四川大学出版社，2001年
『豫章黄先生文集』，黄庭堅撰，『四部叢刊』本
『山谷内集詩注（山谷詩集注）』，黄庭堅撰，任淵注，光緒間義寧陳氏景刊覆宋本，藝文印書館，1969年
『山谷外集詩注（山谷詩集注）』，黄庭堅撰，史容注，光緒間義寧陳氏景刊覆宋本，藝文印書館，1969年
『黄庭堅詩集注』，黄庭堅撰，劉尚栄校点，中華書局，2003年
『山谷詩集注』，黄庭堅撰，黄宝華点校，上海古籍出版社，2003年
『山谷詩注続補』，黄庭堅撰，陳永正・何沢棠注，上海古籍出版社，2012年
『後山集』，陳師道撰，『文淵閣四庫全書』本
『後山詩注』，陳師道撰，任淵注，『四部叢刊』本
『後山詩注補箋』，陳師道撰，冒広生補箋・冒懐辛整理，中華書局，1995年
『青山集』，郭祥正撰，『文淵閣四庫全書』本
『青山続集』，郭祥正撰，『文淵閣四庫全書』本
『画墁集』，張舜民撰，『文淵閣四庫全書』本
『西台集』，畢仲游撰，『文淵閣四庫全書』本
『梁谿先生文集』，李綱撰，傅増湘校定道光中刊本，四川大学古籍研究所編『宋集珍本叢刊』本，線装書局，2004年
『陵陽集』，韓駒撰，『文淵閣四庫全書』本
『文定集』，汪応辰撰，『文淵閣四庫全書』本

『文忠集』，周必大撰，『文淵閣四庫全書』本
『攻媿集』，楼鑰撰，『四部叢刊』本
『渭南文集』，陸游撰，『四部叢刊』本
『剣南詩稿校注』，陸游撰，銭仲聯校注，上海古籍出版社，1985年
『南澗甲乙稿』，韓元吉撰，『文淵閣四庫全書』本
『盤洲文集』，洪适撰，『文淵閣四庫全書』本
『遺山先生文集』，元好問撰，『四部叢刊』本
『家蔵集』，呉寛撰，『文淵閣四庫全書』本
『文選』，蕭統編，李善注，胡刻本『文選注』，藝文印書館，1979年
『文苑英華』，李昉等編，中華書局，1995年
『三蘇全集』，蘇軾等撰，道光年間眉州三蘇祠堂刊本，中文出版社，1986年
『文心雕龍』，劉勰撰，范文瀾注，人民文学出版社，1978年
『六一詩話』，欧陽脩撰，何文煥輯，『歴代詩話』本，中華書局，1981年
『王直方詩話』，王直方撰，郭紹虞輯，『宋詩話輯佚』本，中華書局，1980年
『艇齋詩話』，曾季貍撰，丁福保輯，『歴代詩話続編』本，中華書局，1983年
『石林詩話』，葉夢得撰，何文煥輯，『歴代詩話』本
『苕渓漁隠叢話』，胡仔撰，廖徳明校点，人民文学出版社，1981年
『竹坡詩話』，周紫芝撰，『歴代詩話』本
『姜斎詩話』，王夫之撰，丁福保輯・郭紹虞修訂『清詩話』本，上海古籍出版社，1978年
『二老堂詩話』周必大撰，『歴代詩話』本
『蘇軾詞編年校注』，蘇軾撰，鄒同慶・王宗堂著，中華書局，2007年
『東坡詞傅幹注校証』，蘇軾撰，劉尚栄校証，上海古籍出版社，2016年
『全宋詞』，唐圭璋編，中華書局，1980年
『楽府指迷』，沈義父撰，唐圭璋編『詞話叢編』本，中華書局，1986年

＊資料の引用について
・引用資料に文字の異同がある場合、また文字を改める場合は適宜説明を加えた。ただし、異体字を標準的な字体に改める場合や明らかな誤字を改める場合は特に断らない。中国式の標点を加えた資料を引用する場合は、句読や符号を適宜改めた。
・引用資料中の省略は、原則として「……」符号であらわした。また、カッコ内は引用者による補充・説明である。

浅見　洋二（あさみ　ようじ）
一九六〇年埼玉県生まれ
大阪大学大学院教授
著書『中国の詩学認識』（創文社）、『皇帝のいる文学史』（共著、大阪大学出版会）、『文選──詩篇』（共著、岩波書店）、『韓愈詩訳注』（共著、研文出版）ほか

中国宋代文学の圏域
──草稿と言論統制

二〇一九年八月二五日　第一版第一刷印刷
二〇一九年九月一〇日　第一版第一刷発行

定価［本体六〇〇〇円＋税］

著　者　浅　見　洋　二
発行者　山　本　實
発行所　研文出版（山本書店出版部）
〒101－0051
東京都千代田区神田神保町二─七
TEL　03（3261）9337
FAX　03（3261）6276
振　替　00100－3－59950
印　刷　富士リプロ㈱
製　本　塙　製　本

ISBN978-4-87636-447-3

韓愈詩訳注　第一冊　第二冊　川合康三・緑川英樹・好川聡 編　各１００００円

終南山の変容　中唐文学論集　川合康三 著　１００００円

乱世を生きる詩人たち　六朝詩人論　興膳宏 著　１００００円

南北朝時代の士大夫と社会　池田恭哉 著　６５００円

唐宋詩文論叢　天葩　奇芬を吐く　齋藤茂 著　６０００円

詩人と造物　蘇軾論考　山本和義 著　７０００円

宋詩惑問　宋詩は「近世」を表象するか？　内山精也 著　７０００円

中国古典文学の思考様式　和田英信 著　７０００円

唐代の文論　京都大学中国文学研究室 編　８０００円